Zu diesem Buch

Aber Wiesel schüttelte den Kopf. «Nein, ich meine die Robin-Hood-Puppe – die mit dem eingeschlagenen Schädel und dem Pfeil in der Brust. Es ist irgendwie die Art, wie das zermatschte Hirn hervorquillt... und dampft... und wie das Blut den Nacken herab in die Pfütze läuft...»

«Was, zum Teufel, reden Sie da?» fragte Milt.

«Ich rede von dem blutenden Robin...»

«Ich *habe* keinen toten Robin Hood, von dem das Blut...» erwiderte Milt erregt.

«Zum Teufel! Und ob Sie den haben...»

Es ist Halloween in Blackwater Bay. Wie jedes Jahr um diese Zeit ist der Teufel los in dem kleinen Ort, der, jetzt ohne Touristen, wieder ganz den Einwohnern gehört. Die Halloween-Nacht gehört jedoch vor allem den jungen Leuten, die die «Howlers» veranstalten, phantasievolle oder auch derbe Streiche in der Halloween-Nacht.

Genau wie vor dreißig Jahren, als sich eine Clique junger Leute auf dem verbotenen Grundstück am Kliff einfindet, Mutproben inszeniert – bis Jacky Morgan auftaucht. Jacky, der hinter allen herspioniert und jedem gut Freund sein will. Aber alle hassen ihn. Und dann ist Jacky tot. Liegt am Fuße des Kliffs auf den Felsen. So findet ihn Sheriff Theodore Gabriel. Er kann nur einen Unfall feststellen.

Als Tom Finnegan auf dem Weg zu Matt Gabriel mit seinem Wagen tödlich verunglückt, stellt die State Police auch nur einen Unfall fest. Doch Sheriff Matt Gabriel kann den letzten Worten des Sterbenden entnehmen, daß er ihm eine wichtige Sache sagen, gleichsam ein Geständnis machen will. Und diese Sache hat etwas mit Jacky Morgan zu tun. Doch Tom Finnegan stirbt, ohne sein Geheimnis loszuwerden.

Die Geisterbahn *Bonechiller* ist in diesem Jahr besonders aufwendig gestaltet. Milt Bickerstaff hat keine elektronische Mühe gescheut, um eine Hightech-Gruselwelt aufzubauen, die unglaublich realistisch wirkt. So realistisch, daß bei der Robin-Hood-Figur echtes Blut fließt, meinen die schreckensbleichen Besucher. Was Milt bestreitet. Aber Matt nur bestätigt. Denn die Robin-Hood-Leiche ist echt...

Paula Gosling ist gebürtige Amerikanerin, die seit 1964 in England lebt. Für ihren ersten Kriminalroman «Töten ist ein einsames Geschäft» wurde sie mit dem Gold Dagger der British Crime Writers' Association ausgezeichnet. Diese Auszeichnung wurde ihr erneut 1986 für den Roman «Tod auf dem Campus» (Nr. 2858) verliehen. In der thriller-Reihe liegen außerdem vor: Alpträume (Nr. 3070), Ein echtes Gaunerstück (Nr. 2939), Leiche im Paradies (Nr. 3104) und Der Polizistenkiller (Nr. 2971).

Paula Gosling

Das Spiel wird Ernst

Deutsch von
Wolfram Hämmerling

rororo
Rowohlt

rororo thriller
Herausgegeben von Bernd Jost

Deutsche Erstausgabe
Veröffentlicht im Rowohlt Taschenbuch Verlag GmbH,
Reinbek bei Hamburg, Dezember 1995

Die Originalausgabe erschien 1993 bei Little, Brown and Company,
London, unter dem Titel «A Few Dying Words»

Redaktion Jutta Schwarz
Umschlagfoto Pamela J. Zilly / The Image Bank
Umschlagtypographie Peter Wippermann / Susanne Müller
Satz Bembo (Linotronic 500)
Gesamtherstellung Clausen & Bosse, Leck
Printed in Germany
1090-ISBN 3 499 43195 5

Die Leute von Blackwater

Die Ordnungshüter
Sheriff Matt Gabriel, promovierter Philosoph
Chief Deputy George Putnam, Sheriff in spe
Deputies Charley Hart und Frank Boomer
Tilly Moss, ledig, Büroleiterin

Gäste bei Mrs. Peach
Mr. & Mrs. Stevens
Miss Biddy Tillotson
Mr. Clarence Toogood
RA Dominic Pritchard
Matt Gabriel (vorübergehend)

Die jungen Leute auf dem Kliff
Carl Putnam, heute Anwalt und District Attorney, verheiratet, 2 Söhne
Thomas Finnegan, verheiratet, tot
Albert Budd, ledig, Unternehmer
Merrill Atwater, verheiratet, Bürgermeister
Peter Dill, 1 Sohn aus 1. Ehe, in 2. Ehe verheiratet, 2 Töchter, Banker
John Fanshawe, verheiratet, Immobilienmakler
Daniel Rogers, Arzt
Jack Morgan, seit 30 Jahren tot
Jane Heckman, verstorben
Martha Turkle, verheiratet, Kinder
Maureen Ventnor, verheiratet
Milly Hackabush, ledig, Lehrerin

Einwohner von Blackwater
Daria Grey, Malerin und Freundin von Matt Gabriel
Granger Gibbons, Herausgeber des *Chronicle*
Emily Gibbons, Tochter und Reporterin
Harry Foskett, Fotograf
Fred Boyle, Lehrer
Coral Morgan, Ex-Nutte
Mrs. Peach und Tochter Nonie haben eine Pension

Finnegan –
fang noch einmal an

Er rannte, er weinte und erstickte fast an seinem eigenen Atem. Oben, über dem Gewirr nackter Äste, schimmerte der Nachthimmel. Wolkenschleier zogen am fahlen Mond vorbei. Plötzlich fiel er hart der Länge nach hin. Das Gesicht auf der Erde, konnte er am Vibrieren des Bodens spüren, wie die Schritte der Verfolger näher kamen, immer näher. Er mußte weg. Er rappelte sich mühsam auf, aber es war zu spät. Jemand war bereits da, ein drohender Schatten mit erhobenen, klauenartigen Händen ...

Er versuchte zu schreien, aber er brachte keinen Laut heraus ...

Tom Finnegan schreckte auf und starrte schweißgebadet in die Dunkelheit. Er war genauso außer Atem wie damals. Die Beklemmung in seiner Brust war jedoch eine andere. Ein Gefühl, das er überall spürte und das jeden Tag schlimmer wurde.

Langsam beruhigte sich sein Atem. Der Schweiß auf seiner Haut kühlte ab, und er begann zu frösteln. Er legte sich wieder hin, die Augen weit geöffnet. Es war jetzt nicht mehr die Angst, die ihn in die Dunkelheit starren ließ, sondern Schuld. Eine Schuld, die schon viel länger an ihm fraß als seine Krankheit. Bei dem Wettlauf handelte es sich jetzt nicht mehr um Beute und Jäger – es ging um seinen Alptraum und seinen Tod.

Finnegan –
fang noch einmal an.
Sonst ist es zu spät.

Eins

Ein Urlaubsort zwischen den Großen Seen in der Nachsaison ist für die meisten Leute ein trauriger Anblick. Was im Sommer ein Mekka der Lebensfreude und Freiheit war, ist nun wieder eine ganz gewöhnliche Kleinstadt, ein nichtssagender Punkt auf der Landkarte, den man auf dem Highway links liegen läßt.

Die Temperatur ist von den oberen Dreißigern auf knapp über Null gefallen. Auf der Main Street ist es still geworden. Keine Netze mit knallbunten Strandbällen hängen mehr vor den geöffneten Türen. Keine Schnorchel oder Angelruten liegen mehr als verführerische Auslage in den Schaufenstern. Es werden keine einladenden Pyramiden mehr aus Plastikschaufeln, bunten Eimern, Drachen, Frisbees, Papptellern, dicken Liebesromanen und anderen Dingen errichtet, die man für eine kurze Erholung von den Sorgen des Lebens braucht. Es gibt keine allabendliche Live-Musik mehr. Keine berühmten Kinofilme. Keine Aufführungen alter Stücke mit noch älteren ehemaligen Filmstars. Kein Mitternachtsschwimmen. Keine Grillparties. Keinen Tanz. Keinen *Zauber* mehr.

Die kleinen Läden, die nach Ostern für die Urlauber öffneten, sind am ersten frischen Morgen im September wieder verschwunden und lassen die Einwohner mit den gewöhnlichen, ganzjährig geöffneten Läden und mit pochenden Kopfschmerzen wie nach einer durchzechten Nacht zurück.

Sheriff Matt Gabriel jedoch, der die Main Street entlangging und sein Frühstück verdaute, fühlte sich trotz allem nicht schlecht. Eigentlich war er sogar glücklich.

Er hatte den schlimmsten Sommer seines Lebens hinter sich, hatte sein Reich dabei mehr oder weniger zusammengehalten[1] und hatte nun den ganzen Winter, um sich zu erholen. Er lächelte jeden an, der ihm begegnete, und die meisten erwiderten sein Lächeln.

1 Siehe *Leiche im Paradies*. rororo thriller Nr. 3104

Einige sagten hallo, andere blieben stehen, um ihm eine Neuigkeit oder eine Sorge mitzuteilen. So wurde sein Weg zum Büro einige Male unterbrochen, näherte sich im großen und ganzen aber stetig dem Ziel.

Nicht einmal der kalte Wind konnte ihm die Laune verderben. Er sog die Luft tief ein. Es roch nach verbranntem Laub, und der erste Frost lag in der Luft. Er gehörte zu den wenigen, die sich darauf freuten. Das Leben würde wieder in ein gemäßigtes Schrittempo verfallen. Vielleicht fand er endlich Zeit für die Wittgenstein-Biographie, die er schon den ganzen Sommer über lesen wollte.

Am Morgen war etwas körniger Schnee gefallen. Kleine Mengen davon tanzten und huschten noch über die Bürgersteige und blieben für einige Momente an Bäumen und Zäunen hängen, bevor sie schmolzen. In ein, zwei Wochen, wenn die letzten roten und gelben Blätter gefallen waren, würden dicke weiße Flocken an ihre Stelle treten. Dann würde es ernst: Es kämen die schweren Schneefälle, Stürme und die zweistelligen Minusgrade. Eine mehrere Fuß dicke Eisschicht würde die Bucht überziehen, und Eisfischer würden ihre klapprigen Hütten darauf errichten.

Zwei dünne weiße Linien am Himmel zeigten an, daß einige Düsenjäger vom Greenleaf-Air-Force-Stützpunkt jenseits des Sees vorüberflogen. Ihr Schall erreichte den Boden, als gerade ein Wagen mit auswärtigem Nummernschild vorbeifuhr. Während Matt dem unbekannten Wagen nachsah, bemerkte er, wie ihn aus der Kinderbuchabteilung der Bücherei boshaft ein Halloween-Kürbis angrinste. Kürbisse türmten sich auch auf dem Bürgersteig vor dem Lebensmittelgeschäft, und jedes Schaufenster, an dem er vorbeiging, war vollgestopft mit orangefarbenem und schwarzem Kreppapier, Getreidegarben, Masken, Besenstielen und tausend anderen makabren Dekorationen.

Er zog die Stirn in Falten. Verdammt.

Also doch keine Erholung.

Er mußte erst noch den *Howl* überstehen.

Sheriff Gabriel seufzte auf. Seine gute Laune war plötzlich wie weggeblasen.

In der Öffentlichkeit bekannt als «Blackwater-Bay-Halloween-Karneval», war der *Howl* ein lokaler Brauch, der ausschließlich für die Einheimischen bestimmt war. Es war eine Art Aufbäumen gegen den nahenden Winter, eine letzte, verrückte, überdrehte Laune, ein trotziger Aufschrei gegen die länger werdende Dunkelheit. Jeder verkleidete sich und amüsierte sich so gut er konnte an den großen Lagerfeuern und auf den Grillparties. Es wurden Spiele und verrückte Wettbewerbe veranstaltet, die die Feindschaften zwischen alten Kontrahenten erneuerten. Wenn man denjenigen schlug, der einen das letzte Mal geschlagen hatte, konnte es sein, daß plötzlich sieben andere Kerle aus sieben verschiedenen Gründen sauer auf einen wurden. Das lieferte in den Bars noch lebhaften Gesprächsstoff, wenn bereits alles zugeschneit war.

Noch interessanter und klatschträchtiger war allerdings der Moralverfall bei einigen Teilen der Bevölkerung. Ehepartner nahmen es mit der Treue plötzlich nicht mehr so genau und setzten ihre Eheschwüre für vierundzwanzig Stunden außer Kraft. Einige blieben gleich für immer beim neuen Partner. Teenager, die gerade geschlechtsreif geworden waren, entdeckten heftige sexuelle Anziehung, wo vorher nur Freundschaft gewesen war. Unter dem Schutz der Masken und Kostüme wurden Affären begonnen, die die Beteiligten während der kommenden Monate wärmen würden. Aber das schlimmste am *Howl* waren, zumindest was Matt betraf, die *Howlers* – Streiche, die man sich untereinander spielte und bei denen man sich gegenseitig an Originalität zu übertreffen versuchte.

Der Übermut der Einheimischen, ausgelöst durch übermäßige Mengen Alkohol, führte dann zu einem äußerst einfallsreichen Vandalismus, der Schaukelstühle auf Baumkronen beförderte und Türen und Fenster verschwinden ließ, von denen einige nie wieder auftauchten. Autos wurden mit abmontierten Reifen auf Betonblöcke geschraubt und in seichte Teiche gestellt, Hunde und Katzen wurden leuchtendblau gefärbt, und Häuser wurden vom Dachfirst bis zum Keller in Alufolie verpackt. Die kleinen Gemeinden des Blackwater County wetteiferten miteinander darum, wer den ausgefallensten Streich inszenierte – dem Gewinner winkte ein Bericht auf der Titelseite des *Blackwater Bay Chronicle*, der diesem Ereignis in der ersten Novemberwoche immer eine Farbdokumentation widmete.

Matt Gabriel schüttelte den Kopf und ging über die Straße zu seinem Büro. Er würde jetzt besser die Jungs und die Ausrüstung überprüfen und sicherstellen, daß alles in Ordnung war. Es sah ganz so aus, als müßte der arme Wittgenstein etwas warten. Noch würde kein Frieden in Blackwater Bay einkehren.

Auf der breiten Fensterbank des Sheriffsbüros von Blackwater Bay lag ein großer, etwas mitgenommener rötlichgelber Kater ausgestreckt und blickte traurig auf eine Maus aus Katzenminze, die knapp außer Reichweite stand.

Aus dem hinteren Bereich des Büros hörte man ein gedämpftes Hämmern und Sägen. Wahrscheinlich waren gerade wieder die Handwerker dabei, das bis dahin sehr gemütliche Sheriffsbüro zu dem umzubauen, was man in der Bundeshauptstadt vor kurzem als «Mindeststandard» verfügt hatte – eine den modernsten Ansprüchen genügende, voll computerisierte und keimfreie Einrichtung zur Aufrechterhaltung der Gesetze. Die Arbeit war schon seit sechs Wochen im Gang und würde beim derzeitigen Tempo wohl noch sechs Jahrzehnte dauern. Das Gelächter und die Gespräche der mit dieser lobenswerten Aufgabe beschäftigten Handwerker spielte wie ein leichtes Obligato über das Klappern und Summen der verschiedenen Werkzeuge und Maschinen. Der Geräuschpegel und die wohltuende Wärme der Sonne hatten eine besänftigende Wirkung auf das Verlangen des Katers, sich an der Maus zu vergehen. Sein Starren auf das Appetithäppchen ging ganz allmählich in ein Nikkerchen über.

«Verdammt!» rief George Putnam und schlug mit der Faust hart auf den Tisch.

Erschreckt sprang der Kater auf und rüstete sich mit zurückgestellten Ohren und einem Buckel zum Parieren des Angriffs. Als nichts weiter passierte, blinzelte er, setzte sich und versetzte der Kräutermaus einen rachsüchtigen Hieb, der sie mit einem K. O. in die Ecke schickte.

«Jetzt hast du Max aufgeregt», bemerkte Tilly Moss.

«'tschuldigung, Max», sagte George automatisch.

Der Kater sah ihn kurz an und wandte seinen Blick dann verächtlich ab. Der Chief Deputy von Blackwater Bay war nicht nur extrem laut, er hatte auch sehr große Füße. Große Füße konnten ohne Vorwarnung plötzlich überall landen – und diese hier taten das allzu oft. Solche schlechten Gewohnheiten ermunterten auch den härtesten, erfahrensten Kater nicht gerade zu einem liebevollen Verhalten.

«Ich kann mich nicht entscheiden, wie *alt* ich sein will», beschwerte sich George, als sich die Tür öffnete und Matt eintrat.

Tilly sah George über die Tastatur ihres Computers hinweg an. «So siebeneinhalb, würde ich sagen. Vielleicht acht, wenn du dir Mühe gibst.»

George hielt es für unter seiner Würde, darauf zu antworten. «Ich kann mich nicht mal entscheiden, welches *Land* ich sein will», fuhr er fort. «Hey, Matt», rief er zu Gabriel hinüber, der gerade Mantel und Hut ablegte, «als was gehst du?»

Georges Gedanken drehten sich offenbar um das gleiche wie Matts – den *Halloween Howl*. Matt bückte sich, um Max zu streicheln, der die Gerüche überprüfte, die sich auf dem Weg zur Arbeit an Matts Schuhen angesammelt hatten. Nachdem er dem Herrscher der Gassen seine Referenz erwiesen hatte, sank Matt in seinen Stuhl, der den gewohnten Refrain quietschte. Er erwog einige schroffe Antworten auf Georges Fragen, war aber mit keiner zufrieden. «Ich gehe unverkleidet», sagte er schließlich. «Damit kann ich noch jeden erschrecken.»

Tilly grinste, sagte aber nichts. Wenn Matt so brummig war, erinnerte er sie an Ted, seinen verstorbenen Vater, der vor ihm das Amt des Sheriffs innegehabt hatte. Sie hatte für beide gearbeitet und war dem Sohn gegenüber so loyal wie früher dem Vater. Matt gab sich gern abweisend und wortkarg, obwohl er eigentlich ein höflicher, nachdenklicher Mann war, ausgeglichen, ruhig und fair.

Es sei denn, er war verärgert.

Die polizeiliche Überwachung des Blackwater Bay County war im allgemeinen keine aufreibende Beschäftigung. Nördlich der Großstadt Grantham gelegen, bestand es vorwiegend aus Urlaubsorten und privatem Landbesitz. Es lag auf einer Halbinsel, die von einer größeren Bucht von einem der Großen Seen abgetrennt wurde. Das ziemlich kleine, fast sichelförmige County umfaßte landeinwärts – kaum fünfzig Meilen tief – noch landwirtschaftlich genutzte Flächen, Wälder, Dünen und Parklandschaften. Es war während der Prohibition gegründet worden, vor allem wegen der Vorliebe der Einheimischen für den illegalen Alkoholimport aus Kanada, das nur eine kurze Motorbootfahrt entfernt lag. Die Behörden meinten damals, daß ein Sonderkommando der Polizei die Probleme an der Bucht würde beheben können, und der Plan war sogar erfolgreich, sah man einmal davon ab, daß einige spezialisierte Gesetzeshüter sich schnell selbst auf die lukrativen Motorbootfahrten spezialisiert hatten.

Später machte sich niemand die Mühe, das County und all seine eigenartigen Verordnungen aufzulösen. Es erwachte ja nur während der Sommermonate zu richtigem Leben und schlummerte den Rest des Jahres, wenn nur die paar tausend Einheimischen da waren, friedlich zwischen den Gewässern.

Beim *Howl* zeigten sich die Einwohner jedoch noch einmal von ihrer schlimmsten Seite.

«Ach, Matt – komm schon», sagte George enttäuscht. «*Jeder* läßt sich von der Stimmung mitreißen – oder versucht es wenigstens.» Er machte eine Pause. «Schließlich willst du nächstes Jahr doch wieder gewählt werden», fügte er gerissen hinzu.

Matt sah ihn angewidert an. «Wenn du glaubst, daß ich mehr Stimmen bekomme, weil ich in irgendeinem albernen Kostüm einen Clown aus mir mache, dann bist du naiver, als ich dachte, George.»

«Mein Reden», ließ sich Tilly vernehmen, die damit beschäftigt war, Charley Harts Handschrift zu entziffern.

«Die Leute wollen, daß jemand nach dem Rechten sieht», fuhr Matt fort. «Wenn in der Halloween-Nacht die Hölle los ist...»

George lachte in sich hinein. «Worauf du wetten kannst.»

«... dann brauchen sie jemanden, der alles in Ordnung bringt. Wie würde ich in einem Bastrock oder einem Clownskostüm dastehen? Glaubst du, daß die Halbstarken aus Brewster, die bereits besoffen rüberkommen, mit ihren Mätzchen aufhören, wenn sie ein x-beiniger Typ in einer Toga darum bittet?»

«Okay, okay, ich hab kapiert», sagte George. «Heißt das, daß ich auch kein Kostüm tragen darf?»

«Mir wäre es lieber, wenn du darauf verzichten würdest», sagte Matt.

«Aber das heißt nicht, daß ich nicht *darf*.»

«Ich...»

«Ich habe nämlich eine geniale Idee», fuhr George fort. «Wie wär's, wenn wir uns als Polizisten *verkleiden* würden? Als englische

Bobbys vielleicht, oder französische Gendarmen? Wir wären dann immer noch Polizeibeamte... aber wir würden irgendwie dazugehören. Was hältst du davon?»

Tilly hatte aufgehört zu tippen. «Donnerwetter, George. Das ist gar keine schlechte Idee.»

«Sag ich doch», sagte George, kippte seinen Stuhl nach hinten und versuchte einmal mehr, McCloud zu imitieren.

Matt sah ihn verärgert an. Er war verärgert, weil Tilly recht hatte – es *war* eine gute Idee. Oder zumindest ein vernünftiger Kompromiß. Es sah so aus, als würde er um das Verkleiden nicht herumkommen, und bei diesem Gedanken rebellierte etwas in ihm. Das lag zum einen an seiner Schüchternheit (für einen Sheriff nicht gerade die vorteilhafteste Eigenschaft), vor allem aber lag es an seiner Größe. Es gab nicht viele Kostümverleiher, die eine große Auswahl an Verkleidungen führten für jemanden, der einsfünfundneunzig groß war, mit seinen Schultern durch keine Küchentür paßte und Arme hatte, die aussahen, als wären sie ihm in früher Kindheit ausgekugelt und nie wieder ganz eingerenkt worden.

«Da habt ihr eine ziemlich große Auswahl», sagte Tilly aufmunternd. Sie selbst wollte als viktorianische Hofdame gehen. «Warum nicht englische Bobbys – viktorianische?»

«Na ja.»

George deutete Matts Zögern als Zustimmung und griff sich die Gelben Seiten. «Mal sehen, was sich auftreiben läßt», sagte er und begann aufgeregt die dünnen Seiten umzublättern. Matt und Tilly warfen sich halb nachsichtige, halb belustigte Blicke zu.

Das Telefon auf Tillys Schreibtisch klingelte. Sie meldete sich und schaute dann zu Matt herüber. «Für dich. Tom Finnegan», sagte sie und legte den Hörer wieder auf, nachdem er an seinem Apparat einen Leuchtknopf gedrückt und den Hörer abgenommen hatte.

«Hallo, Tom. Wie geht's?» erkundigte sich Matt mit einem Grinsen, das aber sofort verschwand, als er den älteren Mann sprechen hörte. Tom Finnegans Stimme hatte einen rauhen und eindringlichen Ton.

«Wir müssen uns sofort treffen, Matt. Ich muß mit dir über etwas sprechen.»

«Klar, Tom. Das Problem ist, daß ich in zehn Minuten nach

Hatchville muß – ich muß in einem Fall aussagen. Kann George dir helfen? Oder soll ich eine Streife...»

«Nein, nein – ich muß mit *dir* sprechen, Matt. Es ist kein... ich meine, es ist nicht direkt was passiert. Niemand hat eingebrochen oder mein Auto gestohlen oder so was. Das nicht.» Tom machte eine Pause. «Obwohl, eigentlich ist es doch so was. Nur nicht ganz frisch. Nicht von heute. Oder von letzter Nacht. Ich meine...» Er seufzte tief, verzweifelt über seine Unfähigkeit, sich verständlich zu machen. «Ich muß darüber sprechen. Das ist alles. Um mir selbst darüber klarzuwerden. Und *du* solltest auch Bescheid wissen.»

«Verstehe», sagte Matt, der überhaupt nichts verstand. Tom Finnegan war ein alter Freund. Bevor er sich vor zwei Jahren zur Ruhe gesetzt hatte, hatte er den örtlichen Drugstore geführt, der mittlerweile von einer Handelskette aufgekauft worden war. Neben der Familie und dem Beruf hatte seine ganze Leidenschaft der Zubereitung des besten Bananensplits in Blackwater County gegolten. Für einen gelernten Apotheker war das ungewöhnlich, aber Tom Finnegans Drugstore war noch einer von der altmodischen Sorte gewesen, mit einer langen Marmortheke und Stühlen, auf denen man sich schwindelig drehen konnte. Die Theke war nun verschwunden, und eine Vitrine mit Haartrocknern stand an ihrer Stelle.

Niemand in der Stadt hielt das für einen Fortschritt.

«Geht es dir gut, Tom? Ich meine, brauchst du einen Arzt oder...»

«Nein, nein, mir geht's gut. Es hat nichts *damit* zu tun», unterbrach Finnegan ungeduldig. Er meinte seine Krebserkrankung. Tom hatte seit Monaten dagegen angekämpft, doch sein abnehmendes Körpergewicht und die nachlassenden Kräfte zeugten von einem aussichtslosen Kampf. Normalerweise war er ein optimistischer und fröhlicher Mensch, und selbst dem Krebs hatte er sich, soweit Matt es beurteilen konnte, mutig entgegengestellt. Doch jetzt war von seinem Mut und seiner Stärke wenig zu spüren.

«Hör zu, Tom, vielleicht kann ich auf dem Weg zum Gericht kurz vorbeischauen...» begann Matt.

«Nein, nein, lieber nicht. Ich brauche mehr als nur ein paar Minuten. Es ist... kompliziert.»

«Okay. Wie wär's mit heute abend? Kurz nach dem Dinner? Ich komme raus.»

«Nein, ich komme rein», sagte Tom eilig. «Dorothy hat hier heute abend ihren verfluchten Nähkreis. Sind die größten Klatschmäuler der Stadt.»

Auch das überraschte Matt. Tom Finnegan hatte niemals dazu geneigt, schlecht über jemanden zu sprechen, aber nun war seine Abneigung deutlich zu spüren. Soviel Matt wußte, galten die Blackwater-Bay-Elstern – so der Name des Handarbeitskreises, zu dem Mrs. Finnegan gehörte – nicht als besonders klatschsüchtig. Andere Frauen standen ihnen jedenfalls in nichts nach. Oder Männer, das lief auf das gleiche hinaus.

«Okay – wenn du dich gut genug fühlst», sagte Matt.

«Autofahren kann ich wohl noch», bellte Tom.

Etwas war faul, oberfaul, sonst wären Tom Finnegans Sicherungen nicht durchgebrannt, dachte Matt. «Ich bin gegen halb acht im Büro. Paßt dir das?»

«Muß wohl, oder?» erwiderte Tom. Es folgte eine weitere Pause, dann fuhr er fast im Flüsterton fort. «'tschuldigung, Matt, war nicht bös gemeint. Es ist nur... wenn man sich zu einer Sache durchgerungen hat und dann etwas dazwischenkommt, weißt du, und einem nicht mehr viel Zeit bleibt...» Er verstummte.

«Ich weiß», sagte Matt. «Paß auf, wenn ich am Gericht früher fertig bin, ruf ich dich an und komm auf dem Rückweg vorbei. Einverstanden?»

«Das wär prima, Matt. Danke.»

«Schon gut. Aber wenn ich mich nicht melde, dann bleibt es bei halb acht im Büro, okay?»

«Okay. Danke.» Finnegan legte auf.

Nachdem Matt aufgelegt hatte, betrachtete er sorgenvoll das Telefon. Tilly meldete sich von ihrem Schreibtisch.

«Dorothy Finnegan sagt, daß sich Toms Zustand stark verschlechtert hat. Sie glaubt, daß Dr. Rogers' Medikamente für die Chemotherapie seinen Verstand angegriffen haben. Sie hat erzählt, daß er fürchterliche Alpträume hat – wenn er überhaupt schlafen kann.»

«Du meinst also, ich sollte das, was er sagt, nicht für bare Münze nehmen?» fragte Matt und drehte seinen Stuhl in ihre Richtung.

Tilly Moss' Herzensgüte war genauso groß wie ihr körperlicher Umfang. Sie war gut informiert über alle Ereignisse in Blackwater

Bay. Die Leute sprachen gern und offen mit ihr, weil sie in ihr eine mitfühlende und diskrete Zuhörerin fanden. Tilly Moss erzählte niemandem etwas weiter – außer Matt, und auch nur dann, wenn es für ihn wichtig sein konnte. Sie schien anzunehmen, daß ihre Informationen über Tom Finnegans Geisteszustand diese Bedingung erfüllten.

«Ich sage dir nur, was seine Frau mir erzählt hat», erwiderte Tilly. «Du wirst dir dein eigenes Urteil bilden müssen.»

«Das mache ich immer», sagte Matt.

Tilly rümpfte die Nase. «Das machen wir *alle* immer», sagte sie. «Das heißt nicht, daß wir damit immer richtig liegen. Ich behaupte ja nicht, daß Tom Finnegan dir Lügen auftischen wird, ich sage nur ... hör genau hin.»

Matt lächelte. «Okay. Danke.»

Tilly erwiderte sein Lächeln und machte sich wieder daran, Charley Harts gekritzelte Hühnerspuren zu entziffern und in den Computer einzugeben.

«Gendarmen! Sie haben Gendarmenuniformen in unseren Größen!» rief George plötzlich, hämmerte vor Freude auf seinem Schreibtisch herum und weckte Max dadurch ein weiteres Mal. Der Kater erhob sich, blickte George tief empört an, streckte sich, ging um den Hutständer herum zu seiner persönlichen Eingangsklappe und verschwand.

Matt erhob sich ebenfalls. Er mußte zum Gericht. «Très bon, George», sagte er resigniert. «Jetzt mußt du dir nur noch einen Schnurrbart wachsen lassen, den du dann zwirbeln kannst.»

George faßte sich an die Oberlippe und warf einen Blick auf den Kalender. «Viel Zeit hab ich nicht mehr», sagte er skeptisch.

Matt seufzte tief. «Sag auf Wiedersehen, Dreamboy.»

«Auf Wiedersehen», sagte George und biß sich sofort auf die Zunge.

Auf dem Weg nach Hatchville konnte Matt sich nicht entscheiden, wer ihm mehr Sorgen machte, George oder Tom Finnegan.

Zwei

Die Sycamore Avenue war eine der ältesten Straßen in Blackwater. Über den zu Pensionen umgebauten großen Holzhäusern im viktorianischen Stil lag eine Art Museumsruhe, die nur von den müden Schritten Dominic Pritchards gestört wurde. Er hatte einen langen Tag hinter sich und freute sich nun auf ein gutes Essen und einen ruhigen Abend.

Die Straße schien sich bereits auf ihren Winterschlaf vorzubereiten. Das im Sommer so saftige Grün der Rasenflächen war in ein helles Braun übergegangen, die strohbedeckten Blumenbeete waren übersät mit blütenlosen Stengeln. Die Bordsteine, an denen vor kurzem noch die Autos der Urlauber Stoßstange an Stoßstange geparkt hatten, lagen nun verlassen da. In den Hintergärten der Pensionen, in denen Kinder erlaubt waren, hingen verwaiste Schaukeln, und auf den blanken Rutschen hatte sich Kondenswasser abgesetzt. Die Gartenmöbel waren zusammengeklappt worden, und nur die kahlen Stellen zeigten an, wo sich einmal barfüßige Urlauber in der Sonne geaalt hatten.

Dominic bog in den Weg ein, der zur Pension von Mrs. Peach führte. Als er die Tür aufschloß und hineinging, umgab ihn sofort der Geruch des Abendessens. Er atmete tief ein, lächelte und seufzte. Konfrontiert mit Mrs. Peachs Kochkünsten, wurde selbst ein willensstarker Mann unweigerlich in die Völlerei getrieben. Er versuchte es dadurch wettzumachen, daß er den Weg zwischen Pension und Büro zu Fuß zurücklegte, aber diese Anstrengung würde schon bald nicht mehr ausreichen, das merkte er deutlich. Wenn er sich morgen wog und feststellte, daß er *noch* mehr zugenommen hatte, würde er seine Mittagspausen zukünftig in Bürgermeister Atwaters Fitneßstudio verbringen müssen. Lieber die Qualen des Bankdrückens und der Rudermaschine auf sich nehmen, als bei Mrs. Peach auf einen Nachschlag verzichten müssen.

Er ging auf sein Zimmer, zog seinen dunkelblauen Anzug aus, hängte ihn sorgfältig auf, wusch sich und schlüpfte in eine bequeme Hose und einen Pullover. Wäre er im Sommer hier, müßte er jeden

Abend Hemd und Krawatte tragen; aber er wußte, daß er sich Mrs. Peachs Sommerpreise niemals leisten könnte. Sein Chef, Carl Putnam, hatte ihn hier untergebracht, bis er eine eigene Wohnung gefunden hätte. Dafür war er sehr dankbar. Es war schwer genug, sich an eine neue Stadt und an einen neuen Tagesablauf zu gewöhnen, auch wenn er nicht darüber nachdenken mußte, ob die nächste Mahlzeit von *McDonald's, Pizza Hut, The Golden Perch* oder aus dem Supermarkt kam. Er haßte es, falsche Entscheidungen zu treffen.

Unten versammelten sich die anderen Wintergäste im vorderen Aufenthaltsraum. Die Zimmer im Winter an Gäste aller Art zu vermieten war eine Neuerung, die offenbar sowohl auf Mrs. Peachs Tochter Nonie als auch auf die dringend notwendigen Reparaturen an dem alten Haus zurückgingen.

Gegenwärtig wohnten sechs Leute in Mrs. Peachs Gästehaus: Mr. und Mrs. Stevens, deren Haus nach einem Brand renoviert wurde; Sheriff Matt Gabriel, der von dem Lärm und Durcheinander der Bauarbeiten aus seinem Haus vertrieben worden war; die Kindergärtnerin Miss Biddy Tillotson, die die für ein Jahr nach Europa gegangene Grace Mayhew vertrat; der Schriftsteller Mr. Clarence Toogood, der einen Roman über einen gescheiterten Hausierer fertigstellen wollte; und Dominic selbst, der vor kurzem als Anwalt zugelassen und wenig später von der Anwaltskanzlei Crabtree & Putnam angestellt worden war.

Dominic war ein schlanker junger Mann, dessen gutes Aussehen selbst durch die gebrochene Nase nicht litt, die ihm das Knie eines Football-Spielers aus Cornell verpaßt hatte. Er war intelligent, ein ausgezeichneter Beobachter und sehr daran interessiert, eine gesellschaftliche Rolle in dieser eigenartigen Stadt zu spielen.

Die Entscheidung für Blackwater hatte er sich nicht leicht gemacht. Er hatte den Sommer über als Rettungsschwimmer im nahe gelegenen Butter Beach gearbeitet, einfach um ein Gefühl für die Gegend zu bekommen, bevor er die Stelle bei Crabtree & Putnam schließlich angenommen hatte. Diese Vorsicht war typisch für ihn. Er mußte sich immer alles genau ansehen, bevor er sprang, denn *wenn* er sprang, tat er das mit dem größten Enthusiasmus und Engagement. Soweit er es bisher beurteilen konnte, war die Arbeit als Anwalt im Blackwater County sehr interessant, wenn auch etwas aufreibend. Man mußte sehr vorsichtig sein.

Er schenkte gerade die Drinks ein, als er Matt Gabriel die Treppe herunterkommen sah. Er lächelte und griff nach dem Whisky. Matt sah aus, als könnte er etwas Starkes brauchen.

Mr. und Mrs. Stevens, die nebeneinander auf der Chaiselongue hockten, nippten jeweils an einem Sherry und blinzelten ihn über ihre Brillengläser hinweg an. Sie waren ein merkwürdiges Paar, beide hager, blaß und bemüht, jedes Gespräch mit ihren eigenen Problemen zu dominieren und zugleich die aller anderen bis ins letzte zu lösen. Das wäre gerade noch erträglich gewesen – sie waren weder unintelligent noch unhöflich –, wenn sie nicht diese Stimmen gehabt hätten. Mrs. Stevens strapazierte die Nerven aller Gäste mit ihren schrillen Wachtelrufen, während Mr. Stevens wie ein Dudelsack auf dem letzten Ton eines Liedes brummte, das nie begonnen hatte.

Mr. Clarence Toogood, ein kleiner, rundlicher Mann mit unbestimmbarem Alter und Haaransatz, beugte sich vor, um Matt die Hand zu geben. Er gab immer jedem die Hand, morgens, mittags und abends. Dominic hatte Matt einmal erzählt, daß er Angst habe, von Mr. Toogoods forschem Griff Schwielen an seiner rechten Hand zu bekommen. Es wäre aber alles nur halb so schlimm gewesen, wenn Mr. Toogood den Händedruck unter seinem Hang zur Jovialität nicht auch noch verstärkt hätte. Den Frauen klopfte er lediglich onkelhaft auf die Schulter, die Männer jedoch erhielten jedesmal einen kräftigen Schlag auf den Oberarm, der sie aus dem Gleichgewicht brachte, wenn sie darauf nicht vorbereitet waren. Es war fast so, als betrachtete er schwere Körperverletzung als notwendigen Teil einer Begrüßung.

«Hallo, hallo, hallo», sagte Mr. Toogood, während er Matt begeistert festhielt und auf den Arm schlug.

«'n Abend, Clarence – und alle zusammen», erwiderte Matt, der sich für die Toogood-Attacke instinktiv gerüstet hatte. «Schön, daß heute abend der Kamin brennt.»

«Ja, ja, es ist schon ziemlich frisch draußen, was?» stimmte Clarence ihm zu. «Ich fürchte, uns steht ein schlimmer Winter bevor.» Er schien dieser Aussicht nichts Kummervolles abgewinnen zu können – im Gegenteil. In seinem Optimismus sah er immer *alles* in den leuchtendsten Farben. Diesen Abend trug er einen roten Pullover unter seinem braunen Tweed-Jackett und erinnerte Matt an ein aufgeplustertes, neugieriges Rotkehlchen, das die Erde wahllos und mit großem Eifer nach Würmern absuchte. Anders als bei den Stevens empfand man seine ständige Neugierde aber als angenehm. Er sagte, es sei die Bestimmung des Schriftstellers, an allem interessiert zu sein. Er verbrachte seine Tage damit, durch die Stadt zu spazieren, um sich «von der Atmosphäre inspirieren zu lassen», während er an den Abenden vor dem Fernseher döste. Wann er eigentlich an dem Roman arbeitete, den er zu schreiben behauptete, konnte niemand so genau herausfinden, aber darauf angesprochen, versicherte er immer, daß er «große Fortschritte» mache.

Dominic ging mit dem Drink zu Matt hinüber. «Schlechter Tag in Blackwater?» fragte er. Seine Stimme war leise und ruhig, hatte aber einen einnehmenden, bedeutungsschweren Klang, der im Gerichtssaal sehr überzeugend wirkte. Carl Putnam meinte, es wäre wie das Schnurren einer Katze, bevor sie zuschlägt. Putnam war sehr überzeugt von seinem neuen Assistenten – sagte jedenfalls George, der äußerst eifersüchtig auf diesen neuen Nebenbuhler um die Aufmerksamkeit und Zuneigung seines Vaters war.

«Hattest du schon mal mit dem ‹ranzigen Randall› zu tun?» fragte Matt und bezog sich damit auf den Verteidiger, dem er an diesem Tag im Gericht gegenübergestanden hatte.

«Nein, aber ich habe von ihm gehört», grinste Dominic. «Vielleicht hätte ich dir besser einen Doppelten einschenken sollen?»

«Nein, danke, dieser reicht. Er macht aus einem Fall von einer halben Stunde ein ganzes Tageswerk – und ich wollte vor dem Dinner noch jemanden treffen», sagte Matt. «Ich wurde zu meiner Zwei-Minuten-Aussage erst aufgerufen, als es schon fast fünf Uhr war.»

«Mr. Putnam meint, das liegt daran, daß Randall niemals vergißt, daß er nach Stunden bezahlt wird», lächelte Dominic. Matt Gabriel und er hatten schon einige nächtliche Gespräche geführt, seitdem er als Mieter in das Gästehaus gekommen war, und er war erstaunt gewesen, mit dem großen, grobschlächtigen Mann einen leibhaftigen Doktor der Philosophie vor sich zu haben. Als Dominic einmal geäußert hatte, daß das eine ungewöhnliche Qualifikation für einen Gesetzeshüter sei, gab Matt ihm recht, sagte aber, daß es in Streßmomenten sehr beruhigend sein könne, darüber nachzudenken, wie viele Engel auf einem Stecknadelkopf tanzen könnten.

Trotz der zehn Jahre Altersunterschied waren sie schon fast Freunde. Nun beobachtete Dominic, wie Matt sich neben Mrs. Tillotson setzte, und fand, daß er besorgt aussah.

«Es fällt mir schwer», bemerkte Mr. Stevens trübsinnig mit einem Blick auf den Kamin, «einem Feuer noch dieselbe Behaglichkeit wie früher abzugewinnen.» Mit zusammengekniffenem Mund trank er einen Schluck Sherry. «Jedesmal, wenn ich ein offenes Feuer sehe...»

«Die Kinder sind schon sehr aufgeregt wegen Halloween», versuchte Mrs. Tillotson das Thema zu wechseln, bevor die Stevens wieder anfingen, von dem Feuer in ihrem Haus zu erzählen. Sie saß dem lodernden Kamin am nächsten, und ihre Wangen glühten etwas. Sie war im fortgeschrittenen Alter, kleidete sich aber, als wäre sie kaum alt genug, zur Wahl zu gehen. Sie hatte eine gute Figur, so daß die Illusion perfekt war, wenn man sich ihr von hinten näherte. Erst wenn sie sich umdrehte und ihr breites Zahnlücken-Lächeln lächelte, kam die Ernüchterung. Da sie kleine Kinder erzog, war der Versuch, das Alter zu verleugnen, vielleicht verständlich. Sie hatte immer etwas von einem Mädchen an sich, das gerade eine Sandburg gebaut hatte und sich jetzt auf die Fingerfarben freute.

Mit einem wachsamen Blick auf Mr. Stevens, der immer noch finster den Kamin anstarrte und entschlossen schien, seine Schmährede auf alles Brennende wieder aufzunehmen, fuhr sie noch enthusiastischer fort. «Ich selbst bin ganz schön aufgeregt, um ehrlich zu sein. Mein Kostüm ist schon fertig, und ich habe mir vorgenommen, richtig ausgelassen zu feiern, denn das machen hier ja wohl alle. Sind diese unglaublichen Dinge, die ich über Halloween in Blackwater Bay höre, wahr, Matt?» Sie zwinkerte ihm neckisch zu und wirkte dabei doch völlig unschuldig. Ihre Koketterie war eine halbautomatische Waffe, geschmiedet in einer Nachkriegsjugend, die von Frauenzeitschriften und einer Mutter bestimmt wurde, die ihre Schürze *nie* ablegte. Miss Tillotson wäre mit einem Polizisten oder Farmer oder Anwalt oder Buchhalter nicht wirklich glücklich gewesen, und Matt hatte das Gefühl, daß sie es, tief in ihrem Innersten, selbst wußte. Was sie wirklich brauchte – und wahrscheinlich niemals finden würde – war ein Spielgefährte. In jeder Hinsicht.

«Kommt drauf an, was Sie gehört haben», sagte er vorsichtig. «Ich muß zugeben, daß es manchmal ziemlich wild zugeht.»

«Mmmph», rümpfte Mrs. Stevens die Nase. «Vor allem, was die niederen Instinkte betrifft.»

«Es sieht so aus, als ob der *Howl* jedes Jahr wilder wird», bemerkte Mr. Stevens. «Sie werden noch froh sein über die zusätzlichen Männer, die man Ihnen zur Verfügung stellt, Sheriff. Irgend etwas sagt mir, daß Sie sie brauchen werden. Ich habe einige üble Gerüchte gehört über Jungs, die Lemonville den Gewinn der State-Football-Meisterschaften letztes Jahr noch immer nicht verziehen haben. Es wurde auch schon viel Bier verkauft. Und was, wenn der Feuerteufel wieder zuschlägt?»

«O nein, nicht *noch* ein Feuer», stöhnte Mrs. Stevens.

«Also, es gibt keinen Grund zur Sorge», unterbrach Matt schnell. «Letztes Jahr war eine Ausnahme. Blackwater High hat dieses Jahr nicht den Hauch einer Chance, den Pokal zu gewinnen. Außerdem haben sich alle Jungs, die letztes Jahr bei den Schlägereien dabei waren, mittlerweile auf verschiedene Colleges verteilt. Wir haben herausgefunden, daß der Scheunenbrand von dem Farmer selbst gelegt wurde, um die Versicherungssumme einzustreichen. Und was die Schulen betrifft: Wir kontrollieren den Alkoholverkauf im ganzen County.»

«Die werden sich das Zeug schon irgendwie besorgen», murrte Stevens.

«Auf jeden Fall werden sie es nicht auf die Plätze kriegen», versicherte Matt. «Dieses Jahr wird der *Howl* wieder so wie früher sein – ein ungetrübter Spaß. Das einzige Feuer wird das Feuerwerk sein, und der einzige Kampf der um die ‹Königin des *Howl*›. Für die Mädchen ist es ziemlich wichtig, wer die Blechkrone tragen darf.»

Die Stevens sahen nicht überzeugt aus, aber Biddy und Clarence waren Feuer und Flamme.

Es entstand eine kurze Stille.

Dominic räusperte sich und setzte zum Sprechen an, als Miss und Mrs. Peach erschienen und die Schiebetüren zum Eßzimmer zur Seite zogen, als handelte es sich um die Vorhänge einer Broadway-Produktion. Dann drehten sie sich um und sahen die Gäste an.

«Das Dinner ist serviert», sagten sie im Duett und strahlten, jede so rundlich und leuchtend wie ein Rubens-Modell in moderner Kleidung.

Der Tisch hinter ihnen war gedeckt mit einem schneeweißen

Tischtuch, das wie Satin glänzte. Der erste Gang des Abends war bereits serviert – eine dampfende, hellrote Suppenterrine und eine Platte Delfter Fayencen, auf der kunstvoll dicke Scheiben frischgebackenen Brotes lagen. Um diesen Tafelaufsatz herum waren zehn Schalen angeordnet, verschiedenste Leckereien enthaltend, die selbst «dem Sattesten wieder Appetit gemacht» hätten – hauchdünne Gurkenscheiben in saurer Sahne, Cannelinibohnen in Vinaigrette, Chutney aus grünen Tomaten, eingelegte Wassermelone, hartgekochte Eier in Mayonnaise, Garnelen in Kreolensauce, grüne und schwarze Oliven, Artischockenboden, Mousse aus geräuchertem Schellfisch und eine Pfefferpastete, deren Rezept Mrs. Peach immer noch geheimhielt, sogar vor ihrer Tochter. Tiefblaue Schüsseln mit Molkereibutter, die noch mit winzigen Wassertropfen übersät war, rundeten das Bild ab.

«Ah», sagte Mr. Stevens und stand auf. «Essen.»

Clarence Toogood starrte ihn an, blickte auf das üppige Mahl, das sie erwartete, und schüttelte den Kopf. «Ich wette, daß er in Toscanini auch nur einen Bandleader sah», raunte er Dominic ins Ohr.

Der junge Anwalt lächelte, und sie gingen alle zusammen in den Speisesaal

Sie lehnten sich gerade zurück und genossen eine dringend notwendige Pause zwischen dem Hühnerfrikassee und der kunstvoll gestürzten Ananastorte, als Nonie mit besorgter Miene hereintrat. «Telefon für Sie, Matt. Scheint etwas Ernstes zu sein.»

Er entschuldigte sich und ging in die Halle. «Ja?»

Es war George. «Duff Bradley hat gerade angerufen, Matt. Es gab einen Unfall auf dem alten Postweg. Es ist Tom Finnegan. Er lebt noch, aber nicht mehr lange. Und er will dich sehen.»

Drei

Als er um die Kurve bog, erkannte Matt sofort, daß es an ein Wunder grenzte, wenn Finnegan noch nicht tot war. Während er am Straßenrand hinter Charleys Streifenwagen hielt, sah er bereits Fred

Boyle, den Chemielehrer der örtlichen High School, schockiert und erschüttert neben einer dunkelgrünen Limousine stehen. An seinem Fahrzeug waren keine Unfallspuren, zumindest keine, die Matt aus der Entfernung erkennen konnte.

Matt stieg aus und begann zu laufen. Der Unfallort war merkwürdig friedlich – einige Vögel zwitscherten immer noch ihre abendlichen Lieder, und Krähen zankten sich auf einem nahe gelegenen Feld. Eine leichte Brise ließ seine hastig übergestreifte Jacke flattern, und das Unkraut raschelte unter seinen Füßen.

Wahrscheinlich wäre es ein wunderschöner Abend gewesen, wenn Tom Finnegans uralte, rote Corvette nicht am zerschundenen Baumstamm einer hochgewachsenen Buche geklebt hätte, die die Straße überragte. Die letzten Strahlen der untergehenden Herbstsonne beleuchteten die Blätter in der Baumkrone wie eine prächtige goldene Aureole, während unten bereits ein dämmriger Schatten lag. In der Ferne konnte er das an- und abschwellende Heulen einer Notarztsirene hören.

Matt folgte den schlangenförmigen Bremsspuren auf der Straße und den tiefen Furchen im matschigen Seitenstreifen, sprang über die zersplitterten Reste von Riley Newcombes Lattenzaun und lief hinüber zu Charley Hart, der auf einem gelben Teppich aus Buchenlaub kniete. Tom Finnegan lag ausgestreckt unter einer rauhen, grauen Decke und wirkte unverletzt, wenn man von einigen Blutstropfen absah, die von einer Schnittwunde über einer Augenbraue herrührten. Auf den zweiten Blick erkannte man jedoch den konkaven Umriß eines eingedrückten Brustkorbs und den dunklen Fleck auf der Decke, der von dem verletzten Körper darunter ausging.

Charley rückte zur Seite, um Matt heranzulassen. Tom öffnete die Augen und starrte einen kurzen Moment in Matts Gesicht, als könne er ihn nicht gleich einordnen. Dann fing er an zu sprechen, und seine Stimme war nicht viel lauter als das Rascheln der Blätter über ihnen.

«Wollte dir sagen ... kein Unfall.»

Matt schaute Charley an und betrachtete noch einmal die Reifenspuren zwischen der Straße und dem Baum. Dann sah er wieder Tom an. Wollte er damit sagen, daß es ein Selbstmord war? Das hätte ihn nicht überrascht. Jeder wußte, daß Tom schwer krebskrank war. Unter der schlaffen Gesichtshaut zeichneten sich deutlich die Knochen ab, und seine Hand, die jetzt nach Matts griff, war ausgemergelt. Vielleicht waren die Schmerzen zu stark geworden. Vielleicht hatte ihn bei seiner Fahrt durch die herbstliche Dämmerung plötzlich die Verzweiflung gepackt bei dem Gedanken an den dunklen Winter und die wachsenden Schmerzen und seine Frau, die alles tatenlos mit ansehen mußte. Niemand hätte es ihm vorgeworfen, wenn er dem Ganzen ein schnelles Ende bereiten wollte. Matt nahm seine Hand und versuchte ihn zu beruhigen. «Ich verstehe», sagte er. «Es ist alles in Ordnung.»

«Nein... du verstehst *nicht*. Keiner hat es verstanden – nicht mal dein Vater», flüsterte Tom in einem eigenartig verärgerten Ton.

Matt runzelte die Stirn. «Mein Vater?»

Tom schloß die Augen, und es folgte eine lange Stille. Matt dachte schon, er sei gestorben, doch dann öffneten sich seine fast durchsichtigen Augenlider wieder, und Tom Finnegan starrte ihn wieder an. Er bewegte geräuschlos die Lippen und versuchte etwas zu sagen, das ihm offenbar sehr wichtig war. Wenn er an die Schwere der Verletzungen dachte, war Matt erstaunt, daß Tom überhaupt bis jetzt durchgehalten hatte.

«...und mit Jacky Morgan war es das gleiche», sagte Tom, dessen Stimme plötzlich an Kraft gewonnen hatte.

Matt sah Charley an, der mit den Schultern zuckte. Er hielt lieber nach dem Notarzt Ausschau, als auf die unzusammenhängenden Worte eines Sterbenden zu achten. Wenn der Notarzt rechtzeitig kam, würde es Tom vielleicht schaffen. Charley war ein Optimist. Matt schaute wieder zu dem alten Mann herunter, dessen Atmung schwächer wurde und der so zerbrechlich wirkte wie ein verletzter Vogel, der vom Baum gefallen war. Die knochige Hand bewegte sich und griff plötzlich mit unerwarteter Kraft zu. «Ich habe versprochen, es niemals zu erzählen, aber ich möchte mit ruhigem Gewissen sterben... Das habe ich ihm gesagt.» Der Griff lockerte sich, Tom begann zu zittern und seine Stimme war nicht mehr zu hören, auch wenn sich die Lippen weiter bewegten.

«Bringt noch eine Decke rüber», rief Charley gerade, als Toms Stimme noch einmal lauter wurde. Matt hatte die letzten Worte nicht verstanden.

«Was? Sag das noch mal, Tom.» Er bückte sich zu ihm herunter.

«Er hat mich dazu gezwungen.» Toms Stimme war aus Ärger und Verzweiflung plötzlich ganz klar, und Matt zuckte erstaunt zurück. «Er hat mich *gezwungen*, verdammt!» Tom preßte das wütend heraus. Dann bekam er einen jähen inneren Krampf, und seine letzten Worte ertranken im Blut.

Die Sirene war laut, dann wurde auch sie abrupt abgewürgt. Quietschende Bremsen, Türenschlagen und sich nähernde, eilige Schritte – aber sie kamen zu spät.

Tom Finnegan war tot.

«Und du hast niemanden gesehen?» fragte Matt Fred Boyle.

Boyle war offensichtlich immer noch mitgenommen. Charley hatte Matt erzählt, daß Boyle auf dem Rückweg in die Stadt am Unfallort vorbeigekommen war und daß er es war, der Finnegan aus dem Autowrack gezogen hatte, weil er eine Explosion oder ein Feuer befürchtete. Dann hatte er mit seinem Autotelefon Hilfe herbeigerufen.

«Nein, Matt, ich kann mich nicht erinnern, daß ich ein einziges Auto gesehen habe», antwortete Boyle mit zittriger Stimme. «Weißt du, ich habe mir das Autotelefon gekauft, als meine Frau damals sehr krank war. Ich wollte es wieder abschaffen, aber ich glaube...»

«Es kann nützlich sein», stimmte Matt behutsam zu. Es war klar, daß Boyle durcheinander war. Wenn er ein Auto gesehen hatte, bevor er zu dem Wrack kam, war es unwahrscheinlich, daß er sich jetzt daran erinnerte. Vielleicht später, wenn er sich beruhigt hatte. Auf jeden Fall gab es an seinem Wagen keine Spuren, die darauf hinwiesen, daß er an dem Unfall beteiligt war. Natürlich, Tom Finnegan hatte davon gesprochen, daß ihn jemand «gezwungen» habe, und er hätte damit Boyle meinen können, doch Matt bezweifelte das. Keiner von beiden war als leichtsinniger oder rücksichtsloser Fahrer bekannt, obwohl diese lange Kurve des alten Highway dafür berüchtigt war, selbst vernünftige Leute zu verführen, hier ihr Glück zu versuchen. Daß Boyle es mit Absicht getan hatte, klang noch unwahrscheinlicher. Soviel er wußte, standen die beiden Männer in keiner Beziehung zueinander, weder in einer freundschaftlichen noch einer feindschaftlichen, obwohl sie sich sicherlich kannten. Boyle dürfte Finnegans Kinder an der High School unterrichtet haben – er unterrichtete dort seit mindestens 25 Jahren.

Auch in seinen besten Momenten gab Boyle eine traurige Figur ab. Sein Anzug hätte eine anständige Trockenreinigung nötig gehabt, sein Haar mußte mal wieder geschnitten werden. Nach dem Tod seiner Frau war es mit ihm stetig bergab gegangen. «Wenn ich Mr. Finnegan doch nur irgendwie hätte *helfen* können. Aber ich sah schon, daß es sehr schlecht um ihn stand.»

«Ja», sagte Matt. «Ich bin überrascht, daß er überhaupt so lange durchgehalten hat.»

«Schreckliche Sache», sagte Boyle und sah weg. «In der letzten Zeit sterben so *viele* Menschen», fügte er mit unbestimmter, schwacher Stimme hinzu. «Es ist, als ob man an einem Strand steht, und die Wellen ziehen einem den Sand unter den Füßen weg. Man versinkt langsam und geht einen Schritt zurück, doch die Wellen kommen immer nach...»

Matt klopfte ihm sanft auf den Arm und ging zu einem der Sanitäter hinüber. «Ich glaube, Sie sollten sich mal um Mr. Boyle da drüben kümmern. Er steht etwas unter Schock.»

«Hat er den Unfall verursacht?» fragte der Sanitäter.

«Nein, aber er hat das Opfer aus dem Wrack gezogen», erklärte Matt. «Und er ist... ein bißchen sensibel.»

«Ich werde ihm etwas geben», sagte der Sanitäter.

Matt blickte zurück auf die zertrümmerte Corvette. Es war zu spät, um Tom Finnegan irgend etwas zu «geben». Sie legten den Toten auf eine Bahre und deckten ihn vollständig mit einer Decke zu.

Matt verzog das Gesicht. Nun begannen ihn all die «Wenn nur...» zu beschäftigen: Wenn er nur nicht zum Gericht gemußt hätte. Wenn er auf dem Heimweg nur bei Finnegan vorbeigeschaut hätte. Wenn er nur schneller hier gewesen wäre. Wenn doch die Menschen nur nicht sterben müßten.

«Wenn ich nur noch einmal Weihnachten mit ihm hätte verbringen können», sagte Mrs. Finnegan, unwillig die Tränen abwischend, die ihr die Wangen herunterliefen. Sie hatte auf die Nachricht vom Tod ihres Mannes gefaßt reagiert, hatte weder aufgeschrien noch hemmungslos losgeweint. Aber sie hatte ihre Tränen nicht unter

Kontrolle – sie kullerten unerbeten aus den Augen und bedeckten die blassen Wangen. Sie waren ihr irgendwie lästig. Mrs. Toby, die neben ihr saß, tätschelte ihr tröstend die Hand.

Die Blackwater-Bay-Elstern hatten ihr monatliches Treffen an diesem Abend im Haus der Finnegans abgehalten. Als Matt angekommen war, hatte er im Wohnzimmer einen Haufen plappernder, nähender Frauen angetroffen, deren Nadelstiche nicht nur den Handarbeiten, sondern auch dem Ansehen verschiedener Bürger Blackwater Bays galten. Ihr Klatsch war eher unterhaltsam als boshaft, denn es war im allgemeinen eine gutmütige Gruppe, und es gab während der Arbeit an einem Quilt nun einmal nichts Angenehmeres, als sich über anderer Leute Liebesaffären zu unterhalten oder über die Schnäppchen in einem bestimmten Geschäft oder die Schwierigkeiten bei der Erziehung der aufsässigen Teenager. Tee, gegenseitiges Verständnis und gewachstes Garn waren die Stützen der Elstern. Als Matt Tom Finnegans Frau die traurige Mitteilung gemacht hatte, konnte sie es schwerlich für sich behalten, und die Frauen verließen – nachdem sie Dorothy alle mitfühlend umarmt und ihre Quilts eingepackt hatten – diskret das Haus, und nur das älteste Mitglied, Mrs. Toby, blieb, um der Verwitweten weiter Trost zu spenden.

Dorothy Finnegan war eine sehr ordentliche Frau. An diesem Abend trug sie einen einfachen Rock mit passendem Pullover. Ihre graublonden Haare waren kurzgeschnitten. Sie trug weder Make-up noch Schmuck, vom Ehering und einer kleinen, goldenen Armbanduhr abgesehen. Er konnte sich nicht erinnern, sie jemals ungepflegt oder planlos gesehen zu haben, selbst als sie jünger war und sich um vier lebhafte Kinder und zwei herumtobende Hunde zu kümmern hatte. «Patent» war das Wort, das ihm in den Sinn kam, wenn er an Dorothy Finnegan dachte. Sie lachte gern, ohne jemals albern zu sein. Selbst jetzt, nachdem sie die schreckliche Nachricht erhalten hatte, machte sie den gewohnten Eindruck von Intelligenz und Effizienz.

Wären da nicht diese ununterbrochen kullernden Tränen gewesen.

«Wie ist es dazu gekommen, Matt? Lag es an seinem verflixten Wagen? Ich habe ihm immer gesagt, daß er das Fahren in seinem Alter lassen soll. Und er war so schwach...»

«Ich weiß es nicht, Dorothy. Die Spurensicherung der State Police wird den Wagen untersuchen, aber...» Er machte eine Pause und dachte über die Bremsspuren nach, über die zwei dünnen, weißen Lackspuren auf dem Kotflügel der Corvette und die sichelförmigen Furchen im Matsch, die parallel zu Tom Finnegans Reifen verliefen, dann aber auf die asphaltierte Straße zurückführten.

Ein anderes Auto war dort gewesen.

Und es hatte nicht Fred Boyle gehört. *Sein* Auto war dunkelgrün.

«Tom hat scharf gebremst, bevor er von der Straße abkam. Er wollte dem Unfall ausweichen», sagte er.

Ihre Augen trafen sich, und sie nickte verstehend, weil sie den Worten Matts entnahm, daß es sich auf keinen Fall um einen Selbstmord handelte. «Das beweist, daß zumindest die Bremsen funktionierten», fuhr er fort. «Es könnte ein Lenkfehler gewesen sein oder ein geplatzter Reifen, denn zwei Reifen waren kaputt. Sie werden alles rekonstruieren müssen. Es wird etwas dauern, bevor wir es genau wissen.» Und die weißen Streifen, fügte er im stillen hinzu, können schon vor Tagen auf irgendeinem Parkplatz entstanden sein.

Sie nickte und schwieg eine Zeitlang. Nach einer Weile sagte sie: «Tom ist losgefahren, um sich mit dir zu treffen.»

«Ja, er rief mich heute morgen an. Er wirkte ziemlich aufgeregt. Weißt du warum?» fragte Matt.

Dorothy schüttelte den Kopf. «Nein.»

«Oh.» Er war enttäuscht, weil er gehofft hatte, daß sie Toms letzte Worte vielleicht erklären könnte.

«Aber ich weiß, daß jemand nicht wollte, daß er sich mit dir trifft.» Ihre Stimme klang etwas verärgert.

«Oh?»

«Ich habe ihn heute nachmittag telefonieren gehört. Er dachte, ich wäre einkaufen, aber ich kam zurück, um meinen Zettel zu holen – ich hatte ihn auf dem Küchentisch vergessen.» Sie machte eine Pause und errötete leicht. «Ich habe ihn sprechen gehört und dachte... nun ja... Ich ging zur Tür seines Arbeitszimmers...»

Er begriff plötzlich, daß sie nicht verlegen war, weil sie gelauscht hatte, sondern weil sie ihren Mann verdächtigt hatte, mit einer anderen Frau zu sprechen. «Ich weiß nicht, wer es war, aber Tom sagte, daß er irgend etwas nicht mehr auf seinem Gewissen haben wollte... daß er mit dieser Lüge schon zu lange gelebt hätte.»

Klassische Sätze. Kein Wunder, daß sie mißtrauisch war. Er hatte den Tom Finnegan der letzten Monate vor Augen – kahlköpfig von der Chemotherapie, blaß, zittrig, schwer gezeichnet vom Krebs – und hoffte, daß er sich darüber bewußt gewesen war, wie sehr seine Frau ihn bewunderte. Sie hatte die grausamen Veränderungen an ihm nicht wahrgenommen und gefürchtet, eine andere Frau, nicht der Krebs könnte ihn ihr wegnehmen.

Sie stockte. Jetzt räusperte sie sich und fuhr fort. «Er sagte, er könnte so nicht weitermachen, egal wessen Ansehen es ruiniert. Er sagte: ‹Daran hättest du denken sollen, als es passierte. Hättest du damals die Wahrheit erzählt, wäre es für alle besser gewesen.› An dieser Stelle merkte ich...» Sie unterbrach und errötete noch mehr.

«... daß er gar nicht mit einer anderen Frau gesprochen hat», ergänzte Mrs. Toby schroff. «Ich hätte genau das gleiche gedacht, Dorothy, nach den ersten Sätzen. Hätte jede Frau. Ganz natürlich.»

Erleichterung spiegelte sich in Dorothys Blick. «Ja. Und dann dachte ich: Wenn er gewartet hatte, bis ich aus dem Haus war, um mit dieser Person zu sprechen, dann mußte es in der Tat etwas ganz Persönliches sein, und ich sollte das respektieren. Ich schlich mich also weg und ging einkaufen.» Sie lächelte reumütig. «Ich ließ sogar den Wagen die Auffahrt herunterrollen, damit er nicht merkte... wie albern von mir.»

«Und du weißt nicht, mit wem er gesprochen hat?»

«Ich habe keine Ahnung.»

«Oder worum es ging?»

«Nein, tut mir leid. Ich wünschte, ich hätte ihn gefragt.» Sie sah ihn grübelnd an. Dann fügte sie hinzu: «Es hatte etwas mit Halloween zu tun, da bin ich mir ziemlich sicher. Oder eher mit dem *Howl*.»

«Wie kommst du darauf?»

Sie seufzte und schaute sich im Zimmer um, als ob sie aus ihrer altgewohnten Umgebung Trost schöpfen könnte. «Es ist recht kompliziert», sagte sie. «Ich möchte niemandem Ärger bereiten.»

«Ach, leg einfach los, ob's Ärger gibt oder nicht», ermutigte Mrs. Toby sie. «Es könnte wichtig sein, und du weißt, daß du Matt vertrauen kannst. Nur zu.» Ihre alten, weisen Augen wandten sich

Matt zu und kündigten einen jähen Verdacht an. «Toms Tod war doch ein *Unfall*, oder?»

Er wartete einen Moment und antwortete dann wahrheitsgemäß: «Ich weiß es nicht.»

«Aha», nickte Mrs. Toby. «Ich verstehe.»

Dorothy Finnegan schien die letzten Worte nicht wahrgenommen zu haben. Sie sah auf ihre Hände, dann hob sie ihren Blick und ließ ihn im Raum umherwandern. Er verharrte einige Zeit auf einem silbergerahmten Foto über dem Kamin – ein Hochzeitsfoto, sie jünger und dunkler, ihr Mann rundgesichtig und strahlend. Dann wandte sie sich wieder Matt zu, als würde der Anblick in den Augen brennen, und holte tief Luft. Sie hielt sie lange an und atmete dann aus, als läge darin all ihr Lebenssinn. «Jedes Jahr so um diese Zeit wurde Tom sehr traurig, sehr still. Und wenn die Zeit kam, mit den Kindern zum *Howl* zu gehen, mußte *ich* immer gehen, niemals ging Tom mit. Ich fragte ihn natürlich nach dem Grund, denn ich regte mich furchtbar darüber auf, doch er lachte nur und sagte, daß er Angst vor Geistern hätte. Es muß irgend etwas an Halloween gegeben haben, das er nicht ertragen konnte. Auch danach war er immer noch einige Tage schweigsam, aber dann normalisierte sich alles wieder, und wir vergaßen es. Bis es im nächsten Jahr wieder von vorne anfing.»

«Ts, ts, ts.» Mrs. Toby schüttelte ihren Kopf und tätschelte Dorothys Hand von neuem. «Männer haben manchmal solche Launen. Einige sind wie Kinder. Bei meinem Haskell war es dasselbe mit Thanksgiving. Er ließ jedes Jahr den Kopf hängen und meinte, Thanksgiving sollte umbenannt werden in ‹Tag der Nationalen Magenverstimmung›. Das hat ihn allerdings nicht davon abgehalten, den Truthahn zu essen. Er hat mich zur Verzweiflung getrieben!»

Halloween war jedoch etwas völlig anderes als Thanksgiving. Es gab eine Seite an Tom Finnegan, die er nie bemerkt, von der er nie gehört hatte, obwohl er ihn sein ganzes Leben lang gekannt hatte – sogar gut gekannt, wie er meinte. Tom Finnegan war beim Anblick von Gespenstern und Kobolden also mulmig geworden. Natürlich hatte *jeder* seine merkwürdigen Seiten, wie sein Vater immer gesagt hatte. Einige Leute wurden komisch, richtige Scrooges, wenn Weihnachten nahte – aber hatte sich Tom Finnegan, ein gestandener Mann, wirklich vor *Halloween* gegruselt?

Oder steckte mehr dahinter?

«Ich weiß, ich weiß», sagte Dorothy, die seine Verwirrung bemerkte. «Aber so war er nun mal. Wir haben es irgendwann einfach akzeptiert und dann kaum noch bemerkt. Es war eben Toms Art. Kein Grund, viel Aufhebens darum zu machen. Ich dachte mir, vielleicht hatte er als Kind ein traumatisches Erlebnis, über das er nicht sprechen wollte. Jedenfalls, nach einer Weile wurde es leichter. Wir hatten mit dem *Howl* nichts mehr zu tun, nachdem die Kinder erwachsen geworden waren. Oh, an dem Tag selbst war er stiller als sonst, ging in sein Arbeitszimmer oder machte abends einen Spaziergang. So was in der Art. An sich nichts Besonderes, aber es gelang ihm immer, mich auf die eine oder andere Art auszuschließen.»

«Oder sich einzuschließen?» schlug Mrs. Toby vor.

Dorothy Finnegan nickte. «Genau. Er mußte damit jedes Jahr fertig werden.» Ihre Stimme drohte umzukippen, und sie machte eine Pause, um zu schlucken. «Du weißt von seinem Krebs?»

«Ja.»

«Vielleicht lag es daran, daß seine Laune dieses Jahr noch schlechter war als sonst. Vor ungefähr zwei Wochen begann er vor sich hin zu brüten, und mit jedem Tag wurde es schlimmer. Er hatte ständig Alpträume. Er blieb nachts auf, als hätte er Angst, schlafen zu gehen. Es waren nicht die Schmerzen – gegen die hatte er Pillen. Und es ging ihm auch noch nicht wirklich...» Sie machte wieder eine Pause.

«Ich glaube, ich mache uns mal einen schönen Tee», sagte Mrs. Toby plötzlich. «Der wird dir guttun, Dorothy. Du mußt auf deinen Zucker achten.» Und sie verließ zielstrebig das Zimmer.

Matt war ihr dankbar für ihre Diskretion. Er beugte sich vor und legte seine Hand auf die Dorothys. «Ist schon gut. Wenn du lieber ein andermal...» begann er, weil er die Tränen in ihren Augen bemerkte.

«Nein, ich möchte es dir erzählen», beharrte sie etwas lauter als nötig. «Ich möchte es wirklich. Denn als er heute in sein Auto stieg, war er plötzlich verändert. Er war zu irgendeiner Entscheidung gekommen.» Sie zögerte. «Ich glaube, er wollte dir etwas gestehen. Hat er es getan?»

Matt war eigentlich nicht überrascht. Er hatte mit so etwas gerechnet. Tom Finnegan hatte gegen den Tod gekämpft, um ihm noch etwas sehr Wichtiges anzuvertrauen. Was konnte es gewesen sein? Tom war lange Jahre der einzige Apotheker in Blackwater gewesen. Was hatte ihn gequält? Eine falsche Medizin, an der jemand gestorben war? Hatte er unter einer geheimen Sucht gelitten? Einer schlimmen Krankheit? Aber davon hätten auch andere gewußt. Und warum wurde es zu Halloween immer besonders schlimm? Für einen Moment ließ er seiner Phantasie freien Lauf. Hatte Blackwater Bay mit Tom nun seinen Werwolf verloren? Gabriel, sagte er sich, du siehst zu viele Horrorfilme.

«Sagt dir der Name Jacky Morgan etwas?» fragte Matt.

Sie runzelte die Stirn. «Nein, sagt mir nichts.»

«Dann weiß ich auch nicht weiter, fürchte ich. Tom hat noch gelebt, als ich kam, aber...»

«... er konnte es dir nicht mehr sagen», sagte sie mechanisch.

«Nun, er fing an... er brachte den Namen Jacky Morgan heraus. Er sprach von einem Versprechen, nichts zu verraten... aber dann... dann starb er plötzlich. Es tut mir leid.»

Sie sah ihn lange an und schien dann selbst zu einer Entscheidung gekommen zu sein. «Ich wollte es dir eigentlich nicht erzählen, aber wenn es *kein* Unfall war... und wenn du...» Sie machte wieder eine Pause, damit er die Frage beantworten konnte, die sie nicht stellen wollte.

«Bitte erzähl mir alles, von dem du glaubst, daß es für meine Ermittlungen hilfreich sein könnte», formulierte er sorgfältig.

Ihre Augen weiteten sich für einen Moment. Er hatte die Frage beantwortet. Sie atmete noch einmal tief ein. «Es war das letzte, was ich Tom sagen hörte... bevor ich das Haus verließ.»

«Ja?»

«Er sagte: ‹Bei Mord gibt es keine Verjährung, mein Freund.›»

Sie sprach jetzt wie in einer Art Agonie und wiederholte die letzten Worte. «Mein *Freund.*»

Dann brach sie zusammen.

Vier

Es war nach elf Uhr, als der Sheriff in Mrs. Peachs Pension zurückkehrte. Im Haus war es ruhig. Mr. und Mrs. Stevens waren zu Bett gegangen. Biddy Tillotson und Nonie waren im hinteren Salon damit beschäftigt, Halloween-Masken aus Pappmaché für den Kindergarten zu basteln. Dominic Pritchard und Clarence Toogood hatten sich in zwei Sessel des vorderen Wohnzimmers fallen lassen und wurden vom unheimlichen Flackerlicht des Fernsehers beschienen, in dem gerade eine Figur eines Horrorfilms jemanden verfluchte. Der Dialog wurde begleitet von gelegentlichem Schnaufen und Grunzen – Clarence schlief. Matt versuchte leise durch die Halle zu schleichen, doch Dominic erspähte ihn durch die Tür und stand auf, um ihm Gesellschaft zu leisten.

«Willst du dir zufällig noch einen Kaffee machen?» erkundigte sich Dominic.

«Stimmt», antwortete Matt, und sie gingen zusammen in die Küche. Matt knipste das Licht an und ließ seinen Blick mit Wohlgefallen über die sauberen Arbeitsflächen des altmodischen Raums schweifen. Saubere Küchen hatten etwas Beruhigendes, dachte er und fühlte, wie seine angespannten Muskeln sich allmählich entspannten. Besonders wenn die Küche hellblau- und weißkarierte Vorhänge hatte und einen dick gepolsterten Schaukelstuhl neben dem Herd. Auf dem zerkratzten, abgeschrubbten Kieferntisch in der Mitte des gekachelten Raumes stand ein Tablett mit braunen Eiern, das bereits für das Frühstück bestimmt war. Als er in die Speisekammer ging, um den Kaffee zu holen, sah er zwei große, in Musselin gewickelte Schüsseln voll Teig, die auf der Marmorplatte des Kühlregals standen. Unter den beiden straff gespannten weißen Tuchkreisen waren bereits kleine Erhebungen zu sehen – die frischen Frühstücksbrötchen für den nächsten Morgen gingen allmählich auf.

Wenn Mrs. Peach kochte, durften die Gäste die Küche nicht betreten, aber sie hatte Matt erlaubt, sich jederzeit mit Kaffee zu versorgen, weil er so unregelmäßige Arbeitszeiten hatte. Tagsüber wurde immer eine Kanne warm gehalten, aber nach dem Dinner mußte er ihn selbst zubereiten. Dominic sah sich etwas nervös um. Er genoß nicht dasselbe Privileg, und er schien damit zu rechnen, daß Nonie oder Mrs. Peach plötzlich hereinstürmten und «Eindringlinge!» riefen.

Er setzte sich auf einen Stuhl neben dem großen Tisch, nahm ein Ei vom Tablett und ließ es auf dem Tisch kreiseln, während Matt sich um die Kaffeemaschine kümmerte. Sobald sie leise vor sich hin blubberte, holte er seine Portion der Ananastorte aus der Speisekammer und trug sie zu dem Tisch, nachdem er vorher noch einen Teller und zwei Gabeln besorgt hatte. Wie gewöhnlich reichte die Portion, die Nonie ihm aufgefüllt hatte, für zwei. Dominics höfliche Weigerung klang wenig überzeugend, und so ließen sie sich beide das fruchtige Dessert schmecken. Als sie aufgegessen hatten, war der Kaffee fertig.

Dominic, dessen Gefühl für den richtigen Zeitpunkt bewundernswert war, setzte schließlich zum Sprechen an. «War es schlimm?» Seine Stimme klang eher mitfühlend als neugierig. Er fragte nach Matts Eindrücken und nicht nach irgendwelchen blutigen Details des Unfalls.

«Ein alter Freund ist auf dem Highway gestorben», sagte Matt. «Ist mit seinem Auto gegen die große goldfarbene Buche gefahren.»

«Das tut mir leid», sagte Dominic. Er sah Matt die Trauer an und fragte sich, wie er mit all dem Leid fertig wurde, das er sich in seinem Beruf ansehen mußte. Oder, wie in diesem Fall, mit seinem eigenen Schmerz. Dominic beschäftigte das, weil er nicht wußte, ob er damit so gut umgehen könnte wie Matt. Anders als viele «moderne» junge Männer war er stolz darauf, sensibel und einfühlsam zu sein, aber die Vorstellung, Klienten wegen Berufsvergehen oder sogar im Gefängnis betreuen zu müssen, jagte ihm Angst ein. Würde er die Nerven behalten? Würde er mit den Ereignissen innerhalb und außerhalb des Gerichts fertig werden? Anwälte mußten heutzutage sehr belastbar sein. Es gab zu viele traurige Fälle.

Und zu viele Anwälte.

«Ich nehme an, einige werden es für eine Fügung des Schicksals halten», sagte Matt langsam. «Tom hatte Krebs im Endstadium und nur noch wenige Monate zu leben. Es wäre sehr schmerzhaft geworden – und es ist ihm so erspart geblieben. Andererseits hatten er und seine Frau damit gerechnet, die letzten Tage gemeinsam zu verbringen. Vieles bleibt nun ungesagt. Unvollendet.» Er rührte Sahne in seinen Kaffee. «Zum Beispiel, warum er sich überhaupt mit mir treffen wollte.»

«Du meinst, er war auf dem Weg hierher?»

«Zu meinem Büro», sagte Matt. Er erzählte Dominic von dem morgendlichen Telefongespräch, von Finnegans letzten gestammelten Sätzen am Unfallort, von den Spuren auf der Straße und an Finnegans Wagen und von seinem Besuch bei Mrs. Finnegan.

«Sie glaubt also, jemand hat ihn von der Straße abgedrängt, um zu verhindern, daß er spricht», sagte Dominic, als Matt seine Erzählung beendet hatte.

«Vielleicht.»

«Sie ist die einzige Zeugin des Gesprächs.»

«Stimmt.»

«Glaubst du, daß er von der Straße abgedrängt wurde?»

Matt zögerte. «Er hat es mehr oder weniger selbst gesagt.»

«Er sagte, er wurde ‹gezwungen› – entweder die Straße zu verlassen oder das Geheimnis für sich zu behalten», betonte Dominic. «Außerdem sagtest du, daß er etwas wirr geredet hätte.»

«Du willst, daß ich beide für wirr halte – ihn und seine Frau?» wurde Matt unwirsch. «Er wußte verdammt genau, daß er den Unfall nicht überleben würde!»

«Ja, aber du weißt nicht, *wozu* er gezwungen wurde», beharrte Dominic. «Wer kam auf die Idee, daß es ein Mord gewesen sein könnte, du oder sie?»

«Ich habe nichts...»

«Aber du hast es offen gelassen – hast sie rätseln und kombinieren lassen... Die Launen, das mitgehörte Gespräch...»

Matt seufzte. «Ja, kann sein. Habe ich wohl getan. Ich war selbst so mißtrauisch. Vielleicht habe ich sie das spüren lassen.»

«Und daraufhin erinnerte sie sich an das Gespräch.»

«Ja, stimmt», sagte er zerknirscht. «Vielleicht hat sie mir nur erzählt, was ich hören wollte.»

«Könnte sein», sagte Dominic. «Andererseits könntet ihr beide natürlich recht haben, und er wurde tatsächlich von der Straße abgedrängt.» Er machte eine kurze Pause und fragte dann hastig: «Welche Farbe hat das Auto seiner Frau?»

Matt sah den jungen Anwalt erschrocken an. Dann lächelte er. «Hellblau. Und ihre Gäste waren noch da und nähten an ihren Decken, als ich kam. Sie waren schon da, bevor Tom das Haus verlassen hat.»

«Hmmh», gab Dominic von sich, scheinbar unbeeindruckt.

«Ich habe mich erkundigt, als ich wieder im Büro war», gab Matt zu. «Soweit ihr Versicherungsvertreter weiß, ist Toms Lebensversicherung nur durchschnittlich hoch, nichts Besonderes.»

«Vielleicht haben sie noch woanders Versicherungen abgeschlossen. Vielleicht war noch eine alte Police fällig. Oder er hatte irgendwelche Bankkonten. Es gibt viele Möglichkeiten, Geld zu verstecken», spekulierte Dominic.

Matt sah ihn anerkennend an. Es steckte ein fähiger Anwalt in ihm. Von Natur aus mißtrauisch, alles auslotend und viele Fragen stellend. «Worauf willst du eigentlich hinaus?»

Jetzt sah Dominic erschrocken aus. Er hatte den Fall wie eine theoretische Aufgabe behandelt und völlig vergessen, daß der Tote Matts Freund und ein geliebter Ehemann gewesen war. Er errötete leicht. «Ich will auf gar nichts hinaus. Nur daß ein Verdacht auch auf kargem Boden mit wenig Dünger gedeihen kann. Mit dem, was du jetzt in der Hand hast, riskierst du einen glatten Reinfall.»

«Auch die State Police war nicht überzeugt», sagte Matt langsam. «Sie waren natürlich erst da, als er schon tot war. Sie haben nicht gehört, was er gesagt hat – oder seine Frau. Die Spurensicherung hat einen Abdruck der Reifen neben der Straße genommen. Wir haben sofort gesehen, daß die Spuren nicht von Fred Boyles Auto stammen können. Außerdem ist sein Auto grün, kann also keine weißen Streifen auf der Corvette hinterlassen haben. Sie könnten die Automarke über die chemische Zusammensetzung des Lacks bestimmen – aber ich hatte nicht den Eindruck, daß sie das für nötig hielten. Sie gingen davon aus, daß die weißen Schrammen schon älter sind.»

«Was wirst du jetzt tun?» fragte Dominic.

«Das einzige, was ich tun kann», sagte Matt, «ist nichts. Fürs erste.»

«Die Leute vergessen häufig, daß das Nichtstun eine gute Alternative sein kann», sagte Dominic ernst.

Sie hingen eine Weile ihren Gedanken nach, dann unterbrach Dominic die Stille.

«Der Name, den Tom Finnegan nannte, kommt mir irgendwie bekannt vor», sagte er nachdenklich.

«Jacky Morgan?» fragte Matt. «Ich habe in allen Akten meines Vaters gesucht, die ich auftreiben konnte, aber ich habe nichts gefunden. Ich weiß auch nicht, wie weit ich sie zurückverfolgen soll. Jedenfalls ist Morgan kein seltener Name. Ich könnte dir auf Anhieb zehn Morgans aus unserem County nennen.»

«Und kein Jacky dabei?»

«Nein. Ich weiß nicht mal, ob es ein Mann oder eine Frau ist.»

«Komisch, ich kann mich nicht erinnern, wo ich den Namen schon gehört oder gesehen habe... aber er ist mir begegnet, irgendwann in den letzten Wochen.»

«Was hast du in den letzten Wochen denn gemacht?» fragte Matt.

«Ich bin alte Fälle durchgegangen, habe Ordner entrümpelt, aufgeräumt und mich über die laufenden Fälle informiert. Ich will eingearbeitet sein, wenn Mr. Putnam demnächst Urlaub nimmt. Wenn ich mich nur erinnern könnte...» Er zuckte die Schultern. «Tut mir leid. Ich könnte morgen natürlich Mr. Putnam fragen, wenn du willst.»

«Später vielleicht», sagte Matt. Er hatte keine Lust, noch mehr Leute in diese Sache hineinzuziehen, die sich leicht als Sturm im Wasserglas herausstellen konnte. «Eigentlich spielt es ja keine direkte Rolle. Wenn die State Police allerdings feststellt, daß es ein Mord war...»

«Steht das für dich nicht schon fest?» fragte Dominic leise.

Matt sah ihn an. «Offiziell nicht», sagte er vorsichtig.

«Das habe ich mir gedacht.» Dominic nickte und schwieg.

Matt war enttäuscht. Für einen Moment hatte er geglaubt, daß ihm Jacky Morgan in den Schoß fallen würde, daß er einen Faden aufnehmen und ihn verfolgen könnte, bis er zu dieser oder jener Lösung gekommen wäre, mit der er sich dann hätte zufriedengeben können. Er hatte es sich zu leicht gemacht und zuviel erwartet. Er konnte absolut falsch liegen. Aber andererseits... vielleicht lag er doch richtig.

«Augenblick mal», sagte er. «Du hast doch auch andere Sachen gemacht in den letzten Wochen. Ferngesehen zum Beispiel, bist ins Kino gegangen, hast Zeitungen gelesen, Bücher...»

«Ja, *das* wäre eine Möglichkeit!» unterbrach Dominic.

«Was?»

«Zeitungen. Wie wär's mit dem Chronischen? Haben die keine Karteien, alte Jahrgänge, so was in der Art?»

Matt lächelte. Dominic hatte sich offensichtlich einige der hiesigen Abkürzungen angeeignet, zum Beispiel «Der Chronische», den Spitznamen ihrer Wochenzeitung. Man hatte ihn ihr verpaßt wegen ihrer ständigen Druckfehler und ihres Hangs, hinter den alltäglichsten Ereignissen das Schlimmste zu vermuten. (So wie *er* es gerade tat.) «Die alten Jahrgänge werden dort bestimmt aufgehoben. Mr. Gibbons ist ein Herausgeber der alten Schule, wie man so sagt.»

«Also, warum nicht mal einen Blick reinwerfen?»

Matt schüttelte den Kopf. «Es würde zu lange dauern und ich...»

«*Ich* könnte es machen», hörte Dominic sich sagen. «Du hast gesagt, Tom Finnegan hätte sich immer zu Halloween so seltsam benommen. Was ihm zu schaffen gemacht hat, muß also um diese Zeit herum passiert sein. Ich brauche nur die Oktober-Ausgaben zurückzuverfolgen. Vielleicht finde ich etwas, das meiner Erinnerung auf die Sprünge hilft. Ich könnte das in der Mittagspause erledigen.»

«Aber warum zum Teufel willst du das tun?»

Dominic hob gekünstelt die Schultern und machte eine Unschuldsmiene. «Nun ja, ich habe in meiner freien Zeit im Moment nichts zu tun. Und ich würde dir gerne helfen.»

«Wirklich?» fragte Matt zweifelnd.

«Klar», sagte Dominic lässig. «Warum nicht?»

Matt betrachtete ihn. Der Mund des jungen Mannes verzog sich langsam zu einem Lächeln – ein Lächeln, das an den Ausdruck eines Wolfes erinnerte, der eine Troika verfolgt und merkt, daß die Pferde ermüden. Matt starrte ihn lange an – und dann fiel es ihm ein.

Emily Gibbons arbeitete bei der Zeitung ihres Vaters.

Und Dominic Pritchard war den ganzen Sommer über in der Stadt gewesen.

Und hatte sich umgesehen.

Fünf

«Es tut mir leid um Finnegan», sagte Matt.

«Mir auch.» Daria Grey stand am Fenster und sah auf die Bucht hinaus.

Sie waren in ihrem neuen Studio – eine ehemalige Redwood-Terrasse, die sich über die ganze Front des großen Hauses an der Spitze von Paradise Island entlanggezogen hatte. Schneeregen verdunkelte den Horizont und floß in Schlangenlinien an dem gläsernen Dach und den gläsernen Wänden herunter, die drei Viertel der Terrasse abdeckten. Nur die Vorderkante war noch dem Wetter ausgesetzt. Die nicht überdachten Dielen waren von der eisigen Nässe dunkler geworden und glitzerten. Auf der unbepflanzten Erde der Übertöpfe entlang der Brüstung hatten sich Pfützen gebildet, und von einem rann ein dünner Faden trüben Wassers herunter.

Unten erstreckte sich ein ungepflegter Garten bis zu einem schmalen Sandstrand. Trotz des wolkenverhangenen Morgens war das Licht in dem Studio perlmuttfarben, ein Licht ohne Schatten, das wie geschaffen war für Darias Malerei, wie Matt wußte. Es war offensichtlich, daß sie zum Arbeiten hier war, denn eine vorbereitete Leinwand stand auf der Staffelei, aber die Farbtuben waren noch verschlossen, und die Palette lag sauber neben den Flaschen mit Leinöl und Terpentin.

Die Stützrippen dieses neuen Aufbaus waren mit Lichtröhren versehen, die es ihr auch nach Einbruch der Dunkelheit ermöglichten weiterzuarbeiten. Im nächsten Sommer würden Leute, die noch spät auf dem Wasser waren, sie an ihrer Staffelei sehen. Es würde so aussehen, als schwebte sie in einer rechteckigen Lichtblase über dem Boden und dem Rest des Hauses.

Er hielt sie von ihrer Arbeit ab, er wußte es, aber er mußte mit ihr sprechen. Es war ein Bedürfnis, das täglich größer wurde.

Daria hatte das frisch getaufte *Hope House* erst vor kurzem von den vorigen Eigentümern gekauft. Sie war eine großartige, talentierte Künstlerin. Sie hatte gerade begonnen, sich einen internationalen Ruf als Malerin zu erwerben, als ihr wohlhabender und krankhaft eifersüchtiger Ehemann einen Feldzug gegen sie gestartet hatte, um sie geistig und körperlich zu zerstören. Jetzt war er tot, und sie war frei. Der wiedererwachte Wunsch, sich der Leinwand zu widmen, hatte ihr bewiesen, daß sie schließlich über die Todesängste der letzten Jahre triumphieren würde, in denen sie nicht einmal ans Arbeiten hatte denken können.

Daher ihre dringende Suche nach einem Studio, in dem sie die Malerei wieder aufnehmen konnte – und daher der kurzentschlossene Kauf des großen Hauses.

Nachdem das Studio fertiggestellt war, hatte sie die Bauarbeiter auf die Innenräume des dreigeschossigen Hauses losgelassen, um komfortable Wohn- und Arbeitsbereiche für ungefähr acht Personen plus Personal zu schaffen. Wenn im nächsten Frühling der Umbau des Hauses beendet war, wollte sie vielversprechenden Kunstschulabsolventen einjährige Stipendien gewähren, damit sie einen ruhigen Ort hätten, an dem sie ihren Stil entwickeln, für erste Ausstellungen produzieren und sich vielleicht einen eigenen Namen machen konnten. Sie hatte das Vermögen ihres verstorbenen Mannes benutzt, um eine Stiftung zur Durchführung dieses Vorhabens zu gründen – ein Plan, der sie mit einem gewissen Stolz erfüllte. Nach den niederschmetternden Erfahrungen der letzten Monate wollte Daria Shanks Grey helfen, die Welt wieder etwas kreativer zu gestalten.

Zuerst hatte sie beabsichtigt, selbst in das Haus zu ziehen, doch nach langen Diskussionen hatten sie und ihre hitzköpfige Tante Clary sich dafür entschieden, in ihrem kleinen Cottage im hinteren Teil von Paradise Island zu bleiben. Dort war die verwaiste Daria aufgewachsen, und dort fühlte sie sich zu Hause. Dort konnten Matt und sie ausspannen und ihre Verliebtheit genießen. In ihrer neuen Galerie in der Main Street oder hier im *Hope House* war sie die berühmte Künstlerin. In dem alten Cottage konnte sie einfach die gleiche Daria wie früher sein. Leider wohnte in dem Cottage auch Tante Clary. Und auch sie war die gleiche wie früher.

Tante Clary Shanks war eine altmodische und auf Anständigkeit bedachte Frau. Sie akzeptierte Matt und seine Werbung um ihre Nichte, doch diese Billigung erstreckte sich nicht auf ein «Techtelmechtel» unter ihrem Dach, wie sie es nannte. In der ersten Zeit stellte dies für ihre gegenseitige körperliche Erkundung kein Hindernis dar. Daria war bereits gegen Ende des Sommers ein regelmäßiger Gast in Matts kleiner Wohnung über der Garage gewesen. Aber jetzt, da Matt bei Mrs. Peach zur Miete wohnte, hatte der sexuelle Aspekt ihrer Beziehung groteske Züge angenommen.

Wenn die Beziehung nicht so jung und unerprobt gewesen wäre, hätten sie wahrscheinlich darüber gelacht. So aber mußte die Sexualität entweder sorgfältig geplant werden und wurde dadurch kalt, oder sie verkam wie letzte Nacht zu einer verpaßten Gelegenheit und wurde ihnen dadurch fremd. Sie empfanden keine große Leidenschaft, die die sexuelle Befriedigung über alles stellte und zu allen Mitteln greifen ließ, um zur Erfüllung zu gelangen. Eher reifte in ihnen die Erkenntnis, daß ihre individuellen Leben, so schwer sie auch ineinander aufgingen, ohne den anderen unvollständig waren. Beide waren in ihrer ersten Ehe tief verletzt worden. Vielleicht waren sie deshalb übervorsichtig. Es hätte ihnen geholfen, wenn sie sich weniger Gedanken gemacht hätten und es einfach riskiert hätten, zusammenzuleben. Aber das lag nicht in der Natur der beiden.

In Blackwater machte man sich Sorgen um sie.

Sogar Tante Clary rang sich zu dem Entschluß durch, über den Winter ihre entfernte Cousine in Miami zu besuchen – «was ich nicht weiß, macht mich nicht heiß» –, in der Hoffnung, damit einer Frühlingshochzeit den Weg zu bereiten.

Als sich Daria nun umdrehte und Matt betrachtete, dem das Haar naß auf der Stirn klebte und dessen neue Uniform wie angegossen saß, fühlte sie, daß sie ihn begehrte. Für einen Moment lag ihr der Wunsch auf der Zunge, sich mit Blick auf den Regen und die Möwen gleich hier zu lieben, doch dann hörte sie die Rufe der Bauarbeiter aus einem anderen Teil des Hauses und preßte ihre Lippen zusammen.

Auch Matt wollte sie in die Arme nehmen – nicht weil er sie begehrte – das tat er immer –, sondern weil er ihren Halt brauchte. Er wollte ihre Wärme und Wirklichkeit spüren, weil ihn die Verwirrung wegen Tom Finnegan noch nicht verlassen hatte.

«Wenn es doch bloß aufhören würde zu regnen!» brach es plötzlich aus ihm heraus.

«Warum?» fragte sie erstaunt.

«Weil ich jetzt einen Spaziergang brauchen könnte. Im Gehen fällt es mir leichter zu denken, und ich würde gern deine Meinung hören, was ich wegen Tom jetzt unternehmen soll – wenn ich überhaupt etwas unternehmen soll.»

«Wegen Tom? Du meinst wegen seiner Beerdigung?» Sie war von Matts Ausbruch verwirrt. «Kümmert sich seine Frau nicht darum?»

«Nein. Ja. Ja, natürlich.» Er machte plötzlich drei Schritte auf sie zu, nahm ihren Arm und ging zur Treppe.

«Hey, ich wollte eigentlich malen ...» begann sie.

«Es dauert nicht lange.»

«Ich *möchte* nicht im Regen spazierengehen, Matt», protestierte sie.

«Dann fahren wir eben. Ich will nur weg von hier», sagte er. Er nahm ihren Mantel vom Haken neben der Tür, legte ihn ihr mit der flüchtigen Zärtlichkeit einer Mutter, die ihr Kind für die Schule fertig macht, über die Schultern und eilte mit ihr zum Auto. Fünf Minuten später waren sie auf dem Highway Richtung Hatchville.

«Was das wirklich nötig?» fragte sie mit ruhiger Stimme. Sie wußte noch nicht, ob sie verärgert sein sollte oder nicht. Einerseits tat es gut, so nah bei ihm in dem engen Auto zu sitzen, aber andererseits hatte er sie nicht gefragt, ob sie hier überhaupt sitzen wollte. Ein Mädchen wollte gefragt werden. Sie war kurz davor, sich für den Ärger zu entscheiden, als er zu sprechen begann.

«Ich glaube, ich habe Angst, Derry.»

Alle Gedanken an vorgetäuschte oder wirkliche Verärgerung schwanden dahin. «Wovor?»

«Entweder ich bin verrückt, was durchaus möglich ist, oder jemand hat Tom Finnegan von der Straße abgedrängt, so daß er gegen den Baum fuhr. Jemand der wußte, daß er mir ein Geheimnis erzählen wollte.»

«Großer Gott. Meinst du das ernst?»

«Ja.» Und er erklärte ihr warum.

Sie blieb eine ganze Weile still. Als sie sprach, klang es so behutsam, als würde sie auf ein Kind mit zuviel Phantasie einreden. «Du bist sicher, daß du jetzt nicht *überall* Morde siehst?»

Die Scheibenwischer quietschten ihre Mißbilligung.

«Wegen letztem Sommer?» fragte er.

«Hmm.»

Er schüttelte den Kopf. «Nein. Ich habe mich das auch gefragt, fast die ganze Nacht. Aber ich glaube nicht, daß ich nur Gespenster sehe. Du warst nicht dabei, Derry. Du hast Tom nicht *gehört* und hast nicht gesehen, wieviel Mühe er sich gab, durchzuhalten, nur um mir mitzuteilen, was ich wissen sollte. Und dann bekam er es nicht heraus. Wer immer ihn zum Schweigen bringen wollte, hat es geschafft.»

«Was hält die State Police davon?»

Er zuckte mit den Schultern. «Ich habe sie auf einiges hingewiesen, aber ich hatte nicht den Eindruck, daß sie sehr überzeugt waren. Ich vermute, sie stufen es als Unfall ein und legen es zu den Akten. Aber es war keiner. Ich bin mir *sicher*, daß es keiner war.»

Sie rasten jetzt nicht mehr an Feldern und Wäldern vorbei die Straße entlang, das Regenwasser wie einen Hahnenkamm hinter sich herziehend. Der erste Ausbruch seiner Wut und Verzweiflung war vorübergegangen, als er ihr von seiner Verwirrung erzählt hatte. Er wandte seinen Blick kurz von der schimmernden, halb überschwemmten Straße ab und sah sie an. Der Regenmantel lag immer noch wie ein Umhang auf ihren Schultern, der Kragen hing schief hinter ihrem Kopf. In ihren kurzen Locken glitzerten Regentropfen. Auch ihre Wangen hatten einige Tropfen abbekommen, und einer hing an ihrer Nasenspitze. Es war ihre Nase, die ihm am besten gefiel – lang, kräftig und mit einer fein ziselierten Spitze, ein schwungvoller Kontrapunkt zur fließenden Linie ihres Kinns und zu den ausgeprägten Wangenknochen.

Sie lachte ihn wegen seines Hirngespinsts nicht aus – das würde sie nie tun. Und sie stritt die Möglichkeit, an die er dachte, nicht ab.

Sie dachte darüber nach.

Spätestens jetzt war er sich völlig sicher, daß sie ihn liebte.

«Was wirst du jetzt tun?» fragte sie schließlich.

«Erst einmal kann ich nichts tun.» Sie fuhren weiter. «Sagt dir der Name Jacky Morgan etwas?» fragte er nach einer Weile.

Sie zog die Stirn in Falten. «Kommt mir irgendwie bekannt vor.»

«Ja, mir auch. Unsere Akten und Register sind durch den Umbau völlig durcheinander geraten. Gestern abend habe ich ein paar überflogen, aber ich konnte nichts finden. Dominic Pritchard wird sich deswegen mal die alten Jahrgänge des *Chronicle* ansehen.»

«Warum machst du das nicht selbst?»

«Zu offiziell. Im Moment ist es wohl klüger, den Unfall zu akzeptieren. Wenn ich mehr herausgefunden habe, kann ich mir vielleicht ein klareres Bild machen.»

«Warum Dominic?»

«Er war gerade zur Hand.» Matt gewann sich doch noch ein Lächeln ab. «Und er hat sich angeboten. Ich glaube, Blackwater Bay wird ihm bereits langweilig.»

Daria sah zu ihm herüber und bemerkte die Anspannung in seinem Gesicht. Er war kein geborener Gesetzeshüter. Er paßte viel besser auf irgendeinen College-Campus, wo er unter einem Baum Descartes diskutieren konnte. Es war ihm schwergefallen, in die Fußstapfen seines Vaters zu treten, aber er schien sich verpflichtet zu fühlen, Verantwortung zu übernehmen. Inzwischen waren die Grenzen zwischen dem, was er war, und dem, was er meinte sein zu *müssen*, unscharf geworden.

Sie wußte, was ihn am meisten ärgerte – nicht der Mord selbst, obwohl das schlimm genug war, sondern die Störung der Stadt und der Lebensweise, mit der er aufgewachsen war und die er zu erhalten hoffte. Blackwater Bay wurde in das zwanzigste Jahrhundert gezerrt, obwohl es schrie und darum bettelte, in Ruhe gelassen zu werden. Es war lange möglich gewesen, hier ein friedliches und gesichertes Leben zu führen. Nun löste sich der Traum langsam auf. Vielleicht war es immer eine Illusion gewesen, aber dann hätte der Sheriff – Vater oder Sohn – davon wissen müssen. Und er hatte bis zum letzten Sommer nichts davon bemerkt.

Als sie ihn nun beobachtete, wußte sie, daß er sich der unheilvollen Entwicklung gegenüber immer hilfloser fühlte. Ob er nun der geborene Sheriff war oder nicht, er fühlte sich schuldig dafür, daß es nicht gelang, das Gute der Stadt und ihren unverwechselbaren Charme zu bewahren.

Sie wünschte, sie hätte ihre Welt ausdehnen und ihn mit einschließen können, aber er hätte es weder gemocht noch angenommen. Er würde in den nächsten Jahren lernen müssen, was sie bereits begriffen hatte: daß man an einigen Dingen nicht festhalten konnte und es auch nicht versuchen sollte. Er war nicht dumm, er würde es einsehen. Am liebsten hätte sie diese schmerzliche Erfahrung nicht mit angesehen, aber wenn sie ihn liebte, hatte sie keine andere Wahl. Sie konnte ihm höchstens ab und zu die Augen schließen.

«Jetzt, hast du also nicht vor, etwas wegen Tom Finnegan zu unternehmen?»

«Nein. Ich habe ja gesagt...»

«Dann nimm die nächste links.»

«Was?» Er sah sie an.

«Die nächste Straße links. Den Weg dort.»

Er tat, was ihm gesagt wurde, und sie rumpelten den Kiesweg bis zu einem kleinen Wäldchen entlang. «Halte hier», befahl sie.

«Warum, zum Teufel?» wollte er wissen.

«Und stell den Motor ab.»

Er folgte ihren Anordnungen und wandte sich ihr dann zu. «Nun?»

«Ich habe gehört, daß sich die Sitze in deinem tollen neuen Auto flach herunterklappen lassen», sagte sie. «Das habe ich in einer Anzeige gelesen. Stimmt das?»

Matt starrte sie an und begann zu lächeln. «Äh, ja, das stimmt.»

Sie sah ihm in die Augen. «Zeig's mir», sagte sie sanft.

Dominic hatte wirklich die Absicht gehabt, den nächsten Morgen zum *Chronicle* zu gehen, aber man hat sein Schicksal nicht in der Hand – vor allem nicht, wenn man ein junger Mann in einer untergeordneten Position ist. Zwei neue Verträge flatterten in die Büros von Crabtree & Putnam, und in jedem gab es mindestens zweihundert Klauseln, Ungenauigkeiten und Widersprüche zu berücksichtigen. Es war daher bereits Mittag vorbei, als er vorsichtig die Büroräume des *Blackwater Bay Weekly Chronicle* betrat. Hier war es so ruhig, daß er sich nicht mehr sicher war, ob das Büro auch während der Mittagsstunden geöffnet hatte – obwohl die Tür nicht abgeschlossen war.

Keine Klingel kündigte ihn an, also schloß er die Tür hinter sich und schaute sich interessiert um. Es sah aus, wie ein echtes Zeitungsbüro in einer Kleinstadt wohl aussieht: ein nettes, modernes Arrangement von Tischen und Akten, ganz ohne den üblichen Hollywood-Zusatz eines grantigen alten Mannes in Ärmelschonern und grüner Schirmmütze, der, die Füße auf dem Schreibtisch, eine Pfeife rauchte und ein Buch von H. L. Mencken las.

Tatsächlich war sogar nur ein Mädchen da. Sie trug Jeans und einen hellblauen Pullover, keine Ärmelschoner. Sie aß ein Croissant und wischte sich geistesabwesend die Krümel von ihrer ansehnlichen Oberweite. Das aufgeschlagene Buch auf ihrem Schreibtisch war von Peter Drucker, und auf ihrem Schoß lag ein halbfertiger, gequilteter Kissenbezug. Ein wirklich modernes Mädchen also – hin und her gerissen zwischen Betriebswirtschaft und den weiblichen Künsten.

Sie schaute auf, als er die Tür schloß. Ihre Augen waren so dunkel wie geschmolzene Schokolade. Sie sahen aus, als hätten sie keine Pupillen, und überraschten in einem Gesicht, dessen Haut trotz des gerade zu Ende gegangenen Sommers eine zarte Blässe zeigte. Ihr Haar war ebenfalls braun, und ihre Figur, obwohl kurvenreich, ähnelte der einer Elfe. Sie blickte ihn kurz an und fragte dann: «Was hältst du von Schnur?»

Er überlegte. «Ich glaube, es gibt in vielen Fällen überhaupt nichts Besseres.»

Die dunklen Augen blickten ihn durchdringend an. «Okay», sagte sie mit einem Grinsen. «Bestanden.»

«Glück gehabt. Wer fällt durch?»

«Kommt darauf an», sagte sie. «Es ist ein individueller Test mit individuellen Kriterien. Ich persönlich würde jeden durchfallen lassen, der ‹Häh?› sagt oder ‹Sagten Sie Schnur?› oder ‹Keine Ahnung›. Wen würdest du durchfallen lassen?»

«Ist das der zweite Teil des Tests?» fragte er mißtrauisch.

Für einen Augenblick war sie unsicher. «Könnte sein, ja. Aber was hast du auf dem Herzen? Laß jetzt nur nicht nach», sagte sie und stand auf. Ihre Nadelarbeit fiel vom Schoß, aber sie fing sie mit der Stiefelspitze auf und kickte sie auf den Tisch.

«Alte Jahrgänge», sagte er. «Ich muß etwas nachsehen.»

«Okay. Wie weit zurück?» Sie lehnte sich über die hohe Theke, die den Eingangsbereich vom Büro trennte, und stützte das Kinn auf beide Hände. Er kam zu dem Schluß, daß das Kissen eine Ausnahme war und wohl nie fertiggestellt würde. Er hatte sich ganz diskret nach ihr erkundigt. Sie war 23 Jahre, noch zu haben und sehr temperamentvoll. Von nahem konnte man den Elan in diesen dunklen Augen gefährlich funkeln sehen.

«Zwanzig Jahre. Vielleicht mehr.»

«Hmm. Da müssen wir auf den Dachboden. Du wirst dir dein Armani-Jackett schmutzig machen», sagte sie, während sie ihn musterte. «Bist du dir sicher, daß du morgen nicht lieber mit einem Overall wiederkommst?»

«Ich stehe treu zu den Trockenreinigern Amerikas», erwiderte er. «Sie messen sich an meinen Herausforderungen.»

Sie ging zum Ende der Theke und hob eine Klappe hoch, um ihn durchzulassen. «Bist du auf der Durchreise oder willst du dich hier niederlassen?» fragte sie über ihre Schulter, als er ihr zwischen den leeren Tischen hindurch folgte.

«Weiß noch nicht», antwortete er.

Sie nahm einen Block und einen Bleistift vom letzten Tisch. «Name?»

«Dominic Pritchard.»

Sie zögerte eine Sekunde. «Neuer Juniorpartner von Mr. Carl Putnam, dem örtlichen Gesetzesfuchs?»

«Fast richtig.»

«Aha. Und du hast gerade die Law School abgeschlossen. Du mußt was drauf haben.»

«Und du mußt dich erkundigt haben.»

Sie blickte kurz auf, und ihre Wangen färbten sich rosa. Sie ließ Block und Stift wieder auf den Tisch fallen. «Ich bin Reporterin. Ich *muß* mich erkundigen.»

«Und ich bin Anwalt. Ich muß mich ebenfalls erkundigen. Ich habe mich über dich erkundigt.»

«Oh, wirklich?»

«Ja.»

«Du hast wohl Langeweile. Was Interessantes herausgefunden?»

«Dies und das. Nichts wirklich Schlechtes.»

«Dann mußt du mit den falschen Leuten gesprochen haben», sagte sie forsch. Sie ging zu einer Tür und öffnete sie. «Hier geht's zu unserer wunderschönen Bibliothek. Und paß auf die Spinnen auf.»

«Beißen sie?»

«Nein, aber sie können *richtig* sarkastisch werden.»

Er war von ihr entzückt. Als Dominic mit hoffnungsfrohem Herzen die steile, enge Treppe hinaufstieg, genoß er den Anblick des vorausgehenden Mädchens. Oben fand er sich auf einem überfüllten, aber ordentlichen Dachboden wieder. Lange Regalreihen verloren sich in der Entfernung, denn der Raum erstreckte sich über die gesamte Länge des Gebäudes, auch über den hinteren Teil, wo im Erdgeschoß die Druckerei untergebracht war, wie er vermutete.

Emily drehte sich um und winkte ihn mit einer anmutigen Bewegung zu sich. «Unsere Druckerpresse hat ihre Arbeit kurz nach dem Bürgerkrieg aufgenommen. Damals täglich, heute wöchentlich. Einige sagen, nicht nur mit der Anzahl der Ausgaben hätte es nachgelassen. Ich glaube einfach, daß die Leute heutzutage langsamer lesen. Die gebundenen Jahrgänge gehen bis 1988, die losen Ausgaben, nach Monaten sortiert, bis zur letzten Woche. Das wirklich Aufregende und Interessante ist während der Prohibition passiert, danach gab's nur noch Hochzeiten und Beerdigungen. Im Sommer jobben manchmal Journalistik-Studenten bei uns. Wir schicken sie hier rauf, um zu sortieren und zu binden. Wenn sie's länger als einen Monat aushalten, dann meinen sie's wirklich ernst.»

Er sah sie amüsiert an. Vor ein paar Jahren war sie selbst noch auf ein College gegangen. «Wie lange hast *du* es ausgehalten?»

«Eigentlich wurde ich hineingeboren. Meinem Vater gehört die Zeitung», sagte sie, leicht errötend.

«Man soll seinem Glück nicht aus dem Weg gehen», sagte er mit einem Grinsen.

«Vielleicht. Allerdings ist dieses Glück manchmal auch schwer zu ertragen», gab sie zu. «Wenn du gut bist, sagen alle, daß du nach deinem alten Herrn schlägst, aber wenn du *schlecht* bist, verliert keiner ein Wort. So wird einem das Lernen schwergemacht.»

Dominic sah sich nach einem Anlaß um, das Ende des Gesprächs hinauszuzögern. «Ich hatte mir Zeitungsbüros eigentlich laut und voller Menschen vorgestellt. Wo *sind* die alle?»

Sie schaute ihn an, als ob sie sich zwischen Ärger und Verachtung nicht entscheiden könnte, ließ aber schließlich Mitleid walten. «Wir erscheinen einmal die Woche, am Donnerstag. Heute ist Freitag. Zeit für eine Atempause, bevor wir damit anfangen, unsere traditionelle Halloween-Ausgabe zusammenzustellen. Vater bastelt zu Hause an seiner Papprüstung für den *Howl*, Mutter macht wahrscheinlich ihre Yoga-Übungen, unsere dreitausend hocherfahrenen Reporter haben *beide* Lunchpause – wie die meiste Zeit –, und unser unglaublich talentierter Fotograf hat den Künstler in sich entdeckt. Er hängt sich gerade in der neuen Kunstgalerie gegenüber auf.» Ihre Stimme klang nur leicht gelangweilt.

«Und was ist, wenn ein wichtiges Ereignis hereinplatzt?»

Sie zog eine Augenbraue hoch. «Was für ein wichtiges Ereignis, glaubst du, sollte hier wohl hereinplatzen? Ein Ramschverkauf von Restwaren? Unserem fitneßbeflissenen Bürgermeister fällt eine Hantel auf den Zeh? Ich glaube, ich würde damit fertig werden.» Sie hob beide Augenbrauen, und er trat unwillkürlich einen Schritt zurück. Ihm ging plötzlich auf, daß sie sich von anderen nicht die Spielregeln vorschreiben ließ.

«Sag mal», sagte sie und gab ihrer Stimme einen bemüht eifrigen Ton, «du bist nicht insgeheim ein axtschwingender Mörder, oder? Ich meine, es wäre wirklich *großartig*, wenn ich deine Lebensgeschichte aufschreiben könnte, bevor du mich in Stücke haust. Vielleicht drucken sie sogar meinen Namen.»

«'tschuldigung – aber ich zerstückele Mädchen fast nie vor dem Dinner.»

«Oh, wie schade.» Sie schaute ihn einige Zeit mit einer Intensität an, die er irgendwie beunruhigend fand. *Er* war schließlich gekommen, um sie anzuschauen. «Warum hast du dich nach mir erkundigt?» fragte sie plötzlich.

Er konnte ihr wohl kaum die Wahrheit erzählen – daß er sie vor drei Wochen im *Golden Perch* gesehen hatte und derart von plötzlicher Begierde erfaßt worden war, daß er sich sein Getränk in den Schoß geschüttet hatte, und daß sie, als seine Hose getrocknet war, mit irgendeinem Mistkerl abgehauen war, der nicht gut genug für sie war. «Fühlst du dich nicht geschmeichelt?» fragte er nervös.

Sie sah über ihn hinweg. «Nein.»

Ein Tiefschlag, doch er erholte sich. «Hey, ich bin nur ein armer Junge aus dem Mittleren Westen, der sich in dieser feindlichen Umgebung nach Fürsorge und Freundschaft sehnt», sagte er mit seinem gewinnendsten Lächeln.

«Und ich bin nur ein armes Mädchen aus Blackwater Bay, das einen Eimer sucht, um sich zu übergeben», sagte sie, ihn nachäffend. Von unten hörte man zwei Telefone in einem synkopierten Rhythmus klingeln. «Klingt, als ob das wichtige Ereignis doch noch hereinplatzt», sagte sie. «Habe ich ein Glück.»

«Habe ich ein Pech», hörte er sich mit öliger Stimme sagen und erschrak darüber.

Sie sah ihn an und seufzte wieder. «Ich wäre enttäuscht gewesen, wenn du das nicht gesagt hättest», sagte sie.

Dominic erkannte zu spät, daß seine Jagd auf Emily Gibbons von Anfang an zum Scheitern verurteilt gewesen war. Sie war hübsch, clever und der Typ Mädchen, zu dem er immer das Falsche im falschen Ton sagen würde. Unter seiner vorzeitigen Niederlage bitter leidend, erwog er, sich aus dem nächsten Fenster zu stürzen, und fragte sich, ob das eine Meldung für die Titelseite wäre. Wahrscheinlich nicht.

Im Weggehen zeigte sie auf die Regale. «In der Mitte findest du einen Schreibtisch, Papier und Stifte. Wenn du sonst etwas brauchst – Schlangenöl, Zahncreme, einen Schleifstein für deine Axt –, dann heb die Blechbüchse mit der Schnur hoch und pfeif.»

«Wenn ich das tue, kommst du dann?»

«Bestimmt nicht.» Sie ging die ersten Stufen herunter und drehte sich dann noch einmal um, so daß gerade noch ihr Kopf zu sehen war. Es war, als würde man von Anne Boleyn angesprochen werden, kurz nachdem sie von Henry VIII. enthauptet worden war.

«Weißt du, ich bin nicht überrascht, daß dir jemand die Nase eingeschlagen hat», sagte sie.

Sie ließ ihn mit dem Gefühl zurück, soeben über drei Runden mit einem Küchenmixer gekämpft zu haben. Er schüttelte den Kopf und wandte sich den Regalen zu, deren Nachrichten vergangener Jahre schweigend darauf warteten, unter seinen suchenden Augen wieder zu Neuigkeiten zu werden. Sechs hohe schmale Fenster auf jeder Seite des langen Raumes warfen eckige Lichtbalken herein. In den beiden vorderen Fenstern zeugte träge schwebender Staub noch von Emily Gibbons' schwungvollem Abgang.

«Pritchard, du bist ein Esel», murmelte er. «Vier Jahre College, drei Jahre Law School, und du weißt *immer* noch nicht, wie man ein einfaches Gespräch anpackt. Delikte ja, Präzedenzfälle ja, Verträge ja. Frauen nie.»

Mit einem Stoßseufzer begab er sich in das Labyrinth von Regalen und machte sich an die Arbeit. Emily, die am Treppenabsatz gelauscht hatte, grinste in sich hinein. Bis vorhin hatte sie die Hoffnung fast aufgegeben, daß Dominic Pritchard eine Gelegenheit finden würde, sie anzusprechen. Schließlich war er schon seit *Monaten* in der Stadt, zuerst in Butter Beach und dann in Putnams Büro. Er war ihr aufgefallen, sie hatte ihn beobachtet, sich ihm bei jeder Gelegenheit gezeigt, und sie hatte gewartet.

Und gewartet.

Und gewartet.

Jetzt war er aufgetaucht und hatte sie tatsächlich angesprochen, aber wenn die letzten zehn Minuten symptomatisch waren, mußte sie wohl bis Weihnachten darauf warten, daß er sie zum Essen einlud. Sie ging ans nächste Telefon und schüttelte verzweifelt den Kopf. Einige Männer waren so *langsam*!

Sechs

Tilly Moss war wütend.

«Verdammt, George, bist du wieder an meinen Akten gewesen?» fragte sie und starrte auf das Durcheinander in ihren Schubladen. Der Chief Deputy, der gerade seine dritte Tasse Kaffee zum Mund führte, hätte jedem viktorianischen Künstler Modell stehen können, der die Unschuld personifizieren wollte. Er lächelte sie an, nahm einen Schluck Kaffee und seufzte vor Zufriedenheit.

«Nicht schuldig», plädierte er. Das konnte er nicht häufig von sich behaupten, und er kostete es aus.

«Ich war's, Tilly», gab Matt müde zu, während er seine Jacke aufhängte. Nachdem er Daria an der Galerie abgesetzt hatte, war ihm ein Haufen Jugendlicher aufgefallen, die um eine Schlägerei herumstanden, und er war hingegangen, um sie aufzulösen. Er hatte eine Weile versucht, dem Streit auf den Grund zu gehen, aber es war ein sinnloses Unterfangen gewesen – Hormone und der näherrückende *Howl*, das übliche. «Tut mir leid.»

«Meine Güte, du brauchst es doch nur zu *sagen*, wenn du was willst», sagte Tilly beleidigt. Sie begann in der obersten Schublade des ersten Aktenschranks zu nesteln, herumzuräumen und Ordnung zu schaffen. «Wozu sitze ich denn hier?»

«Letzte Nacht hast du hier *nicht* gesessen», sagte Matt. «Wäre ja auch noch schöner. Wenn wir dir schon zwei Stunden Schlaf pro Tag zugestehen, dann sollst du sie dir auch zur passenden Zeit nehmen.»

Tilly grinste, schloß die oberste Schublade und begann mit der nächsten. «Was hast du denn gesucht?»

«Vaters persönliche Aufzeichnungen.»

«Von einem Louis-Armstrong- oder einem Bix-Beiderbecke-Konzert?» fragte George, der immer noch das wohlige Gefühl genoß, einmal nicht der Schuldige gewesen zu sein.

«Es hat mit Tom Finnegans Unfall zu tun.»

«Aber das war letzte Nacht», sagte George überrascht. «Wie willst du darüber was bei deinem Vater finden?»

«Tom hat etwas gesagt, was mir keine Ruhe läßt – irgendwas von einem Irrtum meines Vaters.» Er erzählte ihnen von Finnegans letzten Worten. «Ich weiß nicht einmal, ob Jacky Morgan ein Mann ist oder eine Frau, was passiert ist, warum ...»

«O nein, das kann nur in einem der hinteren Kartons sein!» sagte Tilly mit Verzweiflung in der Stimme. «Ich sage doch immer, daß ich diese alten Berichte nicht auf Mikrofilm speichern lassen kann, solange wir die neuen Lagerräume nicht eingerichtet haben.»

«Die müssen erst mal fertig sein», warf George ein und dachte an das Schneckentempo der Arbeiter, die trotz des Lärms nicht merklich vorankamen.

Während des Mordfalls im letzten Sommer hatten die Medien auch darüber berichtet, daß das Sheriff Department in Blackwater Bay schlecht ausgestattet und unterbesetzt war. Ignoriert hatten sie die Tatsache, das es bis dahin auch weitgehend unter*beschäftigt* gewesen war, weil die Einwohnerschaft klein und gesetzestreu war.

Daraufhin war mehr Hilfe aus der Bundeshauptstadt in das Sheriff Department geflossen, als irgend jemand brauchte oder wollte. Man hatte hastig einiges verändert und arbeitete jetzt an einem Anbau, in dem ein eigenes Büro für Matt ungebracht werden sollte, ein weiteres für Tilly (die nun offiziell «Büroleiterin» war), ein komfortabler Raum mit Getränkeautomaten für die Deputies im Bereitschaftsdienst und vier elektronisch gesicherte und mit Kameras überwachte Zellen, jede mit eingebautem Fernseher und sanitären Anlagen. Im ersten Stock würde Matt sein Apartment bekommen, das die etwas heruntergekommenen Zimmer über der Garage ersetzen sollte, in denen er vorher gewohnt hatte. Eigentlich hatten sie ihm ganz gut gefallen, da er ein genügsamer Mensch war. Er und Max waren schon zufrieden mit etwas Wärme, einigen bequemen Sesseln, zwei Kochplatten, einem Tisch, an dem (oder, in Max' Fall, unter dem) man essen konnte, und einem Bett. Leider mußte die Garage abgerissen werden, um Platz für den Anbau zu schaffen.

Das hatte zur Folge, daß der Kater sein Lager im Büro aufgeschlagen hatte und Matt in Mrs. Peachs Gästehaus gezogen war. Der einzige Trost des heimatvertriebenen Katers war, daß all die alten Berichte der letzten sechzig Jahre in Kartons verpackt und entlang einer Bürowand aufgestapelt worden waren. Das verschaffte ihm eine große Auswahl an geeigneten Plätzen für ein Nickerchen. Er hatte bereits Berichte der Jahre 1929, 1934 und 1984 zu einem zerknitterten Papierwust mit Pfotenabdrücken verarbeitet.

Das Sheriff Department war mit einem komplizierten, computerisierten Strafregister ausgestattet worden, das an das Interstate-Netzwerk angeschlossen werden konnte. Außerdem gab es noch vier neue Streifenwagen, und eine generöse Uniform-Zulage hatte aus den schäbigen Männern eine gutgekleidete Truppe gemacht, die die leibhaftige Effizienz darstellte. (Es hatte fast drei Wochen gedauert, bis die neuen Uniformen nicht mehr so steif waren, daß man sich kaum bequem setzen konnte, und wenn sich die Deputies zu einer Besprechung im Büro trafen, nahm ihnen der Geruch der eingefetteten Lederjacken immer noch den Atem.)

Was Matt betraf, ergab sich hier noch ein weiteres Problem. Bis zum Sommer war George sein Tages-Deputy und Charley Hart der Mann für die Nachtschichten gewesen. Und er hatte eine Liste mit zehn oder fünfzehn Einheimischen gehabt, die er im Sommer oder bei Notfällen als vorübergehende Hilfssheriffs hatte vereidigen können. Mehr hatte er nicht gebraucht. Jetzt hatte er nicht nur George und Charley (die jetzt offiziell «Chief Deputies» hießen, was George vor Stolz schier platzen ließ), sondern zusätzlich noch vier ständige Streifenbeamte am Tag und zwei bei Nacht, um deren Zeitpläne und Beschäftigung er sich kümmern mußte.

Die Bundesverwaltung, deren PR-Experten entsetzt gewesen waren, und die Stadtverwaltung, deren Mitglieder zuerst sprachlos und dann fast geschmeichelt gewesen waren von der Aufmerksamkeit, die ihrer Stadt wegen des sensationellen Mordfalls zuteil wurde, hatten dafür gesorgt, daß Matts bis dahin einfaches Leben extrem kompliziert geworden war.

Matt starrte Tilly an. «*Sagt* dir der Name Jacky Morgan etwas?»

Sie sah kurz zu ihm herüber. «Na klar. Komisch, daß du dich nicht erinnerst.»

«Ich erinnere mich. Das heißt, er kommt mir bekannt vor, aber ich weiß nicht woher.»

«Na ja, du hast dir damals noch in die Windeln gemacht, als es passierte. Es ist eine der Gruselgeschichten, die dein Vater jedes Jahr zu Halloween erzählte, um dich von leichtsinnigen Streichen abzuschrecken. Es war fast so eine Art... wie soll ich sagen... Tradition?»

«Ich weiß nicht, was du meinst», sagte Matt verwirrt.

Tilly sprach langsam und betonte jedes Wort, um die volle Wirkung zu erzielen. *«Jacky Morgan war der Junge, der in einem Faß vom Eagle Head gefallen ist.»*

«Was?» fragte George, der so zusammenzuckte, daß er sich fast den Kaffee auf seinen Schoß geschüttet hätte.

«Oder war es ein Fallschirm?» grübelte Tilly und hielt für einen Moment inne.

«Warum habe ich dich nicht gleich gefragt?» ärgerte sich Matt. «Natürlich. Und er starb dabei.»

«Meine Güte, das überrascht mich nicht», sagte George. «Eagle Head ist gute fünfzig Meter hoch.»

«*Schlimme* fünfzig Meter, in diesem Fall», murmelte Matt.

«Na, du weißt, was ich meine», sagte George.

«Vater sagte immer: ‹Denk an den Jungen, der vom Eagle Head gefallen ist.› Aber ich glaube nicht, daß er den Namen oft erwähnte», erinnerte sich Matt. «Oder das Faß. Aber es war ganz sicher eine seiner schrecklichen Warnungen. Er hatte Tausende davon. Kein Wunder, daß mir eine mal in Vergessenheit geraten ist.»

«Was ist denn passiert?» fragte George unschuldig.

«Es war ein dummes Spiel», sagte Tilly. «Und wie alle dummen Spiele ging es schief.» Sie hatte die Akten zu ihrer Zufriedenheit geordnet und holte sich nun noch eine Tasse Kaffee und einen zweiten Doughnut.

«Was für ein Spiel?» beharrte George.

«Tja», sagte sie, den Mund vollgestopft mit Kalorien mit Zimtgeschmack, «ich war damals erst um die Dreizehn und die anderen schon halbe Erwachsene. Ich habe also nicht viel mitbekommen, nur was man sich an der High School so erzählte. Ich weiß noch, daß es etwas mit einer Jagd zu tun hatte oder irgendeinem Fangspiel. Man mußte jedenfalls weglaufen. Ein ganzer Haufen Jungs tobte da oben in den Wäldern herum. Sie machten eine Art Halloween-Picknick, erzählten sich Gruselgeschichten, tranken wahrscheinlich Bier und kamen schließlich auf die Idee, dieses Spiel zu spielen. Irgendwie kam noch ein Faß dazu. Vielleicht ein Bierfaß. Jedenfalls kam er wohl im Dunkeln vom Weg ab und stürzte ab. Sie hörten ihn schreien, aber konnten ihn nicht finden. Also holten sie Hilfe. Dein Vater und einige andere fanden ihn schließlich – er war auf den Steinen unterhalb des Eagle Head aufgeschlagen. Schrecklich. Einfach schrecklich.» Sie biß noch einmal vom Doughnut ab. «Nicht daß man ihm nachtrauerte – er war ein kleines, widerliches Großmaul –, es war eher das Entsetzen über die Sache an sich, wenn ihr versteht, was ich meine. Der *Howl* sollte schließlich etwas Lustiges sein, es sollten keine Leute zu Schaden kommen.»

«Oder zu Tode», sagte Matt ironisch. «Schande über Jacky Morgan, daß er allen die Freude verdorben hat.»

Tilly sah ihn an. «Das meinte ich nicht, und das weißt du. Es waren nur herumtobende Jungs. Sie wollten niemandem etwas Böses.»

«Aber sie waren ein bißchen beschränkt», fand George.

«Nein, waren sie nicht», sagte Tilly milde. «Es waren nette Jungs. Gute Jungs aus guten Elternhäusern, und es ist ihnen wirklich nahegegangen.»

«Was ist mit ihnen passiert?»

«Von offizieller Seite nichts. Es war schließlich ein Unfall. Sie bekamen wahrscheinlich eine Tracht Prügel, Hausarrest oder wurden ausgeschimpft, je nachdem, was die Eltern für angemessen hielten. Sie gingen weiter zur Schule, wurden erwachsen, heirateten und bekamen selber Kinder», sagte Tilly, wischte die Krümel von ihrem Schoß und trank noch einen letzten Schluck Kaffee, bevor sie sich wieder ihrer Tastatur und den Berichten der letzten Nacht zuwandte. «Bedauerlicherweise, möchte ich fast sagen.»

George sah verwirrt aus. «Was meinst du damit?»

«Wenn sie keine bekommen hätten, säßest du jetzt nicht hier.»

George sah noch verwirrter aus. «Was?»

«Ich glaube, Tilly wollte sagen, daß einer von ihnen dein Vater ist, George», sagte Matt langsam. «Wolltest du das sagen, Tilly?»

«Das wollte ich», stimmte Tilly zu.

«Na und? Was ist daran so schlimm?» fragte George abwehrend.

«Nichts, George, gar nichts. Jeder Junge stellt mal was Dummes an.»

«Eben...» murmelte George.

Matt ließ sich auf seinen Stuhl fallen und dachte nach. Wenn Tom Finnegan mit Matt so dringend über eine Sache sprechen mußte, die dreißig Jahre zurücklag, war es nicht ausgeschlossen, daß er wegen der Krankheit oder der Medikamente nicht mehr ganz klar im Kopf war. Warum sollte diese Sache sonst plötzlich so bedeutsam für ihn sein? Auf der anderen Seite hatte er Matt noch erkannt und über seinen Vater gesprochen, ohne die beiden zu verwechseln – sein Zeitsinn mußte also intakt gewesen sein. Und an seinem letzten Tag hatte er mit jemandem gesprochen und einen Mord erwähnt. Die logische Folgerung war, daß er etwas über Jacky Morgans angeblichen Unfall gewußt hatte und es angesichts seines eigenen Todes gestehen wollte. Er hatte reinen Tisch machen wollen. War die Sache so wichtig, daß ihr Matt nach all den Jahren auf den Grund gehen mußte? Tom hatte sein Wissen mit in den Tod genommen.

Aber es gab *noch* jemanden, der dieses Wissen besaß. Jemand, der mit Tom telefoniert hatte. Vielleicht hatte dieser Jemand den Wagen gefahren, der Tom von der Straße gedrängt hatte – sofern Toms Auto wirklich von der Straße gedrängt worden *war.* Toms Tod wäre dann ein weiterer Mord. *Mußte* er dem nicht auf den Grund gehen?

«Die meisten dieser Jungs leben sogar noch in der Stadt, wenn ich mich richtig erinnere», fuhr Tilly fort. «Einige sind sehr einflußreiche Männer geworden.»

«Wie mein Vater?»

«Wie zum Beispiel dein Vater», stimmte Tilly zu. Ihr gefiel Matts Gesichtsausdruck nicht. Manchmal war er bei Dingen hartnäckig, die für sie nur Lappalien waren. Dann hatte er genau diesen Ausdruck im Gesicht. «Du willst doch die Leute nicht aufscheuchen wegen einer Sache, die längst vergessen ist», sagte sie und fügte mit Nachdruck hinzu: «Nicht so kurz vor der Wahl.»

Das war das zweite Mal innerhalb kurzer Zeit, daß die Wahl ins Spiel gebracht wurde. Matts Miene verfinsterte sich. Tatsächlich war er sich nicht sicher, ob er überhaupt wiedergewählt werden *wollte*. Mehr als einmal hatte er in den vergangenen Wochen eine bestimmte Schreibtischschublade geöffnet und einen nachdenklichen Blick auf das alte Angebot eines kleinen Colleges im Mittleren Westen geworfen, das ihn als Außerordentlichen Professor an seinem Philosophischen Seminar einstellen wollte. Er war sich ziemlich sicher, mit einiger Überredungskunst auch jetzt noch genommen zu werden, obwohl es mindestens sechs Jahre her war, daß er zuletzt Philosophie unterrichtet hatte – oder sich (er dachte an die Wittgenstein-Biographie) auch nur mit ihr beschäftigt hatte. Sein Vater war fast vierzig Jahre Sheriff in Blackwater gewesen. Als er gestorben und Matt in seine Fußstapfen getreten war, empfand er das eher als Notlösung, weil er sich nach seiner Promotion mit Gelegenheitsjobs durchschlagen mußte. Er hatte erfahren müssen, daß es für Philosophen ähnlich viele offene Stellen gab wie für arbeitslose Marimba-Spieler und daß die Colleges noch schneller damit waren, Philosophische Seminare zu schließen, als neue Sportstadien hochzuziehen.

Inzwischen dauerte Matts «Notlösung» schon sechs Jahre, und er empfand es langsam als einen Schiffbruch. Dabei war es nicht so, daß er den Job haßte. Er mochte ihn sogar.

Oder hatte ihn gemocht.

Jetzt aber hatte sich mit der Modernisierung alles verändert. Er sah verärgert zu Tillys Computer hinüber. Da stand der Eindringling. Dieser verdammte Computer war für ihn nur ein Indiz unter vielen, daß er jetzt in etwas Größerem gefangen, Teil eines «Netzwerks» war, statt die alte Zurückgezogenheit genießen zu können.

Sheriff zu spielen machte einfach keinen Spaß mehr.

Matt beobachtete George, der anscheinend überlegte, welche Haltung er zu den Jugendsünden seines Vaters einnehmen sollte. Einen Augenblick lang wirkte er amüsiert, dann trotzig, dann verlegen, schließlich selbstgerecht. Es kostete ihn sichtlich Mühe.

Matts Miene verfinsterte sich wieder. Wenn er sich nicht um das Amt des Sheriffs bewarb, würde George die Gelegenheit beim Schopfe packen. Er würde einen bunten, übereifrigen Wahlkampf starten und wahrscheinlich gewinnen, weil die Leute davon ausgehen würden, daß er sich in dem Job besser auskannte als irgendein Neuling. Das entsprach aber nicht den Tatsachen. In zwanzig Jahren wäre George vielleicht soweit, in Blackwater Bay nach dem Rechten zu sehen. Aber jetzt noch nicht.

Nach seiner Wahl würde sich George zuerst einen kläffenden Wachhund besorgen, der ihn vergöttern und jeden anderen beißen würde. Sheriff George Putnam würde durch die Gegend streifen und Leute wegen eingebildeter Verbrechen verhaften, die eine auffallende Ähnlichkeit mit den Verbrechen aufweisen würden, über die er gerade etwas in *Lawman's Monthly* gelesen hatte. Er würde schießen und hinterher Fragen stellen. Er würde herumstolzieren. Er würde brüllen. Er würde die Alten abschrecken, sich mit den Jungen anlegen und sich dann darüber wundern, daß ihn keiner liebte. Und das wäre schade, denn George war recht liebenswert – als Deputy.

Matt seufzte. Solange er nicht aufgab, war immer noch *er* der Sheriff. Er hatte die Pflicht, die Einwohner von Blackwater County vor Ärger und Verzweiflung aller Art zu schützen – also auch vor einem entfesselten George Putnam in einer Machtposition. Es gab nur zwei Möglichkeiten: Er mußte sich wieder zur Wahl stellen oder er mußte George erschießen.

Eine klare Wahl.

«Ich glaube, Tom Finnegan wurde getötet, weil er etwas über den Tod von Jacky Morgan wußte», sagte er mit tiefer Stimme. «Ich werde versuchen herauszufinden, was es war und warum er zum Schweigen gebracht werden mußte.»

Tilly und George stöhnten auf.

Sieben

Dominic ging mit knirschenden Schritten über den steinigen Strand, sein Schlips wehte im Wind wie eine Signalflagge. Ihm war bewußt, daß sein dunkler Anzug einen merkwürdigen Gegensatz bildete zu der rauhen Umgebung. Er erspähte Matt, der die Hände tief in den Taschen seiner Lederjacke vergraben hatte und auf den See hinaussah. Das hier war eher seine Welt als Dominics – Wind und Wellen und die Weite des Himmels. Dominic rief ihm etwas zu, aber der Wind trug die Worte davon. Im Näherkommen wiederholte er sie. «Warum treffen wir uns gerade hier?»

«Im Büro war dicke Luft», antwortete Matt.

Dominic wehten die Haare in die Augen. Er drehte sich etwas, um das Gesicht in den Wind zu halten. «Du meinst wegen George?»

Während der letzten Wochen war Dominic aufgefallen, daß Chief Deputy George Putnam ihn nicht ausstehen konnte. Carl Putnam schien den neuen Juniorpartner für die ideale Besetzung der Rolle zu halten, in die eigentlich sein Sohn hatte schlüpfen sollen. Carl hatte immer gewollt, daß George das Gesetz vertrat – aber nicht in Polizeiuniform. Ihre Beziehung hatte sich abgekühlt, als in der High School deutlich wurde, daß George eher ein Macher als ein Denker war und seine Stärken nicht auf dem akademischen Gebiet lagen. Putnams Interesse an seinem ältesten Sohn ließ nach, und George suchte sein Glück fortan ohne den väterlichen Segen.

Georges Lage wurde noch schwieriger dadurch, daß sein jüngerer Bruder Sam gerade an der Columbia Law School aufgenommen wurde und somit die dynastischen Ambitionen des Vaters erfüllte. Sam würde für die Übernahme der Kanzlei reif sein, wenn es für Putnam senior gerade Zeit war, in den Ruhestand zu gehen.

Dominic konnte Georges Gefühle verstehen. Es war schon schlimm genug, daß man ihm Sam ständig als den Stolz der Familie vorhielt, aber als Carl Putnam auch noch bei jeder Gelegenheit von Dominic Pritchard zu schwärmen begann, mußte es fast unerträglich geworden sein. George war höflich zu Dominic, aber es war eine gespielte Höflichkeit. Dominic war klar, daß George das Nasenbein des neuen väterlichen Teilhabers nur zu gern ein weiteres Mal gebrochen hätte. Dabei hatte Dominic weder ein gebrochenes Nasenbein noch Georges Ablehnung verdient. Er mochte George Putnam sogar ganz gern, er fand seinen Chef Carl Putnam ziemlich engstirnig und hielt Sam Putnam für ein kleines arrogantes Arschloch.

«Ist nicht so wichtig», sagte Dominic schließlich. «Tut mir leid, daß ich so lange gebraucht habe, aber...»

Matt zuckte mit den Schultern. «Ich hatte auch keine Zeit, etwas herauszubekommen. Ich habe nur die Telefongesellschaft nach einer Liste der Gespräche gefragt, die Tom Finnegan vor seinem Tod geführt hat. Aber wer auch immer mit ihm sprach, als seine Frau ihn belauschte, könnte auch selbst angerufen haben – in dem Fall wäre die Liste mit den Gesprächen keine große Hilfe. Ich kann ansonsten nichts unternehmen, bis ich den Obduktionsbericht der State Police habe. Aber es ist immerhin...»

«Es ist immerhin ein Anfang», sagte Dominic. «Ich weiß, was du meinst. Die Frage hat mir auch zu schaffen gemacht.»

«Hmm. Abwarten. Ich habe mir gedacht, nachdem du die alten Zeitungen durchsucht hast, würde es dich vielleicht interessieren, wo genau Morgan seinen Unfall hatte.» Er zeigte auf den Eagle Head. «Er fiel von dort oben.»

Dominic folgte dem Zeigefinger und starrte auf das steile Granitkliff, das hinter dem zerklüfteten Durcheinander der Uferfelsen aufragte. «Mein Gott. Kein Wunder, daß ihm alle Knochen gebrochen wurden.»

«Genau. Die Felskante ist inzwischen abgezäunt, war es damals aber noch nicht. Das Gebiet gehörte damals einem alten Geizhals, der das Betreten strengstens verboten hatte und sich über jeden freute, den er anklagen konnte. Deshalb war es für die Jungs wahrscheinlich ein besonderes Abenteuer, gerade dort ein geheimes Mitternachtspicknick abzuhalten.» Er erzählte Dominic in groben Umrissen von den Ereignissen des Halloween vor dreißig Jahren, so wie er es von Tilly gehört hatte. «Wie du siehst, gehen die Bäume direkt bis zur Kante, und dann fällt der Hang plötzlich steil ab.»

Dominics Augen vollzogen den vermuteten Sturz des Jungen nach und blieben schließlich an den großen Felsen am Fuß des Kliffs hängen. Plötzlich fröstelte er und verzog das Gesicht. «Warum ist es heute überall einigermaßen warm und nur hier so verdammt kalt?» Er verschränkte seine Arme, machte einen Buckel und drehte sich mit dem Rücken zum Wind. «In der Stadt brauche ich noch nicht mal mein Jackett.»

«Deswegen hat wahrscheinlich auch der Wohnwagenplatz dort oben Pleite gemacht», sagte Matt. «Was hast du beim *Chronicle* herausgefunden?»

«Daß Emily Gibbons eine scharfe Zunge hat.»

Matt mußte lächeln. «Das hätte ich dir auch vorher sagen können. Ich nehme an, ihre Anwesenheit dort erklärt, warum du mir so eifrig bei den Ermittlungen helfen wolltest?»

«Bin ich so leicht zu durchschauen?»

«Nicht die *Spur.*»

«Mist.»

«Hattest du bei ihr nichts zu melden?»

«Na ja, man sieht eben nicht allzu gut aus, wenn man von einem Fettnäpfchen ins nächste tappt», klagte Dominic. «Je mehr Mühe ich mir gegeben habe, desto schlimmer wurde es. Zuletzt muß ich wie ein Spielshowmoderator geklungen haben.»

Matt lachte – er konnte nicht anders. Der junge Anwalt sah so sterbensunglücklich aus, als er sich seine gescheiterten Bemühungen um ein günstiges Urteil noch einmal vor Augen führte. «Hör zu, ich würde das alles als Ermutigung auffassen. Soweit ich weiß, ekelt sie die Typen, die Eindruck schinden wollen, sofort heraus. Daß sie sich so lange mit dir abgegeben hat, bedeutet, daß du zumindest in der engeren Auswahl bist.»

«Meinst du?» Dominic spürte ein kindliches Verlangen nach Bestätigung.

«Aber sicher. Mach dir keine Sorgen. Was hast du in den Zeitungen gefunden?» Matt ging zu einem großen, in sich verdrehten Stück Treibholz und ließ sich auf einer Krümmung des bleichen Stammes nieder.

Dominic folgte ihm, setzte sich vorsichtig auf die gegenüberliegende Seite und stützte sich mit seinen hochglanzpolierten Oxfords auf den Steinen des Strandes ab. «Nun, nicht sehr viel, um ehrlich zu sein.» Er zögerte.

«Bevor du anfängst: Ich weiß bereits, daß dein Boss einer der beteiligten Jungen war», sagte Matt.

«Ah, gut», sagte Dominic, deutlich erleichtert.

«Und George weiß es auch.»

«Ah», sagte Dominic wieder, diesmal in einem ganz anderen Ton.

«Könnte es sein, daß du *dort* auf den Namen Jacky Morgan gestoßen bist? In Carl Putnams Büro?»

«Hmm, vielleicht», sagte Dominic und fischte aus einer Innentasche die Notizen, die er sich in dem Zeitungsarchiv gemacht hatte. Schuldgefühle plagten ihn.

Er wußte sehr wohl, daß ihm der Name zuerst bei Putnam begegnet war. Nachdem er die ersten Zeitungsberichte gelesen hatte, war es ihm wieder eingefallen. In einem der Schränke für abgelegte Fälle befand sich eine mit «Jacky Morgan» beschriftete vertrauliche Akte, in der über einen Zeitraum von dreißig Jahren hinweg detailliert Zahlungen an eine Mrs. Coral Morgan aufgelistet waren, deren Anschrift sich über die Jahre häufig geändert hatte. Die letzte Zahlung war vor zwei Jahren an eine Adresse in Florida erfolgt. Die Summen waren beträchtlich, Tausende Dollar pro Jahr, und stiegen regelmäßig an, vermutlich um die Inflationsrate auszugleichen.

Dominic wollte Matt davon erzählen, glaubte aber, daß es ein ernster Vertrauensbruch wäre. Sein Chef hatte ihm nicht gesagt, daß er sich die abgelegten Akten nicht ansehen dürfe, aber er hatte es ihm auch nicht genehmigt, und es war mit seiner Stellung als Juniorpartner sicherlich nicht vereinbar, außerhalb des Büros über Details der Klientenakten zu sprechen. Dominic hatte gemeint, daß ihm das Durchblättern der Ordner einen schnellen Einblick in die Praxis bieten würde. Jetzt hatten ihn seine Initiative und sein Fleiß in eine moralisch schwierige Situation gebracht.

Matt bohrte nicht weiter. «Was hat der *Chronicle* darüber geschrieben?» fragte er ungeduldig.

«Es ist ziemlich merkwürdig, wenn du mich fragst», sagte Dominic, der erleichtert war, sich wieder auf sicherem Boden zu bewegen. «Ich meine, es war eine wirklich dramatische Geschichte, nicht? Und trotzdem war es ihnen keine Titelseite wert, und sie haben sich nur auf die Fakten beschränkt. Fast als ob sie den Eindruck erwecken wollten, es wäre überhaupt nicht passiert.»

«Hast du die Namen der Jungen, die daran beteiligt waren?»

«Ja, klar, das war damals kein großes Geheimnis.» Er las mit einiger Mühe in seinen Notizen, weil der Wind ständig in die Seiten fuhr. «Carl Putnam, Thomas Finnegan, Albert Budd, Merrill Atwater... ist das nicht der jetzige Bürgermeister?»

«Genau.» Matt schrieb in sein eigenes Notizbuch. «Und weiter?»

«Peter Dill, John Fanshawe und Daniel Rogers.»

«Na, das erklärt, warum darüber sowenig in der Zeitung stand», sagte Matt. «Dan Rogers war der Neffe des alten Henry Gibbons und wäre somit der Cousin von Granger Gibbons – sie sind ungefähr gleich alt. Der alte Henry Gibbons muß den *Chronicle* geleitet haben, als der Unfall passierte, und Granger übernahm die Zeitung dann vor fünfzehn Jahren. Granger ist der Vater von Emily», schloß er. «Womit Dan Rogers wohl so etwas wie ihr Großcousin wäre.»

«Na, phantastisch», sagte Dominic ironisch. Mußte Emily Gibbons nicht verrückt nach dem Mann sein, der ein Familienmitglied als Mörder entlarven wollte?

«Dan ist auch ihr Hausarzt», fügte Matt hinzu.

«Na, umwerfend!» Nicht nur ein Großcousin, sondern wahrscheinlich auch noch die Blackwater-Ausgabe von Albert Schweitzer!

«Und mein Hausarzt ist er außerdem», fuhr Matt unerbittlich fort. «Peter Dill ist Vizepräsident der *Blackwater Savings & Trust Bank*, und Jack Fanshawe ist ein angesehener örtlicher Grundstücksmakler.» Er dachte einen Moment nach. «Der letzte Name sagt mir nichts. Albert Budd? Ein großes Fragezeichen. Tom Finnegan ist natürlich tot.»

«Du meinst, die Jungs, die bei Jacky Morgans Tod dabei waren, haben heute in Blackwater Bay das Sagen?» fragte Dominic und merkte, wie ihm das Herz in die Hose rutschte. Was für eine wunderbare Art, eine Karriere zu starten – es sich erst mal mit den Lokalgrößen zu verscherzen.

«Ich weiß nicht, ob sie wirklich das Sagen haben. Sie haben wohl einigen Einfluß. Zwei von ihnen sind Stadträte.»

«Mein Gott. Und du verdächtigst einen davon, Tom Finnegan umgebracht zu haben? Bist du dir überhaupt darüber im klaren, wieviel Ärger...» Dominic war fassungslos.

«Es könnte etwas ungemütlich werden», stimmte Matt zu.

«Etwas *ungemütlich...?*» Es grenzte an Selbstmord. Er war neu in der Stadt, aber durch seinen kurzen Besuch bei der Zeitung hatte er vielleicht einen Skandal mit ausgelöst, der nicht nur das Mädchen, das er begehrte, sondern auch eine Menge der einflußreichsten Männer der Stadt gegen ihn aufbringen würde.

«Kann sein, daß wir einige Egos ankratzen», gab Matt zu.

«...!!» Dominic erstickte fast. Aber Moment mal. Hatte Emily überhaupt bemerkt, *wonach* er suchte? Hatte er irgend etwas erwähnt? In seiner Panik spukten Bilder von heißem schwarzem Teer und Bergen von Hühnerfedern durch seinen Kopf, und er sah sich selbst, wie er auf einem Rost aus der Stadt getragen wurde (was auch immer ein Rost war – aber es klang gefährlich). Doch die Bilder verschwanden wieder. Er war sich sicher, nicht gesagt zu haben, wonach er suchte. Es würde keine Probleme geben.

Er räusperte sich und sagte vorsichtig: «Na ja, jedenfalls sind es wahrscheinlich alles vernünftige, einsichtige Männer.» Er wartete einen Augenblick. «Oder?»

Matt hob eine Augenbraue und versuchte, nicht zu lächeln. «Natürlich», sagte er und gab Dominic einen beruhigenden Klaps auf die Schulter. «Dies ist eine sehr vernünftige Gemeinde. Aber laß uns diesen mysteriösen Albert Budd nicht vergessen. Hast du die Berichte eigentlich fotokopiert, oder hast du dir nur Notizen gemacht?»

Dominic sortierte die Zettel, auf die er sich bezogen hatte, behielt die eigenen Notizen und gab Matt die Fotokopien, die er von den betreffenden Seiten der gebundenen Jahrgänge des *Blackwater Bay Chronicle* gemacht hatte. Er hatte angeboten, sie zu bezahlen, aber Emily Gibbons hatte nur den Kopf geschüttelt, ihm die großen Bücher abgenommen und sorgfältig die Seiten überprüft, als ob sie erwartete, daß die Seiten durch seine Lektüre verunstaltet worden wären. Als er ihr angeboten hatte, sie wieder nach oben zu bringen, hatte sie schnippisch geantwortet, daß das Sache des Hausmeisters sei, und ihn dann gefragt, ob er sonst noch etwas wolle.

Er hatte nein gesagt, danke, und verwirrt das Feld geräumt.

«Danke für alles», sagte Matt zu Dominic und steckte die Kopien ein. Sie verließen ihren rauhen und recht kippligen Treibholzsitz und gingen den ansteigenden Pfad zwischen den Kiefern zurück. «Ich weiß es zu schätzen, daß du dir die Zeit nimmst, mir zu helfen.»

«Willst du der Sache wirklich nachgehen?» fragte Dominic vorsichtig.

«Ich muß wohl», sagte Matt. «Deinem Ausdruck nach scheinst du nicht viel davon zu halten.»

«Es ist deine Entscheidung.»

«Aber du möchtest lieber aus dem Spiel gelassen werden?»

Dominics wunder Punkt war getroffen. «Nein. Das heißt... na ja...»

«Hör zu, ich verstehe vollkommen, daß du in einer schwierigen Situation bist, weil Carl Putnam dein Chef ist und du neu hier bist und so weiter. Aber es kann einmal der Moment kommen, wo ich dich brauchen könnte, und ich möchte jetzt von dir wissen, ob ich auf deine Hilfe zählen kann oder nicht», sagte Matt bedächtig. «Du kannst dir vorstellen, daß George nicht gerade scharf darauf ist, mir zu helfen, und mein einziger anderer erfahrener Deputy hat so lange in der Nachtschicht gearbeitet, daß er die Leute nur noch mit der Taschenlampe erkennt.»

Dominic sah auf seine blankgeputzten Schuhe, die bereits etwas zerkratzt und abgeschürft waren von den Steinen am Strand. Wollte er für immer blankgeputzt und sündenfrei bleiben, oder konnte er hin und wieder einige Schrammen und Unannehmlichkeiten in Kauf nehmen? Er respektierte Matt Gabriel, und er vertraute ihm, soviel war sicher. Und schließlich arbeitete er am Gericht. Wenn Verbrechen begangen wurden, war es seine Aufgabe, sie aufzuklären. Vielleicht war es noch etwas zu früh in seiner Laufbahn, um gleich seinen unmittelbaren *Vorgesetzten* des Mordes zu überführen, aber wer war er, daß er sich seine Schwierigkeiten aussuchen konnte? Er hatte gewußt, daß das Leben und Arbeiten in Blackwater einige Probleme mit sich bringen würde – jetzt hatte er eben gleich am Anfang eine richtig harte Nuß. War er bereit, der Sancho Pansa dieses Windmühlenkämpfers zu sein oder nicht? Er stand noch am Anfang seiner Karriere. Wenn er diesen Job verlöre, würde er sich einen anderen suchen. Und mit der holden Emily hatte er es sich offenbar sowieso verscherzt. Was sollte es also? Als sie die betonierte Fläche des ehemaligen Wohnwagenplatzes erreichten, blinzelte er in die Sonne und betrachtete den Sheriff.

«Ich glaube, daß Jacky Morgan und Tom Finnegan eine angemessene Verteidigung verdienen», sagte er sanft.

«Gut», sagte Matt.

Sie gingen zu ihren Autos. «Was wird aus all den Männern? Deinen ‹Verdächtigen›?» fragte Dominic über das demolierte Dach seines betagten Sportwagens hinweg.

«Wir werden sehen», antwortete Matt, während er die Tür seines Autos öffnete. «Es wird interessant, jeden einzelnen von ihnen auf Toms Beerdigung zu beobachten.»

«Glaubst du, sie kommen?»

Matt tat überrascht. «Ja, natürlich. Sie waren doch gute Freunde, oder?»

Vierzig Minuten später standen sie an der Kante des Eagle Head. Tausend Geheimnisse rauschten und murmelten in dem Wald hinter ihnen. Der Hang vor ihnen neigte sich erst trügerisch sanft, bevor er dann – unvermittelt und endgültig – steil abfiel.

Dominic klopfte sich kleine Zweige und Blätter von seinem Anzug und versuchte, sich die Ereignisse in jener Nacht vorzustellen – die Finsternis, die Rufe und das Gelächter der Betrunkenen, das dumpfe Knirschen eines rollenden Fasses. Wann hatte der Junge wohl bemerkt, daß er zu weit gerollt war, daß er sterben würde? Hier? Weiter vorn? Oder hatte er es erst gewußt, als er bereits fiel und, für einen Moment schwerelos, auf die Felsen zustürzte?

Matt hatte ähnliche Gedanken. Es hatte wohl Lichtreflexionen vom See her gegeben – oder eher etwas nachlassende Dunkelheit an der Öffnung des Fasses, als es auf die Kante zurollte. Vielleicht hatte Jacky den Waldrand gesehen, vielleicht hatte er sogar die nackte Granitfläche im Mondlicht leuchten sehen. Hatte in jener Nacht der Mond geschienen? Er mußte das überprüfen. Aber wenn er schnell gerollt war, *wirklich* schnell ...

Wie schnell war «zu schnell» für einen Jugendlichen? Junge Muskeln, junge Reflexe – hätte er nicht herausspringen oder das Faß umlenken können? Hätten es die anderen nicht gekonnt? Sie mußten doch gesehen haben, worauf er zurollte. Oder war das Faß zu weit gerollt, um es umzulenken oder aufzuhalten?

War es ein Spiel, ein Versehen gewesen?

Oder Absicht?

Dominic sah auf die Kante des Kliffs und auf den wie poliertes Metall schimmernden See. Jacky Morgan war damals nicht viel jünger als er selbst gewesen. Er konnte sich noch daran erinnern, siebzehn gewesen zu sein. Er hatte sich nicht so sehr verändert. Immer noch so stark wie verletzlich, manchmal stolz, manchmal dumm, manchmal voller Hoffnung, manchmal verzweifelt.

Beide Männer zuckten zusammen, als sie plötzlich den Schrei eines fallenden Jungen hörten – dünn, schrill, markerschütternd im Wissen um den sicheren Tod.

Aber es war nur eine Möwe.

Acht

Als Matt in sein Büro zurückkam, stellte er bestürzt fest, daß die Gendarmen-Kostüme angekommen waren. George stolzierte bereits fröhlich in seinem herum. Weil die einzigen Spiegel in Tillys Puderdose und über dem Waschbecken der Toilette zu finden waren, versuchte er vor dem Fenster einen Eindruck von seinem Äußeren zu gewinnen, indem er sich bückte und hin und her sprang, um einen dunklen Fleck hinter dem Glas zu finden, auf dem er sich spiegeln konnte. Er sah aus, als hätte ihm jemand einen nassen Frosch in die Hose gesteckt.

«Sehe ich wie ein Franzose aus?» wollte George wissen. Er hatte seinen Hut schief aufgesetzt und wirbelte mit seinem Umhang.

Matt ignorierte ihn. «Tilly», sagte er und ging zu ihr, «was weißt du über Albert Budd?»

Zu seinem Erstaunen wich das Blut aus dem runden, schlichten Gesicht, und Tränen stiegen ihr in die Augen. Sie versuchte zu sprechen, brachte aber nur ein leises, ersticktes Heulen heraus. Sie stand abrupt auf und lief zur Toilette, die Tür hinter sich zuschlagend.

Matt starrte ihr nach und drehte sich dann ratlos zu George um. Noch mehr verwirrte ihn Georges Reaktion, der ihn mit tiefer Verachtung ansah, während er seine Gendarmenuniform auszog. «Sehr rücksichtsvoll, Matt», sagte er.

«Was? Was?» fragte Matt. «Was habe ich denn gesagt?»

«Hast du denn überhaupt keine Ahnung?» fuhr George mit Nachdruck fort.

«Ich habe keine Ahnung, wer Albert Budd ist», sagte Matt und wurde von der Toilette her mit einem erneuten Aufheulen belohnt.

George sprach in einem gezwungen Bühnenflüsterton und warf verstohlene Blicke in Richtung der Schluchzer und Schniefer. «Mit Albert Budd stand Tilly schon praktisch vor dem Altar», flüsterte er laut. «Sie waren verlobt, aber er brannte mit irgendeinem Mädchen aus Lemonville durch und ist mittlerweile Millionär durch den Verkauf von Möbelpolitur.»

Matt flüsterte zurück. «Wann ist das passiert?»

«Ich weiß es nicht genau», flüsterte George. «Vielleicht als du weg warst, auf dem College.»

«Das war vor über fünfzehn Jahren!» flüsterte Matt mit einigem Erstaunen.

«Ich weiß, ich weiß – aber es ist immer noch ihr wunder Punkt», zischte George zurück. «Sie hat mir mal ein Bild von ihm gezeigt – sah ziemlich komisch aus, wenn du mich fragst.»

«Das Bild war schlecht getroffen», hörten sie eine Grabesstimme hinter der Toilettentür sagen. «Er war ein gutaussehender Mann, mit wunderschönen roten Locken.»

Matt schaute auf die Holztür und wandte sich dann wieder George zu. «Wie kommt es, daß du davon weißt und ich nicht?» fragte er, immer noch mit leiser Stimme. Er wurde langsam heiser.

«Tilly und ich sitzen hier viel gemeinsam herum», sagte George. «Über irgendwas müssen wir uns doch unterhalten, oder?»

«Es war an dem Tag, als du mit Charley Hart so spät vom Gericht in Hatchville zurückkamst. Er hat mich betrunken gemacht», erklang die Stimme aus der Toilette.

«Den Teufel habe ich getan», sagte George erbost. «Es war *dein* Apfelschnaps, nicht meiner.»

«... aber ich könnte ihm auch was über Mariloo Gabrillowitz erzählen», fuhr die Stimme fort. Matt hatte den Eindruck, daß Tilly in dieser Stimmung eine erstklassige Besetzung für die Operette gewesen wäre. George war plötzlich hochrot angelaufen.

«Wer zum Teufel ist Mariloo Gabrillowitz?» fragte Matt, sichtlich verwirrt.

«Er hat sie auf einem Stone Roses-Konzert kennengelernt», sagte Tilly über das Geräusch von fließendem Wasser hinweg. «Sie hatte eine tätowierte Eidechse auf ihrer Hüfte, und der Schwanz endete genau zwischen ihren ...»

«Nun hör schon auf!» rief George.

«... Pobacken», sagte Tilly und kam mit verweinten Augen aus der Toilette.

«Das war das letzte Mal, daß ich dir irgendwas erzählt habe», knurrte George.

«Hör zu, Tilly. Es tut mir leid...» begann Matt, als seine übergewichtige und unentbehrliche Sekretärin sich ein Taschentuch nahm, um ihre Nase zu putzen. Sie zuckte mit den Schultern.

«Nein, nein. Es kam nur so unerwartet, das ist alles», sprach Tilly in ihr Kleenex, offensichtlich peinlich berührt.

«Es geht nur um diese Sache mit Jacky Morgan...»

Sie sah ihn mit großen Augen an. «Du meine Güte, hast du noch immer nicht genug?»

«Ich habe noch ein paar Details herausgefunden. Albert Budd war in der besagten Nacht einer von den Jungs auf dem Picknick.»

Der Ausdruck in ihren Augen wechselte zu Erstaunen. Sie warf das vollgeschneuzte Taschentuch in den Mülleimer und seufzte resigniert. «Ich muß meinen Verstand verloren haben. Ich habe tatsächlich vergessen, daß Albert an all dem beteiligt war. Ich habe ihn nämlich erst später kennengelernt», sagte sie langsam, offenbar erschüttert, solch ein wichtiges Detail über ihren ehemaligen Geliebten vergessen zu haben. Oder den Mann, den sie einmal zu lieben *geglaubt* hatte. Konnte man so etwas vergessen, wenn einem jemand wirklich am Herzen lag? Nachdem sie sich jetzt erholt hatte von Matts Frage, die ihr fast wie eine Anklage erschienen war («Was weißt du über Albert Budd?»), begann sie einzusehen, daß es nützlich sein könnte, eine alte Wunde aufzureißen. Vielleicht sogar aufschlußreich. Eigentlich fühlte sie sich schon viel besser.

«Also, das war so...» fing sie an.

Dominic kehrte recht niedergeschlagen von den Ergebnissen seiner Nachforschungen und dem Besuch des Eagle Head in das Büro von Crabtree & Putnam zurück.

Seine Laune war nicht gerade gestiegen, als er durch die Fensterscheiben des *Chronicle*-Gebäudes gesehen hatte, wie Emily Gibbons gut gelaunt mit jemandem telefonierte. Sie hatte sich beim Sprechen über die Theke gelehnt und etwas mit einem Bleistift gekritzelt, den sie sich verwegen ins Haar steckte, als sie nach etwas anderem griff. Sie hatte wundervoll ausgesehen.

Er sagte etwas Nettes zu Mrs. Pickering, der matronenhaften Kanzleisekretärin, und ging in sein kleines Büro. Er ließ sich in seinen Sessel fallen – normalerweise ein gefährliches Unterfangen – und lehnte sich zurück – ebenfalls nicht ungefährlich –, um an die

Decke zu starren. Nach einigen Minuten hörte er Putnams Stimme im vorderen Büro und drehte seinen Sessel leicht, um durch die offene Tür zu schauen. Sein Chef übergab Mrs. Pickering einige Papiere und erklärte ihr, was sie damit tun sollte.

Carls Aufgaben als Bezirksanwalt machten nur einen kleinen Teil der Kanzleiarbeit aus. Der andere Teil bestand in den lukrativeren Geschäften, die ihm als dem erfahrensten Anwalt der Stadt zuflossen. Testamente, Erbmassen, Hausverkäufe, Scheidungen, kleine Schadensersatzansprüche, große Schadensersatzansprüche und Verträge aller Art ermöglichten es Mr. Carl Putnam, sich jedes Jahr einen großen Neuwagen leisten zu können, ein großes Haus, großzügige Unterhaltszahlungen an Georges Mutter, die in die Großstadt gezogen war, und alle sonstigen Ausgaben zu bestreiten, die sich ansammelten, wenn man eine junge und ziemlich glamouröse zweite Ehefrau zu verwöhnen hatte.

Dominic machte ein finsteres Gesicht. Er hatte die zweite Mrs. Putnam nie besonders gemocht, obwohl er sich das nicht anmerken lassen durfte. Er war sich sicher, daß die Meinung seiner heißgeliebten Mitzi für Carl von großer Bedeutung war, wenn es um so gewichtige Entscheidungen ging wie welchen Schlips er tragen oder welchen Juniorpartner er einstellen sollte. Eigentlich konnte sich Dominic auch für Carl Putnam selbst nicht erwärmen. Er respektierte ihn aber als Anwalt, und aus diesem und einigen anderen Gründen (die auch Emily Gibbons einschlossen) hatte er sich schließlich dazu durchgerungen, in Blackwater Bay zu bleiben. Die Größe und Überschaubarkeit des Blackwater County machten es zu einem Mikrokosmos aller möglichen Gesetzesfälle. Innerhalb weniger Jahre hatte man hier die Möglichkeit, breitgefächerte Erfahrungen zu sammeln, die er nie machen könnte, wenn er sich zum Beispiel für eine Praxis in der Großstadt oder für die Staatsanwaltschaft entschieden hätte.

Carl Putnam war groß, schlank und außerordentlich gut aussehend. Obwohl sein Haar grau war, während Georges blond war, und sein Gesicht markant, während Georges noch jugendlich gerundet war, glich er seinem ältesten Sohn bis aufs Detail. Er hatte eine tiefe, volltönende Stimme, die er liebend gern einsetzte. Er mochte anspruchsvolle Kleidung und sah gut darin aus. Er spielte ganz ordentlich Golf, war meisterhaft im Tennis und kam während der Sommermonate demonstrativ mit dem Fahrrad zur Arbeit. Er war politisch korrekt, solange es ihm nützlich erschien, und rücksichtslos, wenn es nicht ans Tageslicht kam, blieb aber überraschend ehrlich für einen Mann mit so vielen Gelegenheiten zur Unehrlichkeit. Trotz seines persönlichen Snobismus war er freundlich auch zu den unliebsamen Klienten und hart, aber gerecht zu denjenigen, gegen die er klagen mußte.

Bei seiner Position und seiner Erscheinung überraschte es nicht, daß es ihm gelungen war, sich eine jüngere Frau zu angeln. Überraschend war nur, daß er ihre eher oberflächlichen Reize gegenüber denen seiner ersten Frau, Georges Mutter, bevorzugte.

Dominic hatte die erste Mrs. Carl Putnam im vorigen Frühling auf einer Party in der Großstadt kennengelernt. Sie war es, die ihm von Blackwater Bay erzählt hatte und es ihm als mögliches Betätigungsfeld für den Berufseinstieg vorgeschlagen hatte. Sie war eine elegante und intelligente Frau, deren Schönheit von ihrem feinen Knochenbau, ihrem wachen Verstand und ihrer Freundlichkeit herrührte. Olive Putnam hatte alle anderen anwesenden Frauen in den Schatten gestellt, indem sie einfach sie selbst gewesen war. Sie versteckte ihr Alter nicht, versuchte nicht durch ihre Kleidung zu beeindrucken und unternahm auch sonst keinen durchsichtigen Versuch, die anderen auszustechen. Sie gehörte einfach zu der seltenen Art Menschen, die sich in ihrer eigenen Haut wohl fühlen und daher mehr an anderen Menschen interessiert sind als an sich selbst.

Dominic hatte sich wohl damals etwas in Olive Putnam verliebt – die Gastgeber der Party hatten den Champagner reichlich fließen lassen. Er hatte zu intensiv studiert und war sehr angespannt gewesen durch den Streß. Er lächelte, als er sich jetzt daran erinnerte. In dem Gespräch mit Olive Putnam hatte er das Gefühl gehabt, aus der Hitze des näherrückenden juristischen Examens in einen kühlen und schattigen Raum zu treten. Bei ihr hatte er Ruhe gefunden, sie hatte ihm geschmeichelt, und er war völlig entspannt gewesen. Sie hatten sehr lange miteinander gesprochen.

Er wußte über die Scheidung der Putnams nicht genau Bescheid, aber als er nun darüber nachdachte, schien Olive Putnam eher geflohen als von ihrem Platz verdrängt worden zu sein. Er konnte sich nicht vorstellen, daß ein Mann wie Carl solch einen Preis weggeworfen haben sollte. Vielleicht war Mitzi Putnam, die neue Frau, der Trostpreis, nachdem er von einer Frau verlassen worden war, die er nicht verdient hatte. Er fragte sich, was George davon hielt.

Er fragte sich auch, was George von der Möglichkeit hielt, daß sein Vater ein Mörder sein könnte. Das Los eines Polizisten konnte hart sein. Genauso wie das eines neuen Juniorpartners. Er betrachtete Carl, wie er dort stand, und versuchte sich ihn als Jugendlichen vorzustellen, der stockbetrunken und zum Mord fähig war.

Als sich Carl vom Tisch der Sekretärin wegdrehte, fiel ihm Dominics grübelnder Blick auf, und er ging zur Tür seines Büros. «Alles okay?» fragte er mit einem Lächeln. «Du siehst ein bißchen durcheinander aus.»

«Alles okay», sagte Dominic und improvisierte schnell, «ich habe nur über Mr. Rumplemeyers Testament nachgedacht.»

Carl grinste. «Der Besitz des alten Gustav wird sich in einem heillosen Durcheinander befinden, verlaß dich drauf. Beim Essen hat er seine ganze Umgebung immer mit Krümeln und Spritzern bedeckt. Sein Haus ist bis zum Dach angefüllt mit Sachen, die er im Lauf seines gesamten Lebens erstanden hat, und sein Garten ist ein Dschungel, in dem Pflanzen wuchern, die er von überallher mitgebracht hat. Er hat drei Ehefrauen verschlissen. Seine sechs Kinder haben ihn abgöttisch geliebt, auch wenn sie ihn für verrückt hielten. Er sagte immer, er lebe das Leben im großen Stil und könne sich nicht um Kleinigkeiten kümmern.»

«Sie haben ihn gemocht», stellte Dominic überrascht fest.

«Ich habe ihn für einen wunderbaren Menschen gehalten», gestand Carl und lehnte sich an den Türrahmen. «Ich habe mir oft gewünscht, ich könnte so sein wie er, anstatt mir darüber Sorgen zu machen, wie es wohl aussehen würde, wenn ich dieses tue, oder was die Leute denken, wenn ich jenes tue.» Er zuckte mit den Schultern. «Aber es ist schwer, solche Überlegungen abzuschütteln, wenn einem die Eltern nichts anderes eingetrichtert haben. Ich habe sogar angefangen, denselben Fehler bei meinen eigenen Söhnen zu machen. Sam wird ein ähnlich großer Langweiler wie ich, aber George ist entkommen – Gott segne sein Rebellenherz. Nächstes Mal, wenn ich mich über ihn beschwere, sagen Sie einfach: ‹Denken Sie an Gustav Rumplemeyer›, und ich halte den Mund.» Mit einem abschließenden Lächeln drehte Carl sich um und ging in sein Büro.

Verdammt, dachte Dominic. Gerade jetzt, wo ich begonnen habe, auch gegen ihn eine richtige Abneigung zu entwickeln. Auf Anwälte ist heutzutage einfach kein Verlaß mehr.

Neun

Das Wochenende des *Howl* begann kalt und klar, Schnee oder Regen waren laut Wettervorhersage nicht vor der darauffolgenden Woche zu erwarten. Für die meisten der Einwohner des Blackwater County war dies eine gute Nachricht – was immer schiefgehen mochte, ihre teuflischen Pläne würden zumindest nicht am ungnädigen Wetter scheitern.

Für Matt Gabriel und seine Mannschaft war es eine schlechte Nachricht. Charley Hart sagte, er sei sogar so weit gegangen, um Eisregen zu beten – «Ich schwöre, Matt, ich bin auf meine gottverdammten Knie gefallen» –, und die anderen nickten feierlich. Niemand nahm die Gelegenheit wahr, Charley wegen des Betens aufzuziehen, was ihn noch mehr entnervte. Besonders George ließ sonst selten solch eine Gelegenheit aus.

Es war neun Uhr am Samstag morgen. Charley und die beiden Polizisten der Nachtschicht waren geblieben, um mit der Tagschicht auf die letzte Minute Schlachtpläne für die vor ihnen liegenden 24 Stunden zu entwerfen. In den schlimmsten Jahren, und dies war eins von ihnen, fiel der 31. Oktober auf einen Sonnabend. Das bedeutete, daß nicht nur die Schulkinder aufbleiben durften, um auf den Karnevalsmarkt zu gehen und sich das Feuerwerk anzusehen, sondern auch, daß die Erwachsenen sich von allem, was sie nachts anstellten, am nächsten Tag erholen konnten. Nur wenige würden in die Kirche gehen – der Teufel forderte an solchen Tagen seinen Tribut –, und jeder würde einen Kater haben: die Kinder von einer Überdosis Zuckerwatte und Karussellfahrten, die Erwachsenen vom Alkohol und von dem, was sie sonst noch angestellt hatten.

Die seltsamen Anblicke, die sich einigen Opfern am Sonntagmorgen böten, wenn sie verschlafen in ihre Spiegel oder aus ihren Fenstern schauten, würden die Stimmung nicht gerade heben.

Viele dachten immer noch mit Schaudern an das letzte Mal, als der *Howl* auf einen Sonnabend gefallen war. Besonders lebendig war die Erinnerung an die Flüche des schüchternen und gerade ordinierten Reverend Whipple, der nach seiner beeindruckenden Predigt über die heidnischen Ursprünge des Halloween und ihren schädlichen Einfluß auf die Jugendlichen feststellen mußte, daß der Boden der Kanzel mit Sekundenkleber überzogen worden war. Nachdem er einige Minuten versucht hatte, sich zu befreien, war er schließlich gezwungen gewesen, seine Schuhe auszuziehen und den Gottesdienst auf Socken zu beenden.

Die nicht einmal zusammengepaßt hatten.

Er war so entnervt gewesen – unter anderem auch von dem Anblick fünf männlicher Gemeindemitglieder, die ihre Hüte abgenommen hatten und rasierte Schädel entblößten, auf die der Name eines bekannten Bieres tätowiert war, von dessen übermäßigem Konsum sie bewußtlos gewesen waren, als sie die Rasur und die Dekoration erhalten hatten –, daß er um Versetzung gebeten hatte und mittlerweile dankbar der gesetzteren Gemeinde von Holy Cross, Alaska, predigte.

«Okay, mal sehen», sagte Matt und ging seine Liste durch. «Wurden die Jahrmarktsleute gewarnt?»

«Ja», sagte George. «Ich habe gestern mit ihnen gesprochen, als sie aufbauten.»

Matt konnte einen Punkt abhaken. «Wurde das Schloß an dem Tor des Heckman-Memorial-Parks in Ordnung gebracht?»

«Natürlich», sagte Glen Hardwicke. «Aber das wird niemanden abhalten, Matt. Zumindest hat es das bisher nie getan.»

An der lebensgroßen Bronzestatue des verstorbenen Cecil G. Heckman, eines Einheimischen, der um die Jahrhundertwende mit fragwürdigen Mitteln zum Senator aufgestiegen war, waren bereits zahlreiche Greueltaten verübt worden. «Cecil zu dekorieren» war zu einer alljährlichen Tradition geworden, und man wußte, daß dafür jedes Jahr einige der hellsten Köpfe des Blackwater County zu Rate gezogen wurden. Keiner wußte, wer die letzte Entscheidung traf, aber die Resultate waren immer spektakulär.

«Haben wir jemanden, der auf Jacks Naturpfad patrouilliert?» fragte Matt George.

«Klar, ich habe Bob und Jim Matthew vereidigt», sagte George.

Die beiden Brüder hatten einige Jahre Profi-Football gespielt und sich dann Blackwater Bay als Reservebank ausgesucht. «Die Knie sind vielleicht lädiert, aber sie haben immer noch Nerven aus Stahl.»

«Lieber die als ich», warf Glen Hardwicke ein.

«Was ist so schrecklich an Jacks Naturpfad?» fragte Duff Brody. Er war einer der neuen Streifenpolizisten aus dem Norden des Bundesstaates, und dies war sein erster *Howl*.

«Nichts – normalerweise», erklärte Matt. Der Naturpfad gehörte zu Jacks Sportartikelgeschäft. Sorgfältig gepflegt und mit Markierungen versehen, verlief er hinter dem Geschäft über zwei Meilen durch den Wald. Einheimische Jogging-Enthusiasten bezahlten eine Jahresgebühr, um den Pfad immer zu nutzen, wann sie wollten. «Aber letztes Jahr haben einige Jungs vom College einen Haufen überfahrener Tiere gesammelt – plattgefahrene Biber, Murmeltiere, Füchse, Stinktiere und so weiter – und auf jedes einen riesengroßen Fußabdruck gemalt, als wäre ein Riesenjogger auf sie getreten. In der Nacht des *Howls* haben sie die Tiere auf Jacks Naturpfad verstreut. Am nächsten Morgen gab es ein Chaos. Wie der Zufall es wollte, kam Milly Hackabush, die Leichtathletik-Trainerin der High School, um mit ihren Mädchen ein Morgentraining zu machen. Vier der Mädchen mußten mit hysterischen Anfällen ins Krankenhaus gebracht werden.»

«Natürlich war Jack stocksauer», sagte George und versuchte nicht zu grinsen, denn jeder mochte Jack, aber die Erinnerung an diese riesigen, in der Ferne verschwindenden Fußspuren brachte ihn immer zum Lachen. Jack hatte auf dem Pfad wieder für Ordnung gesorgt, war aber nicht besonders erbaut gewesen von den zerquetschten Besuchern seines Pfades. Er hatte klagen wollen, aber es ließ sich kein Schuldiger für diesen Streich finden.

«Ich weiß nicht, was Jack gemacht hat, aber der Stadtrat hat für die nächsten 24 Stunden eine Versicherung gegen Beschädigung *öffentlichen* Eigentums abgeschlossen», fuhr Matt fort. «Wenn also der Zaun des Heckman-Memorial-Parks unbeschädigt ist und das Schloß funktioniert, dann übernimmt die Versicherung jeden Schaden.»

«Das muß eine Menge Geld gekostet haben, nach den Schadensersatzansprüchen des letzten Jahres», sagte Charley Hart.

«Neue Versicherung», sagte Matt.

«Der Nachschub an trotteligen Versicherungen wird denen bald ausgehen», stellte Hardwicke fest. «Wo haben sie sie aufgetrieben – in Zaunpfahl, Nebraska?»

«Irgendwo dort», grinste Matt. «So, wie sieht's mit der Bücherei und dem Rathaus aus – wer paßt darauf heute nacht auf?»

«Ich.» Frank Boomer hob die Hand. «Dieses Ende der Main Street hast du mir gegeben.»

«Und ich habe das andere Ende bis zur Kirche», sagte Duff Brody. «Worauf soll ich, verdammt noch mal, überhaupt aufpassen?»

Sie sahen ihn alle erstaunt an. Dann erinnerten sie sich, daß er neu war. Einige Gesichter nahmen einen verschmitzten Ausdruck an. Matt bemerkte es.

«Okay, okay, spart euch das.»

«Was?» fragte Hardwicke mit Unschuldsmiene.

«Wir werden genug Probleme haben, auch wenn ihr Duff *nicht* auf die Schippe nehmt.»

«Wieso?» fragte Duff argwöhnisch.

«Würden wir so was jemals tun?» Lou Buncie tat vorwurfsvoll.

«Und ob ihr so was tun würdet», sagte Matt. Er wendete sich Duff zu. «Hat man dir nichts vom *Howl* erzählt?»

«So nennt ihr den Karneval hier, richtig?» fragte Duff. «Meine Frau freut sich schon drauf. Sie hat gerade...»

Matt unterbrach ihn. «Es ist viel mehr als ein Karneval.» Er warf seinem Chief Deputy einen wütenden Blick zu. «George, du hättest ihm das alles erklären müssen.»

«Hätte ich?» George zuckte mit den Schultern und sah sich um. «Wer hat das gesagt?»

«*Ich* habe das gesagt, wie du verdammt genau weißt.» Matt war verärgert. «Paßt auf, ich erkläre hier und jetzt: Wenn Duff – *oder* seiner Frau – irgendwelche Streiche gespielt werden und ich herausfinden sollte, daß einer von euch dahintersteckt, kostet das *jeden* von euch fünfzig Dollar und eine zehnprozentige Gehaltskürzung bis Weihnachten. Ist das klar?»

Sie scharrten mit den Füßen.

«Also... ich wollte eigentlich keinen Ärger machen...» begann Duff unsicher.

«Normalerweise wäre es mir egal gewesen», fügte Matt hinzu und sah nacheinander jedem ins Gesicht. «Ich hätte ihn vielleicht sogar selbst mit Handschellen ans Steuer gekettet oder die Luft aus seinen Reifen gelassen – *in jedem anderen Jahr*. Aber diesmal kann ich auf ihn nicht verzichten – auf niemanden von euch. Letztes Jahr ist der *Howl* außer Kontrolle geraten, und ich möchte nicht, daß das noch einmal passiert. Ich möchte auch nicht, daß einer verletzt wird. Ich möchte, daß jeder von euch hellwach und aufmerksam auf seinem Posten ist, *die ganze Nacht*. Ist das klar?»

«Der Kaffee ist fertig», rief jemand, der neben der Kaffeemaschine stand. «Aber es sind keine Doughnuts da.»

«Wo ist Tilly?» fragte Hardwicke.

«Sie erledigt einen besonderen Auftrag für mich», sagte Matt. «Heute nachmittag ist sie wieder da. Jetzt müßt ihr eben ohne Doughnuts auskommen.»

Es gab ein allgemeines mißbilligendes Gemurmel, als sich jeder einen Kaffee einschenkte und sich mit diesem kargen zweiten Frühstück abzufinden versuchte. «Hey, *müssen* wir eigentlich diese Kostüme tragen, die George besorgt hat?» fragte jemand von hinten.

«Nein, nicht wenn ihr nicht wollt», sagte Matt.

«Ach, Matt, jeder muß sie tragen. Wo ist sonst der Witz dabei?» beschwerte sich George. «Kommt, Jungs, macht mit, es bringt Spaß. Schließlich ist nur einmal im Jahr *Howl*.»

«Es ist jedermanns eigene Sache», wiederholte Matt. «Es wurde allerdings bereits *angekündigt*, daß die Polizisten dieses Jahr als französische Gendarmen verkleidet sind, die Leute wissen davon. Sie werden es von euch erwarten.»

«Darauf kannst du wetten. Ich wurde schon damit aufgezogen», sagte Glen gut gelaunt. «Aber das ist mir egal. Es dient schließlich einem guten Zweck, oder?»

Das war die Bedingung, die Matt am Ende gestellt hatte – daß jeder Polizist, der ein Kostüm trug, Geld für einen wohltätigen Zweck sammeln sollte. Damit wurde jeder Makel der Albernheit von der Verkleidung genommen. Es gab ein zustimmendes Gemurmel, und George strahlte.

Matt war mit seiner Liste erst halb durch, als das Telefon klingelte. Matt meldete sich und wandte sich wieder an die Männer. «Es hat schon angefangen», sagte er.

«Ich weiß nicht, wie zur Hölle sie's angestellt haben», sagte Jack Fanshawe.

«Wer?» fragte Matt.

«Im Prinzip jeder, der im Telefonbuch steht», sagte Jack ironisch. «Ich meine, das ist einfach nicht fair, oder? Der *Howl* ist doch heute nacht, nicht letzte Nacht.»

«Einige Leute wollen es eben schnell hinter sich bringen», sagte George, der sich bückte, um auf den Boden zu klopfen. «Sie haben wahrscheinlich trotzdem bis Mitternacht gewartet, damit es offiziell der 31. ist.»

Die Büroräume von *Fanshawe Immobilien* waren normalerweise mit einem hübschen Tweedteppich ausgelegt. Als Fanshawe jedoch an diesem Samstagmorgen die Tür geöffnet hatte, hatte er festgestellt, daß jemand in der letzten Nacht alle Möbel entfernt und den Teppich aufgerollt hatte, um ihn durch Grassoden zu ersetzen und dann alle Möbel säuberlich wieder an ihren Platz zu stellen.

«Es hat eine sehr beruhigende Wirkung», stellte Matt fest und verkniff sich ein Lachen.

«Ach, ich weiß nicht», sagte Jack. «Ich finde es etwas einfallslos.» Er sah auf die grüne Fläche, die sich im Luftzug aus der offenen Tür sanft wiegte. «Ein *wirklich* kreativer Mensch hätte noch ein paar Gänseblümchen hinzugefügt, meint ihr nicht?»

«Gänseblümchen sind hübsch», stimmte Matt zu.

«Ich mag Tulpen lieber», sagte George.

«Aber die blühen nicht im Herbst», berichtigte Jack.

«Oh, stimmt.»

Matt zückte sein Notizbuch. «Möchtest du Anzeige erstatten?»

«Ja – weil keine Gänseblümchen dabei waren. Schreib das auf: Ich hätte mir ein paar Gänseblümchen gewünscht.»

«Jack...»

«Ach, zur Hölle, Matt, was soll's?» sagte Fanshawe resigniert. Er war ein ehemaliger Footballspieler, der mittlerweile an Kinn und Taille etwas dick geworden war, sich aber noch einen gewissen Glanz bewahrt hatte. Einst der vielbewunderte Quarterback der hiesigen High School, war sein schütteres blondes Haar nun grau durchsetzt, und der Schnurrbart hatte seinen Schwung verloren.

Obwohl die Männer in Blackwater es unerklärlich fanden, war es eine Tatsache, daß Jack Fanshawe immer eine starke Anziehung auf

Frauen ausgeübt hatte. Seit seiner Jugend hatte er Lebensfreude und Sex-Appeal ausgestrahlt, was eine Tändelei mit ihm außerordentlich attraktiv machte, besonders für verheiratete Frauen, die ein kleines Abenteuer ohne Nachspiel suchten. Jack konnte schweigen. Durch sein Interesse an Immobilien kannte er jeden Laubengang und jede verschwiegene Ecke, die ein Rendezvous und eine unbemerkte Flucht ermöglichten. Es hatte Gerüchte über eine Lehrerin gegeben, die die High School ziemlich plötzlich verlassen hatte, als Fanshawe erst sechzehn war, und es war allgemein bekannt, daß sowohl die Scheidung der Baughs als auch die der Hopwoods durch Affären, die die Frauen mit ihm hatten, beschleunigt worden waren. Obwohl es vor Gericht nicht zur Sprache gekommen war, wurde es kurz darauf allgemeines Gesprächsthema in der Stadt.

Mit zweiundzwanzig Jahren hatte Fanshawe das Immobiliengeschäft seines Vaters geerbt. Vier Jahre später hatte er die Tochter eines anderen Immobilienmaklers aus Lemonville geheiratet. Einige behaupteten, er hätte sie auserwählt, weil sie ihm seine Seitensprünge nachsah, andere meinten, sie sei zu dämlich, um es überhaupt zu bemerken. Weil sie ein nettes Mädchen war, wurde sie eher bemitleidet als verachtet, und nachdem sie zwölf Jahre lang eine friedliche, pflichtbewußte Ehefrau gewesen war, verstarb sie eines Samstagnachmittags friedlich an einem Herzversagen, während Jack einem Interessierten die Halliday-Farm zeigte.

Ihr Tod traf Fanshawe zur allgemeinen Überraschung schwer. Er brach auf ihrer Beerdigung zusammen und mußte für eine Woche ins Krankenhaus. In dieser Zeit zeigte sich das erste Grau in seinem Haar, und sein Schnurrbart begann herunterzuhängen. Monate vergingen, bevor er sein Geschäft wieder führen konnte.

Als er seine Trauer aber überwunden hatte, übte er auf die alleinstehenden und geschiedenen Frauen der Stadt wieder die alte Anziehungskraft aus, die immer noch anhielt. Es gab nun viele Bewerberinnen für den Titel der zweiten Mrs. Jack Fanshawe, aber die Stadt konnte niemals eine Favoritin ausmachen. Wenn er sich an die Theke des *Dirty Duck* oder des *Golden Perch* lehnte, hörte man ihn oft über die Mühen und die Einsamkeit des Junggesellenlebens klagen, aber niemand nahm das für bare Münze. Er schien trotz seines bereits heftig ramponierten Geweihs nicht wirklich darauf verzichten zu wollen, es sich auch weiterhin abzustoßen. Aber man ging davon aus, daß er schließlich doch eine Ehe eingehen würde, und sei es nur aus Erschöpfung.

Die erwählte Dame würde ein großes Haus voller antiker Möbel übernehmen, einen noch größeren Garten und einen Mann, der sein Geschäft effektiv und gewinnbringend führte. Während er nun die bukolische Umgestaltung seines Büros betrachtete, dachte Fanshawe an die vielen Kandidaten, die als Täter dieses besonderen *Howler* in Frage kamen – enttäuschte Käufer, die mit einem Haus, enttäuschte Verkäufer, die mit einem Preis unzufrieden waren, Aufmerksamkeit suchende Frauen, Vergeltung suchende Männer – und war etwas ratlos. «Ich nehme an, du könntest herausfinden, wer die Grassoden gekauft ...»

«Wurden letzte Nacht von *Garfield für den Garten* geklaut.» George stand auf. «Ich vermute, die wollen sie wiederhaben.»

«Es werden Löcher vom Schreibtisch und den Sesselbeinen drin sein», gab Jack zu bedenken.

«Vielleicht solltest du mit ihnen sprechen», schlug Matt vor. «Ihr könnt euch sicher einigen.»

«Aber ich habe das nicht ausgefressen», protestierte Jack. «Verdammt, diese Streiche sind nur so lange witzig, wie niemand für sie bezahlen muß.»

«Ein paar Löcher mehr oder weniger machen in einem Garten keinen Unterschied», sagte George. «Man muß nur einen mit passenden Maulwurfshügeln finden.»

Matt und Fanshawe betrachteten ihn ungnädig.

«Ich versuche nur, ein bißchen die Stimmung zu heben», sagte George.

«Zumindest wurde nichts zerstört», sagte Fanshawe. «Ich meine, wer immer es war, hat den Teppich aufgerollt und ihn hinten liegen lassen. So muß ich nur diese Schweinerei beseitigen und die Möbel herumräumen, glaube ich. Es hätte schlimmer kommen können. Vielleicht werde ich alt, aber der *Howl* ist nicht mehr das, was er mal war. Wenn ich an die Sachen denke, die wir angestellt haben ...» Er kicherte und schüttelte den Kopf.

«Es gab auch früher üble Geschichten», sagte Matt langsam.

Fanshawe hob eine der Grassoden mit seinem Fuß an und versuchte zu beurteilen, wieviel Erde und Feuchtigkeit in die Dielen gelangt war. «Ja?» fragte er abwesend.

«Du meinst Jacky Morgan, Matt?» platzte George heraus.

Matt unterdrückte den Impuls, ihn zu treten, und nickte. «Ja, ein gutes Beispiel», sagte er.

Fanshawe war bei der Erwähnung des Namens sichtlich zusammengezuckt und schwieg für einen Moment, um zu überlegen, welche Miene er aufsetzen sollte. Als er zu Matt aufblickte, war sein Gesicht ausdruckslos höflich – das Gesicht eines Mannes, der einem ein Haus mit Fäulnis unter den Dielen verkauft.

«Der Name kommt mir bekannt vor», sagte er.

«Das sollte er», begann George.

«Der Junge, der vom Eagle Head fiel», sagte Matt. «Du warst dabei, Jack, oder?»

«Meine Güte, du hast recht. Das hatte ich völlig vergessen», sagte Fanshawe und runzelte die Stirn. «Es war wirklich schrecklich damals. Wir waren alle richtig geschockt. Danach war der *Howl* für uns nicht mehr dasselbe.»

«Soviel ich weiß, war Tom Finnegan auch dabei», sagte Matt.

Fanshawe verzog das Gesicht. «Mensch, ist das nicht furchtbar, daß er auf diese Weise sterben mußte? Andererseits, er hatte sowieso nicht mehr lange zu leben. Vielleicht ist es sogar ein Segen...» Er verstummte für einen Moment. Dann schüttelte er sich wie ein nasser Hund. «Ist das nicht komisch, wie man solche Erinnerungen verdrängt? Sachen, auf die man nicht gerade mit Freude zurückblickt. Wie kommt es, daß du darüber Bescheid weißt? Du hast zu der Zeit doch noch in den Windeln gelegen.»

«Ich habe im Büro zufällig ein paar alte Berichte gelesen», sagte Matt gelassen. «Der Umbau und alles – du weißt ja, plötzlich tauchen Dinge auf, die man längst für verloren hielt.»

Fanshawe lachte, ein bißchen zu laut. «O Mann, und wie ich das kenne. Du solltest mal das Zeug sehen, das wir auf Dachböden und in Kellern von Häusern finden. Dabei schwören die Besitzer Stein und Bein, daß sie alles ausgeräumt haben.»

«Was zum Beispiel?» wollte George wissen. «Gemälde alter Meister und Kartons voller Goldbarren?»

«Das nun weniger», sagte Fanshawe mit einer Ernsthaftigkeit, die seine Erleichterung über den Themenwechsel verriet. «Eher schon Kartons voller Hundefutter, die sie 1959 als Sonderangebot gekauft und dann vergessen haben. Oder einmal fanden wir...»

Sie hörten einen schrillen Schrei hinter sich. «Ich *glaube* es nicht! Ist das echtes *Gras* hier drin?»

Sie drehten sich um. Mitzi Putnam hatte die Arme in die Hüften gestemmt und sah vergnügt an ihnen vorbei in das *Fanshawe-Immobilien*-Büro. Fanshawe richtete sich auf und zog seinen Bauch ein.

«Richtig, Mitz... Mrs. Putnam», sagte er.

George starrte auf seine Stiefmutter. «Jemand hat es letzte Nacht hierhergeschafft», sagte er mit tiefer Stimme.

Sie sah ihn an, und ein Schatten huschte über ihr glattes Gesicht, wie eine kleine Wolke, die für einen Moment einen entschlossen strahlenden Himmel bedeckt. «Hallo, George», sagte sie zurückhaltend.

«Hallo, Mitzi», erwiderte er mit dem gleichen Mangel an Begeisterung. «So früh schon unterwegs?»

Sie zog eine Augenbraue hoch. «Geschäfte», sagte sie abweisend und wandte sich wieder an Fanshawe. Sofort belebte sich ihr Gesicht aufs neue. «Ehrlich, das Gras hier sieht *phantastisch* aus. Sie müssen Stunden dafür gebraucht haben. Ich schätze, das macht dich zum Opfer des ersten *Howler* des Jahres. Warum rufst du nicht den *Chronic* an und läßt Harry Foskett einige Fotos machen, bevor es verwelkt?»

Fanshawes Augen leuchteten auf. «Du hast recht – wenn ich schon die ganze Drecksarbeit habe, kann ich auch etwas Publicity daraus schlagen.»

«Warum nicht?» fragte Mitzi, die sich sichtlich für ihre Idee begeisterte. Sie legte ihre Hand auf Fanshawes Arm und lehnte sich an den Türrahmen. «Weiß du, Jack, du könntest sogar noch mehr daraus machen. Du könntest dir einen Rasenmäher besorgen und so tun, als würdest du den Rasen mähen, oder du könntest ein kleines Picknick organisieren...» Sie streckte sich und sah zu ihm herauf. «Ich habe einen hübschen Picknickkorb, den ich dir leihen könnte, und ein kariertes Tischtuch... was hältst du davon?»

«Klingt doch gut», sagte Fanshawe mit wachsender Begeisterung.

«Ich schließe daraus, daß du keine Anzeige erstatten möchtest?» fragte Matt mit sowenig Ironie wie möglich. Mitzi Putnams Parfum hatte die gleiche Wirkung auf ihn wie immer – er mußte mit tränenden Augen ein Niesen unterdrücken. Er teilte Georges Überraschung, sie hier so früh am Tag zu sehen – sie war zweifelsohne ein Nachtmensch.

Sie war so begeistert von dem Grasteppich, daß Matt einen kurzen Augenblick überlegte, ob sie vielleicht selber hinter dem Streich steckte. Nicht daß sie sich ihre perfekt manikürten Fingernägel schmutzig machen würde, aber sie hatte genug Geld, um jemanden dafür zu bezahlen.

Er betrachtete sie eingehend, als sie so plappernd vor ihm stand. Sie war zwanzig Jahre jünger als Fanshawe – aber sie war auch zwanzig Jahre jünger als ihr Ehemann. Vielleicht mochte sie ältere Männer einfach.

Mitzi Putnam war die Großnichte von Carl Putnams verstorbenem Partner, Phineas Crabtree. Sie hatte das wallende blonde Haar und die übertriebene Figur einer Barbie-Puppe und benahm sich, als hätte sie auch einen entsprechenden Verstand. Matt glaubte allerdings, daß sie ihrer Figur durch Implantate zu den Rundungen verholfen hatte, und hielt auch ihr Haar nicht für echt. Mehr als einmal hatte er in diesen großen, blauen, kurzsichtigen Augen einen Blick bemerkt, der nicht nur Intelligenz, sondern auch Raffinesse verriet. Die kleine Mitzi war nicht das, was sie zu sein schien, und was sie zu sein schien, war unverkennbar das Ergebnis sorgfältiger Planung. Sie war zweifellos schnell zur Stelle gewesen, als Carls erste Ehe zerbrach, und hatte erst dann lockergelassen, als sie den Ring an ihrem Finger hatte.

Er wechselte einen Blick mit George und zog eine Augenbraue hoch. Hatte sie sich diesen Scherz aus Gründen erlaubt, die nur sie und Fanshawe kannten? George, der seine Gedanken lesen konnte, schüttelte den Kopf. Zögernd mußte Matt zustimmen. Sie wäre dumm gewesen – und sie war es nicht –, wenn sie ihre Ehe mit Carl Putnam für jemanden wie Jack aufs Spiel gesetzt hätte. Und trotzdem lag eine große Zuneigung in der Art, wie sie Fanshawe den Arm tätschelte und zu ihm aufsah. Vielleicht hatte sie nicht den Bürorasen ausgeheckt, aber plante etwas anderes – zum Beispiel ihren Mann durch Eifersucht bei der Stange zu halten.

Immer noch ohne zu sprechen drehte er sich um und sah die Straße hinauf zu den Büros von Crabtree & Putnam. Dann wandte er sich wieder zu George. Konnte es, aus offensichtlicheren Gründen, *Carl* Putnam gewesen sein? Wollte er Fanshawe warnen, daß das Gras auf seiner Seite grün genug sei und er lieber dort bleiben sollte? Es war eine subtile Botschaft, aber die beiden waren seit Jahren befreundet und hatten womöglich ihre ganz privaten Signale. George folgte Matts Blick und zuckte mit den Schultern. Vielleicht. George kannte seinen Vater besser als Matt – wenn *er* es für möglich hielt, dann konnte es sehr wohl zutreffen.

«Na gut, wir gehen dann mal, Jack», sagte Matt und steckte sein Notizbuch ein. Fanshawe winkte ihm zerstreut zu.

«Ach ja. Danke fürs Vorbeikommen, Matt.»

«Gehört alles zum Service», sagte Matt, aber Fanshawe unterhielt sich bereits wieder mit Mitzi. Matt und George gingen zurück zum Büro.

George schaute auf seine Armbanduhr. «Und es ist erst zehn Uhr.»

«Mein Güte», sagte Matt. «Es wird schlimmer, als wir dachten.»

Mit dieser Vermutung lag er genau richtig.

Zehn

Hätte er in einem anderen Land gewohnt, hätte Tilly wahrscheinlich etwas mehr Zeit gebraucht, um Albert Budd ausfindig zu machen, aber nicht *viel* mehr Zeit. Obwohl sie das offizielle Informationsnetzwerk nutzte, zu dem sie nun mit ihrem Computer Zugang hatte, und die Vollmachten, die dem Sheriffsbüro von Blackwater Bay vom Staat übertragen worden waren, hatte es immer noch einige Stunden harter Arbeit gekostet herauszufinden, wo genau er gegenwärtig wohnte. Wie sich herausstellte, lag der Wohnort nicht allzuweit entfernt von Blackwater Bay – in Meilen zumindest.

Aber das war erst der Anfang.

Der Grund, warum Matt bisher nichts von Albert Budd gehört hatte – überhaupt hatten nur sehr wenige Leute je von ihm gehört –, war, daß Albert ein Millionär und ein Einsiedler geworden war. Er hatte sich eine Phalanx aus Sekretärinnen und Aufpassern zugelegt, die eine fast undurchdringliche Mauer um ihn bildeten, und sie verhinderten jeden direkten Kontakt über Telefon oder Türklingel. Sie könnten, schlug eine der Sekretärinnen herablassend vor, einen Termin vereinbaren – aber der erste, den sie ihr anbieten konnte, lag im März des folgenden Jahres. Tilly war aufgeschmissen.

Und dann erinnerte sie sich an Sam «Snakehips» Turkle.

Tilly hatte Matt nicht erzählt, daß sie sich von Snakehips einige Tips holen wollte. Matt hätte es nicht gefallen. Ihr gefiel es auch nicht, aber der freche Ton der Sekretärinnen hatte sie wütend gemacht. Außerdem wollte sie rechtzeitig zum *Howl* wieder in Blackwater sein.

Mittlerweile im Ruhestand – das war vor allem auf die Bemühungen von Matts Vater zurückzuführen –, war Sam Turkle einst einer der besten Einbrecher weit und breit gewesen. Flink von Hand, Auge und Verstand, doch ohne jede Habsucht, hatte Sam die kompliziertesten Sicherheitssysteme überwunden, ohne dann aber viel zu stehlen. Es war die sportliche Herausforderung gewesen, die ihn reizte, nicht der Profit. So waren viele der Turkles veranlagt.

Sie waren eine Familie, deren Ruhm mit ihrer Größe wuchs. Es gab alle möglichen Turkles in Blackwater Bay County – reiche, arme, clevere, dumme, fleißige, faule –, aber alle besaßen eine außerordentliche Raffinesse, die ihnen die Umsetzung ihrer individuellen, oft seltsamen Ambitionen erleichterte. Zu dieser Familie von Exzentrikern gehörte eben auch Sam, der ein verschlossenes Tor fast mehr liebte als ein gutes Essen oder eine lasterhafte Frau und auf den ein raffiniertes Alarmsystem eine fast orgasmische Faszination ausübte.

Sam stand ihr nun gegenüber – weißhaarig, mit steifen Knochen und zutiefst enttäuscht.

«Was hältst du davon?» fragte sie den alten Mann.

«Zweierlei», sagte Sam. «Ich denke, du *mußt* mich bei dieser Sache nicht dabeihaben, aber du mußt innerhalb der nächsten fünf Minuten fünfzig Pfund abnehmen.»

«Aber Sam», sagte Tilly. «Ich biete dir eine aufregende Herausforderung, und du stehst da...»

«Soweit ich sehe, müßten eine Drahtschere, ein Stromumleiter, eine Filzmatte und eine Tarnkappe reichen», unterbrach Sam sie. «Die ersten drei Sachen habe ich im Auto. Aber ich weiß wirklich nicht, wie man eine Frau mit deinen Proportionen übersehen soll, wenn du da drinnen über die Gartenwege schleichst. Wenn es dunkel wäre, vielleicht. Aber bei diesem Tageslicht bist du ein unverfehlbares Ziel.» Er wollte sie nicht beleidigen, er gab nur eine professionelle Einschätzung ab. «Vielleicht sollte *ich* lieber gehen.»

«Nein, ich gehe. Vielleicht bin ich ein unverfehlbares Ziel, aber dafür bin ich viel schwerer wieder rauszuschmeißen als du. Sie können mich vielleicht umfassen, aber hochheben nie. Und Albert kennt dich nicht.»

«Aber er wäre bestimmt erfreut, eine lebende Legende kennenzulernen», gab Sam zu bedenken.

«Hol die Sachen aus dem Auto, okay?» bat Tilly ungeduldig.

«Frauen machen einfach keinen Spaß mehr», murmelte Sam, als er sich abwandte. «Haben keinen Schwung mehr.»

Er ging zu seinem Auto, das er hinter einigen Büschen auf dem Kiesweg geparkt hatte, der am Buddschen Anwesen vorbeiführte. Das Grundstück wurde von einem elektrischen Zaun umgrenzt, der parallel zum Kiesweg verlief und hinter dem sich eine Stacheldrahtbarriere aufbaute. Dahinter wiederum verbarg ein Ring von enggepflanzten Bäumen die Sicht auf das Innere des Anwesens. Man konnte durch die kahlen Äste nur ein silberfarbenes Schindeldach von beträchtlicher Größe erspähen. Das Haus war entweder nicht besonders hoch oder in eine Art Senke gebaut worden.

«Wäre zum Teufel alles einfacher bei Nacht», grummelte Sam, als er mit seiner Ausrüstung zurückkehrte. «Jeden verdammten Moment kann hier jemand vorbeikommen, und dann?»

«Deswegen tragen wir ja diese Overalls», sagte Tilly. «Wir führen Reparaturen aus.»

«Reparaturen an was – an Büschen?»

«Stell nicht so viele Fragen, leg lieber los.»

«Ich weiß nicht, warum du es so schrecklich eilig hast», sagte Sam, während er den Stromumleiter anschloß und den Draht des elektrischen Zauns durchschnitt.

Tilly selbst wußte es auch nicht. Sie war nur so frustriert von Alberts Lakaien und so entschlossen, Matt von weiteren Ermittlungen abzuhalten, daß sie es schnell hinter sich bringen wollte. Sie hatte mit George über alles gesprochen. Er hatte seine eigenen Gründe für den Wunsch, daß Matt die Sache auf sich beruhen ließ.

Matt steigerte sich in etwas hinein, das war alles. Tilly fürchtete, er würde sich blamieren. Er litt unter Tom Finnegans Tod und bauschte das Ganze auf, um etwas zu tun zu haben. Das Problem war, daß man nie wußte, was alles an die Oberfläche kam, wenn man mit einem Stock in einem friedlichen Teich rührte. In Tillys Augen war das Leben in Blackwater Bay immer beschaulich gewesen, aber die Ereignisse des letzten Sommers hatten Matt aus dem Gleichgewicht gebracht. Er hatte nur noch Mord im Kopf.

Ihr Vorhaben, am hellichten Tage illegal das Grundstück eines wohlhabenden Einsiedlers zu betreten, kam Tilly nicht halb so merkwürdig oder gefährlich vor wie Matts Versuch, ein dreißig Jahre zurückliegendes Geheimnis aufzuklären, das ihrer Meinung nach noch nicht mal ein Geheimnis war. Er würde damit einigen Leuten weh tun.

«Okay», sagte Sam. «Du kannst jetzt durchgehen. Zieh hier nur den Kopf ein und leg die Filzmatte über den Stacheldraht, wenn du rüberkletterst. Wenn du was in den Bäumen hängen siehst, dann komm zurück.» Er erzählte ihr, wonach sie Ausschau halten sollte. «Wenn du *mich* fragst, ist die Anlage eine Schande», schloß er. «Ein Zehnjähriger käme hier rein.»

«Vielleicht haben sie nur Angst vor Neunjährigen», sagte Tilly, duckte sich und folgte den Anweisungen. Sie winkte Sam zu und zwängte sich durch das Unterholz zwischen den Bäumen, froh darüber, einen Overall zu tragen.

Es hing nichts in den Bäumen, es gab keine Hunde, keine Wachposten, keine Videokameras oder Stolperdrähte. Das Gebäude, eine langgestreckte Villa im alten provençalischen Stil, lag in einer natürlichen Senke und folgte deren Umrissen. Sie war umgeben von Gärten, die wild zu wuchern schienen, aber Tillys Kennerblick blieb die umfassende Architektur und Kontrolle nicht verborgen. Es schien niemand anwesend zu sein. Plötzlich dämmerte ihr, daß dieser Überfall nur deswegen so einfach über die Bühne gegangen war, weil Albert Budd gar nicht da war, sondern sich in exotischen Breiten aufhielt – und daß *das* der Grund war, weshalb er nicht zu sprechen war und sie für die nächsten fünf Monate keinen Termin bekommen konnte. Vielleicht lebte er nur während des Sommers hier.

Niedergeschlagen gab sie das Pirschen auf und schlenderte durch die Gärten. Nichts passierte. Keine Alarmglocken schrillten, kein Pfiff ertönte, keine Sirenen heulten.

Nachdem sie eine Weile zwischen den Blumenbeeten herumspaziert war, erblickte sie einen dicken Mann in einem ähnlichen braunen Overall wie ihrer. Er stand gebückt und beschnitt einen Rosenbusch. Die Sonne schimmerte auf seiner Glatze, und der Overall spannte sich über seinem mächtigen Hinterteil – auch hierin ähnelte er Tilly.

«Entschuldigen Sie», sagte sie. «Ist Mr. Budd anwesend?»

Der dicke Mann fuhr zusammen und ließ seine Gartenschere fallen. Er drehte sich langsam um und betrachtete sie einen Augenblick. «Heilige Scheiße», sagte er. «Tilly Moss.»

Es war Albert selbst.

«Es ist leicht, ein Einsiedler zu sein, wenn du dafür sorgst, daß keiner mit dir sprechen *möchte*», erklärte Albert. «Und wenn du diejenigen wegekelst, die dich sehen wollen, geben sie es schließlich auf.»

«Du hast mich nicht weggeekelt», hob Tilly hervor.

«Hmm. Na ja, du hast noch den Reiz des Neuen für mich», sagte Albert. «Und ich habe heute zufällig gute Laune. Trotzdem werde ich wohl noch vor Ende nächster Woche einige Leute feuern.»

«Nicht meinetwegen.»

Er blickte fragend. «Warum nicht?»

«Weil sich niemand etwas hat zuschulden kommen lassen, was mich betrifft. Ich wurde nicht hereingelassen, ich bin eingebrochen. Oder glaubst du, ich laufe immer im Overall herum?»

«Du bist *eingebrochen*?»

«Genau.»

«Aber der elektrische Zaun, der Stacheldraht...»

«Hier kommt jeder Zehnjährige rein.»

«Aha – aber vielleicht sind es die Neunjährigen...»

«Das habe ich ihm auch gesagt.»

Albert betrachtete sie mißtrauisch. «Wem gesagt?»

«Snakehips Turkle.»

«Machst du Witze?»

«Nein.»

«Aber... der Mann ist eine lebende Legende!» rief Albert aus.

«Für fünfzig Dollar und einen Whisky ist er zu haben.»

«Ha! Lachhaft!» sagte Albert. Er bückte sich, hob die Gartenschere auf und steckte sie in eine Tasche seines Overalls. «In Wirklichkeit hätte er zehnmal soviel verlangt und einen Vertrag über Krankenkassen- und Pensionsbeiträge dazu! Glaub mir, ich kenne das.» Er drehte sich auf den Absätzen um und ging weg.

«In Wirklichkeit?» fragte Tilly, ihm folgend. «Ich dachte, du meidest die Wirklichkeit.»

Er kam zu einer Verandatür, schlug die aufgeblähten Vorhänge beiseite und ging durch, ohne sich darum zu kümmern, ob sie hinter ihm war oder nicht. Tilly trat ein und sah sich um.

Der Raum hätte sehr hübsch sein können. Seine Proportionen waren großartig, und das Morgenlicht durchflutete ihn blaßgelb. Aber das Licht fiel nicht auf die Patina ausgewählter Antiquitäten oder auf die satten Farben von Polsterbezügen, sondern auf ein langweiliges Metallgrau. In dem Raum war eine Büromaschinerie untergebracht, die einem Präsidentenbüro Ehre gemacht hätte.

Albert musterte es, wie ein Pascha seinen Harem mustert. «Die *Wirklichkeit* kommt zu Besuch», sagte er mit trauriger Genugtuung und ging durch eine Tür am anderen Ende des Raumes. Tilly folgte ihm. Einmal so weit gekommen, mußte sie weiter.

Albert war vor einer wunderschönen Kredenz stehengeblieben. In dem langen und sonnigen Raum, der sich nahezu über die halbe Länge der Villa zu erstrecken schien, diente sie als Bar. Das sieht schon eher nach etwas aus, dachte Tilly mit einiger Befriedigung. Das Dekor war vorwiegend goldfarben, es gab aber auch einige Tupfer Pfauenblau und -grün. Der chinesische Teppich und die Möbel aus Ebenholz, obwohl unterschiedlicher Herkunft und antik, gaben dem gesamten Raum ein chinesisches Flair. Auch Albert hatte trotz des Overalls ein orientalisches Aussehen angenommen, was vor allem mit der Fülle seines Gesichtes zusammenhing. Die Falten und Züge, die sich darin gebildet hatten, erinnerten vage an Buddha. Er schenkte sich einen Drink ein, bot Tilly aber keinen an.

«Ich hoffe, du bist nicht gekommen, um mir eine Klage wegen falschen Eheversprechens anzudrohen», knurrte er. «Das ist längst verjährt.»

Tilly richtete sich auf. «Daran würde ich nicht mal im Traum denken», sagte sie.

Er musterte sie über sein Glas hinweg. «Na, das ist doch schon mal was. Was zum Teufel willst du dann? Geld?»

«Nein!» sagte Tilly ärgerlich. Hätte er ihr noch immer den Rükken zugekehrt, hätte sie ihm einen Tritt in den Overall verpaßt.

«Was ist es dann? Verdammt, es muß doch einen Grund geben, warum du hier eingebrochen bist. Einfache Neugier wird's wohl nicht gewesen sein. War es eine Art Mutprobe?»

«Legen sich die Leute mal mit dir an?»

«Kaum.»

«Sollten sie aber. Vielleicht würde dir das Manieren beibringen.»

«Ich brauche keine Manieren», sagte Albert und zuckte mit den Schultern. «Genausowenig wie die Liebe einer guten Frau – ich hatte genug. Ich habe auch keine Sehnsucht nach einem Schlitten der Marke ‹Rosebud›. Ich bin völlig zufrieden, wenn ich mich bei Tag dem Garten und bei Nacht den Sternen widmen kann.»

«Wie bitte?» fragte Tilly, amüsiert über seine plötzlichen poetischen Anwandlungen.

«Ich bin Experte für Floribunda-Rosen und, wenn ich so sagen darf, ein anerkannter Amateurastronom.» Seine Brust schien leicht anzuschwellen. «Mein Leben ist vollkommen. Ich habe alles, was ich brauche.»

«Hast du Familie?»

Er schüttelte sich leicht. «Ich hatte vier Frauen, jede schöner und enttäuschender als die vorige. Keine Kinder, keine Geschwister, keine Eltern. Ich bin allein.»

«Wie schrecklich.»

Er zog eine Augenbraue hoch. «Glaubst du? Ich bin anderer Meinung. Es war nicht einfach, alle emotionalen Bindungen aufzugeben, da ich eine Vorliebe für schöne Frauen habe, aber ich gehe meinem Lebensabend mit...»

«Scheiße.»

Zum ersten Mal schien er sie wirklich wahrzunehmen. «Wie bitte?»

«Ich sagte Scheiße», wiederholte Tilly. «Komm schon, Albert, spar dir dein geschwollenes Gerede. Ich habe dich einmal gekannt, und ich habe dich *gut* gekannt. Entweder hattest du eine Kopfverpflanzung – in dem Fall hätten sie dir neues Haar verpassen sollen – oder du lügst wie gedruckt.»

Er seufzte und setzte sich. «Was willst du, Tilly? Ich bin ein vielbeschäftigter Mann und...»

«Noch mehr Scheiße. Ehrlich, Albert, ich bin wirklich enttäuscht. Du hast mehr Geld als der liebe Gott und siehst aus wie dein eigener Diener und benimmst dich wie ein Bauarbeiter mit Migräne. Ich hatte zumindest einen Zigarettenhalter und eine Hausjacke aus Samt erwartet.»

Er lächelte plötzlich. «Daran erinnerst du dich?»

«Klar.» Tilly erwiderte sein Lächeln. Vor etlichen Jahren hatte Albert eine Hausjacke aus Samt und einen Zigarettenhalter für den Gipfel der Kultiviertheit gehalten, und er hatte darauf bestanden, daß er eines Tages beides besitzen und benutzen würde – wenn er erst mal Millionär wäre. Er hatte immer darauf bestanden, daß er einmal Millionär werden würde. Zumindest damit hatte er recht behalten.

«Übrigens: Der liebe Gott hat – der letzten Forbes-Erhebung zufolge – mehr Geld als ich, doch ich hole ihn allmählich ein», sagte Albert. «Aber man kann beim Rosenbeschneiden nun mal keine Samtjacke tragen. Man hätte sofort Saftflecken darauf.»

«Stimmt.»

Er seufzte noch einmal. «Und was das andere betrifft – es ist Gewohnheit. Geld verändert die Menschen, Tilly. Du wirst jedem gegenüber mißtrauisch.»

«Das habe ich gemerkt.»

«Na ja, du mußt zugeben, wenn du nach all den Jahren aus heiterem Himmel hier auftauchst, so gekleidet bist und behauptest, mit Snakehips Turkle...»

«Okay, okay», räumte Tilly ein. «Ich gebe zu, es war ein bißchen unverschämt. Aber deine Sekretärin ist so herablassend...»

Er lachte. «Ist sie nicht wundervoll? Du kannst dir gar nicht vorstellen, für wieviel Frieden und Ruhe sie sorgt.»

«Wo ist sie überhaupt? Und wo sind all die anderen? Hier müßte es doch von Dienern nur so wimmeln.»

«Tut es normalerweise auch», stimmte er vage zu. «Aber den meisten gebe ich am Wochenende frei. Für gewöhnlich schwirren hier nur eine untergeordnete Sekretärin und ein oder zwei Dienstmädchen herum – sie machen die Schichten unter sich ab. Jeffries, mein Chauffeur, hat Cook für den Wocheneinkauf in die Stadt gefahren. Dein Einbruch war zeitlich perfekt abgestimmt. Obwohl es mir immer noch ein Rätsel ist, *warum* du eingebrochen bist.»

Tilly kam sich etwas dumm vor, blieb aber bei dem Vorwand, für den sie sich entschieden hatte, auch wenn er schwach war. «Ich wollte dir nur sagen, daß Tom Finnegan tot ist. Ich dachte, sie bringen es wohl nicht in den überregionalen Zeitungen und...»

«Wer?» unterbrach Albert.

Sie starrte ihn an. «Tom Finnegan. Dein alter Schulfreund.»

«Ich weiß nicht...» sagte er mit finsterer Miene.

«Der Tom Finnegan, mit dem du zusammen warst, als Jacky Morgan starb», sagte Tilly barsch, verärgert über seine herablassende Art, seine vorgetäuschte Erinnerungslücke und ihr eigenes lächerliches Spiel.

Er bekam große Augen. «Was weißt du davon?»

«Ich weiß, daß du dabei warst», sagte sie.

«Aber ich habe dich erst Jahre später kennengelernt. Du warst keins von den Mädchen...»

«Welchen Mädchen?»

Er starrte sie an und besann sich. «Ist nicht so wichtig.»

«Vielleicht doch.»

Er ignorierte ihre Bemerkung und tat so, als ob er nachdächte. «Oh, Tom Finnegan. Natürlich. Wurde Apotheker, hatte den Drugstore an der Ecke. Ich erinnere mich.» Er lächelte selbstvergessen, bis ihm einfiel, daß sie ihm die Nachricht vom Tod dieses Mannes überbracht hatte. «Wie traurig», sagte er plötzlich.

Tilly beobachtete ihn mit einiger Bestürzung. Matt hatte sie gebeten, sich mit Albert Budd in Verbindung zu setzen. Sie hatte es für albern und für reine Zeitverschwendung gehalten, aber Matt war ihr Chef, und anscheinend war er gewillt, diese Jacky-Morgan-Sache bis zum bitteren Ende zu verfolgen.

Sie hatte schließlich zugestimmt, weil sie neugierig war, was nach all den Jahren aus Albert geworden war. Matt hatte sie gebeten, das Thema Jacky Morgan beiläufig in das Gespräch einfließen zu lassen und auf Alberts Reaktion zu achten. Sie hatte nicht beabsichtigt, auf diese Weise damit herauszuplatzen. Auf jeden Fall war sie sich sicher gewesen, daß die Erwähnung von Jacky Morgan kaum eine Reaktion hervorrufen würde bei jenem Mann, den sie noch mit roten Locken kannte, der eine Figur wie Fred Astaire gehabt hatte und eine dazu passende Persönlichkeit – unbeschwert, leichtfüßig und charmant.

Dann hatte sie jedoch nur diesen glatzköpfigen, mürrischen und ausgepumpten alten Mann vorgefunden – der nun ihrem Blick auswich. Offensichtlich verband er eine ganze Menge mit dem Namen Jacky Morgan, wollte jedoch nicht darüber sprechen.

«Ja, es ist traurig. Er starb bei einem Autounfall. Mein Chef...»

«Arbeitest du immer noch für Ted Gabriel?» fragte Albert argwöhnisch.

«Nein, er starb vor einigen Jahren. Ich arbeite für seinen Sohn, Matt. Er ist jetzt der Sheriff von Blackwater.»

«Matt?» Albert legte die Stirn in Falten. «Er war noch auf dem College, als ich wegging. Studierte Philosophie oder so was.»

«Ja. Jetzt ist er der Sheriff.»

«Ich verstehe.» Albert stand auf. «Also, danke, Tilly, daß du gekommen bist, um mich über Tom Finnegan zu informieren. Es ist bitter, wenn die alten Freunde von uns gehen...»

«Du bist zuerst gegangen», fuhr sie ihm dazwischen.

Er errötete leicht. «Ja, gut, ich hatte meine Gründe. Hatte nichts mit dir zu tun – ich hoffe, du verstehst das. Ich hatte großen Ehrgeiz, es zu etwas zu bringen in der Welt, und Blackwater war kein guter Ausgangsort. Aber es war schön, dich wiederzusehen...»

«Aber du erinnerst dich jetzt an Tom Finnegan, oder?» fragte Tilly und stand ebenfalls auf.

«Ja, und es tut mir äußerst leid um ihn.»

Einen Dreck tut es dir leid, dachte Tilly, als er sie zur Tür zu führen begann.

«Allerdings glaube ich nicht, daß es all die Mühe wert war, die du dir gemacht hast...»

«Und du erinnerst dich an Jacky Morgan?» fragte sie mit unschuldiger Stimme.

«Eine der Tragödien meiner Jugend», blockte er ab. «Würde ich am liebsten vergessen.»

«Aha.» Tilly ließ sich durch das Büro zurück in den Garten begleiten. Sie hatte keinen einzigen Bediensteten gesehen. Albert hatte sich an der Bar selbst bedient, und sie hatte keine Geräusche gehört, die auf irgendwelche anderen Leute schließen ließen. War es ihm wirklich so ernst mit dem Einsiedlerdasein? Sie blieb abrupt stehen, und er wäre fast gegen sie gelaufen. Sie drehte sich um und blickte ihm tief in die Augen. «Bist du glücklich, Albert?»

«Was?» Er war so darauf bedacht, sie nun reibungslos und zielstrebig zum Ausgang zu begleiten, daß ihn ihr Widerstand so kurz vor dem Ziel unvorbereitet traf.

«Ich sagte: Bist du glücklich? Eine einfache Frage.»

«Wer weiß schon, was das Glück ist...» begann er mit sonorer Stimme.

«Du weißt es, wenn du es *fühlst*», sagte sie bissig. «Bist du's?»

Er gab die Pose auf. «Ich bin relativ zufrieden. Ich habe festgestellt, daß es leichter ist, mit Geld, Pflanzen und Sternen umzugehen als mit Menschen, das ist alles.»

«Weil sie nicht widersprechen?»

Er sah sie böse an. «Weil sie überhaupt nicht sprechen. Es war ein großer Erfolg, Mutters Möbelpolitur zu vermarkten, aber ich hatte irgendwann genug Geld und vor allem genug von den Intrigen und Streitereien und falschen Freunden der Geschäftswelt. Deswegen habe ich die Firma verkauft. Ich muß mich immer noch um das Geld kümmern – es wird eben immer mehr –, aber das ist eher wie Gartenarbeit. Damit komme ich zurecht. Aber ich kam nicht mit den Leuten und ihren *Gefühlen* zurecht. Sie sind so konfus, so... unkontrollierbar. Ich meine, du bist weniger als eine halbe Stunde hier gewesen und hast bereits Erinnerungen aufgerührt, die ich glücklicherweise längst vergessen hatte. Meine Verdauung leidet bereits darunter, und nachher kommen bestimmt noch die verdammten Kopfschmerzen hinzu.»

«Ach, du lieber Gott», sagte Tilly trocken.

«Du verstehst das nicht», sagte er mit enttäuschter Stimme. «Meine Nerven waren so angespannt, daß ich mich von der Welt zurückziehen *mußte*. Ich bin ein kranker Mann.»

Sie musterte seine Augen und seine Haut. «Du wärst um einiges gesünder, wenn du fünfzig Pfund abnehmen würdest», stellte sie fest.

«Du ebenfalls», erwiderte er verärgert und gab die Pose des kleinen verlorenen Jungen auf.

Sie sahen sich zornig an.

Nach einem Moment nahm seine Stimme wieder einen förmlichen Ton an. «Danke, daß du gekommen bist, um mich über Tom zu informieren.»

«Schon gut, Albert, schon gut.» Sie ging den Weg entlang und schaute sich um. «Ich gehe einfach den Weg, den ich gekommen bin, okay? Ich erspare dir die Gefühlsanspannung, mir zum Abschied zuwinken zu müssen.»

«Es war schön, dich wiederzusehen», rief er ihr nach.

Aber das war ganz offensichtlich eine Lüge.

Elf

Bis zum Samstagnachmittag waren fünfzehn gemeldete *Howler* verübt worden und wahrscheinlich doppelt so viele, die für zu unwichtig gehalten wurden, um die Polizei zu alarmieren. Sie reichten von den einfachen Streichen (ein braunrot gestrichener Zaun oder ein Waschmittel im Heckman-Memorial-Springbrunnen, sodaß die Nymphe in der Mitte völlig von Schaum bedeckt war) bis zu den bösartigen und gefährlichen Streichen.

Im Krankenhaus stellte Matt fest, daß auf der Unfallstation bereits ein reger Betrieb herrschte. Aus den verschiedenen Kabinen konnte man Würgegeräusche hören. Zwischen den blassen Gesichtern erkannte er Fred Boyle und winkte ihm zu. Boyle winkte zurück und sah noch elender aus als vor einigen Stunden, als er vorbeigekommen war, um sein Protokoll zu Tom Finnegans Unfall zu unterschreiben.

«Ich hätte dein Angebot mit dem Kaffee annehmen sollen, anstatt in das *Dew Drop* zu gehen», rief er mit schwacher Stimme. «Jemand wollte die verdammte halbe Stadt vergiften.»

Matt ging zu ihm. «Ich nehme an, sie verdächtigen dich?»

«Darauf kannst du wetten.» Boyle brachte ein schwaches Grinsen zustande. «Es stimmt, daß ich meinen Freunden jedes Jahr bei einigen *Howlern* helfe, aber glaubst du wirklich, daß ich so dumm wäre, mich selbst zum Opfer zu machen?» Sein Gesicht verzerrte sich plötzlich, und er drehte sich um, um sich in eine Schüssel aus rostfreiem Stahl zu übergeben.

Im Weggehen entdeckte Matt Dr. Dan Rogers, der am Schreibtisch der Unfallstation etwas in den Computer eingab. Er sah besorgt aus. Matt ging hinüber und fragte ihn, ob die Polizei diesem Streich nachgehen sollte, aber Rogers schüttelte den Kopf.

«Üble Magenschmerzen, mehr hat keiner zu befürchten», sagte Rogers. «Es war schließlich nur *Ipecacuanha.*» Er wurde plötzlich zornig. «Wenn allerdings jemand *Ipecacuanha* in den Kaffeekessel des *Dew Drop* schütten kann, hätte es ebensogut ein gottverdammtes anderes Zeug sein können, für das wir *kein* Gegenmittel haben. Wir haben einen Vorrat angelegt von allen Sachen, die wir möglicherweise für das Wochenende brauchen – Schienen, Lösungsmittel für Sekundenkleber, Farblöser und so weiter. Wenn aber einer von diesen Leuten hier ein schweres Magengeschwür oder ein schwaches Herz gehabt hätte, dann hätte es richtig ernst werden können.»

«So weit denken die Leute nicht», sagte Matt.

«Die Leute denken überhaupt nicht», knurrte Dr. Rogers. Er war ein kleiner, gepflegter Mann – schnell in seinen Bewegungen, seinen Entscheidungen und seiner Meinungsbildung. Die Schwestern zitterten, wenn er ihre Namen bellte, aber er gab sich unendlich viel Mühe mit den Patienten und war ein ausgezeichneter Diagnostiker.

Wenn man den Leuten vor Jahren gesagt hätte, daß Dan Rogers einmal aufs College gehen würde, sogar zur medizinischen Fakultät, hätten sie sich wahrscheinlich vor Lachen gebogen. Seine Jugend war gekennzeichnet durch wilde Eskapaden und ständige Mißachtung der Gesetze. Vielleicht hatten seine Noten Respekt verdient, aber sicher nicht seine Einstellung. Seine Familie war arm, aber übertrieben stolz, und der Druck ihrer Erwartungen schien ihn so zu belasten, daß es von Zeit zu Zeit zu Ausbrüchen mit fast kriminellen Ausmaßen kam, denen Phasen von Depression und Reue folgten.

Wenn man den Leuten damals außerdem mitgeteilt hätte, daß er nicht nur das Medizinstudium mit Auszeichnung bestehen würde, sondern auch der politisch kluge Kopf der hiesigen Niederlassung der Vereinigung Amerikanischer Mediziner werden würde, eine Stütze der Gesellschaft und der medizinische Leiter des Krankenhauses in Blackwater, so hätten sie sich vor Lachen auf dem Boden gewälzt.

Und doch war alles so gekommen.

Seine Verwandlung wurde allgemein nicht Rogers selbst, seiner Familie oder den Lehrern als Verdienst angerechnet, sondern seiner

Frau Bonnie. Nachdem er trotz der starken Vorbehalte seines High-School-Rektors am College aufgenommen worden war, hatte er das aufgeweckte, fröhliche Mädchen bereits im ersten Jahr kennengelernt. Die unverhohlene Verehrung, die er ihr entgegenbrachte, hatte Wunder gewirkt. Sie war damals wie heute eine schöne Frau, die sehr viel Wärme und Lebensfreude ausstrahlte.

Es überraschte nicht, daß sie zuerst unbeeindruckt blieb von dem hübschen, aber launischen jungen Mann, der immer wieder als Randfigur bei den Gruppen auftauchte, die sie umgaben.

Vielleicht angetrieben von den groben Sticheleien ihrer Freunde – er war weder so wohlhabend wie sie, noch verfügte er über ihre Umgangsformen –, arbeitete er an sich. Er arbeitete hart, gab sein Bestes und änderte seine gesamte Einstellung. Das bemerkte sie. Anders als ihre recht oberflächlichen Freunde besaß Bonnie Roderick eine beträchtliche Menschenkenntnis und schätzte Strebsamkeit und hervorragende Leistungen, wo immer sie sich bemerkbar machten.

Sie begann ihre Zeit mit ihm zu verbringen und widersetzte sich den Bemerkungen ihrer sogenannten Freunde und den Kommentaren der älteren Studenten, die sich für so überlegen hielten. Mit jedem Jahr an der Universität leuchtete Rogers' Stern heller. Er hielt seine rebellische Veranlagung mehr und mehr im Zaum, hielt seine impulsiven Reaktionen unter Kontrolle und paßte sich den gesellschaftlichen Regeln seines neuen Freundeskreises an. Der einzige Ort, an dem er seiner natürlichen Leidenschaftlichkeit freien Lauf ließ, war Bonnies Bett, und auch das schätzte sie. Bonnie Roderick vereinigte viele Eigenschaften in sich, und keine davon war Dummheit. Sie heirateten zwei Tage nach ihrer Abschlußfeier.

Ihre Ehe erwies sich als solide und erfolgreich. Sie erblühte, er stieg auf. Die Kinder waren gesund und machten ihnen Ehre. Als Ehepaar wurden sie bewundert und beneidet. Wenn gelegentlich seine tiefen Depressionen oder seine rebellischen Züge wiederkehrten, bemerkte das nur Bonnie. Und keiner zweifelte mehr an ihm.

Normalerweise hätte er keinen Wochenenddienst gehabt, da er seinen Dienstplan nach Belieben selbst bestimmen konnte, aber die möglichen Vorkommnisse des *Howl* machten ihm Sorgen.

Offensichtlich mit gutem Grund.

«Hast du damit gerechnet?» fragte George und schluckte schwer, als er einen erstickten Schrei hörte und ein weiterer Schwall Erbrochenes auf dem Boden landete. Eine Krankenschwester lief schimpfend vorbei.

Rogers zuckte mit den Schultern und vergrub die Hände in den Taschen seines weißen Kittels. «Ich habe mit dem Schlimmsten gerechnet», sagte er. «Nach dem letzten Jahr ...»

Er brauchte den Satz nicht zu beenden. Sie erinnerten sich noch alle an die Folgen des Vergeltungskampfs zwischen der Blackwater und der Lemonville High School – die blutigen Nasen, die gebrochenen Finger, die kaputten Schienbeine, die blauen Flecken, die Schürfwunden und, am besorgniserregendsten, die Messerstiche. Von denen hatte es eine ganze Menge gegeben.

Matt seufzte. «Ich weiß nicht, Dan. Irgendwie wünsche ich mir, daß wir den *Howl* einfach verbieten könnten – er wird immer schlimmer. Es macht einfach keinen Spaß mehr.»

«Hat er jemals Spaß gemacht?» fragte Rogers.

«Ich glaube ja. Als die Welt noch jung war und die Menschen mehr Zeit zum Nachdenken hatten und etwas freundlicher waren», sagte Matt.

«Wann soll das gewesen sein?» fragte eine Stimme hinter ihnen. «1792?»

Sie drehten sich um und sahen Peter Dill auf Krücken auf sich zuhumpeln. Obwohl er normalerweise sehr penibel auf sein Aussehen achtete, sah er nun unordentlich und schmutzig aus. Sein Haar – oder was davon übrig war – hing ihm in die Stirn, sein grauer Anzug war fettverschmiert, und sein ultrakonservativer dunkelgrauer Schlips hing schief. Er sah eher wie ein Säufer aus als wie der geachtete Vizepräsident der hiesigen Bank.

Peter Dill galt von Kindheit an als «Junge, der es mal zu was bringt», und er war diesem Ruf sein Leben lang treu geblieben. Wenn der derzeit amtierende Präsident der Bank in zwei Jahren in den Ruhestand ging, würde er sein Nachfolger werden und wäre dann einer der mächtigsten Männer des County. Die Bank hielt viele Hypotheken, besonders auf kleine Farmen und Geschäfte, und hatte sie in guten und schlechten Zeiten gehalten. In der Verwaltung dieser und anderer Darlehen war er nicht unkulant, aber auch nicht freigiebig, wie viele Bankkunden bezeugen konnten. Er kannte viele Geheimnisse seiner Kunden, aber falls er sie benutzte, um sie bei der Stange zu halten, so verlor niemand je ein Wort darüber. Was einen mit ihm versöhnte, war sein Sinn für Humor. Er war häufig gegen ihn selbst gerichtet und zeigte sich in Momenten, in denen man es am wenigsten erwartete. Dadurch wurden viele Verhandlungspartner überrumpelt und erklärten sich zu Konzessionen bereit, die sie vor Gesprächsbeginn nie beabsichtigt hatten.

Noch auf dem College war er eine mißratene Ehe eingegangen, aus der ein noch mißratenerer Sohn namens Wayne hervorgegangen war. Wayne war vor kurzem aus einem offenen Gefängnis in Kentucky entlassen worden, wo er mit seinen achtzehn Jahren versucht hatte, zu einem Marihuana-Boss aufzusteigen. Der Staat hatte etwas gegen diesen Aufstieg. Es hieß, daß Wayne nun in einer Werkstatt in Hatchville arbeitete. Dill hatte Wayne nicht offiziell verstoßen, sprach in der Öffentlichkeit aber nie über ihn, und es war kein Geheimnis, daß er und der Junge nicht miteinander auskamen. Nachdem seine erste Frau mit dem Schlagzeuger einer Rockband durchgebrannt war («Mit wem auch sonst?» war sein trockener Kommentar gewesen), hatte er wieder geheiratet, diesmal vernünftiger.

Mrs. Evelyn Dill war genau die Ehefrau, die er gleich zu Anfang hätte heiraten sollen. Beide wußten es und sprachen es häufig aus. Als Tochter eines erfolgreichen plastischen Chirurgen aus Chicago hatte Evelyn in der Schweiz ihren letzten Schliff erhalten und dann eine kurze, aber recht befriedigende Karriere in der Hotelverwaltung begonnen.

Sie waren sich begegnet, als er in ihrem Hotel an einer Bankkonferenz teilgenommen hatte. Sie war die Organisatorin gewesen, was ihm reichlich Gelegenheit geboten hatte, ihre Fähigkeiten schätzen zu lernen. Sie war eine attraktive Brünette mit regelmäßigen Zügen und perfekten Zähnen, die seinen Haushalt nun mit derselben kühlen Effizienz führte, die sie im Hotel demonstriert hatte. Sie übernahm eine aktive Rolle im Country Club, wo sie beim Tennis, Golf und Bridge brillierte, und sie legte Wert darauf, ihn mit einem Martini und fertigem Dinner zu empfangen, wenn er von der Arbeit nach Hause kam.

«Was zur Hölle ist denn mit dir passiert?» fragte Rogers, als Dill mit offensichtlichen Schmerzen vor ihnen stehenblieb.

«Irgendein Spaßvogel hielt es für komisch, Pflanzenöl unter der

Tür der Bank durchzuspritzen. Das Zeug ist durchsichtig und hatte die ganze Nacht Zeit, sich fein über den dunkelgrünen Marmorboden zu verteilen. Der erste, der durch die Tür kam, mußte unweigerlich über den Boden segeln wie Katharina Witt. *Sehr* komisch.»

«Hast du eine gute Figur gemacht?» fragte Rogers.

«Gut? Ich war sensationell», sagte Dill. «Ich bin durch die Halle geglitten und habe eine Drehung, drei Arabesken und einen Ausfallschritt vollführt. Bei jeder Winterolympiade hätte mir das die Goldmedaille gebracht. Dummerweise endete mein letztes Kunststück böse.»

«Womit?»

«Mit mehrfachen Quetschungen und einem gebrochenen Knöchel», sagte Dill und präsentierte sein frisch eingegipstes Bein. «Ich würde euch gern um eure Unterschriften bitten, aber der Gips ist noch weich. Mein Hintern tut ebenfalls höllisch weh, aber den wollten sie nicht eingipsen.»

«Federkissen», schlug Rogers vor.

«Ich wette, das sagst du zu allen Patienten.»

«Bist du immer der erste, der durch die Tür kommt?» fragte Matt.

Dill sah ihn überrascht an. «Ja, warum – Sonnabend morgens jedenfalls.» Er erkannte, worauf Matt hinauswollte. «Du meinst, man hatte es auf mich persönlich abgesehen?»

«Nur wenn die Person, die den Streich verübt hat, deine Gewohnheiten kannte», sagte Matt. «Irgendeine Idee, wer es gewesen sein könnte?»

«Ach, hör auf», sagte Dill gereizt. «Heute ist der *Howl*. Es war wahrscheinlich irgendein Kind, das sich einen Dreck darum scherte, *wer* ausrutschte. Es hatte sich bestimmt hinter den Büschen auf der anderen Straßenseite versteckt und sich auf meine Kosten amüsiert.» Er sah Rogers gespielt wütend an. «Und ich meine ‹Kosten› wörtlich. Ich mußte gerade über zweihundert Dollar blechen. Wo kauft ihr euren Gips – in Paris?»

«Natürlich», sagte Rogers. «Und wenn du ihn abgetragen hast, hätten wir ihn gerne zurück.»

«Für eure Sammlung?»

«Genau. Du könntest auch gerne einen neuen Anbau für ein medizinisches Museum der *Howl*-Artefakte finanzieren.»

«Machst du Witze?»

«Nein», antwortete Rogers etwas verbissen, weil ein weiteres Mitglied der großen Einwohnerschaft Blackwater Bays zur Tür der Unfallstation hereinkam. Er hatte seinen blutenden Arm in ein Handtuch gewickelt. «Es müßte allerdings ein ziemlich großer Anbau sein», murmelte er.

Dill wandte sich an Matt. «Ich bin erstaunt, wie viele *Howler* jedes Jahr verübt werden. Es sind so viele Leute unterwegs, die Ärger machen, daß es ein Wunder ist, daß sie sich nicht gegenseitig umrennen.»

«Das tun sie», sagte Rogers trocken. «Wir hatten hier letztes Jahr einige, die herumgegangen sind und alle Streiche vereitelt haben, die andere vorbereitet hatten. Als jemand noch mal zurückkam, um etwas zu überprüfen, wurden sie erwischt. Üble Sache.»

«Übel, was sie gemacht hatten, oder was mit ihnen gemacht wurde?» fragte Matt.

«Beides», antwortete Rogers.

«Das ist genau das, was ich meine», sagte Matt. «Die Dinge geraten außer Kontrolle. Ich mache sowenig Aufhebens davon wie möglich, aber die Wahrheit ist, daß der *Howl* nicht mehr derselbe ist, seit Jacky Morgan starb.»

Alle schwiegen.

«Ihr erinnert euch daran, oder?» fragte Matt die beiden Männer mit neutraler Stimme.

«Ich versuche, es nicht zu tun», sagte Rogers leise.

Dill sagte nichts. Er hatte auch den letzten Rest des Humors verloren, den er sich nach seinem Unfall noch bewahrt hatte. Dann räusperte er sich.

«Wie zum Teufel kommst du darauf?» fragte er.

Matt zuckte mit den Schultern. «Ach, ein paar alte Berichte, auf die ich gestoßen bin. Schlimme Sache.»

«Sehr schlimm», stimmte Rogers eilig zu und sah eine vorbeikommende Schwester an, die sofort erwartungsvoll stehenblieb. «Tja, ich muß weitermachen. Ich hoffe, daß dein Knöchel schnell heilt, Peter.» Und er eilte den Korridor entlang, während er die Schwester am Ellenbogen hielt und eine Flut von Anweisungen erteilte.

Matt sah ihm grübelnd nach.

Neben ihm fing Dill wieder an zu sprechen. «Was Jacky Morgan angeht...»

Matt wandte sich um. «Ja?»

«...es war jugendlicher Übermut, der außer Kontrolle geriet.»

«So stand es im Bericht.»

Dills hohe Stirn glättete sich. «Richtig», sagte er.

«Tom Finnegan war jedoch anderer Meinung», fuhr Matt fort.

Auf Dills Stirn zeigten sich wieder Falten. «Tom war sehr krank», sagte er. «Ich glaube, er war am Schluß etwas verwirrt. Vielleicht ist er absichtlich gegen den Baum gefahren.»

«Die State Police ist da anderer Meinung», sagte Matt. «Er versuchte hart zu bremsen, als er von der Straße abkam.»

«Oh», sagte Dill. «Na ja, er war ziemlich schwach.»

«O ja», stimmte Matt zu. «Jeder wußte, wie schwach er war.»

Dill starrte ihn an. «Du sagst das, als hätte es eine bestimmte Bedeutung.»

«Hat es das?»

«Jedenfalls nicht für mich», sagte Dill kurz.

«Na gut.» Matt wartete.

Dill wirkte verwirrt und zuckte dann mit den Schultern. «Meine Frau wartet da drüben. Ich glaube, ich gehe besser nach Hause und lege meinen Fuß hoch. Heute nachmittag kommt ein ganz gutes Football-Spiel.»

«Viel Spaß», sagte Matt.

Dill sah ihn scharf an. «Werde ich haben.» Er machte einige schwungvolle Schritte und hielt dann an. Er wandte sich noch einmal um und warf Matt einen durchdringenden Blick zu. «Weißt du, es ist nie klug, Türen wieder aufzureißen, die andere geschlossen haben.»

Matt zog eine Augenbraue hoch. «Ist das eine Warnung?»

Dill schien überrascht. «Um Himmels willen, nein. Nur eine Feststellung. Ich meinte nur, daß die meisten Leute die Sünden und Fehltritte ihrer Jugend lieber vergessen würden.»

«Einige Leute können das nicht», sagte Matt. «Tom Finnegan war einer von ihnen. Gehst du nächste Woche zur Beerdigung?»

«Ja, natürlich», sagte Dill über seine Schulter, als er sich umgedreht hatte und zu seiner Frau humpelte. «Tom und ich waren alte Freunde.»

Zwölf

Der Sheriff suchte in der ganzen Stadt nach Merrill Atwater und fand ihn schließlich auf dem Jahrmarktsgelände, wo er den Aufbau der Bühne überwachte, den verschiedenen Karussells und Ständen ihre Stellplätze zuwies und half, wo Not am Mann war.

Im Moment trug er gerade eine schwere Girlande mit Kugeln für den leitenden Elektriker der Firma, die die Karussells mit Strom versorgte. Er hantierte mit den schweren Seilen, als handelte es sich um Gummibänder statt um Stahlkabel.

«Wann immer du einen Job willst, Kumpel, brauchst du nur ein Wort zu sagen», sagte der hinter ihm herschlendernde Elektriker staunend. «So einen Kerl wie dich könnten wir unterwegs gebrauchen.»

«Hab schon einen Job, danke», lächelte Merrill, was vollkommen der Wahrheit entsprach. Er war der Bürgermeister von Blackwater.

Mayor Atwater sah aus wie das Ergebnis einer Liaison zwischen einem Mähdrescher und einem Grizzlybären. Er war größer als Matt und wog noch einmal halb soviel. Seine Muskeln drohten ständig, sich von der Enge der Kleidung zu befreien, was hohe Rechnungen in der Big-Man's-Boutique zur Folge hatte. Allein sein Hals war so stämmig wie ein junger Redwood-Baum.

So war es nicht immer gewesen.

Der Legende zufolge war Merrill Atwater in seiner Jugend ein schlaksiger, spindeldürrer Prügelknabe gewesen, dem man am Strand gerne Sand ins Gesicht schleuderte. Eines denkwürdigen Tages aber hatte er auf der Rückseite eines *Plastic-Man*-Comics eine Charles-Atlas-Werbung gelesen. Er hatte die Broschüren für die Atlas-Methode des dynamischen Muskelaufbaus angefordert, und seitdem war es mit ihm ständig bergauf gegangen.

Schon bald schwollen die Muskeln des Merrill Gladstone Atwater wie aufgepumpt aus ihrer knochigen Umgebung. Er wuchs sowohl in die Höhe wie in die Breite. Zuerst absolvierte er sein Muskeltraining mit zwei Küchenstühlen, später mit richtigen Gewichten und Hanteln. Schweißüberströmt lief er die Feldwege auf und ab. Er aß riesige Mengen. Unzufrieden, nur seinen Muskelumfang zu erweitern, begann er auch seinen Geist zu erweitern. Er las viel und beschäftigte sich mit merkwürdigen Philosophien, deren Texte er sich mit Coupons aus seinen Bodybuilding-Zeitschriften bestellte. Er vertiefte sich in den Anblick des Nachthimmels. Einige wollten gesehen haben, wie er im Gespräch mit einem kleinen Japaner über die Felder spazierte, aber das konnte nie bestätigt werden, obwohl es in diesen wichtigen Jahren sehr wohl eine asiatische Wäscherei in Lemonville gegeben hatte.

Mit zunehmendem Umfang der äußeren und inneren Werte legte Merrill auch seine Schüchternheit ab. Ein Rhetorikkurs verhalf ihm zu mehr Selbstvertrauen, ein Steptanzkurs zu einer besseren Koordination. Er trat dem Diskussionsklub bei, dem Footballverein und der Theatergruppe. Seine Akne verschwand. Seine Eltern, ruhige und respektierte Leute, verblaßten allmählich neben ihm und wirkten merkwürdig unsicher und verwirrt, wenn sie mit ihrem aufblühenden Sohn den Gottesdienst besuchten.

Mädchen wurden auf ihn aufmerksam. Jungs wurden ebenfalls auf ihn aufmerksam, lächelten nervös, wenn er sprach, und wichen zurück, um ihm viel Raum zur Entfaltung zu geben.

Niemand schleuderte ihm mehr Sand ins Gesicht.

Diese Veränderungen wurden schließlich belohnt. Er bekam ein Football-Stipendium für eine der zehn großen Universitäten und studierte Betriebswirtschaft, worin er sich ausgezeichnet bewährte. In seinem letzten Jahr an der Uni wurde er für die Olympiamannschaft ausgewählt und gewann eine Goldmedaille im Judo. Merrill Atwater war ein Paradebeispiel des Selfmade-Helden aus dem Mittleren Westen.

Es war daher ein unglücklicher Zufall, daß er im Moment seines größten Triumphes den winzigen indonesischen Preisrichter, der ihm die Goldmedaille um den Hals legen wollte, mit dem Kopf in eine zwanzigminütige Bewußtlosigkeit stieß, als er sich nach vorne beugte, um die Medaille entgegenzunehmen.

Merrill hatte den Funktionär so behutsam zum Rotkreuzzelt getragen, als handelte es sich um ein Kind, wobei die kleinen Beine des Richters von den riesigen, muskulösen Armen des Athleten baumelten.

Später am selben Abend hatte Merrill unter den wachsamen Augen des Teamchefs im Presseraum den versammelten internationalen Journalisten zu erklären versucht, daß seine Geste keine Beleidigung darstellte, sondern daß ihm solche Sachen ständig passieren. Stühle zerbrachen unter ihm, Verzierungen zersplitterten bei seinem Griff, und Bauten kippten um, wenn er sich gegen sie lehnte. Er war ständig umgeben von Scherben, Splittern und taumelnden Leuten mit blauen Flecken. Es tue ihm sehr leid, *aber es sei nicht seine Schuld gewesen*, beharrte er.

Aber da er wie üblich mit weit ausholenden Gesten sprach, schlug er aus Versehen einen Schneidezahn eines etwas schwerhörigen BBC-Reporters aus, der harmlos näher gerückt war, um besser hören zu können.

Es war eine peinliche Situation.

In dieser Nacht dachte Merrill Gladstone Atwater in seinem Hotelzimmer über die Veränderungen nach, die sein Leben geprägt hatten. Seine genetische Bestimmung war es gewesen, ein kleiner Mann zu werden und als ein solcher ein kleines, ereignisloses Leben zu führen. Er hatte sich der Sünde des Hochmuts und einer ungenauen Tiefenwahrnehmung schuldig gemacht, daß er dieser Bestimmung entkommen wollte. Trotz seines erweiterten Horizonts hatte er sich weiterhin so bewegt und benommen, als ob er noch immer ein kleiner Mann gewesen wäre. Seine sportlichen Triumphe konnten die Tatsache nicht verhehlen, daß er die richtigen Relationen der Dinge nur noch verschwommen wahrnahm. So konnte es nicht weitergehen. So *würde* es nicht weitergehen.

Gewappnet mit dieser Offenbarung und mit dicken Brillengläsern kehrte Merrill nach Blackwater Bay zurück. Er spürte ein brennendes Verlangen, seine Erkenntnis mitzuteilen, daß die Wahl eines «größeren» Lebens auch mit größerer Verantwortung verbunden war, zu der zum Beispiel regelmäßige Sehtests gehörten.

Er eröffnete ein Geschäft für Sportgeräte und eine Kampfsportschule. Er trat Greenpeace bei, Amnesty International, der World Wildlife Organization und dem Kirchenchor. Er heiratete eine kleine, ziemlich schlichte Optikerin, die den größten Teil ihrer Freizeit damit verbrachte, seine Hemdknöpfe wieder anzunähen. Er trainierte kostenlos die Football-Mannschaften von Blackwater und entwarf eine Vielzahl von Diäten und Trainingsprogrammen für die Übergewichtigen, die Untergewichtigen, die Schwachen und Ängstlichen und die kurzsichtigen Starken. Er betrachtete es als seine Mission, die Freuden und die Verantwortung körperlicher Erleuchtung zu verkünden.

Im Wahlkampf um das Bürgermeisteramt vor zwei Jahren hatte er es sich zur Aufgabe gemacht, jedem Bürger Blackwaters persönlich die Hand zu schütteln. Er baute sich vor ihnen auf, wenn sie es am wenigsten erwarteten, lächelte sein breites Haifischlächeln, bückte sich, um sie bei der Hand zu nehmen, donnerte ihre Namen, machte Versprechungen so groß wie sein Brustumfang und beeindruckte sie mit seinen Ansichten, seiner Aufrichtigkeit und der Stärke seines Händedrucks. Als Ergebnis wählte ihn in Blackwater so gut wie jeder.

Etwas anderes hätte sich niemand getraut.

«Tag, Euer Ehren», sagte Matt, als Atwater seine Last auf den Boden gelegt hatte.

«Ja, hallo, der Sheriff!» donnerte Atwater. «Wie findest du's bis jetzt?»

Den Kopf vor den weit ausholenden Gesten einziehend, sah Matt sich auf dem Football-Feld die komplizierten Vorgänge an, die für den Aufbau des Festes nötig waren. «Es sieht chaotisch aus, wie immer.»

«Keine Sorge. Um sieben sind wir fertig, solange *alle mit anfassen*!» brüllte Atwater zuversichtlich. Einige Leute in Hörweite schreckten auf und legten einen Schritt zu. «Ist doch jedes Jahr das gleiche, oder?»

«Ja», stimmte Matt zu. «Das ist genau das, was mir Sorgen macht.»

«Was meinst du damit?»

Matt lehnte sich gegen einen Pfeiler des *Space Spider* («Auf zu den Sternen!») und sah sich um. «Es sieht so aus, als ob die Leute die alten Sachen langsam langweilig finden. Sie wollen Abwechslung und mehr Aufregung. Es sind bereits eine ganze Menge *Howler* verübt worden...»

«Was, am hellichten Tag?» Atwater, ein Traditionalist, war schockiert von diesem unsportlichen Verhalten. Das Fest begann offiziell um sieben Uhr, und das war immer die stillschweigend vereinbarte Zeit gewesen, um mit den *Howlern* zu beginnen. Heimliche Frühstarts versuchte man zu verhindern. Seine Miene verdüsterte sich, und einige Leute schreckten zurück.

«Mir wäre es lieb, wenn du heute ein paar Worte darüber verlieren könntest», fuhr Matt fort. «Bitte sie, ihre Streiche etwas zu mäßigen, mehr Phantasie und weniger Schießpulver zu gebrauchen, Wasserfarben zu benutzen, weil das besser für die Umwelt ist – so was in der Art. Weißt du, mir macht es Sorgen, daß die Leute immer gemeiner werden. Menschen werden verletzt. Die Kosten für Reparaturen steigen. Grausamkeiten schleichen sich ein. Du erinnerst dich an den letzten *Howl*...»

Der Bürgermeister verzog das Gesicht. «Die Kämpfe, meinst du?»

«Ja, genau die meine ich. Alles wird ein bißchen gewalttätiger, ein bißchen...»

Atwater seufzte schwer. «Ein *Zeichen der Zeit*, mein Freund. *Mit der Moral geht es bergab. Jungen Menschen fehlen die Maßstäbe. Die Verderbtheit*...»

«Was auch immer», warf Matt schnell ein. Er sah Atwater an und holte tief Luft. «Ich glaube, es begann damals, als Jacky Morgan getötet wurde.»

Er hörte ein unbestimmtes Grollen in Atwaters Brust. Es wurde lauter, dann sprach er. «Eine *entsetzliche Tragödie*», sagte er betont. «Ich war dabei, weißt du.»

«Ich weiß», sagte Matt.

Die Muskeln in Atwaters Gesicht zogen sich zusammen, was ihm das Aussehen eines nachdenklichen Gorillas verlieh, der unter Verstopfung litt. «Es war *schrecklich*», sagte er. *«Wir konnten es nicht verhindern. Der arme Junge stürzte, und das war's.»* Die einstudierten Erklärungen wurden nun eine nach der anderen abgespult, als er sich an die vergangenen Ereignisse erinnerte. «Es war *ein dummer Streich, der danebenging.*»

«Merrill...»

«Wir waren *dumme Kinder, die nicht wußten, was*...»

«Merrill...»

«...sie taten. Und dann war es zu spät.»

«Ist das nicht deine Frau, die da nach dir ruft?»

Atwater schien sich plötzlich zu besinnen und sah sich verstohlen um. «Wo?»

«Dort drüben, beim Kaffeezelt.»

Atwaters hünenhafter Körper zuckte zusammen. Ein gehetzter Blick trat in seine Augen. Die zierliche Frau, die ihm erfolglos zugewunken hatte, kam nun mit entschlossenen Schritten auf sie zu. «Schnell», sagte der Bürgermeister und griff nach Matts Arm. «Denk dir was aus, was ich tun könnte.»

Matt, der bei Atwaters Griff vor Schmerzen erblaßte, konnte nur hervorstoßen: «Was denn?»

«Egal was. Mach schon, sie kommt näher. Denk nach, Mensch – denk nach!»

«Äh, okay...» Er erhob seine Stimme. «Wir brauchen dich drüben bei... bei... dem Feuerwerk. Die Männer brauchen etwas Hilfe bei den größeren Teilen. Die sind ziemlich schwer.»

Die kleine Frau verlangsamte ihre Schritte.

«Aber natürlich», donnerte Atwater fröhlich. «Ich helfe doch gerne.» Immer noch Matts Arm haltend, machte er sich in einem solchem Tempo davon, daß selbst die langen Beine des Sheriffs kaum Schritt halten konnten. Während er weggeschleift wurde, warf Matt einen Blick über seine Schulter und sah, wie Mrs. Atwater die Hände in die Hüften stemmte und ihnen wütend nachstarrte, dann mit den Achseln zuckte und sich umdrehte, um zurück zum Kaffeezelt zu marschieren.

«Ist sie weg?» fragte Atwater aus dem Mundwinkel.

«Sie hat aufgegeben», sagte Matt, der nach Luft schnappte.

Atwater wurde langsamer. «Sie will, daß ich bei der Wahl des schönsten Babys Schiedsrichter bin. Hast du eine Ahnung, wie gemein Frauen werden können, wenn du nicht ihr Baby auswählst und das klebrige kleine Gesicht küßt?»

«Also, nein, eigentlich...»

«Und dann pinkeln sie dich auch noch an.»

«Die Frauen?» fragte Matt abwesend.

Atwater lachte schallend. «Nein, die Babys.» Sein Lachen erstarb und er verzog das Gesicht. «Sie möchte auch noch eins.»

Matt sah langsam Sterne vor den Augen. «Du meinst...»

«Muriel möchte noch ein Baby», sagte Atwater bedrückt. «Weißt du, eigentlich waren es die Zwillinge, die mich zum Bürgermeister gemacht haben. Ich habe mich um das Amt beworben, nur um aus dem Haus herauszukommen.» Er warf Matt einen Seitenblick zu und ging etwas langsamer – ihm mangelte es nicht völlig an Mitgefühl für seinen Nächsten. «Ich sage nicht, daß ich Kinder nicht *mag.*»

«Natürlich nicht», keuchte Matt.

«Nur Babys», fuhr Atwater fort. «Ich habe schreckliche Angst, daß ich eins zerdrücken könnte, ohne es zu merken. Aber Muriel findet sie niedlich. Sie meint, wenn ich nur einen Haufen von ihnen auf einmal sehe, müßte ich zugeben, wie niedlich sie sind. Muß ich aber nicht. Glaub mir, das muß ich nicht.»

«Mein Auto ist dort...» begann Matt.

«Wenn sie älter werden, bekommen sie natürlich härtere Knochen.» Atwater überlegte kurz und kam dann zu einem Schluß. «Ich glaube, fünfzehn sind genug, oder?»

«Wie bitte?» Matt lehnte an einer Zuckerwattemaschine und rieb sich den Arm.

«Fünfzehn Minuten für meine Ansprache heute nacht. Ich glaube, das ist genug.»

«Oh, reichlich», stimmte Matt zu. «Reichlich.»

Atwater nickte und richtete seine Augen auf den Horizont. Er holte bürgermeisterlich Luft. «Ich *werde zu den Leuten sprechen, Matt.* Und sagen, daß wir anomales Verhalten während des *Howls* nicht mehr dulden.»

«Na ja, das wollte ich eigentlich nicht...»

«Inzwischen ist es *gut zu wissen, daß wir auf dich zählen können.*» Er streckte seinen Arm aus und schüttelte Matts Hand.

«Bitte?» fragte Matt und zuckte zusammen.

«Daß du heute nacht nach dem Rechten siehst. Für Ordnung sorgst. Sicherstellst, daß den Leuten nichts passiert, so was eben.»

«Ich habe allen meinen Deputies...»

«Gut, gut.» Atwater war mit seinen Gedanken schon woanders. «Bis heute abend dann.» Und er walzte fort über das Gras zu etwas, das wie das Zelt eines Wüstenprinzen aussah, in dem aber zweifellos die für diese Nacht gemieteten mobilen Toiletten untergebracht waren.

Matt ging langsam zurück zu seinem Streifenwagen, dachte über die verschiedenen Gespräche nach, die er an diesem Tag geführt hatte, und die Reaktionen auf die beiläufige Erwähnung des Namens Jacky Morgan.

Er öffnete die Tür und setzte sich ans Steuer, startete aber nicht sofort den Motor. Durch die Windschutzscheibe beobachtete er, wie die Leute hin und her liefen, Stände aufbauten, Schilder aufstellten, Wimpel und Luftschlangen befestigten, die Geräte ausprobierten, abwechselnd die Hände rangen und in Gelächter ausbrachen und ihre nervöse Vorfreude auf die näherrückende Nacht immer mehr genossen.

Jack Fanshawe behauptete, Jackys Tod vergessen zu haben, Dr. Dan Rogers war davongeeilt, als ob er nicht darüber sprechen wollte, und Peter Dill hatte eine Art Warnung ausgesprochen, falls er sich weiter mit der Sache beschäftigte. Er erwartete mit Spannung, was Tilly über Albert Budd zu erzählen hatte, dessen Verwicklung in Finnegans Tod im Moment am unwahrscheinlichsten erschien.

Falls außer Finnegan selbst überhaupt jemand darin verwickelt war.

Die Listen der Telefongesellschaft hatten ihm nicht weitergeholfen. Sie hatten die Sache sogar komplizierter gemacht. Finnegan hatte an jenem Nachmittag keinen der anderen angerufen – *aber sie alle hatten ihn angerufen.*

Als ihm die Kopien der Telefonlisten geschickt worden waren, hatte er ungläubig auf die gedruckten Bögen gestarrt. An dem Nachmittag vor Finnegans Tod hatten nacheinander alle sechs – einschließlich des entfernten Albert Budd – angerufen.

Die logische Folgerung war, daß er es mit einer Art Verschwörung zu tun hatte und daß jeder von ihnen versucht hatte, Tom Finnegan davon abzubringen zu «gestehen». Matt vermutete inzwischen, daß sie alle zusammen für Jackys Tod verantwortlich waren und irgendeinen Eid geschworen hatten, niemals darüber zu sprechen. Tom hatte den Eid brechen und die Tat gestehen wollen, bevor er starb. Er starb jedoch, bevor er gestehen konnte. Und das konnte kaum ein Zufall sein.

Er hatte sich in dieser Sache bereits in eine prekäre Lage gebracht. Daß er die Listen der anderen sechs angefordert hatte, war ungesetzlich gewesen, ein Amtsmißbrauch, den er nicht rechtfertigen konnte. Falls die sechs wirklich davon erfuhren – unter ihnen ein Arzt und ein Anwalt, deren Listen unter das Berufsgeheimnis fielen –, dann konnten sie ihm eine Menge Ärger bereiten.

Der ganze Fall bereitete ihm jetzt schon eine Menge Ärger.

Vielleicht hatte Daria recht. Vielleicht versuchte er nur, aus einer alten Mücke einen neuen, prächtigen Elefanten zu machen, um jedem zu beweisen, wie clever er war. Nach seinen Erfolgen im Sommer war die Versuchung groß. Damals hatte er sich den Triumph mit Jack Stryker, der in Blackwater Bay seinen Urlaub verbrachte, teilen müssen, aber jetzt stand er allein da.

Wenn er recht hätte, würde er die ganze Anerkennung einstekken.

Wenn er unrecht hätte, würde man ihm die ganze Schuld zuschieben.

Er drehte den Zündschlüssel und startete den Motor. Er hatte schon genug Zeit für diese möglicherweise sinnlose «Ermittlung» verschwendet. Die State Police hatte wahrscheinlich recht. Tom Finnegan hatte einfach die Kontrolle über seinen Wagen verloren, und seine letzten Worte waren wirres Zeug ohne jede Bedeutung. Das Gespräch, das Dorothy belauscht hatte, war auch nicht aussagekräftig. Sie stand unter Streß, als sie sich daran erinnerte, sie hatte es womöglich falsch verstanden, oder sie suchte unterbewußt nach einem Schuldigen.

Womöglich tat er das auch.

Vielleicht war es einfach Zeit, nicht mehr wie Sherlock zu denken, sondern wie ein Sheriff. Schließlich war heute der *Howl*, und eine lange Nacht stand bevor.

Dreizehn

«Normalerweise fängt es mit den Elfen an», vertraute Nonie Peach Dominic an, der den Flurspiegel benutzte, um einen letzten Blick auf sein Robin-Hood-Kostüm zu werfen. Er hatte sich entschlossen, voll und ganz am *Howl* teilzunehmen. Falls er hier Anwalt würde, mußte er schließlich alle Seiten von Blackwater Bay kennenlernen. Außerdem würde er auf dem Fest vielleicht Emily treffen, und die Robin-Hood-Verkleidung stand ihm besonders gut. Er kam sich ausgesprochen verführerisch vor.

«Die Kinder unter sieben gehen zuerst herum», fuhr Nonie fort und schaute kurz aus dem schmalen Fenster neben der Tür. «Die Eltern sind meist noch in der ‹Ach-wie-niedlich›-Phase und verkleiden sie deshalb alle als Elfen, kleine Gespenster, Feen oder kleine ETs.»

«Klingt eigentlich eher nach *DTs* – Delirium tremens», bemerkte Dominic gutgelaunt. «Gnade Gott dem Landstreicher, der sich heute abend hervortraut und genauso zeitumnebelt ist wie all die Märchenwesen. Stellen Sie sich vor, irgendein armer Säufer läuft plötzlich in eine Elfenschar. Das bringt ihn glatt in die Klapsmühle.»

«Später wird es noch schlimmer», kicherte Nonie. «Stellen Sie sich vor, Sie stoßen auf einen Trupp Ninja-Turtles, Mutanten, Frankensteine, Hexen, Kobolde...»

«Ich kann es mir ungefähr vorstellen.» Er warf einen Blick auf die ansehnliche Menge Kekse und Süßigkeiten, die sie während des Tages hergestellt hatte. «Machen Sie sich jedes Jahr soviel Mühe?» fragte er mit einigem Erstaunen.

«Natürlich», antwortete Nonie. «Warum nicht?»

«In der Großstadt hat Halloween schon vor langem seine Unschuld verloren», sagte er etwas niedergeschlagen. «Streiche und Straßenfeste gibt es nicht mehr, weil die Straßen zu unsicher sind. Und gruselig verkleidete Kinder mit Tüten voller Kariesmacher gibt es schon gar nicht mehr.»

«Ist es wahr, daß einige Leute Gift oder Rasierklingen oder anderes Zeug in die Süßigkeiten für die Kinder tun?» fragte Nonie.

«Leider ja», sagte er. «Viele Krankenhäuser bieten einen kostenlosen Röntgendienst an, damit die Kinder ihre Beute überprüfen lassen können. Gemahlenes Glas kann man auf einem Röntgengerät natürlich nicht erkennen», fügte er traurig hinzu.

«Meine Güte», sagte Nonie und schüttelte den Kopf. «Wozu braucht man noch Halloween, wenn schon so viele wirkliche Monster auf den Straßen sind?»

Dominic nickte zustimmend, weil er schon immer eine Schwäche für Halloween gehabt hatte. Die Türklingel ließ ihn zusammenfahren. «Gott steh mir bei – die Höllenhamster sind da!»

«Wow!» stieß Daria aus, als sie Matt in seiner Gendarmenuniform sah.

«*Du* siehst umwerfend aus», sagte er und warf einen bewundernden Blick auf ihr glänzendes Kostüm. Daria war als Charleston-Mädchen verkleidet. Alles an ihr glänzte silbern, von ihrer runden Perücke bis zu den Riemchen der Schuhe. Bei jeder noch so kleinen Bewegung tanzten und glitzerten die Fransen und lenkten den Blick auf eine Figur, die selbst unter dem geraden Schnitt des Kostüms noch zur Geltung kam.

«Sind wir nicht ein tolles Paar?» fragte Daria und hakte sich bei ihm ein. Sie machten sich auf den Weg zu den hellen Lichtern des Festplatzes.

«*Du* bist toll», sagte Matt. «*Ich* komme mir wie ein Idiot vor.»

«Unsinn. Aber du solltest vielleicht ein Maschinengewehr tragen, weißt du? Der Gendarm in Paris trägt das jetzt.»

«Heute Paris, morgen Blackwater Bay? Ich hoffe nicht.»

«Aber du hast doch gesagt, daß es immer schlimmer wird.»

«Nicht soviel schlimmer.» Ein verwesender Leichnam, ein Blechholzfäller aus Oz, ein Geist mit Papierketten und ein zweiköpfiges Kalb stießen zu ihnen. Je näher sie dem Eingang kamen, desto dichter und abwechslungsreicher wurde der Umzug der maskierten und kostümierten Bewohner Blackwaters. Viele wurden gruselig angeleuchtet von den Kürbislaternen, die sie für die Wahl des schönsten Halloween-Kürbisses trugen. Er sah sich die zunehmende Menge grotesker Verkleidungen an. «Das heißt, ich *hoffe*, daß es nicht so schlimm wird.»

Tilly streckte sich und stöhnte etwas auf. «Jetzt weiß ich, warum man immer sagt, daß die Viktorianer so verklemmt waren», sagte sie. Sie drehte sich um und blickte zu ihrer Mutter hinunter, die süffisant und leicht triumphierend lächelte. «Aber mußtest du das Korsett *so* fest schnüren?»

Mrs. Moss machte ein Geräusch, das ein Kichern hätte sein können. Tilly lächelte zurück. «O doch, du *hast* es getan.» Sie ging zu dem großen Spiegel hinüber, um sich in voller Lebensgröße zu betrachten, und seufzte. «Es ist schön, wieder eine Taille zu haben, wenn auch nur für kurze Zeit. Dieses Jahr werde ich mich nicht mit Liebesäpfeln und Nell-Norton-Keksen vollstopfen können.» Im Spiegel wechselte sie einen Blick mit ihrer Mutter, die ihr ganz offensichtlich zuzwinkerte. «Oh, ich verstehe. Du möchtest, daß ich mir einen Mann angle, ja?»

Sie zwinkerte noch einmal.

«Da habe ich eine dicke Chance», sagte Tilly. «Vor allem dick.» Sie zupfte ein letztes Mal ihr Kostüm zurecht und ging dann zu ihrer Mutter zurück. Sie umfaßte die Griffe des Rollstuhls und schob ihn in das Wohnzimmer. «Ich glaube, wir beide bleiben für immer zusammen», sagte sie und legte letzte Hand an die Verkleidung ihrer Mutter. «Wir sind ein schönes Paar.»

Tilly hatte bereits am 1. November des vergangenen Jahres damit begonnen, die Kostüme zu entwerfen. Sie hatte nicht nur die Kleider, sondern auch alle anderen Teile selbst genäht, wozu ihr Hut, die Spitzenhandschuhe und Spitzenhaube ihrer Mutter und die langen warmen Strickstolen gehörten, die die viktorianischen Damen häufig anstelle von Mänteln trugen. Die Thermo-Unterwäsche, die sie und ihre Mutter unter den Kostümen trugen, war eine moderne Ergänzung, obwohl Tilly, nachdem sie Reproduktionen von Godeys *Ladies' Book* und ähnlichen Quellen genauestens studiert hatte, sicher war, daß die Frauen jener Zeit auch ihre geheimen Mittel hatten, um sich im Winter warmzuhalten.

Mrs. Moss war als Königin Viktoria in ihren späteren Jahren zurechtgemacht. Das lange schwarze Wollkleid reichte bis zu den Knöcheln, und die silberfarbene Perücke und die Spitzen-Accessoires verliehen ihr eine gewisse Eleganz. Tilly war als vornehme Hofdame verkleidet. Sie trug ein Gewand aus schimmerndem, grünlichgelbem Taft, das ihre gebräunte Haut sehr vorteilhaft zur Geltung brachte. Sie hatte am Nachmittag zwei Stunden im Schönheitssalon verbracht und Nora Cray gebeten, ihr die Haare zu färben und sie nach französischer Art aufzustecken, wobei die Ringellocken nun das Hütchen umgaben, das ihr keck über die Stirn stand.

Es klingelte an der Tür.

«Das wird Lem Turkle mit dem Taxi sein», sagte Tilly. Sie wickelte die Stola um die Schultern ihrer Mutter, legte ihr eine Patchwork-Decke über den Schoß, ging zur Haustür und griff auf dem Weg nach ihrer eigenen warmen Stola. Mit einer Ermahnung auf den Lippen, daß er wie immer zu spät gekommen sei, öffnete sie die Tür, doch dann verschlug es ihr die Sprache.

Vor der Tür stand nicht Lem Turkle, sondern Albert Budd in voller Abendgarderobe. Mit offenem Mund starrte sie ihn von den diamantenen Manschettenknöpfen in seinem Frackhemd bis zu den Spitzen seiner Lackschuhe an.

«Ich bin gekommen, um mich zu entschuldigen», sagte Albert. «Es tut mir leid, daß ich heute morgen so ungehobelt war. Dafür gibt es keine Ausrede. Kannst du mir verzeihen?»

«Na ja... natürlich», sagte Tilly. Sie war nicht nachtragend, zumindest nicht in diesem Fall. Eigentlich hatte sie ihre romantischen Erinnerungen an Albert am Nachmittag unter dem Haartrockner begraben und war sehr erleichtert darüber gewesen. Sie war sich sicher gewesen, ihn nie wiederzusehen. Als sie sich nun erholt hatte, sagte sie: «Wir wollten gerade zum *Howl*. Ich dachte, du wärst der Taxifahrer.»

«Ich habe mir erlaubt, Mr. Turkle zu seinem nächsten Fahrgast zu schicken», sagte Albert. «Ich hoffe, es macht dir nichts aus. Jeffries wird sich um den Rollstuhl deiner Mutter kümmern – wir haben viel Platz.»

Tilly blickte über seine Schulter und sah einen Chauffeur in Uniform auf der Treppe stehen und hinter ihm, am Bordstein, eine große, langgezogene Limousine.

«Nun ja, ich... ich...» Hinter sich hörte sie ein Quietschen. Sie drehte sich um und erkannte, daß ihre Mutter es fertiggebracht hatte, den Rollstuhl bis zur Tür zu bewegen – eine Leistung, die von einer großen Entschlossenheit zeugte. Die Neugierde hatte sie vorangetrieben – und jetzt starrte sie Albert an. Sie sah böse aus. «Mutter, du erinnerst dich an Albert, oder?»

Ihre Mutter kräuselte den Mund.

Albert lächelte. «Ich weiß, daß Sie immer noch wütend auf mich sind wegen der Art, wie ich Tilly verlassen habe, Mrs. Moss. Ich verstehe das. Erlauben Sie mir, daß ich es nun wiedergutmache?» Er trat zur Seite und gab den Blick frei auf den Chauffeur und die Limousine. Mrs. Moss' Lippen entkräuselten sich, und sie öffnete staunend den Mund.

«Ich habe es dir erzählt, Mutter», sagte Tilly mit zusammengebissenen Zähnen. «Ich habe dir *erzählt*, daß er... anders war.»

Mrs. Moss gelang ein geziertes Lächeln, Tilly gelang ein Lächeln, Albert gelang ein Zwinkern in Tillys Richtung und Jeffries gelang es, den Rollstuhl die Stufen herunterzuschaffen. Er hob Mrs. Moss so sanft und leicht auf den Beifahrersitz, als wäre sie eine kostümierte Puppe. Er war jung und sah gut aus, und während Tilly in die Limousine stieg, sagte sie sich, daß er in den nächsten Stunden mindestens ein Dutzend Herzen brechen würde. Die Mädchen in Blackwater hatten noch nie jemanden wie ihn gesehen, soviel war sicher.

Während Jeffries den Rollstuhl zusammenklappte und im Kofferraum verstaute, ließen Tilly und Albert sich auf dem Rücksitz nieder und wirkten wie ein viktorianisches Ehepaar in einem Brougham. Er reichte ihr einen Blumenstrauß, der im Stil des 19. Jahrhunderts gebunden war. «Du hast dein Kostüm erwähnt», sagte er. «Ich habe den Blumenhändler gebeten, etwas Passendes zusammenzustellen.»

«Hör zu, Albert...» begann Tilly, als sie die Blumen annahm.

«Nein, du hörst zuerst zu», unterbrach er mit leiser Stimme. «Nachdem du gegangen warst, habe ich mich wieder meinen Rosen zugewandt. Aber irgend etwas war mit mir passiert.» Er drehte sich zu ihr um. «Ich fühlte mich *einsam*, nachdem du gegangen warst, Tilly. Es war wie ein Schock für mich. Ich hatte mich seit Jahren nicht einsam gefühlt. Aber unser Wiedersehen brachte Erinnerungen an meine Zeit in Blackwater zurück.» Sie wollte ihm glauben, aber seine Stimme klang fast *zu* freundlich.

«Du hattest es eilig, deine Zeit in Blackwater zu beenden», erinnerte Tilly ihn.

«Ja, aber jetzt habe ich eingesehen, daß es viel besser gewesen wäre, wenn ich dich mit mir genommen hätte. Das war mein wirklicher Fehler, nicht das Weggehen.» Er seufzte schwer. «Wie dem auch sei, ich habe es getan und mußte mit den Folgen leben. Und du wärst nicht die gleiche geblieben, wenn du mitgekommen wärst, Tilly.»

Sie hörte das Flehen in seiner Stimme, den Wunsch, daß seine egoistische Grausamkeit ihm verziehen würde, weil er sie in ihrer Reinheit und Unschuld belassen hatte; eine viel, viel edlere Sache als das, was er wirklich getan hatte. «Nein, natürlich nicht», sagte sie voller Ironie. «Vielleicht wäre ich schlank geblieben und hätte viele hübsche Kleider gehabt, vielleicht hätte ich eine gute Ausbildung bekommen, vielleicht wäre ich durch die ganze Welt gereist, vielleicht hätte ich viele interessante Leute getroffen, vielleicht hätte ich...»

«Schon gut, schon gut», sagte er schroff. «Mea culpa.»

Sie hatte Erbarmen mit ihm – Schuldzuweisungen waren nicht ihre Art. «Okay, du fühltest dich also einsam. Aber du hast dir für deine Rückkehr eine seltsame Nacht ausgesucht.»

Er strahlte. «Aber das war es ja gerade, was den Ausschlag gab. Was für eine Nacht! Alle sind auf den Beinen, in Feststimmung, voller Freude und Zufriedenheit...»

Es gelang ihr, ein schallendes Gelächter zu unterdrücken. «Voller Heimtücke, meinst du wohl. Meine Güte, hast du ein schlechtes Gedächtnis. Weißt du nicht mehr, daß der *Howl* die Zeit der Streiche, der üblen Scherze und aller möglichen Dummheiten ist?»

«Doch, ich erinnere mich», sagte er ernst. «Gib mir die Hand, Tilly!» Er griff nach ihrer Hand und erschreckte sie mit einem Handsummer. Sie schrie auf und zog ihre Hand zurück. «Wir haben auf dem Weg bei einem Scherzartikelladen haltgemacht. Ich bin gut vorbereitet», sagte er zwinkernd.

«Hmmph», sagte sie und rieb sich die Hand. «Das bildest du dir nur ein.»

Jeffries hatte vorher offenbar Anweisungen erhalten, denn sie fuhren jetzt auf den Parkplatz der High School. Hinter dem Drahtzaun, der den Sportplatz umgab, sah man die hellen und winkenden Lichter des Festes. Der hohe und schmale Ring des Riesenrads hob sich gegen den Himmel ab, das Karussell war ein Wirbel farbigen Lichts, und die sich hebenden und senkenden Arme der Krake trugen eine winkende Menge von Festbesuchern. Schon zeugte ein Schreien und Kreischen über der Kakophonie der Musik und des mechanischen Klapperns und Klirrens von den verschiedensten Handgreiflichkeiten, die nicht immer mit gegenseitigem Einverständnis begangen wurden. Jeffries hielt an.

«Oh, hier solltest du lieber nicht parken», sagte Tilly, der nur allzu bewußt war, welche Wirkung eine Rolls-Royce-Limousine auf die hiesigen Jugendlichen hatte – besonders nach einigen Bieren.

«Nein, werden wir auch nicht. Jeffries wird uns hier absetzen und mit dem Auto zur Hotelgarage abschwirren, wo mir versichert worden ist, daß man es bewacht.»

«Versichert von wem?»

«Archy Ventnor natürlich.»

«Ha, du kannst von Glück reden, wenn du morgen noch ein Auto *hast*. Archy ist einer der Schlimmsten.»

«Ich habe ihm gesagt, daß ich ihn verklage, falls dem Wagen etwas passiert – nur um die Rechtslage klarzumachen. Meine Anwälte stecken seine Anwälte vor Gericht natürlich jederzeit in die Tasche.»

«Na ja, das könnte ihn überzeugen», räumte Tilly ein. «Solange er nüchtern bleibt.»

«Autos können ersetzt werden», sagte Albert ruhig. «Menschen auch. Wenn er Ärger macht, kaufe ich einfach sein verdammtes Hotel und brenne es nieder.»

Tilly warf ihm einen kurzen Blick zu. Das klang schon eher nach dem Albert, den sie im Rosengarten erlebt hatte. Der Grund, den er für seine Rückkehr heute abend genannt hatte, hatte sie nicht überzeugt – der verbitterte Unterton in seiner Stimme schon. Er hatte seine Gründe – wenn auch nicht die, die er ihr genannt hatte. Sie diente nur als Mittel zum Zweck, als Brücke zwischen Albert und alten Freunden. Innerlich zuckte sie mit den Schultern. Es war interessanter als das meiste, was sie sonst erlebte. Warum nicht?

«Auf geht's zum Fest!», sagte Albert mit grimmiger Entschlossenheit. Was auch immer er beabsichtigte, er mußte sich darauf vorbereitet haben.

Jeffries brachte den Rollstuhl, setzte Mrs. Moss hinein und fuhr dann den Wagen weg, nachdem sie abgemacht hatten, daß er sie in fünfzehn Minuten am Karussell treffen würde. Während sie das Kostüm ihrer Mutter glättete, sah sie Albert ins Gesicht und gab ihm eine letzte Chance. «Bist du sicher, daß du das heute abend auf dich nehmen willst?»

«Absolut sicher», antwortete Albert forsch, nahm die Griffe des Rollstuhls und glitt majestätisch mitten in den *Howl* hinein. «Heute ist die einzige Nacht, in der es geht», sagte er über seine Schulter.

Tilly starrte ihm nach. Was zum Teufel hatte er damit wieder gemeint? fragte sie sich.

Dominic hatte es praktisch schon aufgegeben, als er Emily Gibbons schließlich das Karussell besteigen sah. Leib und Leben riskierend, sprang er auf die Plattform und kämpfte sich zu ihr durch, sehr zum

Mißfallen des Betreibers, der irgend etwas Deftiges vom Brechen des gottverdammten Halses schrie.

«Hallo», sagte Dominic, dessen Kopf sich hob und senkte, während Emilys sich senkte und hob.

Emily, die gerade die Menschenmenge abgesucht hatte, fuhr zusammen und blickte auf ihn hinunter, der eigentlich als Märchenprinz hätte erscheinen sollen, sich statt dessen aber für ein Robin-Hood-Kostüm entschieden hatte. Nahe genug, dachte sie, und schenkte ihm ihr charmantestes Lächeln.

Weil Dominic im *Chronicle*-Büro nicht wieder aufgetaucht war und weil sie unbedingt herausfinden wollte, warum er sich für Jacky Morgans Tod interessierte (eine sorgfältige Durchsicht der Seiten, die sie für ihn kopiert hatte, hatte sie darauf gebracht und ihren Reporterinstinkt geweckt), freute sie sich sehr, ihn zu sehen. Wenn es weitere und eher persönliche Gründe für ihre Sehnsucht nach seinem gebrochenen Nasenbein und seinem festen, jungen Körper gab, so hätte sie es vor niemandem zugegeben.

Hier war er nun und sah zu ihr mit allen Anzeichen der Verehrung hinauf – oder zumindest der Begierde. Das machte ihn zu Wachs in den Händen einer Reporterin. Nachdem Emily den größten Teil der ungebundenen männlichen Bevölkerung Blackwaters und der näheren Umgebung gemustert hatte, sich mit ihm getroffen und ihn für langweilig befunden hatte, sah sie in Dominic nicht nur einen Nachrichtenlieferanten, sondern auch ein Zeichen des Schicksals. Denn trotz aller Versuche, eine knallharte Reporterin zu werden, war Emily Gibbons im Grunde ihres Herzens eine hoffnungslose Romantikerin. Dominics Erscheinen zuerst in der Stadt, dann im Büro des *Chronicle* und jetzt hier auf der Plattform des Karussells erfüllte alle ihre Vorstellungen eines jungen Liebestraums.

Nur eine Kleinigkeit störte noch.

Obwohl Dominic im großen und ganzen recht verführerisch aussah, rollte sich sein falscher Schnurrbart an einer Seite auf, weil er einen ziemlich alten Kleber benutzt hatte. Das paßte nicht zu Emilys Vorstellung, wie die Teilnehmer eines romantischen Stelldicheins auszusehen hätten. Da sie schon immer ein spontaner Mensch gewesen war, beugte sie sich hinab, um den Bart wieder anzukleben. Unglücklicherweise führte die plötzliche Aufwärtsbewegung ihres fliegenden Pferdes dazu, daß sie versehentlich in den Schnurrbart griff und ihn abriß.

«Autsch!» schrie Dominic – der Kleber war noch nicht *so* alt gewesen.

«O Gott, das tut mir leid», sagte Emily.

«Tut es nicht!», grummelte Dominic und rieb sich seine Oberlippe.

«Tut es wohl!», rief sie. «Ich wollte ihn nur richtig ankleben!»

«Das kann ich selber, vielen Dank!», schnaufte er. «Na ja, *könnte* ich, wenn ich den Schnurrbart hätte.»

Sie gab ihm den Gaze-Streifen mit dem falschen Haar. Weil sie sich immer noch auf und ab bewegte, mußte er ein paarmal danach greifen, bevor er ihn erwischte. «Es tut mir wirklich leid», sagte sie mit sehr reuiger Stimme.

Er sah hinauf... und hinab... und hinauf zu ihr. Sie war verkleidet als Carmen Miranda, und der Turm mit verschiedenen künstlichen Früchten auf ihrem Kopf stand ihr außerordentlich gut, genauso wie das gerüschte Kleid darunter. Sie hatte wunderschöne Schultern.

«Bevor du mich angegriffen hast, habe ich mich gefragt, ob du...» begann Dominic.

«Es war ein Unfall», unterbrach sie kühl, während es abwärts ging.

«Wie dem auch sei – könnten wir...»

«Ich möchte nicht, daß du mich für eine hältst, die...» Auf.

«Paß auf, könnten wir nicht...»

«... wildfremden Leuten Schmerzen zufügt.» Ab.

«Ich war noch nie auf einem *Howl*...»

«Ich habe dich nicht darum *gebeten*, auf dieses Ding zu springen.» Auf.

«Neulich im...»

«Es gibt viele Leute, mit denen ich mich lieber unterhalten würde.» Ab.

Dominic wurde von dem Drehen des Karussells, Emilys Auf und Ab und der Feder seines Hutes, die ihn im Nacken kitzelte, allmählich übel. Verzweiflung, Frustration und Schwindel ließen ihn, wie üblich, alles vergessen.

«Nur daß du es weißt: Ich habe vor, dich zu heiraten!» schrie er ausge-

rechnet in dem Moment, als die Karussellfahrt und die Drehorgelmusik endeten. Seine Worte schienen in der Nacht widerzuhallen. Einige Leute drehten sich um. Jemand lachte. Der Karussellbetreiber, der gerade den Fahrpreis von Dominic hatte kassieren wollen, hielt an, zögerte und kehrte dann um. Auch er war romantisch veranlagt – und solche Sachen waren gut fürs Geschäft.

Emilys Pferd hatte zufällig gehalten, als sie sich genau in Augenhöhe mit Dominic befand. Sie sahen sich lange an.

«Ich möchte Karriere als Journalistin machen», sagte sie.

«Kein Einspruch.»

«Ich weigere mich, Hemden zu bügeln.»

«Wir geben sie in die Reinigung.»

«Ich habe einen teuren Geschmack.»

«Für den kannst du selbst aufkommen.»

«Ich mag Junk food.»

«Wir nehmen noch eine Krankenversicherung auf.»

«Meine Lieblingsfarbe ist Braunrot.»

«Den Teufel ist sie das.»

«Das hier ist völlig lächerlich.»

«Ist mir klar.»

«*Du* bist völlig lächerlich.»

«Trage ich hier die Früchte auf dem Kopf?»

Emily sprang vom Pferd und nahm seine Hand. «Ich dachte schon, du würdest niemals fragen», sagte sie sanft und führte ihn von der Plattform hinaus in den *Howl*.

Harry Foskett tat in seiner Funktion als offizieller *Howl*-Fotograf sein Bestes, die Nacht auszuleuchten. Kameras und Blitzlicht bereithaltend, ging er durch die Menschenmenge und verewigte pflichtbewußt die Bemühungen der Bürger Blackwater Bays, der schlechtest- oder bestkostümierte Bewohner der Stadt zu sein.

Er lichtete alle möglichen Leute in allen möglichen Situationen ab. Manche Fotos konnten dann im *Chronicle* abgedruckt werden, viele aber nicht. Harry war diskret. Er kannte seine Nachbarn und wußte, was veröffentlicht werden konnte.

Er fing Emily Gibbons ein, die gerade von einem Robin Hood hinter dem Hot-dog-Stand umarmt wurde, und lichtete dann noch einige andere Robin Hoods ab, die verschiedenen anderen Beschäftigungen nachgingen. Es gab unglaublich viele Robin Hoods auf dem *Howl* – alle sicherlich inspiriert von dem Film, der im Sommer sechs Wochen lang gezeigt worden war.

Im Unterschied zu den meisten anderen war Peter Dills Robin-Hood-Kostüm außerordentlich kunstvoll, und Harry machte einige Schnappschüsse von ihm. Dill oder seine Frau hatten sich offensichtlich gut informiert. Er sah erstaunlich authentisch aus, hatte sogar einen Kurzbogen und einen Köcher mit richtigen Pfeilen über der Schulter. Aber all die Anstrengungen verpufften irgendwie, da er wahrscheinlich der erste Robin Hood der Welt war, der auf Krücken ging. Harry fragte sich, ob er im Sherwood Forest über eine Wurzel gestolpert war. Mrs. Dill schien sich in der Verkleidung der Maid Marian neben ihrem Mann sehr unwohl zu fühlen, da sie alle Augenblicke auf ihre Armbanduhr sah, womit sie den mittelalterlichen Eindruck ihres Kostüms unterminierte. Ansonsten sah sie jedoch tadellos aus. Wie immer.

Harry bedankte sich fürs Stillstehen und eilte weiter zur Schießbude, wo er heimlich Nonie Peach knipste, die sehnsüchtig Jack Fanshawe beobachtete. Jack (verkleidet als Scheich von Arabien) versuchte für Mitzi Putnam (kostümiert als flauschiges Küken) einen Teddybär zu gewinnen, aber der Blitz der Kamera ließ ihn danebenschießen. Mitzi schmollte und Jack bat Harry, doch lieber woanders zu fotografieren. Ebenfalls auf dem Bild zu sehen war Clarence Toogood, der in dem eilig zusammengesuchten Kostüm eines antiken Römers (Mrs. Peachs zweitbestes Tischtuch und ein Kranz mit falschen Lorbeeren, der auf seiner Stirn einen Ausschlag verursachte) hinter Nonie stand und mit großem Interesse den weggehenden Dills nachschaute.

Von einem Sitz des gerade anhaltenden Riesenrades fotografierte Harry mit seinem Teleobjektiv ein merkwürdiges Duo – Dr. Dan Rogers, der sehr realistisch als Unfallopfer verkleidet war, stritt sich mit Bürgermeister Atwater, der als Tarzan ging (als wer sonst?).

Hinter der Zuckerwattemaschine stehend, knipste er Mrs. Atwater, die den Stand für hausgemachte Konfitüre betreute und geduldig an einer winzigen Wollsache strickte, während zwei als Rowdys verkleidete Rowdys fünf Gläser Erdbeerkonfitüre direkt vor ihren unaufmerksamen Augen klauten.

Nachdem er hinter dem Erste-Hilfe-Zelt den Film gewechselt hatte, fotografierte er Dolly Boot, Blackwaters eleganteste Puffmutter (kostümiert als eine viktorianische Jungfrau – eine neue Variante des Transvestismus, dachte er), die in ein fesselndes Gespräch mit einem Gorilla verwickelt war, welcher sich als Carl Putnam entpuppte, der so stark schwitzte, daß er die Maske von Zeit zu Zeit abnehmen mußte, um atmen zu können.

Und dann erblickte er Albert Budd.

Vierzehn

«Ich glaube es nicht!» rief Harry Foskett aus.

Albert drehte sich um und verzog das Gesicht.

«Ich *glaube* es», sagte Harry und nahm ihn mit seiner Kamera ins Visier, wobei er jeden Augenblick damit rechnete, daß Albert sie ihm aus den Händen schlagen würde, wie der Millionär es normalerweise bei unerbetenen Eindringlingen in seine Privatsphäre tat, wie er gehört hatte.

Aber Albert lächelte.

Nachdem Harry einige Fotos gemacht hatte, ließ er die Kamera sinken und starrte auf sein Opfer. Albert Budd gab eine beeindrukkende Figur ab, wie er so neben Tilly Moss und dem gutaussehenden, dunkel uniformierten Chauffeur stand, der Mrs. Moss' Rollstuhl schob. Alberts Glatze und seine in die Breite gegangene Taille standen ihm besser als die roten Locken und die athletische Figur seiner Jugend.

Dann beschlichen Harry Zweifel. Albert Budd galt als übellauniger Einsiedler, der sich mit seinem Geld abschirmte und für niemanden zu sprechen war. Aber dieser Kerl hier lächelte. War das eine Art *Howler*, mit dem Tilly alle hereinlegen wollte? Das war eine Möglichkeit – Tilly war trotz ihrer Gutmütigkeit immer für eine Überraschung gut.

«Sie sind doch Albert Budd, nicht wahr?» fragte er vorsichtig. «Neben Cecil G. Heckman Blackwaters einziger berühmter Sohn?»

«Nein», sagte Albert. «Ich bin Al Budd, der damals in der

Grundschule hinter dir saß, du Rindvieh. Hast du sie schon abgeschlossen?»

«Oh, verdammt, ja», sagte Harry erleichtert. «Letzten Juni.»

Sie klopften sich gegenseitig eine Weile auf Rücken und Schultern, während Tilly sich weiter umsah. Sie war dieses Ritual langsam leid, das sich schon einige Male abgespielt hatte, als sie durch den *Howl* gegangen waren und sich verschiedene Stände, Spiele und Wettbewerbe angesehen hatten. Albert erkannte irgendeinen alten Kumpel oder wurde von ihm erkannt, das Spiel begann mit Schulterklopfen und Ausrufen, dann folgte ein kurzer Austausch von Fragen, gefolgt von dem Versprechen, sich bald wieder zu treffen und ausführlicher miteinander zu reden, und dann setzten sie ihren Weg fort. Tilly, die dicht neben Albert stand, konnte den Schweiß auf seiner Oberlippe sehen und die Anspannung in seinem Körper fühlen. Albert hatte keine Freude daran. Warum tat er es dann?

Matt, der das bewegte Menschenknäuel bemerkt hatte, ging hin, um zu sehen, um wen ein solcher Wirbel gemacht wurde. Dieses Mal war Albert von Dan Rogers erkannt worden, der ihn einer scherzhaften Untersuchung unterzog.

«Zuwenig Schlaf, zu fettige Ernährung und zuwenig Ballaststoffe» war seine medizinische Diagnose, die er mit erhobenen blutigen und bandagierten Armen verkündete. «Was ist mit all den roten Haaren passiert, die du mal hattest?»

«Dasselbe, was mit dem größten Teil der braunen Haare passiert ist, die *du* mal hattest», konterte Albert. «Und besonders gesund siehst du im Moment auch nicht aus. Bist wohl auf dem Weg mit dem Auto verunglückt, was?» Einer der Umstehenden hielt den Atem an.

Dr. Rogers blieb gelassen. «Eigentlich ist dieses Kostüm die genaue Nachbildung eines Mannes, der von Werwölfen angegriffen wurde. Wie findest du's?»

«Ich weiß genau, wie er sich gefühlt haben muß», sagte Albert. «Nur daß die meisten Wölfe, mit denen ich mich herumgeschlagen habe, in der Wall Street zu Hause waren.»

Tilly sah sich in der Menge um, erblickte Matt und ging zu ihm.

«'tschuldigung, daß ich mich heute nachmittag nicht mehr mit dir treffen konnte», sagte Tilly. «Ich war spät dran mit meinem Friseurtermin.»

«Ich habe deine Nachricht bekommen», sagte Matt. «Ich wußte nicht, daß du ihn mitgebracht hast.»

«Habe ich auch nicht. Nach dem Gespräch, das wir hatten, hätte ich nie geglaubt, daß er sich je wieder in Blackwater blicken lassen würde. Er ist wie ausgewechselt.» Sie beschrieb ihr Gespräch mit Albert. «Wir haben uns nicht gerade herzlich verabschiedet», schloß sie und senkte ihre Stimme so weit, wie es bei dem Lärm der Karussellfahrten und Spiele nur möglich war. «Aber er sagte etwas, das wichtig sein könnte.»

«Oh?»

«Ja – er sagte, in jener Nacht wären auch Mädchen dabeigewesen.»

Matt war verblüfft. «Mädchen?» fragte er. «Was für Mädchen?»

«Pst – ich weiß es nicht. Als ich nach Namen fragte, wurde er plötzlich unbestimmt und wechselte das Thema. Ist es wichtig?»

«Mit Sicherheit», sagte Matt.

Albert hatte seinen Weg durch die Menge fortgesetzt, Jeffries folgte ihm mit Mrs. Moss, die etwas überreizt wirkte.

«Ich glaube, ich sollte besser wieder zu Mutter gehen», sagte Tilly besorgt. «Ich werde versuchen, noch mehr aus ihm herauszubekommen, aber es ist ziemlich schwer, solche Fragen ins Gespräch einzuflechten. Wenn ich mehr erfahre, rufe ich dich morgen an, okay?»

«In Ordnung», stimmte Matt zu. Er konnte unter diesen Umständen nicht mehr tun. Er betrachtete Albert Budd und dachte nach. Wenn er sich all die Jahre dagegen gesträubt hatte, zurückzukommen, warum war er dann jetzt gekommen? Warum heute nacht?

«Matt?»

Er drehte sich um, aus den Gedanken aufgeschreckt, und sah sich einem Robin Hood auf Krücken gegenüber. «Suchst du Little John?» fragte er Peter Dill.

«Nein, dich», sagte er. Er wirkte nervös und beäugte unruhig Albert Budd und die Menge von Freunden um ihn herum. «Ich wollte dir etwas sagen. Ich weiß nicht, ob du deswegen etwas unternehmen kannst. Ich habe keine richtigen Beweise...»

«Laß mich für die Beweise sorgen! Du brauchst nur...» begann Matt.

«Laß uns lieber später darüber sprechen!» sagte Dill schnell, weil

Albert und die anderen auf sie zukamen. «Oder morgen? Wir könnten uns morgen unterhalten, wenn das hier alles vorbei ist.»

«Paßt mir auch», sagte Matt, der Dill nicht zu sehr unter Druck setzen wollte. Er erhoffte sich von dem Filialleiter den Durchbruch in der Sache Jacky Morgan. Dill war offensichtlich besorgt. Matt sah den Mann auf seinen Krücken davonhumpeln und sich zu seiner Frau hinunterbeugen, die ihm etwas sagen wollte. Sie zeigte auf ihre Uhr. Sie waren ein merkwürdiges Paar.

«Kaufst wohl immer noch alles im Doppelpack, Albert, was?» Fred Boyle, der Spinnweben hinter sich herzog, musterte die beiden Begleiterinnen von Albert Budd.

«Fred?» Albert schien wirklich überrascht. «Was zur Hölle machst *du* denn noch in Blackwater?»

«Chemie an der High School unterrichten», antwortete Boyle. «Was sonst?»

«Was sonst? Nun, alles andere als das. Ich dachte, du hättest mittlerweile dein eigenes Labor gegründet», sagte Albert.

Boyle zuckte mit den Schultern. «Na ja, du weißt ja, wie das ist...»

«Gar nichts weiß ich», sagte Albert verständnislos. «Du mußtest doch nicht hierbleiben. Allein mit dem, was du beim letzten Geschäft verdient hast, hättest du...»

Fred zupfte Spinnweben aus seinem Gesicht. «Meine Frau ist letztes Jahr gestorben», sagte er mit tonloser Stimme.

Albert machte ein langes Gesicht. «Oh, ich verstehe. Tut mir leid, Fred, das wußte ich nicht.»

«Wie solltest du auch», sagte Boyle kurz und wandte sich ab, graue Fäden hinter sich herziehend.

«Wir sollten uns mal treffen!» rief Albert ihm nach. Fred winkte mit einem Spinnweb-Arm und verschwand hinter dem Zelt des Wahrsagers.

Albert sah Tilly an. «Ich verstehe nicht...» begann er.

«Er trauert noch», sagte Tilly. «Jeder sieht es ihm nach. Er wird schon darüber hinwegkommen.»

«Mein Gott – Albert?» Jetzt war Granger Gibbons an der Reihe, der Überraschte zu sein. Da seine Reporter-Tochter nirgendwo zu sehen war, war ihm als Herausgeber des *Chronicle* die Aufgabe zugefallen, die große Titelgeschichte der Woche zu schreiben, in der es verständlicherweise nicht mehr um den *Howl* ging, sondern um die Rückkehr des verlorenen Millionärs. «Was zum Teufel machst *du* denn hier?»

Und so ging es in einem fort, wo immer sie waren. Jeffries' hübsches Gesicht behielt seinen stoischen Ausdruck bei, während er Mrs. Moss über den niedergetrampelten Rasen des Sportplatzes schob. Mrs. Moss war sichtlich erfreut, sich im Zentrum des Geschehens zu befinden, aber Tilly hatte den Wirbel schnell satt und konnte sich des Eindrucks nicht erwehren, daß Albert seinen königlichen Gang über das Festgelände ein wenig zu sehr genoß. Während es einerseits angenehm war, Teil einer Parade zu sein, hörte sie andererseits die geflüsterten Fragen, warum Albert zurückgekehrt war, warum Tilly an seiner Seite ging und was das überhaupt alles zu bedeuten hatte. Sie wußte nicht, was es bedeutete, und das machte sie unruhig.

Dan Rogers war am Popcorn-Stand stehengeblieben und beobachtete, wie Albert Budd über den Festplatz ging. Er rülpste, drehte sich um und sah Fred Boyle neben sich stehen. «Was für ein Zeug hast *du* denn an dir hängen?» fragte Rogers. «Du siehst ja aus wie ein wandelnder Pilz.»

Boyle befreite sich von einigen Fäden. Unter dem Mantel von grauweißen Spinnweben konnte man jetzt ein Robin-Hood-Kostüm erahnen. «Ich weiß es nicht, aber ich werde es morgen analysieren», sagte er und hielt einen Faden gegen die Lichter der Popcorn-Maschine. Er zupfte kurz weiter an sich herum und hörte dann auf. «Ach, verdammt – ich bin halt ein Robin Hood aus dem Totenreich.»

«Ein neuer Ansatz», sagte Rogers.

«Es gibt hier sowieso zu viele Robin Hoods», fuhr Boyle fort. «Ist dir das auch aufgefallen?»

«Ja, der Platz wird von grünen Männern beherrscht», stimmte Rogers zu. «Und von Albert Budd.»

Boyle schwieg.

«Er ist ein schlauer Kopf», meinte Rogers anerkennend. «Hat das Möbelpolitur-Rezept seiner alten Dame zu Millionen gemacht. Ein Glückspilz.»

«Er war es nicht allein», brummte Boyle.

Rogers sah ihn an. «Was meinst du damit?»

«Ich habe ihm geholfen, die Formel zu bearbeiten», sagte Boyle.

«Kein Witz?» fragte Rogers ohne Überzeugung. Seit frühester Kindheit neigte Boyle dazu, sich mit fremden Federn zu schmükken. Aber er war harmlos. «Hat er dich dafür bezahlt?»

«O ja, er hat mich bezahlt. Und Verträge unterschreiben lassen. Ich war zu jung und zu dumm, um zu merken, daß diese Verträge meinen Anteil auf ein paar milde Gaben reduzierten. Ich dachte, er würde sich nur aufspielen, große Töne spucken. Er war doch nichts Besseres, nur ein Junge aus Blackwater wie ich. Woher hätte ich wissen sollen, daß er damit Millionen verdienen würde? Wenn ich klüger gewesen wäre und den einen oder anderen guten Rat bekommen hätte, wäre ich jetzt so reich wie er. Dann hätte Vicky vielleicht...»

«Wir verpassen alle mal eine Gelegenheit», unterbrach Rogers, bevor Boyle wieder von dem Tod seiner Frau anfing. «Wir machen alle mal einen Fehler.»

«Ja, natürlich», sagte Boyle verbittert.

«Denk nur an Tom Finnegan», fuhr Rogers fort. «Ein Fehler, und er landet direkt an einem Baum.» Er begann zu lachen, brach dann aber plötzlich ab und wurde wieder ernst. «Du mußt in dieser Stadt sehr vorsichtig sein, Fred», bemerkte er mit Nachdruck. «Vielleicht ist Albert Budd deshalb weggegangen. Jetzt ist er zurückgekommen und glaubt, daß sein Geld ihn beschützt. Aber er benimmt sich unklug, *sehr* unklug. Du bist nicht der einzige, der Grund hat, ihn zu hassen.»

Das Feuerwerk war phantastisch und sehr, sehr laut.

Emily tat so, als habe sie eine Heidenangst und schmiegte sich bei jedem Knall der großen Böller in Dominics Arm. Wenn die glitzernden, bunten Sterne in den Nachthimmel aufstiegen, dort erblühten und sogar den Mond etwas langweilig aussehen ließen, erging sie sich bei den schönsten in bewundernden Ahs und Ohs. Sie waren die letzten Stunden herumspaziert und hatten sich unterhalten. Obwohl sie nicht über Dominics Gefühlsausbruch auf dem Karussell gesprochen hatten, war der Gedanke an die Hochzeit doch allgegenwärtig.

Sie würden abwarten.

In der Zwischenzeit gab es so vieles am anderen zu entdecken. Und so viele herrliche Streitereien auszutragen. Denn bei aller körperlichen Anziehung zwischen ihnen war klar, daß im Gespräch die Funken flogen, wenn man es am wenigsten erwartete. Es würde keine einfache Beziehung werden, aber sie würde ihrem Leben – wie das Feuerwerk – eine Attraktion verleihen – vielleicht nur für eine Woche, vielleicht ein ganzes Leben lang.

Als das Feuerwerk zu Ende war, strömte die Menge von der Tribüne herunter in Richtung Parkplatz. Familien mit Kindern gingen jetzt gewöhnlich nach Hause und überließen das Weiterfeiern den «Erwachsenen». Die Karussells liefen noch, es gab Handwerksstände und Spielbuden, im Hauptzelt wurden noch Bier, Hot dogs und andere schwer verdauliche Dinge serviert.

Und natürlich begann jetzt die Zeit des großen «Fummelns».

Emily war sich nicht sicher, ob Dominic begriffen hatte, worum es beim «Fummeln» ging. Sie hatte ihm zu erklären versucht, daß Küssen (das Harmloseste) während des *Howls* nicht zählte, aber sie hatte das Thema vorsichtshalber nur gestreift. Dann hatte sie bemerkt, wie einige ihrer Freundinnen Dominic im Vorbeigehen angesehen hatten. Sie wußte, daß sie sich alle möglichst viel Zeit für ihn nehmen würden – zumal sie ihren rechtmäßigen Anspruch noch nicht öffentlich bekannt gemacht hatte. Als sie sich jetzt in der Menge verloren, war sie daher etwas erschrocken. Nicht sehr – nur genug, um aufgeregt zu sein.

Sie versuchte sich zu erinnern, was sie vorhin verabredet hatten. Wollten sie zum Riesenrad? Sie glaubte, daß er davon etwas gesagt hatte, aber es konnte auch sein, daß er das Riesenrad absolut haßte. Es war so laut gewesen, daß sie sich die meist Zeit kaum verständigen konnten. War es vielleicht eine Fahrt durch den *Bonechiller* gewesen? Ja, das war's!

Sie machte sich auf den Weg zu dem schaurigen Tunnel, der am Südrand des Festplatzes aufgebaut worden war. Sie hatten als nächstes eine Fahrt durch den *Bonechiller* vorgehabt, da war sie sich nun ganz sicher.

Emily durchzuckte ein Schauder der Vorfreude. Sie *liebte* es, zu Tode erschreckt zu werden.

Fünfzehn

Der Besitzer des *Bonechiller* war ein schlaksiger Mann mit einem leichten Silberblick namens Milt Bickerstaff. Er war zu Recht stolz auf seine Variation der klassischen Geisterbahn. Der *Bonechiller* war mehr als diese altbekannte Fahrt zwischen Schlangen und Spinnen hindurch. Sein Entwurf und seine Perfektionierung hatten Jahre gedauert, und auf den Jahrmärkten war er nun die Hauptattraktion. Wo er auch aufgebaut wurde, warteten lange Schlangen kichernder und bleicher Leute darauf, halb zu Tode und noch schlimmer erschreckt zu werden. Er hatte sich viele Jahre lang auf verschiedenen Festen und Jahrmärkten im ganzen Land umgesehen. Er hatte früh erkannt, daß die Leute – besonders frisch verliebte Pärchen und Jugendliche – sich gerne gruselten. Darauf führte er den Erfolg solcher Horrorfilme wie *Freitag der 13.* zurück.

Von diesen Filmen hatte er viel gelernt – vor allem, wie man lebensechte Monster und Mutationen mit grotesken Wunden und Verformungen herstellte, die das Blut und alle Knochen gefrieren ließen und das Wachstum hemmten. Er hatte seine Nächte damit verbracht, Handbücher zu lesen und Pläne für «sein Baby» zu zeichnen, sein eigenes, wunderbares Geschöpf. Er hatte seine gesamten Ersparnisse für den Bau geopfert und brauchte jeweils eineinhalb Tage, um ihn zu errichten. Alles war computerisiert und so komplex, daß er einen eigenen Generator brauchte, um all die mechanischen Horrorelemente anzutreiben, die plötzlich auf die Besucher in den kleinen, offenen Zügen herabfielen, irgendwo heraussprangen, herunterbaumelten, die Leute kitzelten oder sonstwie erschreckten.

Der *Bonechiller* war in der Tat ein Meisterwerk.

Aber selbst Milt hatte nicht geahnt, wie gruselig das Ding unter den richtigen Umständen sein konnte. Er hatte schon in den ersten Stunden dieses Abends viel zu tun gehabt. Sogar während des Feuerwerks drängelten sich die Besucher vor dem *Bonechiller*, und er war sehr zufrieden mit sich. Das Geschäft lief besser, als er es von solch einer kleinen Stadt erwartet hatte.

Während der letzten halben Stunde lief das Geschäft sogar *noch* besser. Er kam zu dem Schluß, daß es an der Kombination von Halloween und Alkohol liegen mußte. Die letzten Kunden waren noch bleicher und zittriger als sonst herausgekommen. Es war phantastisch. Die meisten mieden seinen Blick, wenn sie aus den kleinen Wagen stiegen, und suchten verwirrt das Weite. Er begann sich für ein Genie zu halten. Vielleicht sollte er das Ding doch einmal Disney oder *Industrial Light and Magic* vorstellen. Er träumte schon seit Jahren davon, aber wenn der *Bonechiller* in einem Nest irgendwo im Mittleren Westen solche Reaktionen hervorrief, dann *mußte* er einfach gut sein.

Milt strahlte das Mädchen in dem Carmen-Miranda-Kostüm an. Sie ging jetzt schon seit zehn Minuten vor dem Eingang auf und ab und wartete offenbar auf ihren Freund. Er versuchte einen Flirt – man wußte ja nie –, aber sie hatte keine Augen für ihn. Er wandte sich seinem nächsten Kunden zu und reichte ihm den Chip. Die Schlange wurde länger, doch das Mädchen stellte sich nicht an.

Er sah auf die Uhr. In dreißig Sekunden würde der nächste kleine Zug mit einer Ladung erschrockener Leute durch den Ausgang kommen. Er mußte zugeben, daß einige der Wartenden Halloween-Kostüme trugen, die sich durchaus mit seinen Bemühungen messen konnten. Vielleicht war es doch nicht nur ein Nest. Jedenfalls gaben sich alle redlich Mühe, sich gegenseitig zu Tode zu erschrecken.

Die Schwingtüren des Tunnels sprangen auf und der Zug kam heraus. Das Paar im ersten Wagen war leichenblaß, und auch die anderen wirkten fassungslos. Als der Zug zum Stehen kam, drehte sich Lena Turkle, die in dem ersten Wagen gesessen hatte und für ihre Empfindlichkeit bekannt war, zur Seite und übergab sich.

Ihr Begleiter, Wilber «Wiesel» Rumplemeyer, war selbst etwas grün im Gesicht. Während Lena sich säuberte, kam er auf Milt zu. «Passen Sie mal auf, Kumpel. Meinen Sie nicht, daß einige Sachen da drinnen ein bißchen... ähm... ein bißchen *zu derb* sind für ein Volksfest?»

Milt ging in die Defensive. «Nicht schlimmer als das, was Sie im Kino sehen. Ich habe eine Altersbeschränkung, sehen Sie: ‹Jugendliche unter vierzehn Jahren haben keinen Zutritt›.» Er zeigte auf das Schild. «Ich nehme meine Verantwortung ernst.»

«Mag sein. Aber die vorletzte Leiche ist einfach daneben, wenn Sie mich fragen.»

«Was, der Kerl mit den Verätzungen? Wieso? Das ist mein bester...»

Aber Wiesel schüttelte den Kopf. «Nein, nicht der – der ist okay. Ich meine die Robin-Hood-Puppe – die mit dem eingeschlagenen Schädel und dem Pfeil in der Brust. Es ist irgendwie die Art, wie das zermatschte Hirn hervorquillt... und dampft... und wie das Blut den Nacken hinab in die Pfütze läuft...»

«Was zum Teufel reden Sie da?» fragte Milt.

«Ich rede von dem blutenden Robin...»

«Ich *habe* keinen toten Robin Hood, von dem das Blut...» erwiderte Milt erregt.

«Zum Teufel! Und ob Sie den haben. Warum...»

«Habe ich nicht, zum Teufel!»

Wiesel starrte ihn an. «Ich habe dieses gottverdammte Ding *gesehen*!» rief er erbost. «Sie können doch nicht sagen, es gibt keinen...»

«Ich sage, wenn es da drinnen eine als Robin Hood verkleidete Leiche gibt, dann habe ich nichts damit zu tun!» brüllte Milt ungehalten.

Das Mädchen hinter ihm, in dem Carmen-Miranda-Kostüm, begann hysterisch zu schreien – und schrie und schrie.

Auf dem Fest hatte es eine Menge Schreie gegeben – es trug nicht umsonst den Spitznamen *Howl*. Leute auf den Karussells, erfolgreiche Schützen an der Schießbude und alte Freunde, die sich begrüßten und über ihre Kostüme lachten, trugen mit ihren Ausrufen, ihrem Aufschreien und Herumbrüllen zu der allgemeinen Kakophonie bei.

Aber wie Mütter bei einem Schmerzensschrei eines Kindes in der Nacht aufwachen oder in Supermärkten und auf Spielplätzen plötzlich herumwirbeln und losrennen, so reagierte Matt Gabriel auf Emily Gibbons' Schrei.

Er *wußte* es einfach.

Emilys Entsetzen erwies sich als ansteckend, und als Matt kurze Zeit später am Eingang des *Bonechiller* schliddernd seinen Spurt beendete, schrie sogar Milt Bickerstaff. Sein näselnder Tennessee-

Dialekt erhob sich über Lena Turkles schrilles Gejammer. Er befahl ihr verdammt noch mal den Mund zu halten. Lena war die erste Sopranistin des hiesigen Baptistenchors. Sie hatte ein durchdringendes und kräftiges hohes C, aber sie war durch die anderen Frauen beträchtlicher Konkurrenz ausgesetzt. Da alles nach einer Tragödie roch, hatte sich vor dem *Bonechiller* schnell ein Auflauf gebildet.

«Was ist los? Was ist passiert?» rief Matt, als er ankam.

«Ein Unfall!»

«Mord!»

«Dominic... Dominic...» schluchzte Emily.

«Was?» fragte Dominic, der hinter ihr auftauchte. «Was ist los? Bist du verletzt? Wer hat dir was getan? Wo ist er? Ich mach ihn fertig!»

Emily wirbelte herum und starrte ihn mit offenem Mund an. Sie schwankte zwischen Erleichterung und Hysterie und warf sich dann an seine Brust. Dominic war erfreut, verlor durch ihre Umarmung aber das Gleichgewicht. Er machte einen Schritt zur Seite und trat auf die Zehen des Ratsherrn Berringer, der aufschrie und sich beim Zurückweichen Mrs. Atwaters Stricknadeln in den Rükken bohrte. Nachdem er die Frau des Bürgermeisters wütend angestarrt hatte, verschränkte Ratsherr Berringer seine Arme und starrte nun Matt wütend an.

«Der junge Rumplemeyer behauptet, daß in dem Ding eine echte Leiche ist», sagte er und nickte in die Richtung des *Bonechiller*. «Ich persönlich glaube ihm kein Wort. Er will hier nur einen *Howler* inszenieren.»

George Putnam kam herbeigelaufen. «Habe ich eben richtig gehört?» fragte er.

Milt Bickerstaff drängte sich durch die Menge und winkte Matt zu. «Hören Sie, Sie müssen etwas unternehmen! Das hier ist eine *anständige* Attraktion. Es ist eine erstklassige Geisterbahn, die mich mindestens 20000 Dollar gekostet hat! Ich möchte nicht, daß die Leute hier ihre Leichen abladen.»

«Es ist doch nur eine Puppe!» rief jemand beunruhigt aus dem Zug.

«Jetzt hören Sie mal zu!», sagte Wiesel Rumplemeyer. «Ich weiß doch wohl, was wir gesehen haben. Es war ganz sicher ein toter

Mann in einem Robin-Hood-Kostüm. Sein Kopf war eingeschlagen, er hatte überall Blut und...»

«...einen Pfeil in der Brust, ja, ja, schon gut», rief einer seiner Freunde aus dem kleinen Zug. «Komm, Wiesel, sei vernünftig. Wir haben es alle gesehen. Es war nur eine Puppe.»

«Nein, war es nicht», sagte Wiesel stur.

«Klar war es eine Puppe», sagte ein anderer.

«Nein, war es *nicht*», wiederholte Wiesel.

«Es *sind* keine Puppen, verdammt. Es sind animatronische Strukt...» begann Milt.

«Warum sehen wir nicht einfach nach?» schlug Matt vor. «Stellen Sie bitte mal den Saft ab?»

Milt richtete sich auf. Seine Wut wich jetzt dem Stolz. «Kein Problem. Ich gebe den *Access Mode* in den Computer ein. Dann haben Sie im Tunnel genug Licht.»

«Gut.»

«Und ich komme mit, damit Sie auf nichts treten. Meine Versicherung deckt nämlich keine...»

«Okay, okay», brummte Matt. «Tun Sie einfach, was Sie tun müssen, und lassen Sie uns reingehen. Die Leute werden unruhig.»

Milt ging murrend zu seinem Computerpult und tippte die Befehle ein.

«Sieht aus wie in Cape Kennedy», murmelte George.

«Ich benutze zum Teil die gleiche Hardware», erklärte Milt förmlich. «Es ist ein hochkomplexes Operationspult – auf dem allerneusten Stand der Technik. Hören Sie, ich bin Mitglied der BES und...»

«Was ist das denn?» fragte George, während sie über die Absperrung kletterten und Matt auf den schmalen Gleisen durch die Tür in den Tunnel folgten.

«Die ‹Brüderschaft der Elektronischen Schausteller›», antwortete Milt mürrisch. Seine Stimme klang merkwürdig gedämpft, als sie durch die Schwingtüren in den *Bonechiller*-Tunnel kamen. Auch wenn alles computergesteuert war, bestand das äußere Gerüst doch aus Leinwand, Plastik und billigem Holz. «Wir haben Standards», fuhr Milt fort.

«Und wir haben ein Problem», sagte Matt. Er stand ungefähr

drei Meter vor ihnen und starrte vor sich auf den Boden. Sein Gesicht war kreidebleich.

Eingezwängt zwischen den Gleisen und der Wand, das gelbgrüne Kostüm vom Arbeitslicht grell beleuchtet, lag Peter Dill. Sein Kopf war blutüberströmt und übel zugerichtet.

Es war eine echte Leiche, und er war zweifellos ermordet worden.

Plötzlich war alles nicht mehr so lustig.

Sechzehn

«Zwei weg, bleiben fünf», murmelte Matt.

«Was?» fragte Milt Bickerstaff, der offensichtlich geschockt war von dem Anblick eines echten Toten. Im Vergleich zu den Plastikfaksimiles, auf deren Herstellung er so stolz war, gab es doch einige Unterschiede. Zum Beispiel rochen echte Tote schlecht. «Kennen Sie den Kerl?»

Matt atmete tief ein und warf George einen Blick zu. «Er ist der Vizepräsident der örtlichen Bank.»

«Ha!», begann Milt. «Bei den Zinsen, die diese Kerle verlangen, ist es kein Wunder...» Er beendete den Satz nicht, da er einsah, daß Humor in diesem Augenblick nicht angebracht war.

Matt ignorierte ihn und wandte sich an George. «Ruf die nötigen Leute an! Und sieh dich um, ob du Dr. Willis draußen findest. Oder sonst einen Arzt.» Als George zum Ausgang lief, rief er ihm nach: «Jeden Arzt außer Dan Rogers natürlich.»

George hielt an, drehte sich um und starrte Matt an. «Du glaubst doch nicht, daß das hier etwas mit Jacky Morgan zu tun hat, oder?»

«Du nicht?» konterte Matt.

«Nein!» sagte George. Er schluckte. «Na ja, vielleicht...» fügte er bedrückt hinzu. «Ich weiß es nicht.» Er sah Matt noch einen kurzen Moment an und verschwand dann, um den Auftrag auszuführen.

«Wer ist Jacky Morgan?» fragte Bickerstaff, ohne es wirklich wissen zu wollen. «Hören Sie, wie schnell können Sie den hier rausschaffen? Ich würde nämlich gern...» Er brach ab, als Matt sich umdrehte, um ihn anzusehen. Er räusperte sich und begriff. «Wollen Sie sagen, daß die Nacht für mich zu Ende ist?»

«Das will ich», sagte Matt stoisch. «Für Sie ist die Nacht zu Ende. Für uns hat sie gerade erst angefangen.»

«Höchstens eine Stunde», sagte Dr. Willis und richtete sich schwerfällig auf. Sein Ischias war mit der Kälte des Herbstes wiedergekommen, und die enge Rhett-Butler-Hose tat ihr übriges. «Wie es aussieht, wurde er hier umgebracht und dann einfach unter die Leinwand geschoben, wo man ihn nicht sehen sollte.»

«Nur daß das Licht von dem Ding –» Matt zeigte auf die drohende Gestalt eines zweiköpfigen Marsmonsters – «ihn jedesmal bestrahlte, wenn der Zug vorbeikam.» Er verzog das Gesicht. «Wenn der Mörder sich hier drinnen und mit den Lichteffekten nicht auskannte, konnte er das natürlich nicht wissen.»

«Er oder sie», sagte Dr. Willis.

«Glauben Sie, so etwas könnte eine *Frau* gemacht haben?» fragte George erstaunt. Seine Überraschung war verständlich, denn die Leiche wies schwere Wunden auf. Dills Schädel war zerschmettert und das Hirn furchtbar zerquetscht worden. Aus einigen Rissen in der Schädeldecke sickerte eine graue Masse.

«Ja», sagte Willis unbeeindruckt. «Der erste Schlag hat ihn wahrscheinlich bewußtlos gemacht. Danach brauchte man nur noch weiterzuschlagen, bis die Raserei irgendwann nachließ. Es geschah wohl wirklich in einer Art Raserei. Ich kann mindestens fünf verschiedene Schläge mit einem stumpfen Gegenstand erkennen. Ein gewöhnlicher Stein, würde ich vermuten. Ungefähr so groß wie eine Grapefruit. Mit scharfen, unregelmäßigen Kanten.»

«Wie dieser dort», sagte Matt und zeigte auf einen Stein voller Flecke, der halb von der Leinwand bedeckt wurde und ungefähr einen Meter von der Leiche entfernt lag. Zusammen mit vier oder fünf anderen diente er zur Befestigung eines der rauhen Pfosten, die die Leinwand des *Bonechiller* stützten.

Doc Willis senkte den Kopf und blinzelte über seine Brillenränder. «Genau wie der», stimmte er zu.

«George...» sagte Matt, auf den Stein zeigend.

«Ja», sagte George und zog ein sauberes Taschentuch aus der Gesäßtasche seiner Gendarmen-Uniform. Er wickelte das Taschentuch um den Stein, faßte ihn mit spitzen Fingern an, richtete sich wieder auf und hielt ihn von sich weg. «Keine Plastiktüten», sagte er mit besorgter Stimme. «Dachte nicht, daß wir sie heute nacht brauchen.»

«Laß dir was einfallen!», sagte Matt.

George wirkte einen Moment verwirrt, dann glättete sich seine Stirn. Aus seiner Gesäßtasche zog er eine Packung Kondome, entnahm eins, packte es aus und streifte die flexible Hülle mit einiger Mühe über die vermeintliche Mordwaffe.

«Meine Güte, George», sagte Matt vorwurfsvoll.

«Was soll's» sagte George. «Ist doch steril, oder?» Er marschierte selbstzufrieden davon, wobei sich die Kondompackung deutlich an der Gesäßtasche seiner engen Kostümhose abzeichnete. Er half mit, doch sein Engagement hielt sich in Grenzen. Der Grund dafür lag auf der Hand.

George Putnam wußte nun, daß Matt einem der fünf Beteiligten des «Jacky-Morgan-Falls» den Mord an Peter Dill zutraute – und einer dieser fünf war sein Vater. Auch wenn er nicht besonders gut mit Carl Putnam auskam, wollte er noch lange nicht, daß man ihn des Mordes verdächtigte.

«Das ist alles sehr bedauerlich», sagte Dr. Willis mit gesenkter Stimme. «Peter war in Blackwater sehr angesehen. Weiß seine Frau schon davon?»

«Charley sucht sie gerade», sagte Matt. «Er soll ihr nur sagen, daß es einen Unfall gegeben hat, und sie zu dem Erste-Hilfe-Zelt führen.»

«Möchten Sie, daß ich es ihr sage?» fragte Willis.

«Dafür wäre ich Ihnen sehr dankbar», sagte Matt. «Sie werden es besser können als ich.»

«Sollte ich eigentlich», stimmte Willis zu. «Bei vierzig Dienstjahren kommen eine ganze Menge Fälle zusammen, und längst nicht alle sind erfolgreich. Man gewöhnt sich daran, den Leuten schlechte Nachrichten zu überbringen.»

«Wirklich?» fragte Matt.

Willis seufzte. «Nein», sagte er nachdenklich. «Das war eine Lüge. Aber man gewöhnt sich wohl daran zu lügen.»

Als Matt aus dem *Bonechiller* kam, standen auch Tilly und Albert Budd in der Menge. Die Leute warteten noch immer vor dem *Bonechiller* und sahen zu, wie Milt Bickerstaff ein Schild aufhängte mit der Aufschrift «Wegen technischer Schwierigkeiten außer Betrieb».

«Das mit den technischen Schwierigkeiten stimmt nicht, oder?» fragte Tilly mit leiser Stimme, die im Lärm des Jahrmarktes kaum zu verstehen war. Die Nachricht von Dills Tod war noch nicht weiter vorgedrungen als bis zu den ersten Buden um den *Bonechiller* – aber das würde sich schnell ändern.

Matt seufzte. «Nein», stimmte er ihr zu. Er erzählte ihr, was passiert war. Albert Budd wirkte schockiert und irgendwie verärgert.

«Verdammt, das kommt ungelegen», murmelte er. «Ich hatte für morgen einen Termin mit Peter vereinbart, um über einige geschäftliche Angelegenheiten zu sprechen. Es gab anscheinend einige Unstimmigkeiten über Zahlung...»

«Das ist jetzt völlig egal, Albert», unterbrach Tilly entschlossen.

Er sah zu ihr hinunter. «Ja... ja, ich glaube, du hast recht», sagte er langsam. «Entschuldigung, Til. Die Macht der Gewohnheit. Ich vergesse immer, daß es um Menschen geht, und denke nur an...» Er gestikulierte vage mit den Händen. «Ihr müßt verstehen, daß ich praktisch aufgehört habe, ein mitfühlender Mensch zu sein», sagte er pathetisch. «Wenn man ein großes Geschäft aufbaut, kosten soziale Kontakte einfach zuviel Zeit und Energie. Man muß sich völlig auf die Arbeit konzentrieren.»

«Und was fängst du jetzt mit deiner so verdammt wertvollen Zeit und Energie an, wo du das Geschäft *verkauft* hast?» fragte Tilly ungeduldig. «Einen neuen Planeten entdecken oder eine schwarze Rose züchten?»

Er rang sich ein Lächeln ab. «Das wäre schön, oder?»

Glen Hardwicke kam herbeigelaufen, sein rotgestreifter Umhang flatterte im Wind. Je länger das Ganze dauerte, desto lächerlicher sahen sie alle aus, dachte Matt. Er sehnte sich von ganzem Herzen nach seinen Khakihosen und der Lederjacke, die er gewöhnlich trug. Zumindest kannte er sich da in seinen Taschen aus, Bleistifte hier, Notizbücher dort und so weiter. In der Erwartung, die Sachen an ihrem gewohnten Platz zu finden, klopfte er sich nun ständig an die Brust und die Hüften. Es war schwer, amtlich zu wirken, wenn man sich wie ein Idiot fühlte.

«George hat mir gerade erzählt...» Glen warf einen Blick in die Menge und schwieg vorsichtshalber. «Was soll ich tun, Matt?»

«Wenn ich das nur wüßte, verdammt», sagte Matt. «Wir können nicht alle Anwesenden hier festhalten – und der Mörder hat das Gelände wahrscheinlich längst verlassen.»

«Wir könnten die Tore schließen und die Personen erfassen...» begann Glen.

«Die Hälfte der Leute verschwindet einfach hinten heraus», sagte Matt und warf Albert einen Blick zu. «Reine Zeit- und Energieverschwendung.»

«Genau», stimmte Albert zu und schlug mit der Faust in die offene Hand. «Zuerst entscheiden, was wichtig ist, und dann in der richtigen Reihenfolge vorgehen. Prioritäten setzen.»

«Und die Menschen ausklammern», fügte Tilly mit einiger Schärfe hinzu.

«Na ja, schön ist es vielleicht nicht, aber es funktioniert», erwiderte Albert.

«Doc Willis hat gesagt, Peter wäre vor ein bis zwei Stunden umgebracht worden», murmelte Matt, während er auf die vorbeilaufenden Scharen sah, die sich immer noch vergnügten. Die Luft war erfüllt von dem Rumpeln der wirbelnden Karussells und der begleitenden Musik, dem Piepen und Fiepen der *Space-Invader*-Automaten, von Geschrei und Gelächter und den hämmernden Schlägen aus dem Disco-Pavillon. Das Fest ging weiter, während er hier stand und überlegte, wie er bei diesem Mord an einem angesehenen Bürger der Gemeinde «Prioritäten setzen» sollte.

Aber das Fest würde bald vorbei sein.

Die Leute, die in der Nähe des *Bonechiller* gestanden hatten, als die grausige Entdeckung gemacht worden war, mischten sich bereits unter die Menge und verbreiteten die Neuigkeit – oder ihre Versionen davon. Bis die Geschichte das andere Ende des Platzes erreicht hatte, würde es heißen, daß neunzehn Leute im *Bonechiller* getötet und dreiundvierzig verletzt worden waren, weil (1.) ein Zug entgleist, (2.) ein Verrückter mit einer Axt Amok gelaufen war, (3.) nach einem Kurzschluß alle einen Stromschlag erlitten hatten oder (4.) Marsmenschen in Blackwater gelandet waren. Er konnte nichts dagegen unternehmen. Es würde genügend Vermutungen, Verdächtigungen und Alibis geben, um sechs Notizbücher zu füllen, und alle wären nutzlos.

Verglichen mit dem Durcheinander, mit dem er jetzt fertig werden mußte, war der Mordfall im Sommer so kompliziert wie die Entführung eines Kanarienvogels gewesen. Zum einen konnte man den Ort des Mordes nicht klar eingrenzen. Den Sportplatz umgab zwar ein hoher Zaun, doch hatten die Kinder an vielen Stellen Löcher hineingemacht, um schneller auf den Schulhof zu gelangen. Es hatte den ganzen Abend ein reges Kommen und Gehen geherrscht. Und es war eine Nacht, in der es niemanden überraschte, wenn jemand herumschlich oder sich verdächtig benahm. Wenn jemand etwas Verdächtiges bemerkt hätte, hätte er es wohl als Teil eines *Howlers* abgetan. Und mögliche Zeugen waren wahrscheinlich längst nach Hause gegangen und hatten das Ganze vergessen.

Zum anderen befanden sich noch eine Menge Leute auf dem Platz. Zu viele, wenn es darum ging, die Ordnung zu wahren. Es gab bestimmt noch genügend Besucher, die Ärger machen würden, da alle leicht angeheitert bis sturzbetrunken waren. Die Menge würde aufhören zu feiern und sich um den *Bonechiller* versammeln, die Frauen mit ihren entnervenden schrillen Stimmen, die Männer zornerfüllt, aber noch ohne ein bestimmtes Ziel. Sie würden sich hineindrängen und...

«Ach, Scheiße», sagte er plötzlich und löste sich von seinen Hirngespinsten. «Glen, versuch Bill Cowley und die anderen angeheuerten Deputies aufzutreiben und schaff sie hierher. Ich will das ganze Gelände abriegeln. Wir brauchen das Flutlicht und...» Er zählte auf, was er für die Absperrung des Tatorts benötigte. Während er sprach, fiel sein Blick auf Albert, und er bemerkte dessen zufriedene Miene. Denkt er, daß ich jetzt «Prioritäten setze» und mich wie ein Profi benehme? Wie wenig weiß Albert davon, wie wenig Matt weiß, dachte er.

«Tilly», sagte er, «du gehst ins Büro und rufst den Coroner in Hatchville an. Sag ihnen, was passiert ist. Sie sollen jemanden schicken, der hier seine Routineshow abzieht. Wir wollen...» Er brach ab, weil eine Frau aus der kostümierten Menge auf ihn zustürzte. Es war Mrs. Dill in ihrer Maid-Marian-Verkleidung.

«Evelyn...» begann Matt und streckte beide Arme aus, um sie

vom Eingang fernzuhalten. Dabei hörte und spürte er, wie die Schulternähte seines Leihkostüms rissen. Jetzt *fühlte* er sich nicht nur wie ein Idiot, sondern sah auch wie einer aus. Als nächstes würde bestimmt die Hose platzen.

«Er ist nicht tot! Er ist es nicht...» schluchzte Evelyn Dill. «Ich will ihn sehen! Laßt mich durch...»

Tilly ging einen Schritt vor. «Nein, Evelyn», sagte sie, legte ihre Arme beruhigend um die hysterische Frau und hielt sie dadurch auf. «Du willst ihn jetzt nicht sehen. Ist schon gut, Evelyn... Ist schon gut...»

«Ich habe nach meinem Wagen geschickt», sagte Albert, der überraschend erschüttert war für einen Mann, der das Menschsein praktisch aufgegeben hatte. «Wir können sie nach Hause bringen.» Er sah sich um. «Ist hier niemand...»

Nonie Peach kam zwischen einem ein Meter achtzig großen Grashüpfer und einer ebensogroßen Mickymaus hervor. «Ich begleite sie nach Hause», sagte sie.

Evelyn sah die üppige Bauchtänzerin, die mit ausgestreckten Armen auf sie zukam, verstört an. Sie trat einen Schritt zurück. «Wer sind Sie?» fragte sie mit erstickter, stockender Stimme.

«Ich bin Nonie, die Tochter von Mrs. Peach», erklärte Nonie ihr ruhig. «Ich wohne bei Ihnen gegenüber.»

«Oh», sagte Evelyn, etwas besänftigt. «Ja. Tut mir leid. Sie sehen so... so anders aus.»

Nonie sah auf ihr Kostüm herunter. «Ja, das stimmt – ich muß zugeben, daß es sich von den üblichen Jeans und Pullovern unterscheidet.»

Doc Willis erreichte sie leicht schnaufend. Er hatte es nicht geschafft, mit der ihm anvertrauten Patientin Schritt zu halten. «Ich werde einige Pillen schicken, die sie einnehmen soll», flüsterte er Nonie mit pfeifendem Atem zu. «Das beste wird sein, wenn sie bis morgen durchschläft.»

«Ich werde darauf achten, daß sie sie nimmt und sich schlafen legt», versprach Nonie. «Kommen Sie, Mrs. Dill.»

«Aber ich kenne Sie doch kaum...» protestierte Evelyn mit dumpfer Stimme, ging aber gehorsam mit blassem Gesicht und wackeligen Schritten mit. Nonie nahm sie fest in den Arm. Die Menge teilte sich vor ihnen, um sich hinter ihnen sofort wieder zu schließen, wie Treibsand einen heruntergefallenen Stein umschloß. Die Leute waren nun ruhig. Gafften nur. Sahen sich die Vorstellung einfach an.

Zwei Stunden später war das Fest vorbei.

Die Karussells standen still, die Musik war abgestellt worden, Geschrei und Gelächter waren verklungen. Ein Abend, der soviel Witz und Aufregung versprochen hatte, hatte sich als etwas *zu* aufregend erwiesen, und das Ende war alles andere als witzig gewesen. Die Leute waren voller Vorfreude und Erwartung gekommen und hatten stolz ihre Kostüme präsentiert. Sie verließen den Platz mit hängenden Köpfen und kamen sich ziemlich albern vor.

Die *Howler*, die vor der Nachricht von Peter Dills Tod verübt worden waren, waren nicht mehr lustig und wurden kaum noch beachtet. Diejenigen, die nach Hause kamen und feststellten, daß jemand die Wohnzimmermöbel an die Decke genagelt hatte, daß alle Etiketten von den Konserven entfernt worden waren oder daß jemand die Äpfel ihres prämierten Apfelbaums mit Süßkartoffeln vertauscht hatte, seufzten nur müde und gingen ins Bett.

Der junge Mediziner vom Coroner-Büro in Hatchville war gekommen und hatte den übel zugerichteten Körper Peter Dills in einem schwarzen Sack mitgenommen. Bevor der Leichnam entfernt wurde, hatte Harry Foskett die zweifelhafte Ehre, ihn *in situ* zu fotografieren, ebenso wie den gesamten *Bonechiller*, innen und außen. Die Bilder erschienen nicht im *Chronicle*, aber die Motive würden noch lange durch seine Träume geistern. Er dachte sich, daß er eines Tages vielleicht etwas mit den Negativen anfangen würde, ein fotografisches Kunstwerk mit einer wichtigen Aussage schaffen würde – aber noch war es zu frisch.

Emily Gibbons hatte ihren ganzen beruflichen Ehrgeiz zusammengerafft und einige stimmungsvolle Skizzen notiert, um einen Artikel für die nächste Ausgabe des *Chronicle* zu verfassen, aber ihr Vater – ein Reporter, der bereits durch eine härtere Schule gegangen war – hatte schon genügend Fakten gesammelt, um die Nachrichtenagenturen mit einer Story zu versorgen, und war ins Büro zurückgekehrt, um die Geschichte noch rechtzeitig für die Morgenausgabe der wichtigsten Zeitungen in Grantham City zu übermitteln.

Blackwater Bay würde also schon wieder Schlagzeilen machen. Die unerwartete Anwesenheit des exzentrischen Millionärs Albert Budd war ein zusätzlicher Grund für das Interesse der großen Zeitungen. Die Beteiligten auf dem Sportplatz empfanden Alberts Anwesenheit allerdings eher als Strafe. Er dachte offenbar, daß sein Ratschlag überall benötigt würde. Ständig hörte man sein «Ich an Ihrer Stelle würde dies oder jenes tun...» oder «Es scheint mir angebracht, so und so vorzugehen...» oder «Versuchen Sie einfach, es *so* zu machen...», bis alle kurz davor waren, ihn zum zweiten Opfer zu machen. Schließlich mußte Matt ihm sagen, daß er, wenn er *wirklich* helfen wollte, zu dem Erste-Hilfe-Zeit gehen und Frank Boomer bitten sollte, die Gruppe, die man dort versammelt hatte, ins Büro zu bringen. Er sagte Albert, daß er sich ihnen anschließen sollte.

Nachdem Albert zielstrebig davongeeilt war, suchten sie weiter das Gelände um die äußere Plane des *Bonechiller* ab. Matt war sicher, daß er den genauen Tatort gefunden hatte und hatte ihn mit Pfählen markiert. Seine Aushilfsdeputies – sechs hatten sie auftreiben können – krochen auf Händen und Füßen durch das Gras und suchten. Bisher hatten sie lediglich zwei gebrauchte Kondome, neunundzwanzig Schokoriegelverpackungen, sechs Raketenstöcke vom Feuerwerk, ein Puppenbein, eine Menge Hundekot und eine tote Ringelnatter gefunden.

Da das ganze Gelände nun mit Flutlicht ausgeleuchtet wurde, kostete es einige Mühe, sich den Ort zum Zeitpunkt des Mordes vorzustellen. Die Umgebung des *Bonechiller* mußte in völliger Dunkelheit gelegen haben, weil sie sich am Südende des Feldes befand. Da die Jahrmarktslichter nur die gegenüberliegende Seite erleuchtet hatten, war dies ein erstklassiger Ort für ein abgeschiedenes Treffen von Leuten, die nicht zusammen gesehen werden wollten. Es hatte sich wohl um ein verabredetes Treffen gehandelt, da Matt sich nicht vorstellen konnte, daß dort jemand ohne Grund herumspazierte – von den Benutzern der gebrauchten Kondome einmal abgesehen. In diesem Fall lag es nahe, daß Peter Dill seinen Mörder gekannt und ihm vertraut hatte.

Oder seinen Mördern.

«Klingt logisch, oder?» fragte Matt George.

«Ja, schon», sagte George. Er sah etwas blaß aus, was nicht

daran lag, daß er einen schlimm zugerichteten Toten gesehen hatte. Er hatte schon Schlimmeres gesehen. Er holte tief Luft.

«Ich verstehe einfach nicht, warum du so von dieser Jacky-Morgan-Sache besessen bist», platzte es schließlich aus ihm heraus. «Warum zum Teufel kann es kein gewöhnlicher Raub gewesen sein? Oder ein eifersüchtiger Ehemann? Oder irgendein Betrunkener aus Lemonville, der...»

«Der was?» fragte Matt.

«... der Geld wollte?»

«Es waren noch fünfzig Dollar in der Tasche seines Kostüms», betonte Matt.

«Na ja, vielleicht hörte er jemanden kommen und hatte keine Zeit, ihn zu durchsuchen. Deshalb hat er ihn unter die Plane geschoben», erwiderte George.

«Das könnte er gemacht haben, um mehr Zeit zu haben, sich aus dem Staub zu machen», sagte Matt.

«Er brauchte nur zwei Minuten, um sich wieder unter die Leute zu mischen», sagte George.

«Oder sie», sagte Glen Hardwicke. «Hat Doc Willis nicht gesagt, daß es auch eine Frau gewesen sein könnte?»

«Ja», sagte George, dessen Laune spürbar stieg. «Ja, genau.»

«Noch habe ich niemanden beschuldigt», betonte Matt.

«Ja, klar – aber du denkst an die Jacky-Morgan-Sache, stimmt's?»

«Es gibt jedenfalls einen merkwürdigen Zusammenhang», sagte Matt.

«Ach, verdammt. Du sagst doch selbst immer, daß die meisten Dinge nur scheinbar zusammenhängen», erwiderte George scharf. «Wenn Tom Finnegan an Krebs gestorben wäre und das hier wäre passiert, hättest du keinen zweiten Gedanken daran verschwendet.»

«Stimmt», gab Matt zu. «Hätte ich nicht. Aber Tom ist nicht an Krebs gestorben, er ist mit seinem Auto unter mysteriösen Umständen verunglückt und...»

«Für die State Police war es ein Unfall!» unterbrach George mit leicht erhobener Stimme.

Matt stand auf. «Immer mit der Ruhe, George», sagte er. «Du regst dich zu sehr auf.»

«Was zum Teufel soll das denn heißen?» wollte George wissen.

Matt seufzte. «Das heißt, daß du dir zu viele Sorgen um deinen Vater machst. Als ob du glaubst, daß er es doch getan hat.»

«Das habe ich nie gesagt!»

Matt hob eine Augenbraue. «Ich auch nicht, George», sagte er ruhig. «Ich auch nicht.»

«Aber du denkst darüber nach», sagte George wieder.

«Ja, natürlich», stimmte Matt zu. «Ich denke über viele Sachen nach. Das ist nur eine davon.»

Siebzehn

Max' Nachtroutine war völlig durcheinander geraten. Zuerst war Tilly in das Sheriffsbüro geplatzt. Sie hatte geschäftig herumtelefoniert und mit sich selbst gesprochen, war dann wieder hinausgestürmt und hatte die Tür hinter sich zugeknallt. Er hatte es sich gerade wieder in einer der Aktenkisten gemütlich gemacht, als die Tür donnernd wieder aufgestoßen wurde und Frank Boomer mit fünf verärgerten Männern hereinkam, die alle wütend durcheinanderredeten. Resigniert stand der große rote Kater auf, streckte sich, faltete die Beine unter sich und ging in Warteposition, um alles zu beobachten.

Eine halbe Stunde später stieg Matt aus seinem Auto und ging auf das Büro zu. Er hielt kurz an, um einen Blick durch das Fenster zu werfen. Drinnen warteten sieben Männer auf ihn: seine Deputies Charley Hart und Frank Boomer, dazu Jack Fanshawe, Dan Rogers, Albert Budd, Carl Putnam und Merrill Atwater. Tilly hatte ihre Arbeit offenbar erledigt und war froh gewesen, nach Hause zu können.

Er bemerkte, daß die fünf «Verdächtigen» in einiger Entfernung voneinander saßen und sich auch nicht ansahen. Er überlegte, konnte sich aber nicht erinnern, daß er sie jemals wie Freunde oder Kumpel miteinander hatte umgehen sehen. Was immer in der Vergangenheit vor sich gegangen war, hatte sie einander nicht nähergebracht.

Frank und Charley waren die einzigen, die nicht verärgert aussahen. Matt holte tief Luft, öffnete die Tür und betrat das Büro. Acht Köpfe drehten sich zu ihm um – Max' und die der sieben Männer.

Der Bürgermeister ergriff als erster das Wort. Seine Jovialität klang eher verkrampft. «Nun, Matt? Wir sind gespannt, warum du uns hier alle zusammengerufen hast.»

«Matt lächelte müde und wandte sich an seine Deputies. «Danke, Jungs.» Er zog seine Kostümjacke aus, besah sich reuevoll die geplatzten Nähte, nahm seine alte blaue Strickjacke vom Hutständer und schlüpfte hinein.

«Brauchst du uns hier noch?» fragte Frank. Er hatte normalerweise keinen Nachtdienst.

«Ja, bitte.» Matt wandte sich an die anderen. «Ihr habt alle gehört, was mit Peter Dill passiert ist?»

«Natürlich.» Es war Dan Rogers, dessen Verkleidung als Unfallopfer noch realistischer und furchtbarer aussah als vorher. «Albert behauptet, er wäre ermordet worden. Ich nehme an, das ist ein etwas makabrer *Howler*, den du dir ausgedacht hast!»

«Leider nicht», sagte Matt. «Peter Dill *ist* tot. Sein Schädel wurde mit einem Stein eingeschlagen, und einer der Pfeile von seinem Kostüm wurde ihm durch die Brust gestoßen. Der Mörder gehört offenbar zu den Leuten, die gern auf Nummer sicher gehen. Dills Körper wurde dann unter die Plane aus Leinentuch geschoben, die die Geisterbahn, den sogenannten *Bonechiller*, umgibt. Der Mörder hat wahrscheinlich gehofft, daß die Leiche dort gut versteckt ist und er – oder sie – genug Zeit hat zu entkommen. Leider lag die Stelle genau unter einem Licht, das jedesmal anging, wenn ein Zug vorbeikam. Das Licht sollte ein zweiköpfiges Monster anleuchten. Es beleuchtete aber auch Peter Dills Leiche. Sein Gesicht war nicht dem Gleis zugewendet und sein eingegipster Fuß hatte sich im Leinentuch verfangen, so daß keiner einen wirklichen Menschen in ihm vermutete. Auf dem Fest heute abend gab es eine ganze Menge Männer, die sich als Robin Hood verkleidet hatten. Wegen der reißerischen Gestaltung des *Bonechiller* dauerte es eine ganze Weile, bevor sich einige Kunden tatsächlich bei dem Besitzer, einem Mr. Bickerstaff, beschwerten, daß seine Robin-Hood-Figur zu realistisch wäre. Er hatte natürlich keine solche Figur.»

«Du lieber Gott», murmelte Rogers. Er ließ sich auf Georges Stuhl fallen und stützte sich auf seine Krücken, als könnten sie ihm Halt geben.

«Okay, okay. Gut gemacht, Matt», sagte Jack Fanshawe, der sich von seinem Platz auf der breiten Fensterbank erhob, wobei sein arabisches Gewand ihn effektvoll umwehte. Die Verkleidung mit ihrem romantischen Kopfschmuck und den aufgesetzten Borten stand ihm ausgezeichnet. «Albert hat uns wirklich beeindruckt, als er von der Leiche und allem erzählt hat. Jedenfalls, wenn es dich glücklich macht: Ich bin richtig eingeschüchtert. Aber ich bin auch verdammt müde und würde jetzt gern nach Hause gehen.»

«Das hier ist kein Witz», sagte Matt ernst.

«Du hast etwas von ‹er oder sie› gesagt», meldete sich Carl Putnam. «Willst du damit sagen, daß der Mörder auch eine Frau gewesen sein könnte?»

Fanshawe drehte sich zu ihm um. «Von was für einem Mörder redest du denn, verdammt? Begreifst du nicht, daß sich Matt nur einen Scherz erlaubt? Es gibt keinen Mörder und keine Leiche. Ich wette, Peter ist längst zu Hause und schläft. Oder er ist eingeweiht.» Er wandte sich wieder an Matt. «Habe ich recht? Hat er genauso mitgespielt wie unser zugereister Millionär? Kommt er in einigen Minuten hier hereinspaziert und schüttet sich aus vor Lachen? Komm schon, Matt – es ist schon spät, und es ist wirklich nicht komisch.»

Matt ignorierte ihn und beantwortete Putnams Frage. «Nicht ich, sondern Doc Willis sagt, daß es eine Frau gewesen sein könnte», sagte er, setzte sich auf die Kante seines Schreibtisches und fuhr sich mit der Hand durchs Haar. «Ich stimme nicht mit ihm überein, aber er versteht wahrscheinlich mehr davon als ich. Ich glaube, daß Peter Dill von einem Mann getötet wurde. Oder von mehreren Männern.»

«Einen Moment. Soll das heißen, daß Sie einen von uns verdächtigen?» fragte Albert Budd. Er klang eher neugierig als verärgert. Obwohl man ihn gebeten hatte, hier mit den anderen zu warten, hatte er diese Möglichkeit offenbar noch nicht in Betracht gezogen. Er saß in Matts Sessel, als ob es sein angestammter Platz wäre.

«Jetzt ist's aber gut», sagte Dan Rogers. «Du bist weit genug gegangen.»

«Da muß ich ihm recht geben, Matt», sagte Bürgermeister Atwater. «Deine Männer haben uns hierher getrieben, ohne daß wir miteinander sprechen durften. Sie haben sich sehr ernst und förmlich aufgeführt. Sie haben gesagt, daß wir den Raum nicht verlassen dürfen, und haben sogar ihre Waffen berührt, damit es richtig ernst aussieht...»

«Aber es ist einfach nicht komisch», beendete Fanshawe den Satz.

«Es soll auch nicht komisch sein, und ich mache keine Witze», sagte Matt, der immer ungeduldiger wurde. «Wenn ihr mit anderen Leuten gesprochen hättet, dann wüßtet ihr, daß ich die Wahrheit sage. Wenn ihr nicht auf meinen Befehl isoliert worden wärt, hättet ihr gesehen, wie der Coroner Peter Dills Leiche abgeholt hat. Albert Budd steckt nicht mit mir unter einer Decke. Es ist kein Streich. Peter Dill wurde ermordet.» Er wandte sich an Rogers. «Dan, ich möchte dich bitten, deinen Verband abzunehmen und hierzulassen», sagte Matt. «Ich hoffe, du hast eine Jacke dabei.»

Rogers stand verärgert auf. «Warum?»

«Weil es keine bessere Möglichkeit gibt, richtige Blutspuren zu verstecken, als sie mit falschen zu vermischen», sagte Matt gelassen. «Vielleicht täusche ich mich, aber du siehst etwas blutverschmierter aus als vorhin. Außerdem gehst du auf einmal auf Krücken – und Dills Krücken sind verschwunden.»

Rogers wurde rot. «Verdammt, das kannst du mit mir nicht machen. Du hast recht, daß ich blutiger bin als vorher. Einer von Mary Wendells Söhnen hat auf dem Riesenrad Nasenbluten bekommen. Rein psychologische Sache natürlich, weil die Höhe nichts... na ja, jedenfalls habe ich mich um ihn gekümmert.» Er hob einen verbundenen Arm. «Das ist das Blut von dem Jungen, nicht Dills, und der Rest ist nur Farbe.»

«Aber es könnte sein, oder?» fragte Matt.

«Nein, könnte es nicht, weil ich Peter Dill nicht *getötet* habe», sagte Rogers scharf. «Ich bin Arzt und kein Mörder. Aber wenn du deinem Hirngespinst unbedingt nachjagen mußt, überlasse ich dir zu gern meine armseligen Verbände. Was die Krücken angeht: Ich habe sie auf dem Jahrmarkt herumliegen sehen. Sie tragen die Markierung des Krankenhauses. Ich habe sie für den Fall behalten, daß nach ihnen gefragt wird oder sie gebraucht werden.»

«Wo hast du sie gefunden?»

«An dem...» Rogers bekam plötzlichen einen entsetzten Ausdruck. «...an dem Tor von diesem *Bonechiller.*» Er ließ die Krücken fallen. «Meine Güte – es sind bestimmt seine.»

«Damit hätten wir eine perfekte Erklärung, warum deine Fingerabdrücke auf ihnen zu finden sind», stellte Matt fest.

Rogers sah ihn wütend an. «Du glaubst wohl, du hast den Fall schon gelöst.»

«Überhaupt nicht. Ich möchte nur, daß du begreifst, wie ernst die Sache ist. Gib Frank bitte dein Kostüm.»

Rogers sah aus, als würde er jeden Moment explodieren, aber dann begann er, die Verbände abzunehmen. «Verlangst Du auch die Kleidung meiner Freunde hier?» fragte er mit schneidender Stimme.

«Das tue ich», sagte Matt.

«Aber... das ist absurd!» explodierte Albert Budd. «Verdammt, Gabriel, wissen Sie eigentlich, was Sie hier tun? Warum sollen gerade wir Ihnen unsere Kleidung geben? Was ist mit den Hunderten von Leuten, die auf dem Jahrmarkt waren? Schleppen Sie die auch hierher und bitten sie, sich auszuziehen? Warum hat man *uns* hierhergeschleppt? Warum glauben Sie, daß einer von *uns* Peter getötet hat?»

«Wegen Jacky Morgan», sagte Matt.

Einen Moment lang herrschte Totenstille.

Dann sprachen alle durcheinander.

Achtzehn

Als seine Verdächtigen sich beruhigt hatten, sah sie Matt der Reihe nach an. «Zunächst ist Tom Finnegan unter Umständen verunglückt, die ich für verdächtig halte. Er starb mit dem Namen Jacky Morgan auf den Lippen und dem Wunsch, etwas zu gestehen. Später habe ich herausgefunden, daß Tom und Peter Dill und ihr fünf irgendwie an dem Tod eines Jungen namens Jacky Morgan beteiligt wart – ein Vorfall, der Tom Finnegan zu schaffen machte.»

«Wir waren nicht *beteiligt*», warf Carl Putnam ein. «Wir waren nur zufällig am selben Ort, als es geschah.»

«Danke. Mir hat dieser Zufall zu denken gegeben. Aber ich hatte keinen Grund, mit den Ermittlungen fortzufahren.»

«Was für Ermittlungen?» fragte Jack Fanshawe.

Matt beachtete ihn nicht. «Heute nacht ist Dill – *noch* einer aus der Gruppe – brutal ermordet worden. Und siehe da, ihr seid alle wieder am Tatort – genau wie vor dreißig Jahren. Sogar Albert, der seit Jahren nicht mehr in Blackwater Bay gesehen wurde. Natürlich bin ich ein vernünftiger Mensch – ich sehe ein, daß um uns herum pausenlos Zufälle geschehen. Trotzdem werden es mir in unserem Fall langsam zu viele. Ich möchte deshalb wissen, was in jener Nacht passiert ist.»

«In welcher Nacht?» fragte Albert Budd. «Die Nacht, in der Tom mit seinem Auto verunglückt ist? Ich war nicht in Blackwater und kann es beweisen.»

«Nein, in der Nacht, als Jacky Morgan starb.»

Alle starrten ihn an. Jack Fanshawe erholte sich als erster. «Meine Güte, das liegt über dreißig Jahre zurück! Ich kann mich nicht mal erinnern, was ich letzte *Woche* gemacht habe.» Er sah die anderen an, aber sie wichen seinem Blick aus. «Kannst *du* dich erinnern, was du an einem bestimmten Abend der letzten Woche gemacht hast?» fragte er schließlich Merrill Atwater.

«Verdammt, nein», murmelte Merrill.

«*Ich* habe einen Kometen verfolgt. Ich habe ihn schon den ganzen Monat verfolgt. Eigentlich müßte ich das auch jetzt tun. Es gibt einen...» Albert Budd geriet wieder in Begeisterung über sein Hobby.

«Und die Nacht, in der Jacky Morgan starb? Haben Sie den Kometen da auch verfolgt?» unterbrach Matt ihn.

«Natürlich nicht. Wir waren eine arme Familie. Damals hatte ich noch kein Teleskop, das so stark vergrößern konnte.»

«Haben Sie Jacky Morgan getötet?» fragte Matt unvermittelt.

Budd blinzelte und wurde blaß. «Du lieber Himmel», sagte er. «Was für eine Frage!»

«Jetzt hör mal zu, Matt...» sagte Carl Putnam und erhob sich. «Das ist lächerlich. Du solltest *Peters Tod* untersuchen, statt deine Zeit mit einem Unfall zu vertrödeln, der vor etlichen Jahren passiert ist und damit überhaupt nichts zu tun hat. Du solltest auch nicht versuchen, aus einem Unfall einen Mord zu machen. Du kommst deinem Beruf nicht nach. Du wurdest gewählt, um die Leute zu beschützen, die ihre Stimme für dich abgegeben haben, nicht um in der Vergangenheit herumzustochern. Du kannst gegen uns nicht mehr vorbringen als gegen jeden anderen, und wenn du nicht gerade vorhast, uns wegen Mordverdachts zu *verhaften*, dann schlage ich vor, daß wir die Sache hier beenden. Hast du vor, uns zu verhaften? Alle? Einen von uns?»

Matt sah Putnam in die Augen. «Ich weiß es nicht», gab er zu.

«Na ja, wenn du dich entschieden hast, weißt du ja, wo du uns erreichen kannst. Jetzt verlassen wir dich erst einmal. Gute Nacht.» Er ging auf die Tür zu.

«Frank?» sagte Matt ruhig.

Boomer stellte sich vor die Tür, eine Hand auf dem Pistolenhalfter, die Augen starr geradeaus gerichtet. Er liebte die Angelegenheit und konnte es kaum erwarten, seiner Frau davon zu erzählen. Er baute sich breitbeinig und einsatzbereit auf, so wie er es bei T. J. Hooker im Fernsehen gesehen hatte. Komm schon, Klugscheißer, versuch mal, hier durchzukommen, sagte er zu sich selbst.

«Geh mir aus dem Weg, Frank!», sagte Putnam, und Frank Boomer blinzelte.

«Sheriff Gabriel ist noch nicht fertig», erwiderte Frank mit trokkenem Mund. Als er Putnams Miene bedachte und die selbstsichere Art, wie er auf die Tür zugegangen war, kam er ins Grübeln, ob er dem Fernsehen auf Kosten seines Jobs wirklich nacheifern sollte. Bereit zu sein war das eine. Tatsächlich etwas zu tun das andere. Es handelte sich immerhin um Carl Putnam, den hiesigen Bezirksanwalt. Wenn es Fanshawe gewesen wäre – das wäre etwas anderes. Er hätte nichts dagegen gehabt, Jack Fanshawe zu verhaften, schon weil seine Frau immer so von ihm schwärmte. Aber Carl Putnam? Er warf Matt einen kurzen Blick zu. Sollte er gegen Carl Putnam wirklich handgreiflich werden, Himmel noch mal?

Charley ließ sich vernehmen. «Du mußt dich entscheiden, Matt», sagte er. «Wir haben nicht genug Zellen, um sie alle hierzubehalten. Jedenfalls *noch* nicht.»

Die Blicke der fünf richteten sich alle auf Matt. Ein Lächeln huschte über ihre Gesichter.

«Nun?» fragte Putnam Matt. «Willst du mich belasten oder nicht?»

Matt sah ihn und dann die anderen an.

Er sah Frank, Charley und schließlich Max an.

Sie haben mich, Max, dachte er. Ich habe nur mein ungutes Gefühl und nicht genug Platz in der Herberge.

Er gab sich für heute nacht geschlagen, verbot ihnen aber, die Stadt zu verlassen. So wußte er zumindest, wo er sie am Morgen finden konnte.

Frank Boomer brachte Carl Putnam und Dan Rogers nach Hause, ließ sie sich umziehen und nahm dann die Kostüme mit. Charley Hart brachte Mayor Atwater und Jack Fanshawe nach Hause und machte es ebenso. Matt brachte Albert Budd in das *Ventnor Hotel* und behielt auch dessen Kleidung für die Spurensicherung.

Alle fünf beschwerten sich darüber, «schikaniert» zu werden. Jeder einzelne beschwerte sich darüber, aufgrund eines «uralten» Verbrechens verdächtigt zu werden. Und jeder einzelne beteuerte seine völlig Unschuld am Tode Dills oder irgendeiner anderen Person.

Sie hatten natürlich recht: sie *wurden* schikaniert, dachte Matt bei sich, als er zum Festgelände zurückfuhr, um sich davon zu überzeugen, daß am Tatort alles in Ordnung war und zu seiner Zufriedenheit überwacht wurde. Aber welche Alternativen hatte er?

Sollte er Tausende von Leuten, die auf dem *Howl* gewesen waren, festhalten und verhören? Das war mit seinem Team wohl kaum durchführbar.

Dills Frau verhaften? Das war eine Möglichkeit, aber er hielt ihren Schock und ihre Trauer – wenn sie nicht die größte Schauspielerin der Welt war – für echt.

Dills Sohn verhaften? Er hatte sich bereits mit der Bitte an die Polizei von Hatchville gewandt, Wayne Dill ausfindig zu machen, aber das Verhör würde erst morgen stattfinden. Er mußte ihn schon aus Routine vernehmen, denn Wayne Dill war mit dem Opfer nicht nur verwandt, sondern er war auch vorbestraft – wenn auch nicht wegen eines Gewaltverbrechens. Offensichtlich waren er und Peter nicht gut miteinander ausgekommen, zumindest hatten sie kaum oder gar keinen Kontakt miteinander gehabt. Wayne hätte es also gewesen sein können, wenn man auch herausfinden mußte, aus welchem Motiv oder mit welchem Gewinn.

Milt Bickerstaff verhaften?

Irgendeinen der anderen Schausteller verhaften? Sie waren unbekannt und auf der Durchreise, aber am nächsten Veranstaltungsort, in Kisco Beach, zu erreichen, wo sie für zwei Wochen Plätze gebucht hatten. Soweit er wußte, bestand zwischen ihnen und Dill oder Blackwater Bay keinerlei Verbindung. Wenn sich natürlich einer von *denen* absetzte...

Aber das waren alles unbestimmte Vermutungen. Nur bei seinen Fünf hatte er einen konkreten Verdacht.

Man muß jemanden kennen, um ihn zu hassen.

Und wer immer Dill getötet hatte, hatte ihn voller Haß getötet.

Es hatten alle sieben Männer getan, die an dem Tod von Jacky Morgan beteiligt waren, oder einer von ihnen – da war er sicher. Er spürte es tief in seinem Innern.

Er spürte jetzt auch seine Erschöpfung, seine Verwirrung und sein Bedürfnis nach Darias Trost. Statt dessen mußte er sich mit kaltem Chili in einer dunklen und stillen Pension und einem leeren Bett zufriedengeben.

Auch im Sheriffsbüro herrschten jetzt Dunkelheit und Stille. Max gähnte, streckte sich und machte es sich wieder in seiner gerade bevorzugten Kiste bequem. Die Akten unter ihm knitterten und raschelten – unter anderem auch der blaßblaue Unfallbericht über einen Jacky Morgan, siebzehn Jahre alt, den Sheriff Ted Gabriel vor über dreißig Jahren so sorgfältig ausgefüllt hatte.

Neunzehn

«Wo sind sie?»

Als Matt spät am nächsten Morgen im Büro eintraf, wurde George von den beiden Mrs. Matthew gerade in die Zange genommen – sie suchten ihre Ehemänner. Phyllis – klein, hitzköpfig, entschlossen – und Joan – sanft, leise, aber genauso entschlossen – hatten ihre Hände in die Hüften gestemmt und blickten wütend auf den unglücklichen Chief Deputy herab.

«Ich habe es euch doch schon gesagt – ich habe sie gestern eingeteilt. Sie sollten bis heute morgen um acht Jacks Naturpfad überwachen», sagte George. Er fühlte sich etwas unbehaglich, weil er nicht wußte, ob die Matthew-Brüder das als Vorwand benutzt hatten, die Nacht durchzuzechen, oder ob ihnen wirklich etwas passiert war.

«Sie sind jedenfalls nicht zurückgekommen», fügte Phyllis hinzu. «*Tu* jetzt was.»

«Was denn zum Beispiel?»

«Zum Beispiel dich von deinem faulen Hintern erheben und sie finden», schlug Phyllis vor.

«Vielleicht sind sie verletzt», sagte Joan.

«Oder sie sind betrunken», sagte Phyllis schnippisch. «Jedenfalls muß man sich um sie kümmern, und wir als ihre Frauen müssen dir das klarmachen. Finde sie, George. Beweg dich.»

«Okay, okay...» George stand auf und zuckte leicht zusammen.

«Und von *deinem* Kater wollen wir auch nichts hören», ergänzte Joan. «Das haben wir alles schon hinter uns.»

«Wer hat denn gesagt, daß ich einen Kater habe?» protestierte George.

«Deine kleinen roten Augen verraten dich», sagte Phyllis. «Jetzt komm aber in die Gänge, du Trottel.»

«Aber...»

«Trottel», wiederholte Joan.

George warf Matt einen verzweifelten Blick zu, zog seine Jacke an und ging.

Phyllis blieb an der Tür noch einmal stehen. «Wir sind im *Golden Perch* und frühstücken», informierte sie Matt.

«Klingt gut», sagte Matt, der sich mit einem schnellen Kaffee hatte begnügen müssen. Es war ein sehr kalorienarmer Start in einen sehr angespannten Tag.

Dominic Pritchard und Emily Gibbons spazierten durch den Heckman-Memorial-Park und bewunderten das klare Rot und Gelb der Herbstbäume, vor allem aber bewunderten sie sich gegenseitig. Nachdem er sie nach Hause gefahren hatte, hatte Dominic die restlichen Stunden der vergangenen Nacht damit verbracht, sich hin- und herzuwälzen und sich auszumalen, was wohl passiert wäre, wenn er anstelle des Zimmers in Mrs. Peachs Pension eine eigene Wohnung gehabt hätte.

Heute wurde ihm allmählich klar, daß offenbar seine Phantasie mit ihm durchgegangen war. Für einen gesunden und liebeshungrigen jungen Mann war Emily Gibbons das Schrecklichste, was man sich vorstellen konnte – ein mustergültiges Mädchen.

Das hieß nicht, daß sie frigide oder prüde war. Nur vorsichtig. Sie war nicht der Typ Mädchen, der beim ersten Anstieg des Hormonspiegels ins Bett hüpfte, und es würde daher dauern, bis seine leidenschaftlichen Träume in Erfüllung gingen. Das war ihm aber auch recht, weil er im Moment drängendere Sorgen hatte als das Wohlergehen seines Hormonspiegels.

«Das verstehst du doch, oder?»

«Ich habe verstanden, daß du mir vertrauen mußt und ich meinen niederen Instinkten nicht nachgehen und *keine* Titelgeschichte darüber veröffentlichen darf», sagte Emily und hakte sich bei ihm unter. Er sah sehr attraktiv aus, trotz der Ringe unter den Augen, und sie waren bereits einigen ihrer Bekannten begegnet. Sie war zufrieden – sah man von dem ganzen Wirbel ab, den er um den Mord machte. Was er bisher erzählt hatte, wäre interessant – sehr interessant – gewesen, wenn dabei eine Geschichte für sie herausgesprungen wäre. Aber bevor er weitererzählte, hatte er verlangt, daß sie kein Wort veröffentlichte.

«Versprichst du's?»

«Ich verspreche es – beim Leben meiner Mutter.»

Also erzählte er ihr von der Akte.

«Jetzt befinde ich mich in einem ziemlichen Dilemma», sagte er mißmutig.

«Findest du nicht, daß das ein bißchen übertrie...»

«Ich bin noch nicht fertig.»

«'tschuldigung.» Er war noch niedlicher, wenn er sich aufregte. Sie amüsierte sich großartig.

«Anwaltsakten sind vertraulich. Aber Anwälte sind auch dem Gericht unterstellt, besonders wenn sie für den Bezirksanwalt arbeiten. Wenn sie also von einem Verbrechen *wissen*...»

«Irgendeiner armen alten Frau Geld zu geben ist kein Verbrechen.»

«Wenn es sich um Erpressung oder Bestechung handelt, *ist* es ein Verbrechen.»

«Oh. Aber sie ist tot, oder?»

«Die Zahlungen wurden eingestellt – das bedeutet nicht, daß sie tot ist. Die letzte Überweisung war ein sehr hoher Betrag. Vielleicht war es eine Art Übereinkunft.»

Emily trat nach dem Laub am Wegesrand. «Hast du versucht, sie unter der letzten Anschrift zu erreichen?»

«Nein, bisher habe ich nichts unternommen. Ich habe dir doch gesagt, daß ich mich in einem ziemlichen ...»

«... Dilemma befinde, ich weiß.»

«Also? Was soll ich deiner Meinung nach tun?»

«Ich denke, du solltest Mr. Putnam nach der Akte fragen.»

Nun trat Dominic nach dem Laub. «Oh, phantastisch – und zugeben, daß ich ohne Erlaubnis in seinen Akten gewühlt habe?»

Sie zuckte mit den Schultern. «Hat er dir verboten, die Akten durchzugehen?»

«Eigentlich nicht, aber ...»

«Dann kannst du sagen, du hättest gedacht, du *solltest* es tun.»

«Ja, aber ...»

«Eine andere Möglichkeit wäre, daß wir jetzt in die Kanzlei gehen und uns diese Akte genauer ansehen. Dann kann ich dir vielleicht einen besseren Rat geben», schloß Emily mit einem strahlenden Lächeln.

«Ich brauche keinen Rat. Ich brauche nur ...»

Emily löste ihren Arm. «Warum erzählst du mir dann alles?» fragte sie. «Es ist nicht *mein* Problem.»

Er blieb stehen und sah sie bestürzt an. «Ich dachte, du wolltest *wissen*, was mir auf dem Herzen liegt», sagte er vorwurfsvoll. «Ich dachte, es interessiert dich ...»

«Oh, natürlich, natürlich», stimmte sie abwesend zu und starrte über seine Schulter. «Natürlich tut es das.»

Gekränkt von ihrem offensichtlichen Desinteresse drehte er sich um, um zu sehen, was ihre Aufmerksamkeit erregt hatte. Sie waren nicht die einzigen, die dorthin starrten.

Die lebensgroße Bronzeskulptur des Cecil G. Heckman stand erhaben auf ihrem Marmorsockel und überblickte den Park, der ihren Namen trug. Mit ihrem prächtigen Kopf, der sich klar gegen das strahlende Blau des Himmels abhob, war sie das beeindruckende, unvergeßliche Zentrum, auf das die vier breiten Wege strahlenförmig zuliefen. Abgesehen von den wundervoll geformten Gesichtszügen war auch die Darstellung der Kleidung bis ins kleinste Detail gelungen, bis hinunter zum letzten Knopf des Mantels.

Der hellviolett angemalt war.

Und die Hose.

Die leuchtendrosa war.

Und die Weste.

Die neonorange war.

Und die Schuhe.

Die bananengelb waren.

Mit grünen Punkten.

Aber vor allem der Kopf fesselte die Aufmerksamkeit. Über die gegossenen Bronzelocken des alten Senators war rote Farbe gegossen worden. Ob die Witzbolde, die Cecil G. Heckman dekoriert hatten, von dem Mord an Peter Dill gewußt hatten oder nicht, war nicht zu sagen. Es war sogar möglich, daß die rote Farbe von jemand anderem hinzugefügt worden war, nachdem das eigentliche «Kunstwerk» beendet worden war.

Wer auch immer dafür verantwortlich war, Tatsache blieb, daß nun ganz Blackwater Bay auf scheußliche Art daran erinnert wurde, was einem seiner angesehensten Bürger in der vorigen Nacht angetan worden war. Auch wenn die Farbe längst entfernt war, würde die Erinnerung bleiben.

Emily und Dominic waren einen Augenblick lang sprachlos. Dann griff Dominic entschlossen nach Emilys Arm. «Laß uns diese verdammte Akte ansehen», sagte er.

Zwanzig

Auch an seinen besten Tagen war Wayne Dill kein besonders einnehmender junger Mann – und dies war bestimmt nicht einer seiner besten Tage. Er war früh aus dem Bett geklingelt worden, nachdem er nur drei Stunden geschlafen hatte, und war unrasiert, blaß und hatte verquollene Augen. Auf dem Weg von Hatchville nach Blackwater mußten die Beamten zweimal anhalten, damit er einen Teil des Bieres erbrechen konnte, das er in der vorigen Nacht getrunken hatte.

Als er in Matts Büro kam, sah er schlimm aus, roch noch schlimmer und war immer noch betrunken.

Und wütend.

«Du hast kein Recht dazu...!» rief er und schwankte von einer Seite zur anderen, bis Duff Bradley ihn auf einen Stuhl drückte.

«Wayne, ich habe eine schlechte Nachricht für dich», begann Matt.

«Und ich hab 'ne Nachricht für *dich*, du Arschloch», brüllte Wayne. «Du hast kein verdammtes Recht, mich hierherzuschleppen. Ich hab nichts getan, und du hast keinen Haftbefehl und nichts, und nur weil ich...»

«Wayne, hör mir zu!» brüllte Matt zurück. In die plötzliche Stille, in der Wayne Luft holte, um seine Tirade fortzusetzen, ließ er den einfachen Satz fallen: «Wayne, dein Vater ist tot.»

Den Mund noch geöffnet, aber keinen Laut herausbringend, starrte Wayne ihn an.

«Verstehst du mich?» fragte Matt nach einer kurzen Pause.

Wayne schloß seinen Mund und blinzelte. «Nein», sagte er.

«Dein Vater ist tot», wiederholte Matt. «Er wurde letzte Nacht ermordet. Hast du es getan?» Er hatte die Erfahrung gemacht, daß bei Betrunkenen ein Frontalangriff den größten Erfolg versprach.

«Was getan?» fragte Wayne. Seine Augen funkelten verschlagen.

«Hast du deinen Vater umgebracht?»

«Meinen Vater? Meinen Vater umgebracht?»

«Ja.»

«Zeig ihn mir, er kriegt einen Orden.»

«Wer?»

«Der, der meinen Vater umgebracht hat natürlich.» Einen Augenblick war es still. «Das'n Witz, oder?» Der zottelige Kopf drehte sich langsam herum, während er jeden der Reihe nach ansah – Matt, Duff Bradley und Frank Boomer. Er verzog das Gesicht. «Nicht sehr komisch.»

Dann beugte er sich vor und übergab sich in den Papierkorb. «Genau ins Schwarze», sagte er triumphierend und wischte sich mit seinem Ärmel etwas erbrochenen Schleim vom losen Mundwerk. «Keinen Tropfen verschütten, richtig? Nichts drin behalten, wenn's nicht mehr wirkt, richtig?»

Und er lachte.

Es dauerte eine ganze Weile, um ihm die Mitteilung begreiflich zu machen, und als er sie begriffen hatte, begann er zu weinen, und auch das dauerte eine ganze Weile.

«O Mann, verflucht», flennte er mit der kindlichen Naivität eines Betrunkenen, «das hat er nicht verdient, oder? Vielleicht sind wir die letzten Jahre nicht klargekommen, aber er war mein Alter. Ich konnte ihn absolut nicht ausstehen, aber er war mein Alter. Und bevor das alles anfing, haben wir uns gut verstanden. Viel Zeit zusammen verbracht und so.»

«Bevor was alles anfing?» fragte Matt sanft.

«Der ganze Zoff mit Vic Moss», schniefte Wayne. «Es war nicht meine Schuld, aber er gab mir die Verantwortung. Er bezahlte nicht, und ich wurde zusammengeschlagen...» Er brach plötzlich ab. Irgendein Instinkt warnte ihn, daß er selbst den Toten vor dem zudringlichen Arm des Gesetzes schützen mußte.

Matt lehnte sich zurück und versuchte seine Überraschung zu verbergen. Victor Moss war der größte Gauner in Hatchville. Von einer Villa aus, die einen Konzernchef neidisch gemacht hätte, herrschte er über Nobeldirnen und Kasinos. Aber er war ein Gauner der alten Schule, ein Hollywood-Gentleman, der aussah wie eine Kreuzung aus einem Salonlöwen und einem Tyrannosaurus Rex. Er bekam seine Tips gleichermaßen von ganz oben und von den Straßen Granthams, wo er sich von der Gosse aus zum Gaunerkönig hochgearbeitet hatte. Was auch immer in seinem Namen geschah, und sei es vor seinen eigenen Augen, ließ ihn kalt. Niemand hatte etwas dagegen, daß das Moss'sche Reich gedieh, weil er diskret war, gut erzogen und immer dienstbeflissen, wenn führende Politiker ihre Laster ausleben wollten.

Hatte der kleine Wayne also eine Spielleidenschaft entwickelt, die Dill nicht finanzieren wollte? Hatte er seinen Sohn dadurch den wenig liebevollen Händen der Moss'schen Eintreiber überlassen? Matt musterte Wayne Dill und hatte fast Mitleid mit ihm. Fast. Was auch immer aus dem Jungen hätte werden können und was für Pläne Dill auch mit ihm gehabt hatte: Jetzt ließ er sich jedenfalls planlos treiben und wartete darauf, irgendwo an Land gespült zu werden. Trotzdem war es hart, vom eigenen Vater verstoßen zu werden – so hart, daß selbst ein erwachsener Mann seinen Kummer immer wieder im Alkohol ertränken mußte.

«Wieviel bist du ihm schuldig?» fragte Matt.

Wayne blickte überrascht auf. «Ich? *Ich?* Ich schulde niemandem was, Mann. Ich bin kein Spieler – und Vic Moss würde solche Typen wie mich auch kaum in seinen feinen Scheißladen lassen, oder?»

Matt beugte sich vor und versuchte, sich seine Bestürzung nicht anmerken zu lassen. «Willst du mir erzählen, daß dein *Vater* Moss Geld geschuldet hat?»

«Das habe ich nie behauptet!» rief Wayne aus, zu hastig und zu laut.

«Nein», stimmte Matt traurig zu. «Das hast du nie behauptet.»

«Na also...» Wayne beruhigte sich.

Die weitere Befragung ergab, daß Wayne den ganzen Abend des 31. Oktober mit Freunden in einer Bar in Hatchville verbrachte hatte und nicht der Mörder seines Vaters gewesen sein konnte. Bis zu der Befragung dieser Freunde hatte Matt keinen Grund, ihn länger festzuhalten. Er hielt ihn trotzdem fest, weil er hoffte, daß mit der Nüchternheit auch die Vernunft zurückkehren würde.

Was nicht der Fall war.

Mit der Nüchternheit kam nur die natürliche Gerissenheit des Ex-Häftlings zum Vorschein, der in Privatschulen erzogen worden war und den die überraschend ähnlichen Traditionen beider Milieus, Gefängnis und Privatschule, geprägt hatten.

Auch als er nüchtern war, hielt Wayne die Behauptung aufrecht, daß die beiläufig erwähnten Prügel überhaupt nichts mit seinem Vater zu tun hatten. Im letzten Jahr hatte er, Wayne, seinen Vater um Geld gebeten, aber sein Vater hatte ihm aufgrund eigener Ausgaben nicht helfen können – die Zwillinge hatten anscheinend kieferorthopädische Behandlungen nötig gehabt –, so daß sich Wayne von einem «Agenten» von Victor Moss Geld leihen mußte, das er bedauerlicherweise nicht zurückzahlen konnte – deshalb die Prügel. Es hatte nichts mit seinem Vater zu tun. Und Matt ging das alles auch nichts an. Hier saß ein Sohn, der seinen Vater durch ein Gewaltverbrechen verloren hatte – hatte er nicht etwas Rücksicht verdient, statt tyrannisiert und schikaniert zu werden?

Matt hatte versucht, die Mauer zu durchbrechen, die der Junge um sich aufgebaut hatte, aber ein nüchterner Wayne – so zottelig und mürrisch er auch war – war ihm ebenbürtig. In seinem schlaffen, verlebten Gesicht leuchteten intelligente und tückische Augen. Aus Wayne war nichts herauszubekommen.

Da Matt auch keine Befugnis hatte, ihn länger in Gewahrsam zu halten, mußte er Wayne Dill nach Hatchville zurückbringen lassen.

«Gibt es einen Weg, Informationen aus Victor Moss' Lager zu bekommen?» fragte Matt Frank Boomer. Boomer war ein recht verläßlicher Mann, hatte aber die Neigung, sich mit den niederen Elementen des County einzulassen. Ein Junge vom alten Schlag und daher sehr hilfreich.

Boomer überlegte. «Kommt drauf an. Was willst du wissen?»

«Ob Peter Dill ein Stammkunde bei Moss war, ob er ein Spieler war oder sich lieber mit Frauen amüsierte – Drogen halte ich für unwahrscheinlich. Und wenn ja, wieviel Schulden er hatte.»

«Meinst du den Banker Mr. Dill oder seinen Sohn?» fragte Boomer.

«Mr. Dill, den ehemaligen Banker und jetzigen Leichnam», sagte Matt.

«Scheiße – du glaubst doch nicht, daß er von *Moss'* Leuten umgebracht wurde?» Boomers Bestürzung sprach Bände.

«Ich hoffe nicht», sagte Matt ernst.

«Weil wir nämlich keine Chance hätten, ihn...»

«Ich weiß, ich weiß», seufzte Matt. «Sieh einfach zu, was du herausfindest, ja?»

«Klar», sagte Boomer. «Ich setze mich mal ans Telefon.»

«Aber diskret, Frank. Sehr diskret.»

Boomer blickte ihn vorwurfsvoll an.

Matt grinste. «Sorry», sagte er.

Zwanzig Minuten später kehrte George Putnam zurück. «Haben Bob und Jim Matthew gefunden», sagte er.

«Wo waren sie?» fragte Matt, auf alles gefaßt.

«Auf Jacks Naturpfad», sagte George müde und hängte Jacke und Hut auf. «Sie lagen gefesselt auf dem Naturpfad, Gesicht nach unten, waren fuchsteufelswild und hatten einen großen Fußabdruck auf ihrem Rücken.»

Der Riesenjogger hatte wieder zugeschlagen.

Als Tilly am frühen Nachmittag kam, wirkte sie sehr bedrückt. Matt fragte sie, ob etwas nicht in Ordnung sei – ob ihre Mutter krank sei, ob sie krank sei, ob sie lieber nach Hause wollte – alle Fragen beantwortete sie mit einem Kopfschütteln.

«Ich bin nur müde, Matt. Die letzte Nacht war ein furchtbarer Schock. Es hat eine ganze Weile gedauert, bis Mutter eingeschlafen war. Aber ich weiß, daß du mich brauchst, also...» Sie zuckte mit den Schultern und brachte ein Lächeln zustande. «Hier bin ich. Was soll ich tun?»

«Ich möchte, daß du das Unmögliche vollbringst, Tilly.»

«Aber sicher», sagte sie mit einem Grinsen. «Das tue ich doch immer.»

«Ich weiß.» Er grinste ebenfalls, doch sein Blick war ernst. «Ich möchte, daß du mir einen Zeitplan für alle fünf Männer erstellst...»

«Welche Männer...»

«Du weißt welche. Und ich...»

«Du bist immer noch bei dieser Jacky-Morgan-Sache? Matt, ich glaube wirklich nicht...»

«Paß auf, Tilly. Wenn du anderer Meinung bist – ich weiß, daß du es bist, genau wie George und wahrscheinlich jeder andere –, ist das eine Möglichkeit, ein für alle Mal Klarheit zu schaffen. Ich möchte einen Zeitplan, der vom Anfang des Festes bis zum Zeitpunkt des Mordes geht. Ich möchte ihn für alle fünf Männer, und ich möchte ihn eingeteilt in Zwanzig-Minuten-Abschnitte. Dann setzen wir einen Deputy auf jeden Namen an. Sie müssen nur jemanden finden, der die Männer während der einzelnen Abschnitte gesehen hat. Das dürfte nicht allzu schwer sein, denn sie sind bekannt und waren zum großen Teil mit ihren Familien da. Es dürfte wenig Lücken geben. Erledigst du das?»

«Ja, ja, mache ich. Albert Budds Zeitplan fülle ich aber lieber selbst aus – ein Deputy weniger, der die Leute belästigt», sagte sie gereizt.

«Gut.»

Sie brauchte ungefähr eine Stunde, um die erforderlichen Tabellen zu zeichnen, und zeigte Matt dann das Original und einige Kopien. Sie sah etwas besorgter aus als vorher. «Ich konnte Alberts Zeitplan doch nicht ganz ausfüllen. Mir fiel ein, daß wir zweimal getrennt waren: einmal, als er mit Mr. Berringer sprach – da waren Jeffries und Mutter bei ihm ...»

«Das muß dann Berringer bezeugen», sagte Matt und machte sich eine Notiz.

«Und während des Feuerwerks. Ich bin mit Mutter am Fuß der Zuschauertribüne geblieben, weil sie doch im Rollstuhl saß, aber Albert sagte, er wollte weiter nach oben, weil er den Geruch von Schießpulver haßt und dort oben die Luft besser wäre. Bis zum Ende des Feuerwerks habe ich ihn nicht mehr gesehen. Dann kam er allerdings sofort wieder runter, und wir blieben zusammen, bis du Peter Dills Leiche gefunden hast.»

«Na ja, er muß ja neben irgendwem gesessen haben», sagte Matt gelassen. «Das können wir überprüfen.» Er sah sich die anderen Tabellen an und stellte fest, daß er selbst einige Abschnitte ausfüllen konnte, weil er unbewußt den ganzen Abend nach den fünf Männern Ausschau gehalten hatte. Nicht daß er sie verdächtigt hätte – er hatte ja nicht geahnt, daß man Peter Dill ermorden würde –, aber er hatte wegen Jacky Morgan und Tom Finnegan ständig an sie gedacht und deshalb stärker auf sie geachtet. Trotzdem konnte er nur sporadische und vage Zeiten eintragen – wie wahrscheinlich alle anderen auch. Er seufzte.

«Es ist ein Schuß ins Blaue, Tilly, und vielleicht ist es reine Zeitverschwendung, aber ich denke, man sollte es versuchen.»

«Wie du meinst, Matt.» Tilly ging zu ihrem Schreibtisch zurück und starrte mit leerem Blick auf ihren Computer. «Was soll ich jetzt machen?»

«Was wir bei jedem Fall machen, Tilly», sagte er sanft. «Eine Ermittlungsakte anlegen, Kaffee machen, die entsprechenden Bögen ausfüllen, Kaffee machen, Einzelheiten in den Computer eingeben, Kaffee machen... du weißt schon.» Er ging zu ihr und legte die Hand auf ihre Schulter. «Und mach dir keine Sorgen. Ich bin sicher, daß Albert nichts damit zu tun hat.»

Sie lächelte dankbar zu ihm auf, obwohl sie sich – genau wie er – darüber im klaren war, daß er ihr etwas vormachte, damit sie sich besser fühlte.

Emily und Dominic sahen sich erstaunt an. Die letzte Überweisung, die in Mrs. Coral Morgans Akte aufgeführt worden war, betrug nicht 10000 Dollar, wie er sich vage erinnert hatte. Er hatte eine Null übersehen. Die Überweisung war auf *über hunderttausend* Dollar ausgestellt und für eine Firma namens *Sunshine Forever, Incorporated* mit einer Adresse in der Nähe von St. Petersburg, Florida, bestimmt.

Sie saßen nebeneinander auf der ziemlich betagten Chaiselongue in Dominics Büro und gingen die Bögen in dem angestaubten Papphefter durch. Die Nachmittagssonne, die durch das Fenster ins Zimmer fiel, war noch überraschend warm, wenn man bedachte, wie kalt es draußen war. Von der Straße drangen die Unterhaltungen der Leute herauf, deren Stimmen zwischen Verwunderung und Bestürzung schwankten. Das gelegentliche Vorbeirumpeln der großen Jahrmarktskarussells, die zum nächsten Veranstaltungsort transportiert wurden, sorgte für kurze Unterbrechungen der Gespräche – die dann wiederaufgenommen wurden. Das Auf und Ab der Stimmen klang wie eine Brandung.

«Es klingt nach einer dieser Seniorensiedlungen», sagte Emily schließlich. «Von denen gibt es in Florida und im Westen eine ganze Menge. Glaubst du, daß sie noch lebt?»

«Na ja, sie ist wahrscheinlich noch nicht so alt», sagte Dominic. «Als Jacky Morgan starb, war er siebzehn. Seine Mutter könnte damals Mitte Dreißig gewesen sein, was bedeuten würde, daß sie heute Mitte Sechzig wäre. Vielleicht ist sie auch älter gewesen – wir könnten uns die Geburtsurkunden in Hatchville vornehmen oder in den Kirchenbüchern nach dem Hochzeitsdatum suchen oder in den Krankenhäusern ...»

«Wäre es nicht einfacher, wenn wir schnell in Florida anrufen und fragen?» unterbrach Emily ihn.

«Ähm – ja, das wäre wohl einfacher», sagte er zerknirscht.

Emily stand auf und ging zum Telefon. Während sie die Nummer wählte, die auf dem Kopf der Firmenrechnung angegeben war, lächelte sie ihn an. «Du wirst ein sehr erfolgreicher Anwalt sein, und wir werden sehr reich», sagte Emily. «Wie schön.»

«Wie kommst du darauf?» Er war verwirrt.

«Du hast offenbar ein besonderes Geschick, einfache Aufgaben in komplizierte Fälle zu verwandeln. Das treibt die Gebühren hoch. Schade, daß ich keine Pelze mag – wir könnten uns bestimmt einen Zobel leisten oder ...» Sie hob plötzlich ihren Kopf. «*Sunshine*

Forever? Guten Tag. Ich rufe an wegen einer Ihrer... Kundinnen. Eine Mrs. Coral Morgan. Ich bin ihre Nichte und habe einige Jahre im Ausland verbracht. Ist sie... noch bei Ihnen?»

Dominic starrte sie mit offenem Mund an, als sie ihre eilig improvisierte «Geschichte von der armen Nichte, die nach all den Jahren ihre Tante Coral wiedersehen möchte» weiterspann. Sie hatte recht, er hätte ein langes, schwieriges Stück Arbeit daraus gemacht, während sie den einfachen und geraden Weg ging.

Sie log.

«Ich verstehe», sagte Emily. «Und nochmals vielen Dank. Ich werde wohl morgen vormittag ankommen. Glauben Sie, sie fühlt sich gut genug, um mich zu empfangen?» Nach einer kurzen Pause nickte Emily in die Luft, sah Dominic an und hielt triumphierend einen Daumen hoch. «Ausgezeichnet. Vielen herzlichen Dank. Oh – und sagen Sie ihr nicht, daß ich komme. Ich möchte, daß es eine Überraschung wird. Ginge das? Ihr Herz ist nicht... oh, ausgezeichnet. Wie war noch Ihr Name? Mrs. Perkins. Dann vielen Dank, Mrs. Perkins. Ich heiße übrigens Emily Morgan und freue mich darauf, Sie persönlich kennenzulernen. Danke nochmals. Ja, bis morgen.»

«Sieh mal einer an...» sagte Dominic, als sie den Hörer auflegte.

«Ist das nicht der schnellste Weg, um herauszufinden, was wir wissen wollen?» fragte Emily unschuldig und setzte sich wieder neben ihn. «Bist du nicht stolz auf mich?»

«Ja, aber...»

«Ich fliege runter, spreche mit ihr und finde heraus, was dahintersteckt», sagte sie vergnügt. «Dann wissen wir, ob wir dem Sheriff davon erzählen sollen oder nicht.»

«Wieso fliegst *du*?» brachte er schließlich heraus. «Du hast nichts damit zu tun. *Ich* sollte lieber fliegen.»

«Und wie erklärst du deine plötzliche Reise Mr. Putnam?» fragte Emily mit großen Kinderaugen. «Außerdem bin ich eine Frau.»

«Ach was?» sagte Dominic.

«Und ich bekomme wahrscheinlich viel mehr aus Mrs. Coral Morgan heraus als du», fuhr sie fort und schlug den Ordner zu. «Küß mich.»

«Was?» Er hatte gerade darauf pochen wollen, daß er genauso in der Lage war, alte Frauen zu befragen. Ihr plötzlicher Befehl verwirrte ihn.

«Küß mich, habe ich gesagt. Jemand kommt die Treppe hoch.»

Er drehte sich zur Tür, aber sie riß ihn zu sich herum und umarmte ihn leidenschaftlich, so daß Mr. Carl Putnam, als er das äußere Büro betrat, auf frischer Tat ein schmusendes Pärchen ertappte.

«Hoppla», sagte er, tat peinlich berührt und grinste. «Wie ich sehe, hast du eine neue Klientin gewonnen, Dominic.»

Dominic befreite sich aus Emilys Armen und stand auf, weil er panische Angst hatte, mit der ... der ... er sah nach unten. Die Akte war verschwunden.

«Entschuldigung, Sir. Sehen Sie ...»

«Ich sehe vollkommen klar», lächelte Putnam verständnisvoll. «Hallo, Emily. Wie geht's deinen Eltern?»

«Oh, ganz gut, Mr. Putnam. Ich werde sie von Ihnen grüßen.»

«Gut, tu das. Kümmert euch nicht um mich, ich bin nur gekommen, um etwas Geld aus dem Safe zu holen.» Er ging auf sein Büro zu, dann drehte er sich um und kam noch einmal auf Dominic zu, der unwillkürlich zurückwich. Putnam griff nach Dominics Bürotür und zog sie etwas zu sich heran. «Und vergiß niemals die wichtigste Regel für einen erfolgreichen Anwalt.»

«Ja?»

Putnam zwinkerte ihm zu, als er Dominics Bürotür schloß. «Diskretion, Dom. Immer die Diskretion wahren.»

Seine Schritte entfernten sich, und seine Bürotür wurde geschlossen.

«Du meine Güte», sagte Dominic und sank auf die Chaiselongue. «Ich dachte, er hätte die Akte entdeckt. Wo ist sie?»

Emily hob den Saum ihres weiten Rocks und enthüllte eine Ecke des Papphefters. «Diskretion, Dom», sagte sie mit einem Grinsen. «Immer die Diskretion wahren.»

Als gegen Abend der letzte Deputy mit dem letzten Zeitplan zurückkehrte, war eines klar: Es war keine Zeitverschwendung gewesen.

Matt betrachtete die große Übersichtstabelle, die sorgfältig in Quadrate eingeteilt war. Die Namen der «Verdächtigen» waren nacheinander in der Senkrechten aufgeführt, und die Zwanzig-Minuten-Abschnitte unterteilten die Tabelle in der Waagerechten. Von oben nach unten zog sich über die gesamte Tabelle ein greller Balken von zwei unausgefüllten Abschnitten.

Während des gesamten Feuerwerks – insgesamt ungefähr vierzig Minuten – hatte niemand die Männer gesehen.

Vierzig geschlagene Minuten lang, zur lautesten Zeit des Abends, waren Merrill Atwater, Carl Putnam, Jack Fanshawe, Daniel Rogers und Albert Budd wie vom Erdboden verschluckt gewesen.

Genau wie Peter Dill.

Einundzwanzig

«Verdammt, Max, beweg dich – ich *muß* jetzt wissen, was in der Nacht tatsächlich passiert ist!»

Der große rote Kater protestierte, als er auf die vierte Kiste von links geschubst wurde und von dort auf die fünfte, während Matt begann, Akten herauszufischen und sie durchzusehen.

Max gab einen resignierten Laut von sich, und Matt sah auf.

«Okay, okay – ich weiß, was du sagen willst. Es tut mir leid, aber es muß jetzt sein. Es gibt einfach zu viele Zufälle.»

Max gähnte.

«Dich interessiert es vielleicht nicht, aber mich fasziniert es. Wir haben sieben junge Männer, die ein gemeinsames Erlebnis hatten, vermutlich ein grauenhaftes Erlebnis. Sie waren damals siebzehn, achtzehn Jahre alt. Es war dramatisch, aufregend, gruselig – genau das Zeug, um Mädchen zu imponieren. Und trotzdem hat keiner von ihnen jemals darüber gesprochen. Viele Jahre später, als Tom Finnegan endlich darüber sprechen *wollte*, haben die anderen anscheinend versucht, ihn davon abzubringen. Warum? Was war wirklich passiert? Warum waren sie so entschlossen, es zu verheimlichen? Als sich Tom – trotz ihrer eifrigen Bemühungen, ihm das auszureden – *entschlossen* hatte, mir davon zu erzählen, wurde er in einem ‹Unfall› getötet.»

Max begann eine Pfote zu lecken.

«Seine Frau sagt, sie hätte ihn an dem Nachmittag vor seinem Tod mit jemandem sprechen hören – und ich weiß, daß er mit allen anderen gesprochen hat. Sie sagt, es sei von ‹Mord› gesprochen worden. Trotz allem ist die State Police nicht bereit, sich mit dem Fall zu beschäftigen. Okay – ich muß ihre Entscheidung akzeptieren. Jetzt sind also noch sechs von ihnen übrig, sechs Männer, die *immer* noch nicht darüber sprechen wollen, was in der Nacht passiert ist, als Jacky Morgan starb.

Plötzlich, ohne ersichtlichen Grund, kehrt einer von ihnen zurück, der die Stadt vor vielen Jahren verlassen hat und dem an einem Wiedersehen nie viel gelegen hat. Die Sechs sind wieder zusammen – und was passiert im selben Augenblick? *Noch* einer von ihnen stirbt. Aber diesmal, *dies*mal, Max, ist es kein Sturz von einem hohen Kliff oder ein Auto, das von der Straße abkommt – es ist einwandfrei ein Mord.

Jetzt sind es nur noch fünf. Man würde meinen, sie machen sich Sorgen, weil sie *merken*, daß sie einer nach dem anderen umkommen. Aber sie machen sich keine Sorgen, Max. Sie bleiben alle völlig ruhig. Was schließt du daraus?»

Max sah aus dem Fenster.

«*Ich* schließe daraus, daß sie alle unter einer Decke stecken. Der Arzt hat nach einer kurzen Untersuchung mindestens fünf Schläge auf Dills Kopf festgestellt. *Fünf,* hörst du? Wenn er recht hat, dann wäre das für jeden ein Schlag. Und jetzt finde ich heraus, daß keiner von ihnen für die betreffende Zeit ein Alibi hat – sie hatten also die Möglichkeit, Dill gemeinsam zu erledigen. Vielleicht haben sie auf diese Weise auch Jacky Morgan erledigt!»

Matt redete weiter, während er in der nächsten Kiste herumwühlte. «Okay, ich versuche vernünftig zu bleiben. Ich gebe zu, wenn George mit so einer ‹Mord-im-Orient-Express›-Idee ankäme, würde ich ihn auslachen. Ich gebe zu, daß es etwas weit hergeholt und schwer zu glauben ist. Das gebe ich gerne zu. Wenn ich nur herausfinden könnte ... *Hah!*»

Max fuhr bei diesem Aufschrei zusammen und lief dann zu seiner Klappe in der Tür. Kein anständiger Kater würde in einem Büro bleiben, in dem ein Mensch, der eben noch vernünftig war, plötzlich herumzuhüpfen begann und mit einem blauen Umschlag in der Luft herumwedelte.

Matt bemerkte das dumpfe Geräusch der Katzenklappe nicht – er war zu beschäftigt, den Rest der Jacky-Morgan-Akte zu suchen. Als er alle wichtigen Dokumente, die er finden konnte, zusammen hatte, setzte er sich an seinen Schreibtisch und begann zu lesen.

UNFALLBERICHT

Datum: 1. November 196...
Ort: Blackwater Bay
Schriftführender Beamter: Theodore J. Gabriel, Sheriff

Am Abend des 31. Oktober 196... betraten die folgenden Personen widerrechtlich den Grund und Boden von Mr. G. G. Osborne mit der Absicht, dort «ein Picknick zu veranstalten» und Halloween zu feiern: Carl Putnam (17), Daniel Rogers (18), Peter Dill (18), Merrill (Merry) Atwater (17), John (Jack) Fanshawe (17), Albert (Red) Budd (18), Thomas (Tom) Finnegan (17), John (Jacky) Morgan (17), Maureen (Micky) Ventnor (16), Jane Heckman (16), Mildred (Milly) Hackabush (17) und Martha Turkle (17).
Bei dem erwähnten Gelände handelt es sich um das bewaldete Gebiet auf der Spitze des Eagle Head, das von den Einheimischen Ghost Glen genannt wird. Das Picknick hatte den Charakter einer Mutprobe, da das Gebiet als verhext gilt und Mr. Osborne außerdem einige Schilder aufgestellt hatte, die vor dem unerlaubten Betreten warnten. Es ist ebenfalls bekannt, daß er in der Vergangenheit Zuwiderhandlungen angezeigt hatte. Ich glaube, daß dieses unerlaubte Betreten nicht in böser Absicht geschah, sondern nur eine Folge jugendlichen Übermuts war, wie er zu Halloween typisch für diese Altersgruppe ist.
Nach einigen Aussagen (siehe persönliche Aus-

sagen im Anhang) waren die Anwesenden mit drei Autos, die Rogers, Dill und Budd gehörten, zu dem Wald gefahren. Sie parkten die Autos in einiger Entfernung und gingen «tief genug in den Wald hinein, um von niemandem gesehen zu werden». Sie sammelten Äste für ein Feuer. Im Verlauf ihrer Suche stießen sie auf die Reste einer Brennerei (siehe Bericht 2128, März '62), die Osborne einmal betrieben hatte. Nachdem sie auf einer Lichtung in der Nähe ihr Lagerfeuer entzündet hatten, grillten sie Würstchen und Marshmallows, erzählten sich Gespenstergeschichten, und es kam auch zu kleinen Balgereien. Ungefähr eine Stunde, nachdem sie angekommen waren, stieß Jacky Morgan dazu, der zu Fuß gegangen war. Die Mädchen verließen kurz darauf den Ort, «weil die Jungs auf Krawall aus waren». Am Lagerfeuer fanden sich deutliche Hinweise darauf, daß Bier und Whisky konsumiert worden waren. Die Jugendlichen behaupteten, Jacky hätte für den Alkohol gesorgt. Peter Dill zufolge (siehe Anhang) wurde ihnen das «Herumsitzen» bald langweilig, und sie beschlossen, in der alten Brennerei danach zu forschen, ob vielleicht etwas Whisky «übersehen» worden war. Sie fanden nichts und fingen statt dessen mit Mutproben an – auf Bäume klettern etc. Für die Mutprobe, die zum Tod von Jacky Morgan führen sollte, nahmen sie ein Faß, das sie in der Brennerei gefunden hatten. Sie dachten sich ein «Spiel» aus, bei dem sie sich in dem Faß abwechselnd auf den Abhang zurollen wollten, um zu sehen, wie lange jeder die Nerven behielt. Sie sicherten das Faß mit einem Seil, das aber alt und teilweise verrottet war. Morgan zog den kurzen Stohhalm und war als erster dran. Das Seil riß, er fiel über die Klippe und stürzte in den Tod.

Rogers und die anderen kletterten die Klippe herunter, um zu sehen, ob sie Morgan helfen könnten, während Atwater in die Stadt fuhr, um Hilfe zu holen. Ich begleitete Atwater zurück und traf

mit meinem Deputy, Harry Jorganson, um 23 Uhr 53 am Eagle Cove ein. Wir fanden Morgans Leiche auf den Felsen. Die anderen standen in der Nähe. Rogers weinte heftig. Er kannte sich anscheinend mit Erster Hilfe aus und hatte gehofft, Morgan helfen zu können, aber jede Hilfe kam offenbar zu spät. Rogers war zutiefst erschüttert und mußte anschließend – wie die anderen – mit einem Schock ins Krankenhaus eingeliefert werden. Die Eltern der Jungen wurden ins Krankenhaus gerufen, wo man sie über den Vorfall und die Mitschuld ihrer Söhne unterrichtete. Alle Jungen zeigten aufrichtiges Bedauern und tiefes Schuldbewußtsein.
Heute morgen kehrte ich mit den Jungen an den Ort zurück. Sie waren sehr kooperativ. Mit ihrer Hilfe konnte ich die Ereignisse des vorhergehenden Abends rekonstruieren und fand Beweismittel, die ihre Version des Vorgangs bestätigten, zum Beispiel leere Bierflaschen, eine leere Whiskyflasche, das Lagerfeuer, Essensreste, Verpackungen etc.
Meiner Meinung nach ist Morgans Tod das Ergebnis einer dummen, aber nicht böswilligen Mutprobe, die von alkoholisierten Jugendlichen ersonnen wurde. Er hätte vermieden werden können, wenn einer der Jungen etwas Verstand bewiesen hätte. Statt dessen haben sie sich dumm benommen und völlig verantwortungslos und fahrlässig gehandelt. Trotz des Vollmonds war es im Wald so dunkel, daß sie den schlechten Zustand des Seils, auf das sie sich verließen, nicht erkennen konnten. Außerdem war ihre Wahrnehmung durch den Alkohol beeinträchtigt, so daß sie keine zusätzlichen Vorkehrungen getroffen haben. Man kann sagen, daß das Unglück eine zwangsläufige Folge war.

Gezeichnet
Theodore Gabriel, Sheriff

Im Anhang fanden sich die persönlichen Aussagen der Jungen und der Bericht des Coroner, aus dem hervorging, daß John (Jacky) Morgan an «einer Vielzahl von Verletzungen» gestorben war, «u. a. Schädelbruch, mehreren gebrochenen Rippen, von denen eine die rechte Lunge durchdrungen und das Herz verletzt hatte, einem gebrochenen Arm, gebrochenen Beinen und einem Wirbelsäulenbruch als Folge eines Sturzes aus großer Höhe.»

Es gab auch eine Faustskizze des Kliffprofils, in der der vermutete Fall aufgezeichnet war, und einige Fotografien der Leiche *in situ* zwischen den Felsen, umgeben von den zerbrochenen Reifen und zersplitterten Dauben des Fasses. Der grelle Schein des Blitzlichts wurde von dem Wasser reflektiert, das an die Felsen schlug, aber das weiße Gesicht des Jungen war deutlich zu erkennen und wirkte merkwürdig ausdruckslos neben seinen grausam verdrehten Gliedern.

Der Alte war auf alle Fälle sehr sorgfältig gewesen.

Sehr verärgert und empört.

Aber war er mißtrauisch geworden?

Ted Gabriel zufolge hatten alle Jungen «aufrichtiges Bedauern» gezeigt und waren «erschüttert» über Jacky Morgans Tod gewesen. Sie waren «sehr kooperativ» gewesen. Obwohl erschüttert, waren sie mit dem Sheriff und seinem Deputy in den Wald zurückgekehrt, um ihm genau zu zeigen, was passiert war. Und welchen Grund hätte sein Vater auch gehabt, die Aussagen der Jungen anzuzweifeln? Sie hatten keinen schlechten Ruf, sie kamen aus angesehenen Familien – einige sogar ziemlich wohlhabend – und waren alle ordentliche, gute Schüler. Man hatte sie nicht einmal wegen Geschwindigkeitsüberschreitung verwarnt – immer noch das häufigste Vergehen der hiesigen Jugend.

Zugegeben, sie hatten unerlaubt fremden Grund und Boden betreten, aber der Sheriff hatte das auf Halloween und «jugendlichen Übermut» zurückgeführt – und keine «bösen Absichten» unterstellt.

Mit anderen Worten, ein dummer, vermeidbarer, aber tragischer Unfall.

Er wollte den Bericht gerade wieder abheften, als er in der zerknitterten unteren rechten Ecke ein kleines Zeichen bemerkte. Beim näheren Hinsehen erkannte er, daß es eigentlich kein Zeichen war, sondern einige Buchstaben und Nummern in sehr kleiner Schrift darstellte – STB 6/12.

Ein Code seines Vaters – «siehe Tagebuch sechs, Seite zwölf».

Ted Gabriel war eine sehr vielschichtige Persönlichkeit gewesen. Während er nach außen hin rauh, herzlich und gutmütig wirkte, hatte er eine Neigung zu heimlicher Depression besessen, die mit einer verhinderten Kreativität gekoppelt war, für die er nie ein geeignetes Ventil gefunden hatte. Während seiner letzten qualvollen Monate hatte er seinem Sohn anvertraut, daß er Tagebücher – er nannte sie «dunkle Bücher» – geführt hatte, in denen er sich all die Wut und Verzweiflung von der Seele geschrieben hatte, über die er weder in der Öffentlichkeit noch in der Familie sprechen wollte. Er hatte Matt ursprünglich bitten wollen, die Bücher ungelesen zu verbrennen, aber als er erfuhr, daß Matt sich um das Amt des Sheriffs bewarb, hatte er es sich anders überlegt und ihm geraten, sie an ihrem Platz zu lassen. Als er jetzt auf die kleinen Buchstaben in der Ecke des Berichts starrte, versuchte Matt sich zu erinnern, wo sein Vater die gebundenen Notizbücher aufbewahrt hatte.

Von plötzlichen Schmerzen übermannt, hatte sein Vater damals die Augen geschlossen und war auf die Kissen zurückgesunken, bis es ihm wieder besserging. Als er fortfuhr, hatte seine Stimme schwächer geklungen, und Matt hatte sich vorgebeugt, um seine Worte zu verstehen. «Lies sie nicht einfach so – es ist mir peinlich genug, daß sie noch existieren. Aber wenn du mal nicht weiter weißt, können sie dir vielleicht helfen. Manchmal tut es einfach gut zu wissen, daß auch jemand anderes schlimme Zeiten durchgemacht hat. Bist du dir sicher, daß du es machst?» Er meinte: Wollte Matt wirklich Sheriff werden?

«Ich bin mir sicher, Dad.» Obwohl er es nicht war – damals genausowenig wie heute.

«Dann vergiß nicht, wo sie stehen.»

Schließlich fiel es ihm ein, und er holte den Karton aus dem staubigen Winkel hinter dem Bürosafe hervor. Nummer sechs war da – und er blätterte schnell bis zur Seite zwölf. Er überflog den Text und las ihn noch einmal langsamer. Er erinnerte sich, daß Belling bis 1972 der Coroner gewesen war. Ted Gabriels Verachtung ihm gegenüber war deutlich zu spüren.

Belling sagte, daß der Junge ‹vielleicht› schon tot war, als er die Klippe herunterfiel. An der Stelle, wo er aufschlug, gab es so wenig Blut. Das könnte aber auch von dem seichten Wasser weggespült worden sein. Was kann ich tun? Ich kann diese Jungen nicht des Mordes anklagen. Ihre Eltern würden ein Höllenspektakel machen, keiner würde mir glauben, die ganze Stadt wäre in heller Aufregung. Ich habe keinen Beweis, kein Motiv, nichts. Ich habe nur das Gefühl, daß sie lügen, und Bellings windelweiches ‹Vielleicht›, das er vor keinem Gericht wiederholen würde, weil er Angst um seine verdammten Pensionszulagen hat. Sein feiges Geflenne ist mir zuwider. Ich kann es kaum erwarten, daß er endlich pensioniert wird. Der Junge war nicht beliebt, das weiß ich. Seine Mutter ist eine Schlampe und Trinkerin. Außer ihr ist sein Tod jedem gleichgültig. In der Stadt hätte man kein Verständnis dafür, daß ich Geld verschwende, um die Mutter mit langen Ermittlungen glücklich zu machen, die dann doch im Sande verlaufen. Und solange diese Jungen zusammenhalten, werden *sie im Sande verlaufen. Ich gebe also auf. Wieder so ein Tag, an dem man genau weiß, daß man etwas unternehmen müßte, aber nicht die Zeit oder den Mut hat, sich allen zu widersetzen und bis zum Äußersten zu gehen. Vielleicht bin ich wie Belling. Vielleicht bin ich sogar schlimmer als Belling. Ich bin müde. Ich gehe nach Hause. Ich scheiß drauf.*

Matt starrte das Buch an. Alte Tode, alte Verdächtigungen, alte Bücher und alte Geschichten. Wie viele Tentakeln aus der Vergangenheit reichten in die Gegenwart, umschlangen heimlich diese Seele oder jenes Herz, drückten, würgten und vernichteten es? Die «Jungs» steckten immer noch unter einer Decke, die «Jungs» erzählten immer noch dieselbe Geschichte, dieselben Lügen.

Er fluchte, zuerst leiste, dann heftiger und lauter.

Max kehrte durch die Klappe zurück, hielt inne und drehte wieder um. Solche Geräusche kannte er nur zu gut.

Es war ratsamer, eine weitere Runde in seinem Bezirk zu drehen.

Zweiundzwanzig

«Du hältst das wohl für witzig, was?» fragte Tilly, als Matt am nächsten Morgen das Büro betrat. Sie stand über die Kisten gebeugt, die Matt am Abend zuvor durchwühlt hatte, und versuchte wieder etwas Ordnung zu schaffen. «Ich meine, das ist jetzt das zweite Mal, Matt. Hattest du nicht versprochen, mich in Zukunft zu fragen, wenn du etwas brauchst?»

«'tschuldigung, Tilly. Es kommt nicht wieder vor – ich habe gefunden, was ich brauche.»

«Gratuliere.» Sie klang nicht so, als würde sie sich über seinen Erfolg freuen. Eigentlich schien sie seit dem *Howl* überhaupt nichts mehr zu freuen. Sie tat ihm leid.

«Wo ist George?» fragte er.

«Nach Hatchville gefahren, um den Coroner-Bericht über Dill abzuholen.»

«Oh.» Er nahm sich einen Kaffee und einen Doughnut. Zumindest hatte Tilly in ihrem Ärger nicht den Büro-Imbiß bestreikt.

Am Abend zuvor war er völlig erschöpft und zugleich aufgewühlt nach Hause gegangen. Er verstand Tillys Gefühle besser, als sie ahnte. Auch ihm gefiel seine Aufgabe nicht. Aber er hatte Tom Finnegan und Peter Dill gegenüber die Pflicht, sein Bestes zu geben. Also ignorierte er Tillys wütendes Gerummel beim Sortieren der Akten, genauso wie er Dominic Pritchards merkwürdiges Verhalten gestern abend ignoriert hatte.

Am Sonntag abend hatte es in der Peach-Pension wieder ein Büffet gegeben, da die Hauptmahlzeit mittags serviert worden war. Er hatte sie verpaßt und dann unter einer Magenverstimmung gelitten, weil er eilig einen Hamburger verschlungen hatte, statt Mrs. Peachs üppiges Sonntagsessen zu genießen.

Während er sich seinen Teller aufgefüllt hatte, war Dominic mit Emily Gibbons eingetreten. Beide hatten Matt fast verstohlen angesehen und seinen müden Gruß mit einem flüchtigen Lächeln erwidert. Das war ein solcher Widerspruch zu Dominics gewöhnlichem Enthusiasmus, daß Matt neugierig geworden war. Er hatte versucht, mit ihnen ins Gespräch zu kommen, aber sie hatten sich einsilbig gegeben, so daß er es schließlich aufgegeben hatte und mit seinem Nachtisch, den er später essen wollte, auf sein Zimmer gegangen war. Während er die Treppe hinaufgestiegen war, hatte er Dominics fast schuldbewußten Blick bemerkt, aber als er stehenblieb, hatte der Junge weggesehen, um sich auf sein Essen zu konzentrieren. Matt war weitergegangen und hatte sich wie eine Art Paria gefühlt. Er hatte seine Kekse gegessen, während er versuchte, ein Buch zu lesen. Schließlich war er in einen tiefen Schlaf gefallen, aus dem er aber merkwürdig unausgeruht aufgewacht war.

Als er zum Frühstück heruntergekommen war, hatte er festgestellt, daß Dominic bereits gegessen und das Haus verlassen hatte – auch dies ungewöhnlich für einen Mann, der sich für seinen Kaffee normalerweise sehr viel Zeit nahm, um jeden Morgen mit Matt in die Stadt zu gehen.

Es gab keinen Zweifel. Dominic Pritchard versuchte ihn zu meiden. Tat er es wegen Carl Putnam? Mittlerweile wußte fast die ganze Stadt, daß Matt fünf der wichtigsten Männer der Stadt unmittelbar nach der Ermordung Peter Dills verhört hatte. Er zweifelte nicht daran, daß viele Leute nicht verstanden, was er in seinen Mordermittlungen unternahm und was er unterließ.

Hatte Dominic Angst um seinen Job? So eifrig er ihm zuerst hatte helfen wollen, so eifrig versuchte er jetzt, sich von der Affäre zu distanzieren. Es war enttäuschend, aber Matt war darauf gefaßt gewesen. Der Reihe nach verprellte er sie alle – Tilly, George und jetzt Dominic.

Er setzte sich an seinen Schreibtisch und kam sich ungerecht behandelt und ziemlich einsam vor. Er sah sich noch einmal den alten Unfallbericht seines Vaters über Jacky Morgan an und ging die Namen der Mädchen durch, die am frühen Abend ebenfalls in dem Wald gewesen waren.

Jane Heckman. Sie war nicht mehr zu erreichen, war kurz nach Matts Wahl zum Sheriff an Krebs gestorben. Martha Turkle lebte noch, soweit er wußte, aber hatte geheiratet und war schon vor Jahren von Blackwater weggezogen. Wenn er sie wirklich brauchte, konnte er sie wahrscheinlich aufstöbern, weil die Turkles, gesetzestreu oder -untreu, immer in Verbindung blieben.

Maureen (Micky) Ventnor? Er brauchte einen Augenblick, um

den jungenhaften Spitznamen mit der würdevollen Dame, der jetzigen Mrs. Arthur Hudson, in Einklang zu bringen, die eine der führenden Persönlichkeiten der Opern- und Musical-Gesellschaft Blackwater Bays war. Das war nicht gerade eine Begegnung, auf die er sich besonders freute.

Milly Hackabush. Er grinste. Sie lebte noch in Blackwater und unterrichtete Sport an der hiesigen High School. Er beschloß, zuerst mit Milly zu sprechen und dann, falls nötig, mit Mrs. Hudson. Da seine Verdächtigen nicht mit der Wahrheit herausrückten, konnten ihm die «Mädchen» vielleicht einen Einblick in die Ereignisse vor dreißig Jahren geben.

«Haben wir Arthur Hudsons Telefonnummer?» fragte er Tilly.

Sie drehte sich um und sah ihn überrascht an. «Was um alles in der Welt willst du von Arthur Hudson?» fragte sie.

«Eigentlich nichts – ich möchte mit seiner Frau sprechen.»

Sie richtete sich auf. «Seiner *Frau*?»

Mußte er eigentlich alles erklären? «Sie war doch Maureen Ventnor, bevor sie Hudson heiratete, oder?»

«Ja.»

«Gut.»

«Die derzeitige Telefonnummer haben wir allerdings nicht.» Sie wandte sich wieder den Kisten zu, aber schien zu spüren, daß er nach dem Telefonbuch griff. «Da brauchst du nicht zu suchen.»

«Warum nicht?»

«Weil sie gerade in Venedig sind. Ich weiß nicht, in welchem Hotel.»

«Na, großartig.» Er wußte nicht, ob er enttäuscht oder erleichtert sein sollte.

«Warum willst du überhaupt mit ihr sprechen?»

Er redete in Richtung ihres breiten Hinterteils, das in einer Jeanshose steckte, die sich gefährlich spannte. «Sie war auf dem Eagle Head in der Nacht, als Jacky Morgan...»

«Verdammt!» Tilly streckte sich. «Verdammt, Matt!»

«Ich muß es herauskriegen, Tilly.»

«Es war irgendein Penner, der Mr. Dill getötet hat. Oder ein Betrunkener aus Hatchville. Das hat überhaupt nichts mit...»

«Und Tom Finnegan wurde auch von einem Penner oder Betrunkenen getötet?»

Sie sah ihn mißbilligend an. «Das war ein *Unfall*!»
«Das glaube ich nicht.»
«Das glaubst du nicht», äffte sie ihn nach. «Und das heißt für dich, es *ist* auch so, stimmt's?»
«Das heißt, daß ich es *überprüfen* muß. Dir wäre es lieber, wenn ich einfach die Finger davon lasse, ja?» Auf ihre Veralberung hin war er unwillkürlich lauter geworden. «Euch wäre es allen lieber, wenn ich die Finger davon lasse, die wichtigen Männer nicht belästige, keinen Ärger mache und einfach wegsehe, wenn gelogen, gemordet...»
«Du sollst doch nicht wegsehen, wenn es um einen Mord geht! Aber ich finde, du solltest dich auf *Tatsachen* stützen und nicht auf dumme, völlig haltlose Verdächtigungen...» Ihre Stimme war schrill.
«Sie *sind* nicht haltlos – diese Scheißkerle lügen!»
«Es sind angesehene Männer!»
George, der gerade hereinkam, war erschrocken.
«Hey – beruhigt euch, ihr beiden.»
«Halt du dich da raus, George», bellte Matt ihn an. «Mit dir hat das nichts zu tun.»
«Und ob. Es ist sein *Vater*, den du des Mordes beschuldigst», sagte Tilly, die vor Wut Tränen in den Augen hatte.
«Du beschuldigst meinen Vater...» stieß George hervor.
«Nein, natürlich nicht», begann Matt.
«Aber indirekt», sagte Tilly. «Er wühlt immer noch in dieser Jacky-Morgan-Sache herum.»
«O nein, Matt...» sagte George.
«Und jetzt will er mit der Frau von Arthur Hudson sprechen.»
George war verwirrt. «Was hat die mit...»
«Sie war auf dem Eagle Head dabei», sagte Tilly.
«Ich will nur einiges klären.» Matt stand auf.
«Daß *die* dabei war, wußte ich nicht», sagte George. «Woher hast du...»
«Steht alles hier drin», sagte Matt und warf George den Unfallbericht zu. «Lies selbst. Du auch, Tilly. Lest es ganz durch und sagt mir dann, ob ich wirklich jeden Penner, jeden Betrunkenen und jeden gottverdammten Menschen verhören sollte, der Samstag nacht auf dem *Howl* war. Und wenn ihr schon dabei seid, werft

auch mal einen Blick auf den Zeitplan, den Tilly gemacht hat. Ich habe letzte Nacht eine Stunde damit verbracht, alle Berichte auszuwerten. Achtet auf die Lücken. Und *dann* sagt mir, daß ich ein Idiot bin. Denkt, was ihr wollt! *Ich* tue, was ich für richtig halte. Dafür wurde ich gewählt, und das ist mein gottverdammter *Job*. Wenn euch das nicht paßt, könnt ihr beide gehen und euch bei *McDonald's* bewerben!» Er griff nach seiner Jacke und verließ türenknallend das Büro, während sie ihm mit offenem Mund nachstarrten.

Es war nicht seine Art, die Beherrschung zu verlieren, deshalb fühlte er sich jetzt sehr unwohl und etwas wackelig in den Beinen. Er ging ins *Dew Drop Inn* und riskierte damit eine Vergiftung. In seinem Kaffee befand sich jedoch keine Chemie mehr – sie hatten offenbar auch den Kaffeekessel gereinigt. Trotzdem bemerkte er, daß weniger Gäste gekommen waren als sonst an einem Montagmorgen. Das war ihm nur recht. Für eine belanglose Konversation war er jetzt nicht in der Stimmung.

Wie er es auch anstellte, er lief überall gegen eine Mauer. Vielleicht sollte er sich wie sein Vater in das Unvermeidliche fügen und es in bezug auf Peter Dills Ermordung einfach bei einer Routine-Ermittlung belassen. Die hatte er George übertragen, der seine Aufgabe bisher ganz ordentlich machte. Die meisten der Deputies waren unterwegs, um Fragen zu stellen, und er hatte die Spurensicherung der State Police kommen lassen, damit sie den Tatort untersuchten. George mußte das einmal lernen – vor allem wenn er eines Tages einmal selbst Sheriff werden wollte. Vielleicht geschah das früher als angenommen. Bis dahin war Matt jedoch entschlossen, seine eigenen Untersuchungen soweit wie möglich durchzuführen. Sein größter Fehler sei seine Sturheit, hatte Daria einmal gesagt. Sie hatte recht. Als er darauf bestanden hatte, daß es auch eine seiner Tugenden sei, hatte sie ihn ausgelacht. Vielleicht verdiente er es, ausgelacht zu werden, liebevoll oder auf andere Art. Er bezahlte seinen Kaffee und fuhr zur High School. Tod, Umzug und Urlaub hatten ihm nur Milly Hackabush gelassen.

Milly allerdings machte die Abwesenheit ihrer alten Freundinnen mehr als wett. «Nicht direkt Freundinnen – nicht mehr», stellte sie klar.

«Aus einem bestimmten Grund?»

«Ach, man lebt sich eben auseinander, andere Lebensstile, andere Lebensziele, du weißt ja, wie das ist. Na ja, vielleicht auch nicht...»

Milly Hackabush war eine große, dünne Frau mit einem dichten grauen Haarschopf, der von einem Gummiband nur mühsam zu einem Pferdeschwanz gebändigt wurde und immer noch ein Eigenleben führte. Ihre flachbrüstige und sehnige Gestalt steckte momentan in einem ziemlich abgetragenen grauen Gymnastikanzug und einem Rock. Er konnte die Umrisse ihres Brustbeins bis in den Ausschnitt des Gymnastikanzuges hinab verfolgen. Ein feiner Schweißfilm lag auf ihrer blassen Haut. Sie hatte gerade ihre Modern-Dance-Klasse unterrichtet, die vor allem aus Mädchen zu bestehen schien, die im Kreis herumliefen und ein langes, dünnes Band hinter sich herzogen. Sie drehten immer noch ihre Runden und sprangen und wirbelten mit einer Ernsthaftigkeit herum, die nicht zu der Fröhlichkeit der Musik in der Turnhalle passen wollte. Sie saßen, von einer Glaswand abgeschirmt, in Millys Büro.

«Ich verstehe, daß Leute erwachsen werden und sich verändern», stimmte Matt zu. «Aber wenn ich an Mrs. Hudson denke...»

Milly grinste und zeigte dabei ihre großen, weißen Zähne. «Es ist oft schwer, in der Frau das Mädchen zu entdecken», sagte sie vergnügt. Sie griff nach einer offenen Dose Gatorade, nahm einen tiefen Schluck und fuhr sich mit dem Handtuch, das über ihren Schultern lag, übers Gesicht. «Wir hatten viel Spaß mit Micky Ventnor, als sie jung war – mit anderen Worten: bevor sie Arthur Hudson in die Hände fiel. Er ist ein völliger Blindgänger, wenn du mich fragst. Immer bierernst.»

«Er ist sehr vermögend», sagte Matt.

Sie schnaubte. «Ja – vielleicht muntert das Micky in den langen Nächten etwas auf, aber ich bezweifle es. Was soll's – sie hat bekommen, was sie wollte.»

«Und du?»

Und wieder das Zahnpasta-Lächeln. «Ich genieße mein Leben», sagte sie. «Es würde vielleicht nicht jedem gefallen, aber mir gefällt es. Ich vollbringe ab und zu eine gute Tat – ein Mädchen davor zu retten, daß sie auf miese Typen, Schnaps oder Drogen hereinfällt, das Selbstvertrauen stärken, Schüler aus seelischen Tiefs ziehen, was eben so anfällt. Meine diversen Mannschaften haben ein paar

Spiele verloren, aber noch mehr gewonnen. Ich bin ungebunden. Ich verdiene meine Brötchen. Ich habe ein hübsches Haus. Ich habe drei Katzen, die mich furchtbar lieben – jedenfalls wenn ich gerade eine Dose Katzenfutter öffne. Ich unternehme jeden Sommer traumhafte Reisen, ich kenne viele interessante Leute und bin niemals krank. Ich bin nicht hübsch oder reich, aber kerngesund!» Sie lachte.

«Und vor dreißig Jahren?»

Sie sah ihn erstaunt an. «Dreißig? Wieso dreißig?»

«Ich interessiere mich dafür, was in einer bestimmten Nacht vor dreißig Jahren passiert ist», erklärte Matt. «Eine *Howl*-Nacht, in der du mit Micky Ventnor, Jane Heckman, Martha Turkle und einigen Jungs im Geisterwald auf dem Eagle Head warst.»

«Einen Moment.» Sie ging zur Tür ihres Büros und rief in die Musik hinein. «Yvonne, das reicht. Schalt das Ding aus, und alles ab unter die Dusche. Ihr habt noch zehn Minuten, bis es klingelt.» Mitten im Refrain brach die Musik ab. Ein Chor atemlosen Schnatterns hob an, als die Mädchen zu schwatzen begannen und barfuß zu den Umkleideräumen liefen. Er wunderte sich, wie sie sich eben noch so leichtfüßig bewegen konnten und nun wie eine Herde Elefanten davontrampelten. *Noch* eines dieser weiblichen Mysterien, dachte er sich.

Milly schloß die Bürotür, drehte sich wieder zu Matt und setzte sich mit ihrem knochigen Hintern auf die Schreibtischkante. «Was hattest du gerade gesagt?»

Er wiederholte es.

«Habe ich es also doch richtig verstanden.» Sie sah ihn ungläubig an. «Woher zum Teufel weißt *du*, was ich in einer Nacht vor dreißig Jahren gemacht habe?»

«Wegen der Sache, die passiert ist, nachdem du gegangen bist.»

Sie sah in weiter ungläubig an, dann klärte sich ihr Gesicht plötzlich auf. «Meine Güte – du meinst Jacky Morgan.»

«Genau.»

Sie war immer noch verwirrt. «Aber du hast doch selbst gesagt – wir sind *gegangen*. Wir sind gegangen, bevor es passiert ist.»

«Ja, ich weiß. Aber ich hoffe, du kannst mir einen Eindruck von der Atmosphäre vermitteln, von den Leuten, die dabei waren.»

«Frag sie doch selbst. Sie sind doch alle...» Sie unterbrach sich.

«Nein, sind sie nicht mehr, oder?» Sie war nicht dumm und brauchte nur einen Augenblick, um es zu erraten. «Zwei Beerdigungen diese Woche», sagte sie. «Tom und Peter.»

«Ja.»

«Und du glaubst... Peters Ermordung und Jackys Tod...?»

«Ich gehe jeder möglichen Spur nach.»

«Dann gehst du aber verdammt weit in die Vergangenheit zurück.»

«Ich sagte: jede mögliche.»

Sie betrachtete ihn einen Moment lang, dann griff sie nach einer braunen Handtasche, die über einer Stuhllehne hing. Sie kramte ein Päckchen Zigaretten und ein Feuerzeug heraus und reckte den Hals, um zu sehen, ob noch eines der Mädchen in der Halle war. «Du rauchst», sagte sie und zündete sich eine Zigarette an.

«Nein, ich rauche nicht.»

«Doch, du rauchst. Wenn jemand hereinkommt, ist das deine Zigarette.»

Er lächelte. «In Ordnung.»

Sie entfernte etwas Tabak von ihrer Zungenspitze und setzte sich auf dem Schreibtisch zurecht. «Mal sehen.» Sie schloß ihre Augen für einen kurzen Moment, dann öffnete sie sie wieder. «Mein Gott, man sollte meinen, daß ich mich daran erinnern kann...» Sie lächelte entschuldigend. «Vielleicht bin ich nicht alt genug. Man sagt, je älter man wird, desto besser erinnert man sich an seine Kindheit und Jugend.» Sie seufzte. «Wie alt war ich? Sechzehn?»

«Siebzehn.»

Sie nickte. «Aber gerade geworden. Ich bin Löwe – neunzehnter August. Süße siebzehn also?» Sie lachte und nahm einen Zug von der Zigarette. Sie tat es etwas verlegen, behielt die Turnhalle im Auge und steckte die Zigarette hastig in den zugekniffenen Mund, als ob sie es nicht gewöhnt wäre oder die Zigarette eine Art Nährstoff enthielte.

«Also, wir fuhren mit Danny Rogers' Auto hin – das heißt Jane, Micky und ich. Martha fuhr mit Peter Dill. Sie hatte sich in ihn verknallt – aber er war nicht interessiert...» Sie seufzte ein weiteres Mal. «Ich war in Danny verknallt, und er *war* interessiert, zumindest für eine Weile. Bis er verschwand, um aufs College zu gehen. War vielleicht auch besser so – es wäre eine Katastrophe geworden, wenn wir zusammengeblieben wären. Wie dem auch sei, daß wir zu dem Wald herausfuhren, war so eine Art Mutprobe. Was rede ich, du kennst den *Howl*. Hat sich nicht viel verändert.»

«Nicht?»

Sie zog eine Augenbraue hoch. «Siehst du das anders?»

«Es ist nur wegen des Ärgers, den wir die letzten Jahre hatten. Die *Leute* haben sich verändert.»

«Das kannst du natürlich besser beurteilen», sagte sie leise.

«Erzähl weiter von der Nacht», ermunterte er sie.

Sie zuckte mit den Schultern. «Es war verdammt kalt, daran kann ich mich erinnern. Ich erinnere mich, daß Micky sagte, wir würden keinen Ärger mit den Jungs haben – du weißt schon –, weil bei diesem Wetter keiner seine Hosen herunterläßt.» Sie lächelte. «Ich habe ja schon gesagt, daß sie früher anders war.»

«Das hast du. Schade, daß Arthur sie damals noch nicht gekannt hat.»

«Hmm. Jedenfalls parkten wir einige Straßen entfernt, stiegen über den Zaun beim alten Osborne und gingen in den Wald. Es war richtig gruselig, aber darum ging es gerade, glaube ich. Wir klammerten uns aneinander, kicherten viel – du kannst dir das bestimmt vorstellen.»

«Ja.»

«Na ja, schließlich kamen wir zu dieser Lichtung, sammelten etwas Holz und zündeten ein Lagerfeuer an. Diejenigen, die essen wollten, aßen, und diejenigen, die...» Sie zögerte ungewohnt verlegen.

«...schmusen wollten...»

«Schmusen, genau. Und es war gruselig und lustig, und...» Sie runzelte die Stirn.

«Und?»

«Und dann kam Jacky.»

«War er so schlimm?»

«Er ging einem auf die Nerven, um ehrlich zu sein. Er – brachte eine Flasche Whisky mit und machte einen Riesenshow daraus. Dann stellte sich heraus, daß einige der Jungs ebenfalls Alkohol dabeihatten, uns aber nichts davon erzählt hatten. Geschweige denn angeboten.» Zwischen ihren Augenbrauen entstand eine Falte. «Geizhälse. Aber das war nicht das Problem.»

«Sondern?»

Sie schüttelte den Kopf. «Das Hauptproblem war – wie immer – Jacky selbst. Du kanntest ihn nicht.»

«Ich war noch ein kleiner Junge, als er starb.»

«Ich vergesse ständig, daß die Polizisten immer jünger werden», lächelte sie. «Also, Jacky war eine richtige Nervensäge, um ehrlich zu sein. Er hing ständig bei uns herum, wollte zur Gruppe gehören und hatte die Angewohnheit, alle Leute auf eine hinterhältige und gemeine Art zu ärgern. Irgendwie, wie soll ich sagen, irgendwie deutete er immer an, daß er mehr wußte, als er sagte, wenn du verstehst, was ich meine. Richtig kindisch. Er tat immer so, als ob er mit allen dick befreundet wäre und ihre Geheimnisse und Träume und alles kennen würde, obwohl ihn eigentlich keiner richtig mochte. Ich weiß gar nicht, warum sie sich überhaupt mit ihm abgegeben haben.»

«Aber sie haben sich mit ihm abgegeben?»

«Na ja, *einige* von ihnen. Merry zum Beispiel. Danny war netter zu ihm, als er es verdiente. Und Fanny... oh, Jacky war Fannys bester Freund – laut Jacky. Er nannte sich und Fanshawe immer ‹die beiden Jacks›, als ob er und Jack Fanshawe eine Art Team bildeten. Aber das stimmte nicht.»

«Bist du sicher?»

Plötzlich passierten zwei Dinge schnell hintereinander. Milly Hackabush errötete und steckte ihre fast zu Ende gerauchte Zigarette zwischen Matts Finger. Fünf Sekunden später öffnete sich die Bürotür, und ein ausgesprochen hübsches, junges Mädchen steckte ihren Kopf herein, schnupperte die verrauchte Luft und rümpfte die Nase. Sie warf Matt einen kecken Blick zu.

«Hat sie Ihnen wegen der Zigarette noch nicht die Leviten gelesen?» fragte sie ihn mit einem angedeuteten Zwinkern.

«Das reicht, Yvonne», sagte Milly barsch. «Was gibt's?

«Nichts Besonderes. Ich wollte dir nur sagen, daß ich die Kassetten und den Recorder unter die Tribüne gelegt habe. Ist das okay? Ich hätte auch alles weggeschlossen, aber wir haben später noch eine Probe und...»

«In Ordnung. Danke. Hast du jetzt keine Klasse?»

Yvonne sah zu der Uhr an der Wand. Sie verzog das Gesicht. «Ja. Obwohl ich nicht weiß, warum sie uns ‹Aufklärung› unterrichten lassen – die Mädchen haben schon mehr Ahnung vom Sex, als ich es jemals haben werde.» Ihre Augen wanderten wieder zu Matt. «Es sei denn, ich habe sehr, sehr viel Glück.» Mit einem weiteren, unmißverständlichen Zwinkern war sie verschwunden.

Milly räusperte sich und forderte ihre Zigarette zurück. Sie nahm einen letzten Zug und drückte sie dann am Rand des Mülleimers aus. «Meine Lehrassistentin», sagte sie trocken und setzte sich wieder hin. «Wo waren wir stehengeblieben?»

«Du sagtest, daß Jacky Morgan und Jack Fanshawe keine engen Freunde gewesen wären. Und daß du dir da sicher warst. Warum?»

Sie errötete wieder. «Mann», sagte sie mit einem unsicheren Lachen. «Alle Geheimnisse kommen einmal ans Tageslicht, oder?»

«Nicht, wenn du nicht möchtest.»

«Oh, es macht mir nichts aus. Ich weiß, daß sie keine engen Freunde waren, weil *ich* in dem Sommer eng mit Jack Fanshawe zusammen war – in jeder Hinsicht, könnte man sagen. Er hätte keine Zeit für Jacky Morgan gehabt, das kannst du mir glauben. Und natürlich sorgte Jacky Morgan dafür, daß es jeder erfuhr. Darüber regte ich mich furchtbar auf, weil ich mich zu der Zeit nicht mehr für Jack Fanshawe interessierte, sondern wie gesagt in Danny Rogers verknallt war.» Plötzlich stieg ein Lachen ihre Kehle hoch. «Mein Gott, wenn man mich so reden hört, klingt es wie eine richtige Seifenoper, oder? Aber so war es damals. Wir hatten alle unsere Sommerromanzen. Und *jede* hatte mal eine Romanze mit Fanshawe, und den Sommer war ich eben dran. Aber als Jacky ankam, fing er sofort an zu sticheln. ‹Du hast deine Knöpfe falsch zugeknöpft›, sagte er zu mir. Waren sie natürlich nicht. Aber ich tastete nach ihnen, und das wollte er nur erreichen. ‹Ihr zwei kommt wohl gerade aus den Büschen?› fragte er in seiner abfälligen Art. Alle lachten. Auch Danny Rogers. Damit waren meine Chancen bei *ihm* wohl auf Null gesunken, dachte ich. Dann fing Jacky an, Peter wegen Mary Turkle aufzuziehen ...»

«*Mary* Turkle?» Der Name sagte ihm nichts – er konnte sich an kein Turkle-Mädchen namens Mary erinnern.

«Du hast sie wohl nicht mehr kennengelernt. Mary war Marthas ältere Schwester. Sie und Peter Dill sind über ein Jahr miteinander gegangen, bevor sie sich umbrachte. Es war schrecklich. Sie hatte niemandem erzählt, daß sie die Pillen genommen hatte. Alle dachten, sie hätte eine Grippe. Peter war am frühen Abend sogar dort gewesen, hatte sie besucht, und sie hatte es nicht mal *ihm* erzählt, kannst du dir das vorstellen? Sie war deprimiert, weil sie nicht auf das College konnte, auf das Peter gehen würde. Sie wären voneinander getrennt worden. Martha sagte, daß Mary fest damit rechnete, daß er eine andere finden würde, wenn sie nicht zusammen wären. Sie hätte es nicht ertragen, ihn zu verlieren. Mein Gott, es ist schwer nachzuvollziehen, wie *wichtig* das damals alles war. Wie verletzlich wir waren, wie verliebt und alles. Ich sehe es jeden Tag, und es haut mich immer noch um, wie diese Mädchen an Sachen verzweifeln können, die ein Erwachsener für nichtig hält.» Sie zog die Stirn in Falten. «Was die Probleme noch vergrößert. Na ja, Jacky machte jedenfalls unfreundliche Bemerkungen über Mary, und Martha begann zu weinen, was ihn fürs erste zufriedenstellte. Dann war Albert dran, weil er bereits dünnes Haar bekam, dann Merry, weil er ein Waschlappen war...» Sie lächelte plötzlich. «Kannst du dir das vorstellen? Merrill Atwater als Vierzig-Kilo-Schwächling? Warst du schon mal in seinem Fitness-Studio?»

«Ein- oder zweimal.»

«Ich trainiere dort einmal die Woche, aber du siehst ja, daß es nicht viel nützt.»

«Du bist doch schlank.»

«Ha! Ich bin dünn – eine dünne alte Jungfer!» lachte sie. «Soviel ich auch trainiere, ich bleibe knochig und flach. Was immer ich mit siebzehn hatte – und es war nicht viel –, ist längst verschwunden. Was soll's. Mir geht's ganz gut.» Sie griff wieder zur Gatorade-Dose.

«Und was passierte dann?» drängte Matt sanft.

Sie zuckte mit den Schultern. «Nachdem er jedem einen Stich versetzt hatte, beruhigte er sich etwas. Es schien so, als ob er jeden erst mal zurechtstutzen mußte, bevor er sich wohl fühlte. Er kam schließlich selbst nicht gerade aus dem besten Elternhaus. Seine Mutter...» Sie unterbrach sich und verzog das Gesicht.

«Was?» fragte Matt.

Sie wurde nachdenklich. «Ich glaube, wenn Jacky Morgan heute ein Schüler von mir wäre, täte er mir leid. Er hatte es nicht einfach. Sein Vater war tot, und seine Mutter war eine Trinkerin und stadtbekannte...» Sie räusperte sich. «Na ja, was soll's. Jedenfalls wurde Jacky links liegengelassen und an vielen Abenden regelrecht *ausgesperrt*. Daher auch seine Angewohnheit, sich an jeden heranzuhängen, den er finden konnte. Wir wußten es alle, und er wußte, daß wir es wußten. Also griff er immer als erster an. Der Witz ist nur, daß keiner von uns es jemals erwähnt hätte. Es war zu ernst, zu verletzend, und man ärgert niemanden damit – zumindest nicht als Jugendlicher. Kinder würden es tun. Kinder sind grausam. Aber Teenager sind selbst zu verletzlich, um…» Sie machte eine Pause. «So stand es also um ihn. Heutzutage hätte er seinen eigenen Sozialarbeiter, würde eine Therapie bekommen und so weiter – aber damals war er einfach…» Sie sah weg. «Lächerlich. Wie lächerlich, sich nach all den Jahren darüber Gedanken zu machen.»

«Über Jacky Morgan?»

«Über uns *alle*.» Als sie sich wieder umdrehte, erkannte er Zorn in ihren Augen. «Über alle Jugendlichen, die unter den Qualen der Pubertät gelitten haben und noch leiden werden. Wenn wir erwachsen werden, verlieren wir diese Verletzlichkeit. Wir werden hart und sagen: Da muß jeder mal durch. Wir lassen es nicht mehr an uns heran. Jetzt kommst du und erinnerst mich an meine eigenen Qualen und an die meiner Freunde. Mir wäre es lieber, du hättest es nicht getan.» Sie fuhr sich mit dem Handrücken über ihre Augen.

«Es tut mir leid.» Er war überrascht.

Sie zwang sich zu einem Lächeln. «Ach was, nimm mich nicht zu ernst. Ich werde albern. Dazu lasse ich mich normalerweise nicht hinreißen. Reine Zeitverschwendung. Aber das war für uns alle das letzte Jahr. Das letzte Jahr der Unschuld – meine Güte, wie abgedroschen –, als man noch an Dinge *glaubte*. Das letzte Jahr, daß man noch jemanden an sich *heran*ließ. Danach war alles anders.»

«Du meinst, nachdem Jacky Morgan tot war?»

«Ich weiß nicht. War es das? Vielleicht. Etwas war passiert. Jacky starb. Mary starb. Die Jungen gingen aufs College oder nach Vietnam. Unsere Eltern bekamen graues Haar. Wir wurden erwachsen.»

«Ihr Mädchen habt den Wald verlassen, kurz nachdem Jacky angekommen war.»

«Du läßt einfach nicht locker, was?»

«Ich muß es wissen, Milly.»

«Warum?»

«Mein Job. Peter Dill wurde ermordet, und ich muß herausfinden, wer es getan hat. So einfach ist das. Im Moment glaube ich, daß es etwas damit zu tun haben könnte, was in dieser Nacht passiert ist.»

«Wirklich? Nach so langer Zeit?»

«Ja.»

Irgendwo hinter den Türen der Turnhalle klingelte es. Man hörte, wie Türen zugeschlagen wurden und Füße die Flure entlangpolterten. Durch die Flügeltüren strömten Jungen herein und liefen zu den Umkleideräumen. Milly war einen Augenblick still und überlegte.

«Tja, ich weiß nicht, was ich dir noch erzählen könnte. Die Jungs begannen zu trinken und sich gegenseitig herumzuschubsen. Sie fingen an wettzueifern, wie Jungs eben so sind: Ich vertrage mehr als du, ich kann schmutzigere Geschichten erzählen und so weiter. Es war uns klar, daß es nur noch schlimmer werden würde. Martha war sowieso ziemlich niedergeschlagen, deshalb beschlossen wir, zu gehen und die Jungs sich selbst zu überlassen. Als wir gingen, hatte sich Merrill bereits einmal übergeben – sie hatten ihn gezwungen, eine ganze Flasche Bier in einem Zug zu trinken. So wüst ging es zu. Kein Ort für anständige Mädchen.» Sie verzog das Gesicht. «Wenn es also in *dieser* Nacht begann, wird es nicht leicht für dich. Die einzige Person, die Peter Dill gern getötet hätte, war wahrscheinlich Jacky Morgan selbst – weil der uns alle töten wollte, in gewisser Hinsicht. Wir kamen alle aus guten Elternhäusern, wir gingen alle aufs College, wir waren alle in Ordnung – und er nicht. Irgendwie glaube ich ... Gott, das klingt schrecklich.»

«Was?»

«Du willst, daß ich es ausspreche?»

«Bitte.»

«Na ja, *wenn* jemand in dieser Nacht sterben mußte, dann war es vielleicht das beste, daß es Jacky Morgan war. Er hatte am wenigsten zu verlieren und am wenigsten zu erwarten. Offen gesagt hatte er ein beschissenes Leben, und daran hätte sich wahrscheinlich nie etwas geändert. Wenn er es geschafft hätte, die High School zu beenden – was mehr als fraglich war, weil er nicht der Schlauste war –, hätte ihm das Leben nicht viel geboten. Einen schlechtbezahlten Job, mehr nicht. Und er sah nicht besonders gut aus, vielleicht hätte er auch niemals eine Frau gefunden. Damals verachtete ich ihn – wie alle. Aber wenn ich auf ihn mit den Augen eines Erwachsenen zurückblicke, bekomme ich eher Mitleid. Wenn er versuchte, den anderen das Leben schwerzumachen, geschah das nur, um sein eigenes Leben erträglicherzumachen. Damals haben wir nicht um ihn geweint, aber jetzt könnte ich sofort losheulen. Natürlich nur, wenn ich mich gehenlassen würde.» Sie sah ihn wütend an. «Aber ich lasse mich nicht gehen. Niemals. Nicht mehr. Nichts ist so überflüssig wie eine weinende Frau, hat meine Mutter immer gesagt. Und sie hatte recht.»

«Wirklich?» fragte Matt behutsam.

Milly Hackabush schniefte und warf den Kopf zurück, um ihre Augen von dem letzten Rest nostalgischer, romantischer und überflüssiger Tränen zu befreien. «Zum großen Teil», sagte sie.

Er stand auf. «Das ist wohl das beste, was wir uns erhoffen können», sagte er. «Zum großen Teil recht zu haben.» Er ging zur Tür und drehte sich zu ihr um. «Mir würde es ehrlich gesagt schon reichen, zu einen kleinen Teil recht zu haben. Danke, Milly.»

«Gern geschehen», sagte sie.

Und sah ihm nach, wie er sich zwischen den lauten Jungen hindurch den überfüllten Flur entlangdrängelte.

Sunshine Forever war praktisch eine eigene Stadt. Die Anlage bestand aus kurvenreichen Straßen und kleinen Bungalows mit roten Dächern, die von sorgfältig gepflegten Gärten umgeben waren, in denen einige außergewöhnliche Blumen zur Schau gestellt wurden. Diese Straßen – keine von ihnen zu lang für einen netten Nachmittagsspaziergang – liefen alle auf ein Einkaufszentrum zu, in dem eine überraschende Vielfalt an Geschäften, ein Supermarkt und ein großes Verwaltungsgebäude mit einer medizinischen Abteilung untergebracht waren.

Emily war sehr beeindruckt.

Die meisten Leute, die in dem Einkaufszentrum bummelten, waren über Fünfundsechzig, aber das hatte sie erwartet. Dies war eine der vielen Seniorensiedlungen, die in Florida und anderen sonnigen Teilen des Landes aus dem Boden geschossen waren und speziell auf die Bedürfnisse von Ruheständlern der oberen Mittelschicht ausgerichtet waren. Die jüngeren Leute, die ihr begegneten – Krankenschwestern, Pfleger, Wächter und so weiter –, trugen Uniformen. Selbst das Verwaltungspersonal im Zentralgebäude trug ein leuchtendes Goldgelb, wobei es individuelle Unterschiede in Stil und Accessoires gab.

Coral Morgan wohnte laut Verzeichnis in einem der kleinen Bungalows, war aber momentan in der medizinischen Abteilung untergebracht, weil sie unter einem durchgebrochenen Magengeschwür gelitten hatte. Sie erholte sich langsam, war aber noch recht schwach. Während des Fluges hatte Emily überlegt, wie Mrs. Morgan wohl aussehen mochte. Irgendwann hatte sie sich für die Vorstellung einer zerbrechlichen, furchtsamen, weißhaarigen alten Frau entschieden – und war daher sprachlos, als sie auf eine große, knochige Frau mit wild abstehenden leuchtendroten Haaren und funkelnden schwarzen Augen stieß, die in dem Zimmer, das man ihr genannt hatte, aufrecht im Bett saß.

«Wer zum Teufel sind Sie?» fragte die Gestalt, als Emily leise anklopfte und ihren Kopf durch die Tür steckte.

«Ich, zum Teufel, bin Emily Gibbons», antwortete sie forsch.

Und Coral Morgan grinste.

«Komm rein, Emily Gibbons», sagte sie. «Gott sei Dank trägst du Blau», fuhr sie fort, als Emily ihrer Aufforderung folgte. «Ich habe das Weiß und das ‹Sonnenschein-Gelb› so verdammt über, daß ich purpur kotzen könnte. Das habe ich tatsächlich schon gemacht – deswegen bin ich hier. Sie sagen, es wäre ein Magengeschwür, aber in Wirklichkeit war es der Anblick dieser gottverdammten, albernen Dauerlächler, der mir irgendwann auf den Magen geschlagen ist. ‹Nehmen Sie diese Medizin›, sagen sie und lächeln. ‹Legen Sie sich zurück und ruhen Sie sich aus›, ‹Bezahlen Sie die Rechnung›, ‹Drehen Sie sich um für den Einlauf›, ‹Sterben Sie endlich›, aber sie *lächeln.* Was immer sie tun, sie lächeln. Ein Zahnparadies, dieser Ort. Wer braucht eine Sonne, wenn einen alle diese *Zähne* anstrahlen? Was willst du von mir? Und lächle nicht.»

Emily lachte. «'tschuldigung», sagte sie und versuchte einen mißmutigen Blick.

«Himmel, das ist ja noch schlimmer», sagte Coral matt. «Du hast nicht zufällig Zigaretten bei dir, oder?»

«Tut mir leid, ich...»

«... rauche nicht. Ich wußte es.»

«Ich mußte es aufgeben», fuhr Emily fort. «Ich hatte Probleme mit der Stirnhöhle.»

«Schade», sagte sie ohne Mitgefühl. «Schnaps? Hast du Schnaps in deiner Tasche?»

«Nein, ich...»

«Dann mach, daß du hier wegkommst», sagte Coral. «Du hast nichts, was ich brauche.» Und sie meinte es ernst.

Zwanzig Minuten später kehrte Emily mit einer schweren Handtasche und noch schwererem Herzen zurück. Sie wußte, daß es falsch war, einer kranken Frau Whisky oder Zigaretten zu geben, aber...

«Ich sehe, wir haben uns verstanden», sagte Coral, als sie noch einmal klopfte. «Bist doch ein kluges Mädchen. Gib her.»

Wortlos kramte Emily das Päckchen Zigaretten hervor, das sie im Supermarkt gekauft hatte, und reichte es Coral Morgan, die verächtlich schnaubte. «Leichte 120er mit Filter. Sorgst dich wohl um meine Gesundheit, was? Wie nett. Feuer?»

Immer noch wortlos zog Emily ein Streichholzheft hervor und reichte es der alten Frau. Jetzt, da sie am Bett stand, konnte sie im schonungslos hellen Sonnenlicht, das von draußen hereinschien, erkennen, daß Coral Morgan die Siebzig längst überschritten und sich nicht sehr gut gehalten hatte. Ihr gebräuntes Gesicht war so faltig wie das eines Affen, und ihr Gebiß hatte viele Lücken und war verfault. Als sie die Zigarette anzündete, fing sie mit ihren schwarzen Augen Emilys Erstaunen auf.

«Ich weiß – ich sollte mich mit dem Rücken wieder zum Fenster setzen», sagte Coral. «Was ist mit dem Schnaps? Hat der auch einen Filter?» Sie starrte gespannt auf die Handtasche und fing meckernd zu lachen an, als Emily eine kleine Flasche Johnny Walker Red Label hervorholte. «Menschenskind, hast du heute deine Spendierhosen an?» Sie streckte eine Hand mit rotlackierten Fingernägeln aus, griff zu, schraubte den kleinen Verschluß ab und setzte die Flasche senkrecht zum Trinken an. Die plötzliche Zufuhr von Rauch und Hochprozentigem löste einen wilden Hustenanfall aus, den die alte Frau aber zu genießen schien.

«Wunderbar», sagte sie mit tränenden Augen. «Wie in alten Zeiten.» Dann stellte sie die kleine Flasche jedoch zur Seite, nahm noch einen Zug und drückte die Zigarette aus. Durch den Rauch sah sie kurz zu Emily herauf. «Keine Angst, du hast mich nicht auf dem Gewissen. Ich wollte nur sehen, ob ich noch am Leben bin. Was möchtest du als Gegenleistung für diese kostbaren Geschenke?»

«Ich möchte mit Ihnen über Ihren Sohn sprechen», sagt Emily und zog einen Stuhl heran.

«Ich habe keinen Sohn», sagte Mrs. Morgan. «Und ich habe dich auch nicht gebeten, dich zu setzen.»

Emily setzte sich trotzdem, wühlte nochmals in ihrer Handtasche und holte ein Notizbuch und einen Kugelschreiber hervor. «Über Ihren Sohn Jacky», sagte sie unbeeindruckt.

«Oh, Scheiße», sagte Coral. «Was hat der kleine Bastard jetzt wieder ausgefressen?»

Dreiundzwanzig

Coral begann zu lachen. «Dein Gesicht», sagte sie. «Du solltest dein Gesicht sehen.»

«Sehr komisch», sagte Emily. «Sie haben mich erwartet, oder?»

«Ich habe jemanden erwartet, den ich nicht kenne», stimmte Coral zu. Sie hatte nun Mitleid mit Emily, die sich sehr albern vorkam. «Hör zu, Schätzchen – ich bin eine erfahrene Frau, und ich bin nicht auf den Kopf gefallen. Ich kann meine Freunde an einer Hand abzählen und meine Verwandten an einem Finger – eine nichtsnutzige, unverheiratete Schwester in Poughkeepsie. Brüder habe ich keine. Wenn die mir also erzählen, daß ich Besuch von einer ‹Nichte› bekomme...»

«Ich habe sie gebeten, nichts zu sagen», beschwerte sich Emily.

«Sie quälen mich gerne», sagte Coral. «Und überhaupt: die haben nur Angst, daß sie kein Geld mehr an mir verdienen, wenn ich vor lauter Schrecken den Geist aufgebe. *Deswegen* haben sie mir von deinem Anruf erzählt. Ich habe dich zwar gefragt, was du willst, aber ich habe mir schon gedacht, daß es mit Jacky zu tun hat. Ich wüßte nicht, warum sonst jemand was von mir wissen wollte. Außerdem wurde ich telefonisch gewarnt, daß ich meinen Mund halten soll.»

Emily richtete sich auf. «Wer?» fragte sie. «Ich meine, von wem?»

«Von einem, der dir völlig egal sein kann», sagte Coral. «Ich habe nicht vor, mich daran zu halten.» Sie beugte sich vor. «Sieh mal, Kleines, ich sagte, daß ich nicht dumm bin. Die sagen, das hier –» sie zeigte auf ihren flachen Bauch «– ist ein durchgebrochenes Magengeschwür. Aber ich weiß es besser. Das sagen die nämlich allen, die einen kaputten Magen haben. Aber es gibt hier eine Bücherei, und ich kann genauso gut lesen wie jeder andere. Wenn sie es operieren könnten, hätten sie es getan – für so was bekommen die von der Versicherung einen guten Batzen Geld. Aber sie haben es nicht getan. Sie haben die Hoffnung also aufgegeben.»

«Ich ... ich ...» Emily wußte nicht, was sie sagen sollte.

«Nun heul mal nicht gleich. Ich habe mich lange gehalten und bin höllisch müde. Wenn sie es schmerzlos machen können – und ich weiß, daß sie es können, denn meine Freundin Bernice hatte das gleiche, und die ist vergnügt abgetreten –, dann bin ich bereit für die Reise. Mir geht es nur darum, daß ich mir nichts vorschreiben lasse. Weder was ich zu tun noch was ich zu lassen habe, kapiert? Ich werde also sprechen. Wie findest du das?»

«Sehr ... sehr gut», sagte Emily. «Worüber?»

Coral wirkte verwirrt und ein bißchen enttäuscht. «Worüber? Über Jacky natürlich. Was sie mit ihm gemacht haben. Was sie gemacht haben, damit ich dichthalte. Das ganze Zeug. Deswegen bist du doch gekommen, oder?»

«Ja, aber ...»

«Aber was, verdammt noch mal?»

«Er fiel.»

«O nein. Er wurde gestoßen.»

«Was?»

«Jetzt hör mir mal zu, Kindchen. Warum zum Teufel hätten die mich sonst dafür bezahlt, daß ich wegziehe und die Klappe halte? Warum kam dieser Albert Budd, als ich aus meiner letzten Pension rausgeschmissen wurde, und besorgte mir einen Platz in *Sunshine Forever*? Warum haben sie mich mit einem eigenen Haus bestochen, und warum bezahlt er die Rechnungen? Weil er meinen Sohn ermordet hat, deswegen. Das kannst du mir glauben.»

«Aber wenn Ihr Sohn absichtlich getötet wurde ...»

«Ich habe nicht gesagt, daß es absichtlich war, oder? Aber alle haben mitgemacht. Sie haben sich zusammengetan und gesagt: Wir schubsen ihn über die Klippe, damit er sich mal richtig in die Hosen scheißt. Sie konnten nicht wissen, daß er dünne Knochen hat. Liegen bei uns in der Familie, dünne Knochen, aber das konnten sie nicht wissen. Vielleicht dachten sie, er kommt mit einem gebrochenen Arm oder Bein davon und läßt sie endlich in Ruhe. Oder sie haben überhaupt nichts gedacht. Aber sie hatten recht – er hätte sie danach nicht weiter belästigt, die miese kleine Ratte.»

Emilys Verwunderung über Coral Morgan stieg immer weiter an. Sie war zweifellos eine Frau, die es im Leben nicht leicht gehabt hatte und nun dem Tod gelassen, sogar mutig entgegensah. Und trotzdem schien sie wenig von ihrem Sohn zu halten, den sie so früh verloren hatte.

Corals gezupfte Augenbrauen hoben sich. «Du bist schockiert, daß ich ihn eine miese kleine Ratte nenne?» Emily fragte sich, ob ein bevorstehender Tod die Sinne schärfte – Coral las offenbar mühelos ihre Gedanken, oder besser: ihr Gesicht.

«Na ja, ich ...»

«Beschimpfen deine Eltern dich nie?»

Emily begann zu lächeln. «Klar – wenn sie sauer sind.»

«Na, siehst du. Ich bin jetzt seit über dreißig Jahren sauer auf Jacky, und sein Tod hat daran nichts geändert. Ich habe ihn geliebt, natürlich, obwohl er es einem ziemlich schwer gemacht hat. Als er so um die sechs war und der Alte uns verließ, wurde er immer frecher. Wurde ein kleiner verschlagener Lügner und Herumschnüffler. Ich kann Leute, die herumschnüffeln, nicht ausstehen und habe mein Bestes getan, es aus ihm herauszuprügeln, aber es hat nichts genützt. Der Bengel war einfach ganz versessen darauf, heimlich in die Fenster anderer Leute zu gucken, an ihren Türen zu lauschen, sie zu ärgern und zu quälen. Ich war eigentlich überrascht, daß er überhaupt so lange gelebt hat. Ich habe immer damit gerechnet, daß Sheriff Ted eines Nachts vorbeikommt und mir sagt, daß man Jacky an einem Baum aufgeknüpft hat oder daß man ihm das verdammte Leben aus dem Leib geprügelt hat. Schließlich *kam* Ted ja auch vorbei, nur daß man ihn vom Kliff geschubst und nicht aufgeknüpft hatte.»

«Sie meinen also ...»

Coral nahm die kleine Flasche, trank sie aus und warf sie überraschend zielsicher in einen Papierkorb am anderen Ende des Zimmers. Dann hustete sie noch einmal kräftig und trocknete ihre Augen an der Decke ab. «Ich meine, er war eine miese kleine Ratte und wurde deshalb umgebracht. Und das war das Schlimmste und das Beste, was mir jemals passiert ist. Diese Jungs waren schuldig, und ihre Familien wußten es. Sie gaben mir Geld, damit ich wegzog, und ich hatte ausgesorgt. Seit dreißig Jahren führe ich ein komfortables Leben, weil Jacky von einem Kliff geschubst wurde.» Trotz der harten Worte glitzerten Tränen in ihren Augen. «Keine Frage, er war häßlich und dumm. Aber er benahm sich noch dümmer, als er war, und deswegen bin ich sauer auf ihn. Vielleicht wäre er niemals Präsident oder so geworden, aber wenn er hiergeblieben wäre, hätten wir was auf die Beine stellen können. Wir wären schon gut miteinander ausgekommen.»

Es folgte eine lange Stille. Emily griff nach den Zigaretten. «Möchten Sie noch eine?»

«Verdammt, ja – gib sie rüber.» Nachdem sie eine Zigarette angesteckt und den Rest der Packung in der Schublade des Nachtschranks versteckt hatte, betrachtete Coral Emily nachdenklich. «Du denkst, ich bin eine schreckliche alte Frau, oder?»

«Nein, eigentlich nicht. Ich weiß ja nichts über Jacky, außer daß er auf diese furchtbare Weise starb...»

«Zumindest ging es schnell», bemerkte Coral und sah aus dem Fenster. «Dafür beneide ich ihn, armes kleines Schwein.»

«Warum sagen Sie, daß er dumm war, Mrs. Morgan?»

Coral drehte sich im Bett um und knuffte die Kissen zurecht. «Na ja, wie ich sagte – er ärgerte und quälte Leute. Er war dumm, weil er sie so sauer machte, daß sie es ihm heimzahlten. Er war sogar noch dümmer, weil er niemals etwas daraus *machte*. Er wußte eine Menge Dinge über eine Menge Leute – wir haben uns fast totgelacht über einige Sachen, die er rausbekommen hat. Nicht nur über seine Freunde – verdammt, das waren kleine Fische. Aber Sachen über Erwachsene, Sachen, die uns ein bißchen Geld eingebracht hätten, wenn du verstehst, was ich meine. Schockiert?»

Emily war schockiert, aber sie wußte, daß eine gute Reporterin sich niemals etwas anmerken ließ, also schüttelte sie einfach den Kopf.

«Sieh mal, Mädchen, du mußt das verstehen. Wir hatten nichts und *waren* nichts. Du mußt nehmen, was du kriegen kannst, sonst gehst du unter. Ich habe ihm gesagt, daß ich sein Wissen zu Geld machen könnte, aber das interessierte ihn nicht. Selbst als ich ihm sagte, daß wir es *brauchten*, war es dem kleinen Mistkerl egal. Ihm ging es nur um das Wissen, um die Macht, die es ihm gab, auch wenn er sie nie benutzte. Dumm – wie ich schon sagte. Engstirnig wie sein Alter. Als er dann tot war, habe *ich* es benutzt. Diese sieben Jungen dachten, sie zahlen als einzige. Aber das stimmte nicht. Dank Jacky haben viele Leute gezahlt. Wenn man so will, hat er mich ernährt – obwohl er es niemals erfahren hat und niemals getan hätte, wenn er noch am Leben wäre. Möchtest du davon was hören?»

«Ja», sagte Emily einfach. «Aber ich glaube, Sie sollten wissen, daß ich Reporterin bin.»

«Ich kenne den Namen Gibbons, Schätzchen. Ich kannte deinen Opa – und nicht nur vom Guten-Tag-Sagen, wenn du verstehst, was ich meine. Ich weiß, was ich tue, wenn ich dir alles erzähle.»

«Was tun Sie denn damit, wenn Sie's mir erzählen?»

Coral Morgans Gesicht verkrampfte sich plötzlich. Emily wußte nicht, ob es die Schmerzen vom Krebs oder die seelischen Schmerzen der Vergangenheit waren, aber Schmerzen waren es ganz sicher. «Ich zahle es ihnen heim, Schätzchen. Für meinen Jungen. Ich zahle es all diesen überheblichen, schnöseligen, unverschämten Besserwissern heim, für die wir nie gut genug waren. Kannst du das verstehen?»

«O ja», sagte Emily sanft. «Ich kann das sehr gut verstehen. Aber bevor Sie beginnen, möchte ich noch eines wissen.»

«Schieß los.» Coral war entspannt und genoß die Rolle der Rachegöttin.

«Ich weiß, daß Sie Jackys Mutter waren...»

«Eine meiner größten Sünden», pflichtete Coral leutselig bei.

«Aber... wer war Jackys Vater?» fragte Emily.

«Ich wurde also vorgeschickt, um erste Auskünfte über Dill einzuholen, Sie verstehen – seinen Lebensstil zu überprüfen, seine Gewohnheiten und so weiter. Rein routinemäßig. Das gleiche galt für die anderen Bankangestellten. Wir wußten, daß etwas faul war, aber die regulären Buchprüfungen hatten nichts ergeben.» Clarence

Toogood beugte sich auf seinem Stuhl nach vorne. «Ich habe eine *Nase* für solche Dinge, wissen Sie. Ich bin vielleicht langsam – aber ich bin billig.» Er kicherte über seinen eigenen Witz.

«Ich bekomme langsam ein anderes Bild von Peter Dill als noch vor ein paar Tagen», sagte Matt.

«Manche Menschen tragen ihre Sünden eben nicht vor sich her», sagte Clarence. «Ich stimme Ihren Schlußfolgerungen aus der Vernehmung des Sohnes zu – Dill war ein Spieler, und er spielte mit den falschen Leuten. Die offiziellen Buchprüfer werden sich sowieso damit befassen – Vorwand ist der Tod eines leitenden Bankangestellten – und ihr Augenmerk auf alle Sachen richten, an denen Dill beteiligt war. Irgend etwas sagt mir, daß es sich um Hypotheken auf nichtvorhandenen Besitz handelt, eine sehr beliebte Variante. Aber man kann nie wissen – das macht die Arbeit ja so spannend.»

«Wirklich?» Matt hatte Schwierigkeiten, diesen neuen Clarence Toogood mit dem alten in Einklang zu bringen. Irgendwie paßte die Rolle des exzentrischen, überherzlichen Schriftstellers besser zu ihm als die des Berufsschnüfflers. Aber Schnüffler war nicht das richtige Wort. Wie hatte er sich selbst genannt? «Indianerscout», das war's. Jemand, der vorausgeht und die Tücken des Geländes erkundet. Oder eher: die Tücken einer Person – in diesem Fall Peter Dills.

«Nonie Peach zufolge hat Mrs. Dill vor, nach der Beerdigung alles zu verkaufen und wieder nach Chicago zu ziehen», sagte Matt.

«Hmmm, es wäre besser, wenn sie sich damit noch etwas geduldete», sagte Clarence. «Vielleicht steht ihr der Verkaufserlös gar nicht zu. Wenn die Buchprüfer Unregelmäßigkeiten feststellen, nun ja...»

«Dann könnte sie leer ausgehen?»

Clarence zuckte mit den Schultern. «Alles schon dagewesen. Sehr bedauerlich natürlich – aber es haben schon größere Betrüger als Peter Dill Frauen mit gebrochenem Herzen zurückgelassen.»

«*Arme* Frauen mit gebrochenem Herzen», sagte Matt.

«Genau. Andererseits war Dill nicht dumm.»

«Stimmt.»

«Vielleicht hat er das Haus und andere Wertgegenstände auf seine Frau überschrieben. Halten Sie das für denkbar?»

«Es dürfte nicht allzu schwer sein, das herauszufinden.»

Clarence stand auf. «Dann mache ich mich mal an die Arbeit. Ich nehme an, er hat sein Haus über Fanshawe gekauft?»

«Machen die meisten Leute in Blackwater.»

«Dann werde ich ihm mal einen Besuch abstatten.» Clarence kicherte. «Vorausgesetzt, daß nicht schon wieder Gras über die Sache gewachsen ist.»

«Sein Büro wurde inzwischen wohl in Ordnung gebracht», vermutete Matt.

«Gut.» Clarence drehte sich an der Tür noch einmal um. «Es tut mir leid, daß ich Sie nicht von Anfang an eingeweiht habe, aber ich ziehe es vor, diskret zu arbeiten. Das müssen Sie verstehen.»

«Natürlich verstehe ich das. In einer so kleinen Stadt haben Sie keine andere Wahl.»

Clarence nickte. «Aber Sie sind so ernst, Sheriff. Es gefällt Ihnen nicht.»

«Es spielt keine Rolle, ob es mir gefällt oder nicht. Sie sind ein privater Ermittler und kein Beamter. Sie sind nicht verpflichtet, mich über Ihre Aktivitäten zu informieren.»

«Aber wir haben das Brot miteinander geteilt, nicht wahr?»

Matt zuckte mit den Achseln, und Clarence seufzte.

«Ich lasse es Sie wissen, wenn wir etwas herausbekommen – besonders, wenn es etwas mit dem Mord an Dill zu tun hat. Ich meine, falls er jemanden betrogen hat...»

«Ich bin Ihnen für jede Hilfe sehr dankbar», sagte Matt.

«Gut. Gut.» Clarence schien noch nicht gehen zu wollen, doch dann winkte er kurz und verschwand.

«Na, was sagst du jetzt?» fragte Tilly hämisch. «Der alte Dill wurde wahrscheinlich von jemandem erschlagen, den er betrogen hat, und Jacky Morgan hat überhaupt nichts damit zu tun.»

«Kann sein», sagte Matt gleichgültig.

«Du glaubst nicht daran», sagte George, der während Toogoods freundschaftlichem Besuch überraschend ruhig gewesen war. «Du bist immer noch bei deiner alten Theorie.»

«Ich bin bei *allen möglichen* Theorien – egal wie unwahrscheinlich sie sind», sagte Matt. «Ich halte mir alle Türen offen, die zu einer Lösung führen könnten, und schlage keine voreilig zu.»

«Ganz schön zugig bei so vielen offenen Türen», murmelte Tilly.

Matt stand auf. «Ich gehe nach Hause», sagte er, ohne Tilly zu beachten.

George sah ihn überrascht an. «Mittagspause?»

«Nein, ich muß mich für Tom Finnegans Beerdigung umziehen. Ich vertraue alles deinen fähigen Händen an.»

«Ja, aber was soll ich als nächstes tun?» wollte George wissen. Leichte Panik spiegelte sich in seinen Augen.

«Sprich mit den Leuten von der Spurensicherung», schlug Matt vor. «Erkundige dich, was sie am Tatort herausbekommen haben. Beschäftige dich mit den Vernehmungen. Das Übliche eben.»

«Ja, aber ...»

«Klär ihn auf, Tilly», sagte Matt. «Du hast es mir beigebracht, dann kannst du es auch ihm beibringen.»

Damit verließ er das Büro.

Er fuhr nach Hause. Bevor er allerdings in seinen dunklen Anzug schlüpfte, wollte er noch mit Evelyn Dill sprechen.

Die Frau, die ihn an der Tür des Dill-Hauses empfing, kannte Matt nicht. Er stellte sich vor, und sie sagte, sie sei Mrs. Parks, Evelyns Mutter. Sie war eine hochgewachsene Frau und trug eine kurze, weiße Haarmähne, die wie zu einem Heiligenschein nach hinten gebürstet worden war, zweifellos das Werk eines Meisterfriseurs. Von ihrer schlichten Frisur über das schlichte Kleid bis zu den Schuhen war es offensichtlich, daß Mrs. Parks diskret und geschmackvoll mit Geld umging. Mit ziemlich viel Geld sogar.

«Ich würde gerne kurz mit Evelyn sprechen, wenn es möglich ist», bat Matt Mrs. Parks.

«Ist es unbedingt notwendig?»

«Ja», sagte Matt einfach.

Nachdem sie ihm einen Augenblick fest in die Augen gesehen hatte, trat sie zurück und ließ ihn eintreten. «Evelyn geht es im Moment nicht sehr gut», sagte Mrs. Parks und führte ihn den Flur entlang und unter einem Türbogen hindurch ins Wohnzimmer, wo ihn zwei junge Mädchen, die sich überraschend ähnlich sahen, mit dunklen, undurchdringlichen Augen musterten.

«Geht bitte hoch und sagt eurer Mutter Bescheid, daß der Sheriff sie sprechen möchte», wies Mrs. Parks ihre Zwillingsenkeltöchter an.

«Sie schläft», sagte die im blauen Rock.

«Sie hat eine Tablette genommen», sagte die im roten Rock.

«Nein, hat sie nicht, denn *ich* habe die Tabletten, und sie hat mich um keine gebeten», sagte Mrs. Parks in entschiedenem Ton. «Geht und nehmt eure Sachen mit. Wir möchten jetzt ungestört sein.» Sie sprach diesen Satz auf eine englische Art aus, und Matt drehte sich zu ihr um, um sie noch einmal genauer in Augenschein zu nehmen. Sie bemerkte seine Neugier.

«Ich war eine Kriegsbraut», erklärte sie ihm forsch. «Mein Mann wurde in eines der Londoner Krankenhäuser abkommandiert, und ich war damals OP-Schwester. Von Zeit zu Zeit verfalle ich noch in die englische Aussprache.»

«Ja, Ma'am», sagte er.

Sie kicherte. «Und je englischer ich erscheine, desto mehr ähneln Sie John Wayne. Da werden wir aufpassen müssen.»

Sie war nicht so förmlich, wie er zuerst gedacht hatte. Auf eine würdevolle und amüsierte Art flirtete sie sogar mit ihm. Sie war in der Tat keine gewöhnliche Frau.

«Ja, Mutter?» hörte er eine Stimme hinter sich.

Mrs. Parks sah über ihn hinweg. Ihre Augen nahmen einen besorgten Ausdruck an, aber neben ihrer englischen Aussprache hatte sie sich auch die englische Selbstbeherrschung bewahrt. Oder vielleicht war es die medizinische Ausbildung. «Der Sheriff möchte mit dir sprechen, Evelyn. Komm herein und setz dich, damit wir es hinter uns bringen. Darf ich Ihnen etwas Kaffee oder Tee anbieten, Sheriff Gabriel?»

«Nein, danke», sagte er.

Evelyn huschte fast geräuschlos in goldfarbenen Hausschuhen an ihm vorbei. Sie trug einen langen Hausmantel aus blassem-cremefarbenem Samt, aber sogar diese zarte Farbe hob sich auf erschrekkende Weise von ihrem kreidebleichen Gesicht ab. Trotz ihres dunklen Haars hatte sie immer eine sehr helle Hautfarbe gehabt, doch nun war selbst diese Farbe verschwunden, und ihr Teint wirkte fast durchsichtig. Ihre Haare, die gepflegt, wenn auch stumpf aussahen, fielen ihr über die Wangen und verdeckten zum Teil das Gesicht. Sie setzte sich ruckartig hin und verharrte regungslos mit vorgezogenen Schultern, als würde sie einen Schlag erwarten.

«Es wird nicht lange dauern», sagte er, da er ihre Erschöpfung bemerkte.

«Das wäre uns wirklich sehr lieb», sagte Mrs. Parks, setzte sich neben ihre Tochter und nahm ihre Hand. «Also, legen Sie los.»

«Ich würde gern mit Mrs. Dill allein...»

«Ich werde bleiben», sagte Mrs. Parks entschlossen. «Evelyn ist dem Ganzen alleine noch nicht gewachsen. Es ist...» Sie zögerte. «Es ist ihr sehr nahegegangen.»

Matt sah sich Evelyn Dill genauer an, und plötzlich bemerkte er etwas, das ihm vorher entgangen war – eine gewisse Leere in den grauen Augen und eine kindliche Gleichgültigkeit um ihren hübschen Mund. Evelyn Dill hatte einen Nervenzusammenbruch erlitten, und nur die Gegenwart ihrer Mutter in dem Haus und in diesem Zimmer gab ihr Halt. Sie war aus ihrem Zimmer heruntergekommen wie ein gehorsames Kind. Er änderte einige Fragen ab, die er sich auf dem Weg überlegt hatte.

«Es tut mir leid, Sie zu dieser Stunde zu belästigen», begann er förmlich.

«Schon gut, das macht nichts», sagte Evelyn automatisch und nahm ebenfalls einen förmlichen Ton an. Sie wirkte wie eine Puppe, herausgeputzt und vollkommen leer. Er sah Mrs. Parks an, deren Augen sich zu entschuldigen schienen, die aber selbst nichts sagte.

«Ich würde Ihnen gerne eine Frage stellen, die vielleicht etwas merkwürdig klingt», sagte er. «Aber können Sie sich erinnern, wo Ihr Mann sich letzten Donnerstag zwischen sieben und acht Uhr aufgehalten hat?»

«Mein Mann ist tot», sagte Evelyn.

«Ja, ich weiß, Mrs. Dill, und es tut mir sehr leid. Aber wenn Sie sich erinnern könnten...»

«Er war in der Bank. Er kam später, und der Braten war ganz trocken geworden. Ich war ärgerlich darüber. Er entschuldigte sich. Er sagte, daß er in der Bank gearbeitet und die Zeit vergessen hätte.» Sie sprach sehr betont, als befände sie sich in einer mündlichen Prüfung. «Das passiert öfter. Er arbeitet sehr viel.» Sie klappte ihren Mund zu. Einen Augenblick später fügte sie hinzu: «Er arbeitete sehr viel.»

«Ja, ich weiß. Hat er mit jemandem zusammen gearbeitet?»

«Nein. Er sagte, er wäre allein gewesen und deswegen hätte er die Zeit vergessen. Niemand hat ihn darauf aufmerksam gemacht, sagte er.»

«Wußten Sie, daß Ihr Mann ein Spieler war, Mrs. Dill?»

«Mein Mann ist tot», wiederholte sie.

«Ja, es tut mir leid. Ich habe gesehen, daß der Wagen auf der Auffahrt weiß ist. Ist das der Wagen Ihres Mannes?»

«Nein.»

«Wo ist der Wagen Ihres Mannes?»

«In der Garage.»

«Und welche Farbe hat er?»

«Rot.»

Verdammt, dachte er. Rot auf rot. Wenn er etwas Lack von Tom Finnegans Wagen finden wollte, müßte er Dills Wagen Zentimeter für Zentimeter absuchen lassen.

«Was hat sein Auto mit dem Mord zu tun?» fragte Mrs. Parks.

«Ich versuche, einige Zusammenhänge zu ermitteln», antwortete er.

«Und das Glücksspiel?»

«Nun ja, ich...»

«Er *war* ein Spieler», sagte Mrs. Parks. «Ein heimlicher Spieler. Er hat sich von meinem Mann mehrmals Geld geliehen, um seine Schulden zu bezahlen. Ich erfuhr es erst vor kurzem, als ich meinem Mann von Peters Tod erzählte.»

«Peter ist tot», wiederholte Evelyn für sich.

«Wissen Sie, wie lange er schon gespielt hat?» fragte Matt.

«Ich glaube, seit vielen Jahren», sagte Mrs. Parks. Ihr Ton, ihr Gesichtsausdruck sagten ihm, daß sie ihren Schwiegersohn nicht geschätzt hatte. Ganz im Gegenteil. «Ich glaube nicht, daß Evelyn davon wußte. Ich hoffe nicht.»

«Sie haben sie nicht gefragt?»

Mrs. Parks warf einen kurzen Blick auf ihre Tochter, die Matt regungslos anstarrte. «Offen gesagt, es hätte keinen Zweck gehabt. Noch nicht.»

«Er hat uns gut versorgt», sagte Evelyn. «Sehen Sie sich um, was für ein guter Ehemann er war. Wir hatten alles, wirklich alles, was wir wollten. Er liebte uns.»

«Ja, da bin ich mir völlig sicher, Mrs. Dill.» Matt wünschte sich, er hätte gar nicht erst damit angefangen, denn sie hatte sich offenbar nur sehr mühsam unter Kontrolle. Niemand hielt eine dermaßen starke Anspannung lange aus. Er konnte sehen, wie Mrs. Parks mit weißen Knöcheln die Hand ihrer Tochter umklammerte, damit diese bei klarem Verstand blieb.

«Wußten Sie von irgendwelchen Unregelmäßigkeiten auf der Bank, Mrs. Dill?» fragte Matt. «Hat Ihr Mann jemals über Probleme auf der Bank mit Ihnen gesprochen?»

«Nein.»

‹Natürlich›, sagten Mrs. Parks Augen. ‹Natürlich hat er das.›

Und laut sagte sie: «Mein Mann hat sich geweigert, ihm mehr Geld zu leihen, weil er nie angeboten hat, es zurückzuzahlen.» Sie lächelte traurig. «Mein Mann sieht über vieles hinweg, aber nicht über Diebstahl.»

«Er hat das Haus als zusätzliche Sicherheit gebaut», sagte Evelyn.

«Dann *wußten* Sie, daß Ihr Mann ein Spieler war?» fragte Matt.

«Das Haus gehört mir», sagte Evelyn. «Und meinem Vater.»

«Ist es auf Ihren Namen überschrieben?»

Evelyn nickte einige Male. «Mein Haus, meine Pelze, mein Schmuck, meine Töchter, mein Leben.» Plötzlich blitzte Intelligenz in ihren Augen auf. «Ich bin keine Spielerin, Mr. Gabriel.»

Mrs. Parks und Matt starrten sie bestürzt an und merkten plötzlich, daß in der kindlichen Frau, die vom Tod ihres Mannes tief getroffen war, auch eine ziemlich kalte und berechnende andere Person steckte, eine, die ihren Mann vielleicht geliebt, sich aber nie ganz seiner Kontrolle ausgeliefert hatte. Der leere Gesichtsausdruck kehrte zurück, und sie stand auf. «Ich möchte jetzt schlafen. Gib mir eine Tablette, Mutter. Eine einzige.»

Mrs. Parks sah Matt an, der resignierend die Schultern hob. Es war klar, daß sich hinter der scheinbaren Hilflosigkeit ein stahlhartes Rückgrat verbarg. Evelyn Dill spürte instinktiv, daß es sicherer war, sich zu verstecken, als sich der Wahrheit zu stellen. Es war Matt ebenso klar, daß nichts, was sie in diesem Zustand sagte, Beweiskraft hätte. Auch das wußte sie. Diese Realitätsflucht, die Aufhebung der Normalität, konnte sie sich nur jetzt erlauben. Die Kontrolle, die sie ihrem Mann niemals übergeben hätte, überließ sie jetzt bereitwillig ihrer Mutter.

Sie hatte Peter Dill vielleicht geliebt, aber sie hatte ihm nicht vertraut.

Matt hatte vielleicht nicht alle Fragen beantwortet bekommen, aber in diesem Punkt bestand nun Klarheit. Nachdem Mrs. Parks die Tablette aus einer Flasche geschüttelt hatte und Evelyn Dill auf ihre trancehafte und manierierte Weise das Zimmer verlassen hatte, begleitete Mrs. Parks ihn zur Tür.

«Sie...» Sie zögerte.

«Ich verstehe, Mrs. Parks», sagte Matt. «Sie ist im Augenblick sehr verwirrt.»

Mrs. Parks blickte ihm traurig in die Augen. «Meinen Sie wirklich?» fragte sie.

Vierundzwanzig

Es war ganz offensichtlich der Montagnachmittag danach.

Am Sonntag hatten sich alle außer den Hütern des Gesetzes ausgeruht. Doch als Matt von Mrs. Peachs Pension zu Daria fuhr, um sie abzuholen, bemerkte er überall in der Stadt das geschäftige Treiben, das dem *Howl* üblicherweise folgte. Ein scharfer Geruch von Farblösern lag in der Novemberluft. Autos mit einer Vielzahl von merkwürdigen Gegenständen auf den Rücksitzen kamen ihm auf ihrem Weg zur städtischen Müllhalde entgegen. Durch das halb geöffnete Fenster hörte er die Geräusche des Hämmerns und Sägens. Die Opfer beseitigten die Schäden der erfolgreichen *Howler*, die man ihnen gespielt hatte. Handwerker auf Leitern holten alle möglichen Dinge von den Bäumen herunter, während andere den Müll auf dem Sportplatz der High School einsammelten. Und in den verschiedenen Schaufenstern der Main Street konnte man Ladenbesitzer sehen, die die orangefarbenen und schwarzen Dekorationen entfernten, um sie durch Thanksgiving-Truthähne zu ersetzen.

Als ob der Montag an sich nicht schon schlimm genug wäre, dachte er bedrückt.

Daria wartete bereits an der Tür ihrer Kunstgalerie. Ihr schwarzes Kostüm und ihr kleiner, seitlich aufgesetzter Hut waren unübersehbare Andenken an das Leben in New York, von dem sie sich vor kurzem zurückgezogen hatte. Sie würde die am modischsten gekleidete Besucherin des Trauergottesdienstes für Tom Finnegan sein, und wahrscheinlich die hübscheste. Als er sie flüchtig küßte, wünschte er sich, er könnte ihre zarte Schönheit besser würdigen, statt nur den Wunsch zu spüren, sich einfach in irgendeiner Höhle zu verstecken. Sie warf ihm einen scharfen Blick zu.

«Dir sieht man wirklich an, daß du auf eine Beerdigung gehst», stellte sie fest. «Alles in Ordnung?»

«Gesundheitlich ja, geistig und gefühlsmäßig stehe ich mit einem Fuß im sprichwörtlichen Grab», sagte er niedergeschlagen.

Sie grinste. «Du liebe Zeit. Wie tief ist ein sprichwörtliches Grab?»

Er hob seine Hand bis unters Kinn. «Ungefähr so tief», sagte er. «Tilly spricht kaum noch mit mir, George ist so still wie eine Katze in einem Raum voller Schaukelstühle, und selbst Max zeigt mir zur Zeit die kalte Schulter. Klein Dominic benimmt sich, als ob ich mir eine ansteckende Krankheit eingefangen hätte, und ich verärgere alle hohen Tiere in Blackwater.»

«Nicht alle», sagte Daria. «Nur fünf.»

«Aber wer zählt sie schon?» fragte Matt, als sie auf den Parkplatz der Kirche einbogen. Er zwängte sich in eine Lücke und stellte den Motor ab. «Daria, verrenne ich mich wirklich so in diese Jacky-Morgan-Geschichte?»

«Vielleicht – ein bißchen. Hast du keinen anderen Ansatz?»

«Keinen richtigen – nur die Möglichkeit, daß Dill aus fünftausend verschiedenen Gründen von einem der fünftausend Besucher umgebracht worden sein könnte, oder von einem Verrückten ohne jedes Motiv. Aber sowohl Tom Finnegan als auch Peter Dill wollten mir etwas sagen, bevor sie starben, und da sie außer Jack Morgan wenig gemeinsam haben, kann ich einfach nicht darüber hinwegsehen.»

«Vielleicht wollten sie über ganz verschiedene Sachen mit dir sprechen», sagte Daria sanft. «Man darf daraus nicht voreilig Schlüsse ziehen.»

«Ich bin ein zwanghafter ‹Schlüsseziehe›», sagte Matt. ‹Ich glaube, das kommt von meinem Philosophiestudium. Ich suche immer nach einem logischen Zusammenhang und nach Übereinstimmungen zwischen Gedanken oder Ereignissen. Wenn es sich um Menschen handelt, ist das aber nicht immer möglich. Sogar eher unwahrscheinlich.»

«Der Mensch ist ein eigenartiges Wesen», stimmte Daria zu.

Er lächelte sie an. «Du nicht», sagte er. «Du bist wundervoll.»

Sie schlossen sich der beachtlichen Trauergemeinde an. Tom Finnegan war in Blackwater sehr beliebt gewesen, und nicht nur wegen der Bananensplits. Auf den Bänken sah man alte und junge Gesichter.

Dorothy Finnegan hielt sich während des Gottesdienstes aufrecht und kämpfte gegen ihre Tränen an, doch als sie sich später um das offene Grab versammelten, konnte Matt sehen, daß ihr die Beherrschung in diesen letzten Augenblicken schwerfiel, bevor sich die Erde für immer über ihrem Mann schloß. Es war schwer genug gewesen, das Wissen auszuhalten, daß Tom bald sterben würde, daß sie nur noch eine begrenzte Zeit zusammen hatten. Wahrscheinlich hatte sie versucht, ihre Trauer gleichmäßig über Toms letzte Tage zu verteilen, um auf den Moment vorbereitet zu sein, an dem ihn der Krebs endgültig wegnahm.

Aber diese Zeit war ihr nicht gegeben worden.

Der Tod ihres Mannes hatte sie völlig unvorbereitet getroffen.

Das Wetter trug seinen Teil zur Trauerstimmung bei. Es war nicht nur dunkel, sondern es regnete auch beständig. Das Personal des Beerdigungsunternehmens stellte den Trauergästen Regenschirme zur Verfügung, so daß es so aussah, als würde Toms letzter Gang von lauter emporschießenden schwarzen Pilzen begleitet. Der Bayview-Friedhof erstreckte sich – seinem Namen entsprechend – über die Hügelkette hinter Butter Beach und hätte eine hervorragende Aussicht auf Blackwater Bay geboten, wenn es nicht geregnet hätte. So jedoch konnte er nur den gelben Sand des Strandes und einen schmalen Streifen graugrünen Wassers erkennen, während die gegenüberliegende Seite der Bucht nicht zu existieren schien.

Eagle Head allerdings konnte er erkennen.

Sein scharfer Umriß wurde vom Regen verschleiert und geglättet, aber zeichnete sich dennoch in der Entfernung bedrohlich ab – ein kalter Beobachter dieser Veranstaltung und eine Erinnerung sowohl an seinen Beruf als auch an die Spur, von der er besessen war.

In der Menge auf der anderen Seite konnte er die fünf Männer sehen, die auch an diesem Grab ihr Geheimnis bewahrten. Er beobachtete sie der Reihe nach und suchte nach irgendeinem Zeichen von Reue, irgendeinem undefinierbarem Hinweis auf ein Schuldgefühl, aber er fand nichts.

Jack Fanshawe trug keine Kopfbedeckung, so daß der Regen von seinem Haar und seinem Kinn tropfte. Dr. Rogers machte ein grimmiges Gesicht – er faßte den Tod, ob durch Unfall oder Krankheit, anscheinend immer als persönliche Niederlage auf. Merrill Atwater hielt eine kurze Ansprache, so wie es seiner Stellung als Freund und Bürgermeister angemessen war, aber seine Stimme war schlecht zu verstehen, weil der Regen auf die Schirme trommelte. Carl Putnam sah blaß und krank aus und hielt die Hände so verkrampft gefaltet, daß sich die Knöchel weiß abhoben. Albert Budds Anzug hatte den lässig eleganten Schnitt, der von einem teuren italienischen Schneider zeugte, was ihm bei seiner gewichtigen Statur merkwürdigerweise gut stand. Tilly sah Matt während der ganzen, glücklicherweise kurzen Bestattung nicht in die Augen.

Matt fühlte, wie wieder der Zorn in ihm aufstieg. Diese fünf Männer mußten irgendwie voneinander getrennt werden. Sie mußten so erschreckt oder verängstigt werden, daß sie mit der Wahrheit herausrückten. Nur so würde er erfahren, ob er recht oder unrecht hatte. Natürlich konnte er dabei mehr verlieren als gewinnen, aber das war das Risiko wert. Hoffte er.

Als alles vorüber war, gingen sie über das rutschige, nasse Gras zu ihren Autos. Dorothy, die von ihren beiden ältesten Kindern gestützt wurde, weinte nun ungehemmt und stand kurz vor einem Zusammenbruch. Matt und Daria traten zu ihr und sagten ihr einige tröstende Worte, aber er bezweifelte, daß sie sie hörte. Tim, ihr ältester Sohn, nickte dankbar und entschuldigend, während er seine Mutter in die vorderste Limousine setzte.

Als sie das Haus der Finnegans erreicht hatten, auf der zerfurchten, kurvenreichen Straße einen Parkplatz gefunden hatten und schließlich um all die Pfützen herumgestapft waren, um über die Veranda ins Haus zu gelangen, war Dorothy nicht mehr zu sehen. Sie war offenbar ins Bett geschickt worden. Die vorübergehend ins Haus zurückgekehrten Kinder nahmen in ihrem Namen das Beileid der vielen Freunde und Bekannten entgegen.

Nachdem sie sich am Buffet bedient hatten, mischte sich Daria gleich unter die Leute, während Matt dazu noch nicht bereit war und am Rand stehen blieb. Allmählich löste sich das befangene Schweigen auf, die Leute begrüßten sich, Erinnerungen über Tom wurden ausgetauscht, und dann wechselte man zu aktuelleren Themen – an erster Stelle die Ermordung Peter Dills. Sogar bei der Fensterbank, auf der er Zuflucht genommen hatte, konnte er die leisen Kommentare und Fragen hören.

Dills Beerdigung würde am Freitag stattfinden, so daß die Woche von Trauerfeiern eingerahmt wurde. Matt spürte viele Blicke auf sich ruhen, und er wußte, daß die Leute sich fragten, was er unternahm, um Dills Mörder zu finden, ob er es noch vor der Beerdigung schaffen würde und ob schließlich jemand überführt werden würde, den sie kannten. Einer der Anwesenden vielleicht?

Er wußte, wie sehr sie sich wünschten, daß das nicht der Fall war. Sie wollten, daß es ein Fremder wäre, ein Durchreisender, der mit ihrem Leben, ihren Gefühlen, ihrem Gewissen nichts zu tun hatte. Jemand, den sie bedenkenlos und ohne zu zögern verabscheuen konnten.

Matt glaubte nicht, daß ihr Wunsch in Erfüllung gehen würde.

Rogers, Fanshawe, Atwater, Putnam und Budd waren nun alle hier, lächelten und unterhielten sich mit den Leuten, jedoch nicht miteinander. Mit den Papptellern und Getränken in ihren Händen bewegten sie sich durch die überfüllten Räume und führten einen kunstvollen Ausweichtanz auf, der, von oben betrachtet, aufgrund seiner Komplexität wahrscheinlich verblüfft hätte.

Und der eine absichtsvolle Choreographie hatte.

Es war, als ob sie Transparente hinter sich herzögen, die, nur für Matt lesbar, besagten: Wir haben nichts miteinander zu tun.

Er fing Dan Rogers am Buffettisch ab. «Ich habe den Bericht der Spurensicherung über dein Kostüm bekommen», begann er.

«Oh?» sagte Rogers und drehte dem vorbeigehenden Carl Putnam den Rücken zu.

«Das Blut auf deinem Verband stammt überwiegend von Tieren – aber man hat auch einige Spritzer A-negativ gefunden.»

«Oh?» sagte Rogers und nippte an seinem Getränk.

«Mir wurde gesagt, daß es eine ziemlich seltene Blutgruppe ist», sagte Matt. «Hatte der Junge mit dem Nasenbluten diese Gruppe?»

Rogers hatte geistesabwesend in die Menge geschaut, doch nun blickte er plötzlich in Matts Gesicht. «Ich weiß es nicht», sagte er. «Hatte Peter Dill diese Gruppe? Oder hast du vergessen, danach zu fragen?» Er lächelte Matt nichtssagend an und ging weg.

Carl Putnam stand an den Vorderfenstern und sah hinaus auf den völlig durchweichten Garten und die Reihe der Autos am Rande des Rasens.

«Ich habe gehört, dein Vater hat sich sehr gut mit Jacky Morgans Mutter verstanden», sagte Matt zu Putnam. «Waren sie Geschäftspartner oder einfach gute Freunde?»

«Wo zum Teufel hast du das denn her?» fragte er.

«Ich habe meine Quellen», sagte Matt ausweichend. Tatsächlich war es eine Randbemerkung in den alten Tagebüchern seines Vaters. Seit er sie hinter dem Safe hervorgeholt hatte, las er ständig in ihnen. Ihm gefiel nicht nur ihr bissiger Humor und der gesunde Menschenverstand, der aus ihnen sprach, sie statteten ihn auch mit dem Wissen aus, das er für seine Nadelstiche brauchte. Schon sein Vater war ein rechthaberischer, sturer Bock gewesen.

«Ich warne dich, Matt, du gehst zu weit.»

«Du meinst, wie jemand mit Jacky Morgan zu weit gegangen ist?» fragte Matt. Putnam erbleichte, drehte sich abrupt um und drängelte sich durch die Menge wie jemand, der dringend einen abgeschiedenen Ort sucht, um sich zu übergeben.

Sein nächstes Opfer hätte ihn buchstäblich fast umgerannt. Jack Fanshawe hatte wesentlich mehr als gewöhnlich getrunken, obwohl er kaum eine halbe Stunde hier war. Vielleicht hatte er sich schon vor der Beerdigung einen genehmigt, dachte Matt, und man merkte es erst jetzt.

«Hey, immer mit der Ruhe», sagte er, als Fanshawe auf ihn zutorkelte und sich einen Teil des Drinks auf seinen Anzug schüttete. «Du verlierst ja die Hälfte.»

«Na und?» entgegnete Fanshawe streitlustig. «Ist mir egal. Finnegan war ein prima Kerl. Vermiß ihn schon jetzt, den dummen alten Scheißkerl.»

«So dumm war er nicht, Jack», sagte Matt. «Er hat mir einiges erzählt, bevor er starb.»

Fanshawe bekam große Augen. «Was meinst du damit, ‹hat mir einiges erzählt›?»

«Er hatte ein schlechtes Gewissen wegen Jacky Morgan.»

«Ja und? Ja und? Wir hatten alle ein schlechtes Gewissen wegen Jacky. Hätte doch jeder gehabt.»

«Irgend jemand hatte kein schlechtes Gewissen», unterstellte Matt. «Irgend jemand war froh.»

Fanshawe wurde ein bißchen blaß. «Wer hat dir das gesagt?» fragte er lauter als beabsichtigt. Seine Frage fiel unglücklicherweise in eine der Gesprächspausen, die bei großen Ansammlungen häufig zufällig entstehen. Einige Leute sahen sich um, darunter auch Merrill Atwater und Albert Budd. Ihre Mienen verfinsterten sich, und sie drehten sich schnell weg.

«Das kann ich jetzt noch nicht verraten», sagte Matt zu Fanshawe in einem sehr vertraulichen Ton und ging auf den Flur hinaus. Er hatte nicht erwartet, daß Fanshawe oder Putnam so leicht anbeißen würden, und er war überrascht. Ob es am Alkohol oder an der Beerdigung lag, mit Putnam war etwas nicht in Ordnung, und Fanshawe war betrunken und suchte Streit. Einen Krach auf Tom Finnegans Leichenschmaus wollte Matt jedoch auf jeden Fall vermeiden.

Aber er hatte eine Reaktion erhalten. Es *gab* irgendein Geheimnis. Und Putnams und Fanshawes Reaktion nach zu urteilen, hatten beide Angst, daß einer es ausplaudern würde. Kein Wunder, daß sie sich gegenseitig mieden. Kein Wunder, daß sie sich immer gemieden hatten. Für einen Augenblick triumphierte er, doch dann kam die unvermeidliche Ernüchterung.

Okay, er hatte einen Riß in der Kiste gefunden, in der die dreißig Jahre alten Ereignisse verborgen waren – aber er mußte noch das Brecheisen hineinzwängen.

Und dann den richtigen Ansatzpunkt finden.

In seinem Büro legte Merrill Atwater den Hörer auf und starrte die Wand an. Er mußte etwas unternehmen. Der Druck wurde langsam zu groß. Er stand auf und ging in sein Fitneßstudio, wo die beiden Matthew-Brüder trainierten.

«Hat einer von euch Lust auf eine Judo-Stunde?»

Er hätte liebend gern jemanden durch die Luft geschleudert.

In seiner Suite im *Ventnor Hotel* saß Albert Budd ebenfalls am Telefon. Während der Zimmerservice die Reste seines Abendbrotes abräumte, hatte er sich an den Schreibtisch gesetzt und die erste Nummer auf einer Liste angewählt, die er während des Essens zusammengestellt hatte.

Der Sheriff hatte deutlich gemacht, daß Albert Budd für weitere ein, zwei Tage in der Stadt bleiben sollte. Albert wußte, daß man ihn ohne Anklage nicht dazu zwingen konnte, aber zum jetzigen Zeitpunkt wollte er lieber keinen Protest erheben. Auch wenn ihm dadurch Unannehmlichkeiten entstanden. Er mußte einige Konferenzschaltungen verschieben, die für die nächsten beiden Tage vorgesehen waren, mußte mit seinem Aktienmakler sprechen, mit seiner schwer geprüften Sekretärin und mit seinem Anwalt.

Der erste Abend seiner Rückkehr war amüsant gewesen und nützlich – trotz des Mordes. Der Sonntag war erholsam gewesen – trotz des Verdachts des Sheriffs. Aber die Anstrengung der heutigen Beerdigung und der gräßlichen Zusammenkunft danach war fast zu groß für den sonst so zurückgezogen lebenden Millionär.

Albert Budd war außerordentlich gereizt.

Im Ankleideraum der OP-Station starrte Dan Rogers auf seine Hände. Sie waren geschrubbt und gepudert und fertig für die Gummihandschuhe, damit er die gerade eilig hereingebrachte Blinddarmentzündung operieren konnte. Aber seine Hände zitterten. Er wischte sich mit dem Arm über die Stirn und schloß die Augen. Er hielt für einige Zeit den Atem an. Dann atmete er eine volle Minute langsam und regelmäßig durch. Er sah wieder auf seine Hände.

Sie zitterten immer noch.

In seinem geschmackvoll möblierten, ansonsten aber leeren Haus saß Jack Fanshawe auf dem Boden seines mintgrünen Badezimmers und lehnte seine Stirn an das kühle Porzellan der Toilette.

Schnaps, hatte er gerade entschieden, war keine Lösung.

In einem der hinteren Räume der *Blackwater Bay Savings and Loan Bank* blickten die beiden Buchprüfer von den Unterlagen auf und sahen sich überrascht an.

«Gottverdammt», sagte der eine.

«Du sagst es», sagte der andere.

Fünfundzwanzig

Als Matt schließlich die Treppe in Mrs. Peachs Pension hinaufging, war es schon nach eins. Er hatte Daria nach Hause gebracht und einige Stunden mit ihr das Leben im allgemeinen gefeiert und insbesondere die Tatsache, daß ihre Tante abgereist war, um Verwandte in Florida zu besuchen. Aber nachdem sie sich geliebt und einige zärtliche Worte gewechselt hatten, war sie eingeschlafen, während seine Gedanken noch rastlos um Vermutungen und Möglichkeiten kreisten. Sie schlief zusammengekuschelt wie ein Kind, als er sie schließlich verließ und in die Pension zurückkehrte, um sich in seinem Bett ruhelos hin und her zu wälzen.

Als sein Kopf auf der Höhe des oberen Stockwerks war, bemerkte er einen dünnen Lichtstrahl unter der Tür seines Zimmers. Er hielt an und ging dann langsam weiter. Natürlich – als er in die Pension gekommen war, um sich für die Beerdigung umzuziehen, hatte sich der Himmel bereits zugezogen, und da hatte er wohl vergessen, das Licht auszumachen.

Zufrieden mit dieser Erklärung, öffnete er die Tür und war überrascht, als er zwei Personen vorfand, die auf seinem Bett saßen. Eine von ihnen hatte geweint.

«Hallo», sagte Dominic. «Wir müssen dir was erzählen.»

Zuerst berichtete Dominic von der vertraulichen Akte. «Ich wußte praktisch von Anfang an, daß diese Akte existiert», sagte er und mied Matts Blick. «Bis Dill getötet wurde, dachte ich, es macht keinen großen Unterschied – Tom Finnegan war tot, und für die State Police war der Fall erledigt...»

«Für mich nicht», sagte Matt schroff. «Das wußtest du.»

«Ja», gab Dominic zu. «Aber in der Akte fanden sich keine Hinweise auf Finnegans Tod. Sie hätte dir überhaupt nicht weitergeholfen.»

«Ich hätte sie vielleicht als Druckmittel benutzen können», entgegnete Matt.

«Und ihn hätte es vielleicht den Job gekostet», warf Emily ein.

Matt sah sie an. Er hatte sie aufwachsen sehen und kannte sie als ehrgeiziges Mädchen mit scharfer Zunge, das sich wenig um die einheimischen Jungen kümmerte. Jetzt klammerte sie sich wie ein verängstigtes Kind an Dominics Hand. Dieses blasse Mädchen mit den verweinten Augen war nicht die angehende Medienpersönlichkeit, die er während des turbulenten letzten Sommers hatte meiden müssen.

«Ich weiß nicht, was dich das angeht», sagte er barsch.

«Wir sind verlobt», sagte Dominic entschlossen. Matt zog eine Augenbraue hoch, sagte aber nichts. «Es ging schnell, ich weiß, aber es ist nun mal so.»

«Es ist eine Verlobung auf Probe», sagte Emily mit einem etwas unsicheren Grinsen. «Er ist verlobt, und ich werde auf die Probe gestellt.»

Dominic ignorierte die Bemerkung. «Jedenfalls, nachdem Dill ermordet worden ist, dachte ich mir, daß die Akte wichtig sein könnte. Aber ich hatte immer noch Angst, Carls Vertrauen zu mißbrauchen. Ich habe mit Emily darüber gesprochen...»

«Eine Zeitungsreporterin», erinnerte ihn Matt.

«Sie hat versprochen, nichts davon zu verwenden, was ich ihr erzähle.»

«Die versprechen viel, wenn der Tag lang ist», bemerkte Matt bissig.

«Ich habe es ernst gemeint», sagte Emily. «Außerdem war es ja noch keine richtige Geschichte, nicht?»

«Siehst du?» sagte Matt. «Ein leicht gegebenes Versprechen – bis sie mehr weiß.»

«Nein», blieb Dominic standhaft. «*Jetzt* weiß sie mehr. *Jetzt* hat sie eine Geschichte. Aber sie wird sie nicht verwenden. Nichts davon.»

«Das verstehe ich nicht.»

Sie erzählten ihm von Emilys Flug nach Florida.

Daraufhin wurde Matt erst richtig wütend. «Du hattest kein

Recht...» begann er, unterbrach sich aber. Sie hatte das Recht, mit jedem zu sprechen, mit dem sie sprechen wollte. Auch mit Coral Morgan, wenn es denn unbedingt sein mußte.

Und anscheinend mußte es sein.

«Ich konnte Carl Putnam wohl kaum bitten, mir frei zu geben, damit ich jemanden aus seinen vertraulichen Akten befragen kann», erklärte Dominic. «Aber Emily ist eine freie Reporterin. Sie dachte, daß die alte Frau vielleicht eher mit ihr als mit mir sprechen würde.»

«Und ich hatte recht. Sie hätte nicht mit Dominic gesprochen», sagte Emily. «Nicht, nachdem sie erfahren hätte, daß er für Carl Putnam arbeitet.»

Und dann erzählte sie, wie das Gespräch begonnen hatte – und wie es geendet hatte.

Zunächst wirkte die alte Frau wie eine amüsante, lebendige Person, doch als sie sich an die alten Wunden und Schrecken erinnert hatte, war eine Veränderung in ihr vorgegangen. Ihre Stimme war schrill geworden, ihr Gesicht hatte einen haßerfüllten Ausdruck angenommen und die klauenartigen Hände hatten sich in die Decke gegraben, als wäre es menschliches Fleisch gewesen.

Der Haß, den Coral Morgan auf Blackwater Bay und seine Einwohner hatte, schien anzuwachsen und sich im ganzen Raum auszubreiten. Emily hatte bald aufgehört, sich Notizen zu machen. Sie hatte den Füller sinken lassen und regungslos dagesessen, geblendet vom strahlenden Sonnenschein Floridas, aber umgeben von einer angestauten Düsterkeit. Sie hatte überrascht festgestellt, daß Coral Morgans rachsüchtiger Redeschwall sie immer mehr aus der Fassung brachte.

«Wenn er... wenn er sich so etwas zu Hause anhören mußte, ist es kein Wunder, daß Jacky Morgan so... so wenig liebenswert war», sagte sie zu Matt mit bebender Stimme. Auch jetzt noch, Stunden nach dem Erlebnis, schüttelte es sie. «Es war, als platze eine Wunde auf und bespritzt einen mit Eiter», sagte sie. «Sie hat mir ununterbrochen die schrecklichsten, widerlichsten Geschichten von Leuten erzählt, die ich mein ganzes Leben gekannt habe, Erwachsene, die ich respektiert habe. Was sie alles angestellt haben, als sie jünger waren, die Sünden, die Bestechungen, die kleinen und großen Grausamkeiten... Sachen, die ich nicht hören wollte, die ich nie hätte erfahren wollen. Ich meine, wußtest du, daß...» Sie unterbrach sich und schüttelte den Kopf. «Du würdest es nicht wissen wollen», sagte sie. «Wirklich nicht.»

«Ich würde schon, wenn es mir hilft, einen Mörder zu finden», sagte Matt. «Ich weiß wahrscheinlich sowieso vieles, was sie dir erzählt hat. Es gehört zu meinem Job, gut informiert zu sein.»

«Na ja, zu meinem wird es nicht gehören», sagte Emily mit einem tiefen, schaudernden Seufzer. «Ich werde Dominic heiraten und Quilts nähen und Kinderbücher schreiben.»

«Sei nicht albern», sagte Dominic. «Du wirst eine erstklassige Reporterin und mir den Lebensstil ermöglichen, den ich mir wünsche.»

«Ich dachte, *du* verdienst das Geld», sagte Emily.

«Ich verdiene vielleicht *etwas* Geld», sagte Dominic. «Aber ich habe vor, auf großem Fuß zu leben.»

Matt erkannte, daß Dominic ihr mit seiner Neckerei über dieses offensichtlich traumatische Erlebnis hinweghelfen wollte. Die Wahrheit wirkt nicht immer befreiend.

Als Coral Morgans Stimme allmählich schwächer geworden war, hatte auch das Sonnenlicht in Florida nachgelassen und war von einem gleißenden Weiß in ein tiefes Gold übergegangen. Der Sonnenuntergang hinter dem Krankenhaus hatte noch einen Hauch Lila hinzugefügt. Als der krächzende Monolog schließlich verstummt und Coral Morgan in einen zuckenden, unruhigen Schlaf gefallen war, hatte Emily bemerkt, daß sie weinte.

«Die Sache ist die, daß einiges von dem Klatsch sehr nützlich für dich sein kann», sagte Dominic leise. «Zumindest sieht es so aus. Und sie kann es nicht wirklich vergessen, bevor sie es dir erzählt hat...»

«Dann schieß los», sagte Matt, lehnte sich in seinem Schaukelstuhl zurück und spürte an seinem Hals einen leichten Zug von dem verzogenen Fensterrahmen. Er zitterte ein wenig.

Emily fing an. «Du weißt, daß sie eine Prostituierte war? Sie arbeitete im *Puppenhaus* – als sie jung war, hieß es nur anders. Als sie mit Jack schwanger war, richtete ihr Jackys Vater ein eigenes Häuschen ein. Sie wußte, wer es war, weil... na ja, weil sie es sich offenbar ausrechnen konnte. Etwas mit Daten und Stammkunden und so weiter. Jedenfalls hat er ihr zuerst etwas für den Unterhalt des

Kindes bezahlt, aber dann haben sie sich gestritten, und er hat mit den Zahlungen aufgehört. Sie mußte also wieder zu ihrem alten Gewerbe zurückkehren.» Emily bewältigte diesen Teil problemlos – es war schließlich die Geschichte von Fremden.

«Sie wollte es Jacky nicht merken lassen, aber – na ja, Jacky war anscheinend ein schlaues Bürschchen. Irgendwann bekam er mit, was vor sich ging, wenn er in der Schule war. Kein Wunder, daß er...» Sie unterbrach sich. «Weißt du, was sie gesagt hat? Sie sagte, sie hat ihn gehaßt – ihr eigenes Kind gehaßt, weil er nicht den Mut hatte, sein Wissen auszunutzen. Sie kannte die Geheimnisse der Erwachsenen, und er kannte die der Kinder. Sie ließ sich ihr Schweigen bezahlen, aber er benutzte es, um ‹Freunde› zu gewinnen, sagte sie. Sie hielt ihn für einen Schwächling und verachtete ihn dafür. Mein Gott... wie *wird* man nur so? Was läßt Menschen...» Sie stockte.

«Du kannst Generationen zurückverfolgen und nach einem Schuldigen suchen, aber es bleibt immer ein Rätsel», sagte Dominic. «Sag Matt einfach noch, was er wissen muß, den Rest können wir uns sparen.»

«Ich habe sie gefragt, wer Jackys Vater ist. Sie sagte, es war Theodore Putnam, Carls Vater», stieß Emily hervor.

«Von ihm war die Unterschrift auf den ersten Schecks in der Akte», sagte Dominic.

«Du meine Güte», sagte Matt. «Dann war Jacky Carl Putnams unehelicher Halbbruder?»

«Ja», sagte Dominic. «Aber ich weiß nicht, ob er es wußte. Vielleicht weiß er es auch jetzt noch nicht. Die ersten Schecks in der Akte sind auf ungefähr einen Monat nach Jackys Tod datiert. Wie der Alte Coral Morgan vorher bezahlt hat, werden wir wohl nie erfahren. Carl begann die Schecks erst zu unterschreiben, nachdem sein Vater gestorben war. Aus den Aufzeichnungen geht hervor, daß Theodore Putnam und später Carl von den Eltern der anderen Jungen Geld erhalten haben. Dieses wurde unter der Bedingung an Mrs. Morgan weitergeleitet, daß sie Blackwater Bay verließ und nie wiederkommen würde. Die letzte Überweisung allerdings, die große...»

«...stammte von Albert Budd», unterbrach Emily. «Sie war aus ihrer Pension geworfen worden. Ich glaube, sie hatte entweder zuviel getrunken oder wieder mit der Prostitution angefangen. Sie drohte, nach Blackwater Bay zurückzukehren.»

«Budd war der einzige, der genügend Geld hatte, um ihren Lebensabend zu finanzieren», erläuterte Dominic. «Nicht einmal zusammen hätten die anderen soviel Geld geben können. Albert konnte es und tat es. Er kaufte ihr eine Wohnung in der Seniorensiedlung und richtete ihr ein Treuhandkonto ein, um ihre Sozialhilfe aufzustocken. Alles jedoch unter der Bedingung, daß es eine endgültige Regelung wäre. Sie hielt sich an die Abmachung. Deshalb fand ich die Akte unter der Rubrik ‹Abgelegt›.»

«Sie wird nicht mehr lange leben», sagte Emily. «Sie liegt im Sterben, und sie weiß es. Wenn sie weg ist, ist die Sache erledigt.»

«Wäre die Sache erledigt *gewesen*», berichtigte Dominic sie. «Aber dann wurde Dill getötet.»

«Was einfach keinen Sinn macht», sagte Emily.

Und sie erklärte Matt warum.

Sechsundzwanzig

Zwei hektische Tage später sah Matt sich im Konferenzraum von Crabtree & Putnam um. In regelmäßigen Abständen peitschte der Regen gegen das Fenster in seinem Rücken, und der Wind heulte um die Fensterrahmen. Der erste richtige Wintersturm fegte über Blackwater Bay hinweg, und obwohl es noch früher Nachmittag war, mußte bereits das Licht angemacht werden.

«Ich nehme an, ihr *wißt*, warum ich euch hierher kommen ließ», sagte Matt den fünf Männern, die sich in dem Zimmer versammelt hatten.

Stille, nur der Sturm draußen war zu hören.

«Ich möchte mit euch über Jack Morgan sprechen. Genauer: wie er starb und warum er starb», fuhr Matt fort und ignorierte die sturen Mienen der fünf Männer und ihre Weigerung, sich gegenseitig – oder ihm – in die Augen zu sehen.

«Jacky Morgan war auf seine Art ein Ungeheuer», sagte Matt, gegen die Fensterbank gelehnt. «Er war ein Herumschnüffler, ein Lauscher, ein Spanner, ein Widerling und ein Petzer. Er wußte gern über die Leute Bescheid, und er genoß die Macht, die ihm dieses Wissen gab.» Er sah die Männer der Reihe nach an. «Er wußte über jeden von euch Bescheid. Dinge, die euch Ärger mit euren Eltern eingebracht hätten, vielleicht sogar mit der Justiz. Er wußte zum Beispiel, daß er Carls illegitimer Halbbruder war.»

Die anderen vier sahen Carl überrascht an.

«Er wußte, daß Jack eine Affäre mit einer gewissen Lehrerin hatte, die doppelt so alt war wie er.»

«Jeder wußte das», sagte Jack.

«Deine Eltern aber nicht, oder?» fragte Matt, und Jack verstummte.

«Jacky wußte, daß Merrill mit Dopingmitteln experimentierte, um seine sportlichen Leistungen zu verbessern. Denn damals war er noch nicht der Merrill, den wir heute kennen.»

Sie sahen Merrill an, der tief errötete.

«Er wußte, daß Albert Budds Mutter ihre Beschäftigten bestohlen hatte. Er wußte auch, daß ihre ‹magische Möbelpolitur› nur eine Mischung und Neuverpackung von zwei bekannten Marken war.»

«Das stimmt nicht», knurrte Albert. «Ich besitze die Patente auf die Formel.»

Matt ignorierte den Zwischenruf. «Er wußte, daß Tom Finnegan LSD schluckte und verkaufte, das er nach Schulschluß im Chemielabor herstellte. Er wußte, daß Mary Turkle sich nicht aus Angst umgebracht hatte, Peter Dill zu verlieren, sondern weil sie schwanger von ihm war. Und er wußte, daß Dan Rogers einige erfolgreiche Laien-Abtreibungen vorgenommen hatte. Peter hatte nämlich vorgeschlagen, daß sie Dan um ‹Hilfe› bitten sollte.»

«Meine Güte, mußt du das wirklich alles wieder aufrollen?» fragte Dan entsetzt.

«Ja», sagte Matt. «Muß ich. Ihr sollt wissen, was *ich* weiß. Jeder von euch hätte einen guten Grund, Jacky Morgan umzubringen. Und seit Tom Finnegan mir im Sterben etwas darüber erzählen wollte, war ich überzeugt, daß ihr Jacky Morgan über die Klippe *gestoßen* habt.»

Alle sahen ihn mit blankem Entsetzen in den Augen an.

«Ich habe diese Theorie nun revidiert», fuhr Matt fort.

«Das will ich gehofft haben», murrte Dan Rogers.

«Ich unterstelle, daß er tot war, *bevor* ihr ihn heruntergestoßen habt», sagte Matt. «Ich unterstelle, daß ihr euch betrunken habt.

Ihr seid auf ihn losgegangen, habt auf ihn eingeschlagen und -getreten und dann festgestellt, daß ihr ihn getötet habt, ohne es wirklich zu wollen. Jacky Morgan hatte dünne, spröde Knochen. Ein harter Schlag gegen den Kopf hätte ihn leicht töten können. Er kannte eure Geheimnisse, zog euch auf, erpreßte euch gefühlsmäßig und hat euch an dem Abend zum Äußersten getrieben.»

«Einen Augenblick...» sagte Carl Putnam.

«Als ihr gemerkt habt, was passiert war, habt ihr panische Angst bekommen. Euer erster Gedanke war, ihn im Wald liegenzulassen und wegzulaufen. Aber einer hat schneller geschaltet als die anderen. Einer sagte: Wartet mal. Wer war es? Du, Dan? Peter? Carl?»

Schweigen. Der Wind rüttelte am Fenster, von der Straße hörte man ein lautes Hupen. Matt nahm den Faden wieder auf.

«Wer auch immer es war, er kam mit folgendem Vorschlag. Es gab Mädchen, die euch dort oben mit Jacky gesehen hatten. Sie wußten, daß ihr getrunken hattet. Man würde sie befragen. Man würde euch ebenfalls befragen und schließlich anklagen. Man würde euch zur Schande der Stadt erklären, vor Gericht stellen und möglicherweise verurteilen. Statt aufs College würde man euch ins Gefängnis schicken. Bei Freispruch würde man euch den Zugang zum College verwehren und euch wahrscheinlich nach Vietnam schicken. Beides keine verlockenden Aussichten. Aber wenn es wie ein *Unfall* aussehen würde, statt wie der feige, schändliche Gruppenmord, der es in Wirklichkeit war, wenn ihr alle so tun würdet, als täte euch die Sache schrecklich leid, dann würde es vielleicht gut ausgehen. Die Leute wären wütend, sie hätten euch für leichtsinnig und dumm gehalten, aber nicht für die feigen Mörder, die ihr in Wirklichkeit wart.»

«Jetzt hör mal zu...» sagte Merrill Atwater.

«Ihr habt euch also umgesehen, habt das Faß und das verrottete Seil gefunden und euch das ‹Spiel› mit dem rollenden Faß ausgedacht. Ein dummes Spiel von Betrunkenen – aber eins, das unter diesen Umständen gerade noch glaubwürdig erschien. Ihr habt den toten Jacky in das Faß gelegt, das Seil darum gebunden und es dann die Kante des Eagle Head herunterrollen lassen. Das Seil riß, und die Leiche des armen Jacky fiel auf die Felsen. Die Felsen erledigten den Rest. Sie verdeckten gleichsam die Tritte und Schläge und übernahmen die Schuld für das, was ihr selbst dem Jungen angetan hattet. Und ihr seid noch mal ungeschoren davongekommen. Ihr seid alle davongekommen – bis jetzt. Denn Tom Finnegan konnte mit dieser Tat nicht mehr länger leben. Er hat euch erzählt, daß er ein Geständnis ablegen wollte. Und...»

«Nein!» rief Carl Putnam. «Du liegst völlig falsch!»

«Sie verstehen das nicht!» rief Albert. «Es stimmt, daß wir Angst hatten, und es stimmt, daß wir uns drücken wollten, aber wir haben Jacky Morgan nicht getötet.»

«Ach nein?» fragte Matt ungläubig.

«Nein, Mann» sagte Jack Fanshawe entnervt. «Er war schon tot, als wir ihn fanden.»

Der Wind heulte plötzlich auf. Im vorderen Büro klingelte das Telefon und wurde abgenommen. Von draußen hörte man das unverkennbare Geräusch eines abbrechenden Astes, aber im Zimmer schwiegen alle. Schließlich zuckte Carl Putnam mit den Schultern und räusperte sich.

«Es stimmt – jedenfalls was du über mich gesagt hast, ist richtig», sagte er. Seine Stimme klang gereizt, als er die anderen ansah. «Von den anderen Sachen weiß ich nichts. Ich *möchte* davon auch nichts wissen. Sie spielen jetzt keine Rolle.» Er wandte sich wieder an Matt. «Es stimmt auch, daß wir getrunken hatten und wütend auf Jacky waren, der in dieser Nacht schlimmer war als sonst. Obwohl er sein Wissen niemals öffentlich hinausposaunte, wie du es gerade getan hast. Statt dessen schlich er sich immer an einen von uns heran und flüsterte einem ins Ohr, was er gerade herausgefunden hatte. Dann fügte er aber hinzu, daß er es *nie* jemandem erzählen würde, weil man ja sein Freund war, nicht wahr? Er war ein richtiger kleiner Bastard, von der Geburt her und auch sonst. Ich habe ihm nicht geglaubt, daß er der uneheliche Sohn meines Vaters war, aber mein Vater gab es später zu. Es hat mich umgehauen, als ich erfuhr, daß es stimmte – aber in dieser Nacht war ich einfach betrunken. Betrunken und rasend wütend. Wie alle.»

«Das ist richtig», stimmte Dan Rogers zu. «Aber wir haben ihn nicht die Klippe heruntergestoßen, um ihn zu töten, wie du behauptet hast. Und wir haben ihn auch nicht totgeschlagen. Wir haben ihn nur ein bißchen durch den Wald gehetzt und versucht, ihm eine solche Angst einzujagen, daß er uns ein für allemal in Ruhe läßt.»

«Getrennt oder in der Horde?»

«Zuerst in der Gruppe – aber dann wurden wir getrennt», gab Merrill Atwater zu. «Es war so dunkel in diesem Wald. Ab und zu kam der Mond raus und warf gespenstische Schatten. Wir hörten die anderen, wie sie rannten . . . und keuchten . . . und durchs Unterholz krachten . . .»

«Irgendwann haben wir aufgegeben. Aber als wir zur Lichtung zurückkamen, lag er einfach da.» Jack Fanshawe erzählte die Geschichte weiter. «Wir haben sofort gesehen, daß er tot war – und bekamen panische Angst, wie du schon gesagt hast.»

«Wer hat euch zurückgehalten?»

Sie sahen sich gegenseitig an. Schließlich ergriff Carl das Wort. «Ich glaube, es war Peter.»

Matt sah zufrieden aus. «Ja», sagte er. «Das dachte ich mir.»

«Er sagte, daß einer von uns Jacky getötet haben mußte, weil sonst niemand im Wald war.»

«Seid ihr euch da sicher?» fragte Matt. «Ihr hättet sagen können, daß ihr jemanden gesehen oder gehört habt, einen Landstreicher, einen Fremden . . .»

«Daran dachten wir erst später», gab Dan zu. «Damals hatten wir einfach Angst. Wir nahmen an, daß es einer von uns gewesen war und daß man uns zumindest für mitschuldig halten würde, weil wir ihn gejagt hatten und so weiter.»

«Hätte er nicht einfach gestürzt und mit dem Kopf auf einen Stein gefallen sein können?» fragte Matt.

Sie schüttelten alle die Köpfe – das erste Zeichen der alten Kameradschaft. «Neben ihm lag ein blutverschmiertes Stück Holz», sagte Albert. «Wir dachten sofort an Fingerabdrücke, aber Carl sagte, daß man keine erkennen würde, weil die Oberfläche zu rauh war. Und außerdem wollten wir nicht . . .»

Es folgte ein weiteres Schweigen, in dem sie sich lebhaft an ihr Entsetzen und ihre Furcht erinnerten und an ihren verzweifelten Willen, einer Anklage zu entgehen – einzeln oder als Gruppe.

«Was passierte mit dem Holzstück?» fragte Matt.

Albert stieß einen tiefen Seufzer aus. «Wir haben es ins Feuer geworfen. Danach.» Er beugte sich vor. «Das müssen Sie verstehen. Wir waren *Freunde*, wir mußten zusammenhalten . . .»

«Nein, mußtet ihr nicht», sagte Matt, verließ die Fensterbank und setzte sich an den Kopf des Tisches. Es war nicht nur der Sturm, der ihn frösteln ließ. «Einer von euch war ein Mörder. Mit *ihm* mußtet ihr auf keinen Fall zusammenhalten. Habt ihr euch nie gefragt, wer es war? Wart ihr nicht einmal neugierig?»

«Aber natürlich», sagte Carl voller Ekel. «Natürlich haben wir uns Gedanken gemacht – bis auf den heutigen Tag. Unsere Freundschaft endete genau in jener Nacht. Wie konnten wir uns vertrauen, wenn einer von uns...» Er brach ab und setzte neu an. «Wir zogen weg, um auf verschiedenen Colleges zu studieren. Das machte es etwas leichter, aber wir kamen alle wieder hierher zurück. Albert schaffte schließlich den Absprung, aber wir anderen mußten miteinander Geschäfte machen. Wir trafen uns auf Partys, luden uns gegenseitig zu unseren Hochzeiten ein und sagten hallo, wenn wir uns auf der Straße begegneten, weil wir sonst aufgefallen wären. Aber wir waren keine *Freunde* mehr. Niemals. Nicht so wie vorher. Wir hatten Angst, uns zu vertrauen, weil man ja keinem Mörder vertrauen wollte.»

Albert brachte ein ironisches Lächeln über die Lippen. «Glaubt irgendjemand, daß wir jetzt wieder Freunde werden?»

Carl sah Matt an. «Du bist längst dahintergekommen, oder?»

«O ja», gab Matt ihm recht. «Bin ich. Aber ich wollte eure Version der Ereignisse hören – oder eure unterschiedlichen Versionen. Deswegen habe ich euch alle zusammengerufen, nachdem ich schon einzeln mit euch gesprochen hatte. Zugegeben, ihr seid ein verschwiegener Haufen. Keiner hat etwas verraten. Vielleicht hätte es *irgendwann* einer getan – aber es hätte sehr lange dauern können. Ich begriff schließlich, daß ich nur eine Reaktion bekommen würde, wenn ich euch zusammenholen würde. Ich weiß, daß ihr sehr nervös geworden seid. Ich *wollte* euch nervös machen. Jeder sollte denken, daß ich mehr wußte, als ich verriet. Was übrigens auch stimmte, dank einiger aufschlußreicher Informationen, die ich erhalten habe.»

«Aha?» sagte Dan Rogers. «Dann kannst du uns sicherlich auch verraten, wer von uns Jacky Morgan getötet hat.»

«Klar», sagte Matt. «Peter Dill hat ihn getötet.»

Und wieder starrten ihn alle zusammen an. Hinter der Tür des Konferenzraumes ging jemand durch das vordere Büro, zog eine Schublade mit Akten heraus, schloß sie und ging zurück.

«Woher weißt du das?» fragte Jack schließlich.

«Weil ich mir ziemlich sicher bin, daß Peter Dill davor schon einmal jemanden getötet hat. Er hatte mehr als jeder andere zu verlieren, wenn Jacky gesprochen hätte.»

«Was?» Ihre Stimmen bildeten einen regelrechten Chor. Jetzt hatte er sie wirklich überrascht.

«Ich habe den Coroner-Bericht über Mary Turkles Tod gelesen und herausgefunden, daß sie tatsächlich schwanger war. Daraufhin habe ich mit der alten Mrs. Turkle gesprochen. Ich erfuhr, daß Peter am Abend des Selbstmordes vorbeigekommen war, um Mary zu besuchen. Er kam um acht und blieb bis nach zehn. Nach dem Bericht des Coroners nahm sie ihre Überdosis jedoch bereits gegen acht Uhr. Sie nahm die Tabletten also entweder in seiner Gegenwart oder kurz bevor er kam. Ich kann nicht glauben, daß er nichts davon bemerkt haben soll. Daß sie sie gerade dann nahm, macht nur Sinn, wenn sie ihn zwingen wollte, sie zu heiraten. Ich glaube, er versprach ihr, daß er sie heiraten würde. Er sagte ihr, er würde den Arzt holen, und verließ den Raum vielleicht für einen Moment, damit sie es glaubte. Wahrscheinlich schlief sie voller Vertrauen ein – sie hatte ihm davor schon einmal zuviel vertraut. Dann saß er vermutlich einfach da, bis sie ins Koma gefallen war. Die alte Mrs. Turkle sagt, daß er gegen zehn aus dem Schlafzimmer gekommen sei und verkündet hätte, daß Mary schlief und man sie besser bis zum Morgen nicht stören sollte. Er sagte, daß Schlaf das beste Mittel gegen Grippe sei. Sie waren nur Turkles, und er war ein Dill, also folgten sie seinem Rat. Sie ließen sie schlafen – und sie wachte nie wieder auf. Auf der Beerdigung erzählte er ihnen offenbar, er hätte keine Ahnung gehabt, daß sie Tabletten genommen hatte. Auch das glaubten sie ihm.»

«Das ist kein Mord», sagte Carl zögernd.

«Kein Mord im Sinne des Gesetzes», stimmte Matt zu. «Mord durch Unterlassung vielleicht? Totschlag? Du bist der Anwalt. Moralisch war es auf jeden Fall Mord. Jacky hätte es einen Mord genannt. Und Jacky hat vielleicht auch damit gedroht, davon zu erzählen. Peter konnte das nicht zulassen – also tötete er ihn.»

«Aber du weißt es nicht sicher», sagte Merrill nachdenklich.

«Nein», gab Matt ihm recht. «Es ist nur eine Vermutung. Aber ich glaube, es ist eine zutreffende Vermutung, denn Peter Dill hat auch Tom Finnegan getötet. Und dafür habe ich Beweise.» Es hatte einige Zeit gedauert, aber nachdem er die Spurensicherung der State Police schließlich zur Arbeit angetrieben hatte, hatten sie eine dünne Schicht des roten Lacks von Tom Finnegans Auto auf dem roten Lack von Peter Dills Auto gefunden. Keine deutlichen Spuren, keine Beulen – nur zwei lange, dünne Kratzer auf dem Lack. Er hatte den geschwächten Mann ohne große Mühe von der Straße abgedrängt und gegen den Baum fahren lassen.

«Aber – wenn Peter Dill Tom Finnegan umgebracht hat, wer hat dann Peter Dill umgebracht?» fragte Dan Rogers schließlich.

«Fünf von euch sind noch übrig», sagte Matt. «Ihr habt alle kein Alibi für die Zeit des Feuerwerks – als Peter ermordet wurde. Kriege ich jetzt ein Geständnis – oder wollt ihr lieber Streichhölzer ziehen?»

Siebenundzwanzig

Matt wartete immer noch darauf, daß einer seiner fünf Verdächtigen aufgab – aber es sah so aus, als könnte er sein ganzes Leben darauf warten.

«Hört zu, ich *weiß*, daß ihr während des Feuerwerks alle verschwunden seid», sagte er müde.

«Was meinst damit, ‹verschwunden›?» fragte Jack Fanshawe.

«Na gut, vielleicht sollte ich sagen, ihr habt kein Alibi», sagte Matt.

Sie sahen sich gegenseitig an und schienen sich stillschweigend zu verständigen. Carl Putnam räusperte sich.

«Okay, wir haben uns während des Feuerwerks *getroffen*. Wir haben uns sogar mit Peter getroffen. Wir hatten uns vor diesem *Bonechiller* verabredet, weil wir dachten, er wollte dir die Geschichte über Jacky erzählen. Er sagte, er hätte niemals vorgehabt, dir auch nur ein Sterbenswörtchen über Jacky zu erzählen, und damit hatte sich die Sache erledigt. Wir vereinbarten, daß wir alle schweigen würden, so wie wir es bisher getan hatten, und dann trennten wir uns. Als *ich* ihn verließ, war er noch am Leben, das versichere ich dir.»

Alle versicherten, daß Dill noch am Leben gewesen war, als sie ihn verlassen hatten.

«Könnt ihr das beweisen?» fragte Matt. «Ihr wart alle zur Tatzeit am Tatort, hattet die Waffe zur Hand und hattet beschlossen, auch weiterhin zu schweigen. Ich habe nur euer *Wort*, daß Dill zugestimmt hat. Wenn er nicht...»

«Er *hat* zugestimmt, verdammt noch mal!»

«Worüber wollte er dann mit mir sprechen?» entgegnete Matt.

Dan Rogers lachte. «Das weißt du nicht? Er hatte herausgefunden, wer dieses verdammt Öl auf den Boden der Bank gegossen hatte. Es war...»

Die Tür öffnete sich und Mona Pickering steckte ihren Kopf herein.

«Tut mir leid, daß ich stören muß, aber da ist ein Anruf für den Sheriff. Es ist anscheinend sehr dringend.»

«Können Sie es durchstellen?» fragte Matt. Er wollte ihnen keine Möglichkeit geben, sich zu unterhalten. Noch nicht.

«Selbstverständlich.» Sie verschwand, und einen Augenblick später leuchtete ein Knopf an dem Telefon, das auf einem kleinen Tisch an der Wand stand.

«So», sagte Carl Putnam. «Einfach den Knopf drücken und den Hörer abnehmen.»

Matt stand auf und folgte den Anweisungen. Er war überrascht, als er Clarence Toogoods Stimme hörte. «Ah, endlich finde ich Sie. Ich glaube, wir haben herausbekommen, woher Dill den größten Teil seines Geldes hatte. Es waren keine kleinen Beträge von vielen kleinen Konten, wie ich erst dachte, sondern die Plünderung eines einzigen großen. Völlig offensichtlich, wenn man erst mal weiß, wo man suchen muß. Wollen Sie den Beweis sehen? Ich bin in der Bank.»

«Ich glaube...» begann Matt.

«Und bringen Sie am besten gleich Mr. Albert Budd mit, wenn Sie ihn auftreiben können», fuhr Toogood fort. «Wissen Sie, wo er sich befindet?»

Matt drehte sich um und betrachtete die fünf Männer, die um den langen, polierten Tisch herum saßen und ihn ansahen. «O ja», sagte er. «Ich weiß *genau*, wo er sich befindet.»

«Am Sonntag wollte ich mit Peter darüber sprechen», sagte Albert Budd, während er auf die Spalten mit den Beträgen starrte. «Als ich ihn auf dem *Howl* traf, habe ich sofort bemerkt, daß etwas nicht stimmte.»

«Aber Sie hatten keine Gelegenheit mehr?»

«Ich hatte keine Gelegenheit mehr», bestätigte Albert. «Und als Peter ermordet wurde, hatte ich es völlig vergessen.» Er sah Matt verärgert an. «Kein Wunder, wenn Sie uns alle verdächtigen und...»

«Schon gut», sagte Matt. «Und Sie haben es nicht erwähnt, als Sie Dill auf dem *Howl* gesehen haben?»

«Ich war mit den anderen zusammen. Es war nicht der richtige Zeitpunkt – wir haben uns mehr Sorgen um unsere gemeinsame Sicherheit gemacht. Ich habe ihm einfach gesagt, daß ich ihn am Sonntag privat sprechen wollte.»

«Und er war noch am Leben, als Sie ihn verließen?»

«Ja», sagte Albert ungeduldig. «Das habe ich Ihnen doch schon gesagt.»

«Und Sie sind nicht zurückgegangen, um an Ort und Stelle abzurechnen?»

«Ganz bestimmt nicht.»

Matt sah den übergewichtigen Prinzen aus Tillys Mädchentagen an und spürte den Ärger in sich aufsteigen. Es war offensichtlich, daß Budd sich durch seinen Reichtum immer noch für immun hielt. Etwas in seinem Tonfall erinnerte ständig daran, daß er sich die besten Anwälte des Landes leisten konnte und daß es von überaus schlechtem Geschmack zeugte, ihn auch nur zu *verdächtigen*.

«Ich werde das überprüfen», sagte Matt. «Ich werde selbst mit ihm sprechen müssen.»

«Nur zu. Er wird bestätigen, was ich Ihnen erzählt habe.»

«Wissen Sie, wo er wohnt?» fragte Clarence Toogood.

Matt seufzte. «Ja. Ich werde vorbeigehen und...»

«Ich glaube nicht, daß er zu Hause ist», sagte Albert.

Matt kniff die Augen zusammen. «Warum nicht?»

«Weil er auf der Flucht...»

«Flucht?» fragte Matt. «Sie meinen...»

«...auf der Flucht vor der Fürsorge ist», beendete Albert den Satz, verärgert über die Unterbrechung.

Clarence Toogood hatte den übergewichtigen Millionär beobachtet. Im Unterschied zu Matt mußte er keinen Fall lösen, brauchte seine Klinge nicht zu wetzen und war durch die Vergangenheit nicht voreingenommen. Hinter all dem Pomp und Gloria, mit dem Albert Budd sich umgab, spürte er noch etwas anderes. «Wissen Sie vielleicht, wo er sich befindet?» fragte er mit sanfter Stimme.

«O ja», sagte Albert traurig. «Ich weiß *genau*, wo er sich befindet.»

Achtundzwanzig

Der böige Wind rüttelte am Wagen, als Matt die Straße herunterfuhr und auf dem runden Platz am Ende ankam. Der Sturm wurde heftiger, aber es gab immer noch große Wolkenlöcher. Es würde noch etwas dauern, bevor er mit voller Wucht zuschlug. Er hielt seinen Hut fest und senkte den Kopf gegen die Windstöße, während er mit George aus dem Wagen stieg, durch das niedergedrückte Gras ging und über den umgestürzten Drahtzaun kletterte.

Als sie die brüchige Betonfläche erreichten, die die Befestigung des ehemaligen Wohnwagenplatzes bildete, wurde es George schließlich zuviel. «*Hier?* Das kann doch nicht dein Ernst sein!» sagte er.

«Ich nehme an, Albert wußte, wovon er sprach», rief Matt über seine Schulter. «Es ist zu verrückt, um erlogen zu sein.»

«Nicht wenn es von Albert Budd kommt», rief George zurück, während er seinen eigenen Hut festhielt, der davonzufliegen drohte. Die finsteren, scharlachroten Reste des Sonnenuntergangs, die die Wolken von hinten erleuchteten, verschmolzen allmählich mit der Nacht. Über den Bäumen war noch eine stahlgraue Linie zu sehen, wo der unruhige See den Himmel berührte. Die Bucht wurde vom nahenden Sturm zornig aufgewühlt. Man konnte selbst auf diese Entfernung noch die Schaumkronen erkennen. Und es war kalt, bitterkalt. Matt verlor an seinen Ohren und der Nasenspitze allmählich das Gefühl.

Die beiden übriggebliebenen Bauten des einstmals lebhaften

Wohnwagenplatzes knallten und klapperten noch mit einigen losen Teilen ihrer Isolierung. Hinter den zerstörten Plastikscheiben des einen, der fast unversehrt schien, sah man jedoch einen schwachen Lichtschein. «Irgend jemand ist hier, soviel ist sicher», sagte Matt.

Gegen den Wind ankämpfend, gingen sie schlingernd über den brüchigen Beton. Dann hämmerte Matt gegen die dünne Tür. «Hey! Aufmachen!»

Nichts.

«Hier ist Matt Gabriel! Ich komme rein!»

Er drückte die Klinke herunter und stieß die Tür auf. Eine Kaskade muffiger Wärme und der Gestank von Whisky und Kerosin ergoß sich über sie, bevor der Wind die Tür ergriff und sie ihm aus der Hand riß. Sie knallte gegen George und schwang dann zurück gegen Matt, wobei sie ihm einen vorwurfsvollen Schlag gegen die Schulter versetzte, bevor er sie wieder in den Griff bekam. Die Stufen waren längst verschwunden, und sie mußten einen großen Schritt machen, um hineinzugelangen.

Das Innere des Wohnwagens war fast leer. Die wenigen Gegenstände wurden von zwei Petroleumlampen erleuchtet, die an zwei Haken in den Dachleisten hin und her schaukelten. Das Sofa, das in die Wohnwagenwand eingebaut war, war an einer Seite eingebrochen, was ihm das Aussehen eines knieenden Kamels gab. Das ehemals zarte Beige seines Bezuges war nun speckig, abgesessen und geschwärzt von verschütteten Mahlzeiten. Auf der gegenüberliegenden Seite hing ein Sperrholzschrank an einigen verbogenen Schrauben. In der Ecke, in der einmal eine Duschkabine und eine Toilette untergebracht waren, sah man nur noch einige abgerissene Rohre. Kahle Stellen an den blaßgrünen Wänden zeigten an, wo früher Herd und Schränke gestanden hatten. Links von ihnen führte ein schmaler Gang zum Schlafzimmer – in dem jetzt nur noch eine fleckige Matratze lag. Zerlumpte Vorhänge hingen über den zugigen Fenstern, deren Plastikscheiben zum größten Teil von Pappe und Sperrholzresten ersetzt worden war. Die wenigen erhaltenen Plastikscheiben zeigten längst eine blinde, grauviolette Verfärbung und hätten tagsüber kaum Licht hereingelassen.

Inmitten dieser trostlosen Umgebung stand ein ziemlich neuer Kerosinofen, der den Raum mit einer trockenen, in den Augen brennenden Wärme erfüllte – der überwiegende Teil allerdings war durch die Tür abgezogen, als Matt und George eingetreten waren. Der gesamte Wohnwagen schaukelte leicht, als ihn eine Windböe erst von der einen, dann von der anderen Seite erfaßte. Es war keine angenehme Bewegung, und Matt mußte unwillkürlich an die Zeile eines Kinderliedes denken, die ihm immer Angst eingejagt hatte – «Wenn der Wind weht, wird die Wiege fallen.»

Auf der Matratze sah man unter einer alten Federdecke eine fötusähnliche Erhebung. Neben ihr, auf dem aufgesprungenen Linoleum, lagen eine leere und eine viertelvolle Whiskyflasche, letztere nicht weit von der ausgestreckten Hand Fred Boyles.

«Meine Güte, was für ein Gestank», beschwerte sich George.

Sie bewegten sich sehr vorsichtig, denn der Wohnwagen war durch sie noch wackeliger geworden als zuvor. Viele der Stützen, die ihm einmal Halt gegeben hatten, fehlten jetzt, und nur jemand, der sich sehr gut auskannte, hätte ihn ohne Zögern durchschreiten können.

Matt kniete sich neben die Matratze und stieß die Erhebung unter der Decke mit dem Finger an. «Komm schon, Fred, wach auf. Ich möchte mit dir sprechen.»

Nichts.

Er tippte ihn stärker an. Schließlich faßte er ihn an der Schulter und rüttelte ihn wach. «Wa... was wissu?» Boyles Stimme war rauh und so brüchig wie der Wohnwagen selbst. «Wer issa?»

«Meine Güte», murmelte George. Es war derselbe Mr. Boyle, der vor gar nicht so langer Zeit versucht hatte, ihm Chemie beizubringen, und er hatte sich stets mit Respekt und einer gewissen Zuneigung an ihn erinnert. Seine Vorführungen in der Schule waren immer auch witzig oder überraschend gewesen. Mr. Boyle hatte eine heitere Art im Umgang sowohl mit der Chemie als auch mit aufsässigen Schülern gehabt. Was allerdings der Tod seiner Frau in Gang gesetzt hatte, brachte der Whisky nun zu Ende.

George konnte kaum glauben, das es derselbe Mann war. Aber er konnte noch weniger glauben, was sie hierhergeführt hatte. Albert Budd hatte ihnen erzählt, was sein alter Freund Fred ihm anvertraut hatte – daß Boyle, wenn er den Schmerz nicht mehr ertragen konnte, immer wieder zu diesem trostlosen und widerlichen Ort kam, um sich bis zur Bewußtlosigkeit zu betrinken. In diesen Momenten wollte er nicht riskieren, von Nachbarn, Kollegen oder

Schülern zu Hause gesehen zu werden. Blackwater war eine Kleinstadt. Es gab nicht viele Orte, an denen man sich verstecken konnte.

«Komm, Fred. Ich muß mit dir sprechen.»

Boyles Augen waren trüb und sein Kinn wurde von einem Stoppelbart verdeckt. «Ver... verpiß dich», stöhnte er und sank zurück auf die Matratze.

Aber Matt gab nicht auf und hatte den High-School-Lehrer schließlich soweit, daß er sich aufrecht hinsetzte und nach seiner Whiskyflasche griff, wie ein Baby nach dem Aufwachen die Milchflasche brauchte. «Ersma klar im Schädel wern», murmelte Boyle und nahm einen langen Zug aus der Flasche.

«Ich habe nie verstanden, warum man sich davon besser fühlen soll», bemerkte George vom Eingang her. Er hatte sich nicht weiter gewagt, angeekelt vom Anblick und vom Geruch.

«Nich bessa», nuschelte Boyle. «Nur... weniger schlecht.»

«Zeit zum Aufstehen, Fred», beharrte Matt.

Boyle drehte ihm den Kopf zu und schien es sofort zu bereuen. «Ersma pinkeln», verkündete er und kroch auf allen vieren an George vorbei zu der Nische, in der einmal die Toilette gestanden hatte. Der Wohnwagen neigte sich erschreckend zur Seite, und man hörte, wie Boyle sich an der Wand aufrichtete. Dann hörte man eine Flüssigkeit auf den Boden prasseln. Einen Augenblick später erschien er wieder, den Reißverschluß seiner Hose hochziehend.

Er grinste freundlich. «Loch... im Boden in der Ecke», verkündete er. «Geht direkt runter. Der Regen... macht's weg. Alles mit Schwerkraft. Nich schön, aber *nützlich*. Das andere mach ich draußen. Nich das eigene Nest beschmutzen, oder?» schloß er mit einem Eulengesicht.

Matt stand auf und ging zu ihm, wobei er George zur Seite schob, der fast altjüngferlich geschockt schien von dieser letzten, nicht gerade schulreifen Vorführung eines moralischen Verfalls.

«Laß uns hinsetzen und reden, Fred.» Matts Stimme war sanft und überzeugend.

«Flasche... Flasche», sagte Fred und fuchtelte in Richtung der Matratze.

«Bring ihm seine Flasche, George», sagte Matt über seine

Schulter, während er Boyle um den Kerosinofen herum dirigierte, unter den Lampen vorbei steuerte und ihn auf ein noch recht stabil aussehendes Element des Sofas verfrachtete.

Grummelnd fügte sich George der Aufforderung und lehnte sich dann behutsam gegen die Wand, als würde er damit rechnen, daß sie jeden Moment nachgab – eine nicht unberechtigte Angst.

Matt sah zu, wie Boyle einen weiteren langen Zug aus der Flasche nahm, und wartete geduldig, bis die geröteten Augen sich ihm zuwandten. «Was willsu?»

«Ich möchte mit dir über Peter Dill sprechen», sagte Matt ruhig. «Albert Budd zufolge wurden dir regelmäßig große Geldsummen überwiesen. Sie waren dein Anteil am Profit der Möbelpolitur – du hattest ihm geholfen, sie zu perfektionieren. Die Beträge wurden auf ein Konto eingezahlt, das von Peter Dill verwaltet wurde.»

«Scheißkerl», murmelte Boyle.

«Das geschah aufgrund eines Vertrages, den ihr vor langer Zeit aufgesetzt und unterschrieben hattet. Du konntest nicht gut mit Geld umgehen und wolltest lieber ein regelmäßiges Einkommen als unregelmäßige Beträge, stimmt das?»

Boyle nickte schwerfällig. «War nie gut mit Geld», sagte er langsam. «Wenn ich was hab, geb ich's aus. Wenn ich nichts hab, geb ich's trotzdem aus. Dill... hat drauf bestanden. Hab immer ungedeckte Schecks unterschrieben... aus Versehen.»

«Das war zu einer Zeit, als du nicht ernsthaft erwartet hast, daß aus Alberts Vorhaben etwas würde, stimmt das?»

«Dumm... Saudumm, ja. Aber ich konnt es nich wissen. Daß er mal soviel Geld damit macht. Ein Witz. *Gelacht*... jeder hat drüber gelacht. Hätt ich nie geahnt, nie.»

«Aber du hast nur einen kleinen Anteil von dem Geld bekommen, stimmt das?»

«Ja. Ich hab mehr gebraucht. Hab ihn um mehr gebeten», sagte Boyle und blickte Matt groß an. «Ich... hab ihn angebettelt. Weil Maryam... im Sterben lag.»

«Ich weiß», sagte Matt sanft. «Ich erinnere mich.»

«Bin zu Dill und hab gesagt, frag Albert, frag den alten Albert um mehr. Hatte überall gelesen, daß Albert reich war. Hätte ihn auch selbst gefragt – aber Dill sagte, Albert wär'n Einsiedler. Trifft sich mit niemandem mehr. Dill wollte ihm schreiben. Gab mir später vierhundert Dollar. Nur *vierhundert.* Wäre alles, was der alte Albert geschickt hätte...» Er blinzelte. «Hab... ihn nie selbst gefragt. Dann – aber dann kam die Wahrheit raus. Peter hat ihn nie gefragt, meinte Albert... Albert *wußte* nicht, daß Maryam krank war. Albert meinte, er hat über die Jahre viel geschickt. Aber ich hab nichts bekommen. Nur 'n bißchen.» Er schüttelte den Kopf. «Ein bißchen.»

«Ich verstehe», sagte Matt.

«Ich *hätte... eine Menge kriegen müssen!*» schrie Boyle plötzlich. *«Sie hätte sanft im Dunkeln sterben sollen. Aber ist sie nicht! Sie hat geschrien!»*

«Ja, ich weiß, ich weiß», sagte Matt und tätschelte ihm die Hand. «Dr. Rogers hat es mir erzählt.»

Boyle weinte nun. «Ich... konnt es nicht mit ansehen. Nicht hören. Du liebst jemand... Sie hat geschrien... gebettelt...»

«Ja», sagte Matt.

«Oh, mein Gott», murmelte George betroffen. Die Farbe war aus seinem Gesicht gewichen. George war zur Polizei gegangen, um Verbrecher zu jagen, aber er fand ständig nur die Opfer.

«Der Arzt hat sein Bestes getan», sagte Boyle etwas ruhiger. «Hat sich viel Mühe gegeben.»

«Ja.»

«Albert tut es leid, hat er gesagt. Er meint, er bringt es in Ordnung, aber zu spät. Maryam ist tot. Alles keinen Sinn mehr.»

«Wann war das?» fragte Matt. «Wann hast du Albert davon erzählt?»

«*Howl* – auf dem *Howl.* Albert war wütend auf den Scheißkerl. Sagte, der gehört erschossen, gekocht, geschleift und gevierteilt. So redet er immer. Aber... es war nur wegen seinem Geld.»

«War das vor dem Feuerwerk oder danach?»

Boyle sah so aus, als würde er nachdenken. «Danach», sagte er schließlich. «Nach dem Feuerwerk.»

Und *nachdem* Budd und die anderen Dill verlassen haben wollen, dachte Matt mit zunehmender Befriedigung. «Und wurde Albert auf Dill *nach* dem Feuerwerk so wütend?» fragte Matt, der ganz sicher gehen wollte, bevor er zurückfuhr, um sich den schwergewichtigen Mann vorzunehmen.

Boyle begann langsam den Kopf zu schütteln. Er schüttelte ihn ununterbrochen weiter, als ob er nicht damit aufhören könnte, nachdem er einmal angefangen hatte. «Nicht die Schuld vom alten Albert. Armer kahler alter Albert. So kahl wie Maryam. Haare ausgefallen. Zähne ausgefallen. Sie war sehr schön, weißt du.»

«Ja, ich erinnere mich», nickte Matt. Er hielt Boyles Hand so fest, daß seine eigenen Knöchel weiß hervortraten, aber keiner von beiden schien es zu bemerken. Maryam Boyle war nicht schön gewesen, aber liebenswürdig und herzensgut, und sie hatte ihren Mann über alles geliebt.

«Wohin ist Albert dann gegangen?» fragte Matt.

«Wann?»

«Nachdem du ihm erzählt hast, daß du kein Geld bekommst. Hat er Dill gesucht?»

«Weiß nich mehr», sagte Boyle, der seinen Kopf immer noch mit der Gleichmäßigkeit eines Metronoms schüttelte. «Weiß nich mehr, weiß nich mehr, weiß nich mehr...»

Matt unterbrach die Litanei ungeduldig. «Peter Dill ist tot.»

«Ja», stimmte Boyle zu. «Dill ist tot.»

«Hältst du es für möglich, daß Albert Budd ihn getötet hat?»

«Natürlich nicht.» Boyle hörte auf, den Kopf zu schütteln, und begann zu nicken, auf und ab. «*Ich* hab ihn umgebracht. Hättest du das nicht gemacht?» Er unterbrach sein Nicken und grinste plötzlich verzerrt, das Gesicht immer noch tränenverschmiert. «Bring ihn her und ich mach's noch mal», schlug er in einem vertraulichen Ton vor.

Diese plötzliche Enthüllung brachte Matt für einen Moment aus dem Konzept. Er hatte zusätzliches Beweismaterial erwartet, kein Geständnis. Es entstand ein Schweigen, während Boyle ihn erwartungsvoll ansah.

«Und?» fragte er schließlich. «Was nun?»

Matt fühlte sich wie ein Idiot und hörte sich sagen: «Das war falsch, Fred.»

Boyles Gesicht verfinsterte sich. Seine Stimme wurde wieder lauter und rauher. «Rauben ist auch falsch. Und stehlen. Und einem Mann Geld klauen, das er gebraucht hätte, damit seine Frau angenehm und glücklich leben kann. Vielleicht hätte sie nie Krebs bekommen, wenn ihr Leben einfacher gewesen wäre. Es hätte einfacher sein sollen. Es hätte wunderbar sein sollen! Der Scheißkerl verdient nicht nur den Tod, er verdient Folter, Todesqualen, dieselben Schmerzen, die meine Frau hatte... Aber ich hab ihn davonkommen lassen, ich Idiot. Ich hätte *warten* sollen, ich hätte es *langsam* machen müssen. Ich hätte seine *Kinder* töten sollen, seine Frau, ich hätte...»

Ein besonders starker Windstoß erschütterte den Wohnwagen, so daß George sich an der Wand abstützen mußte und Matt und Boyle fast vom Sofa fielen. Matt seufzte und stand auf. «Wir können hier nicht bleiben. Laß uns zurück zur Stadt fahren. Ich muß ein Protokoll...»

«Ich bin noch nich *fertig*!» protestierte Boyle wild.

«Doch, bist du», sagte Matt.

Neunundzwanzig

Matt und George nahmen den wieder zornig gewordenen und mit den Armen rudernden Boyle in ihre Mitte und führten ihn aus dem Wohnwagen in die ähnlich wilde Nacht. In der Dunkelheit wirkte der Wind wie eine Guerilla-Einheit, die sich immer wieder heranpirschte, um dann wuchtig mal von der einen, mal von der anderen Seite anzugreifen. Die Kiefern, die den Weg zur Bucht säumten, schlugen krachend ihre Äste gegeneinander und warfen ihre schwarzen Wipfel wild hin und her.

Boyle hatte keinen Mantel an und begann zu zittern. «Himmel noch mal», sagte er mit verschränkten Armen, nachdem seine Raserei in plötzliche Fügsamkeit umgekippt war. «Ist das kalt.»

«Sieh nach, ob du drinnen einen Mantel findest, George», sagte Matt nach hinten. «Er muß ja irgendwas angehabt haben, als er hierherkam.»

George ließ den verängstigten, zähneklappernden Boyle murrend los und stieg wieder in den Wohnwagen. «Mach auch gleich die Lampen und den Ofen aus, wenn du schon dabei bist», rief Matt. «Wenn dieser Klapperkasten umkippt und Feuer fängt, kann der Wind die Glut schnell über die Bäume auf die Hausdächer tragen.»

«Okay, okay», rief George zurück. Von drinnen hörte man ein

dumpfes Rumpeln und Poltern, bis George wieder auftauchte und eine abgetragene, rotschwarz karierte Holzfällerjacke hochhielt, die er in einer Ecke des «Schlafzimmers» entdeckt hatte. «Hier.» Er drehte sich wieder um und kümmerte sich um die Lampen und den Ofen.

Matt zwängte die Arme des zitternden und anscheinend verwirrten Boyle in die Ärmel der Jacke und knöpfte sie ihm wie einem Kind zu. «Im Auto ist es wärmer, Fred. Komm», sagte er und ging auf das kaputte Tor zu, während er Boyle am Arm führte. Boyle lief folgsam neben ihm her, stolperte hin und wieder über den aufgesprungenen Beton und verfing sich mit einem Hosenbein einmal in einem umherwehenden kugeligen Gestrüpp, so daß er fast gefallen wäre.

«Was passiert jetzt?» rief er plötzlich über den Wind hinweg, scheinbar nüchtern und zur Vernunft gekommen.

«Wir fahren ins Büro und nehmen ein Protokoll auf», rief Matt, der Boyle mit der einen und seinen Hut mit der anderen Hand hielt. «Danach kommt es zu einem ordentlichen Gerichtsverfahren.» Er wollte jetzt möglichst schnell zum Auto zurück. Die Szene in dem auseinanderfallenden Wohnwagen hatte einen surrealen Charakter gehabt, mt dem er sich nicht länger beschäftigen wollte. Er wollte wieder die gewohnte Ordnung herstellen und dieses bedrohliche Durcheinander aus Sturm und widerwilliger Pflichterfüllung beenden. Der Wind blies mit einem leisen, trauernden Ton durch den halb niedergerissenen Drahtzaun. Als er die Straße zum Eagle Head herauf- und dann den Abhang herunterfegte, heulte er in einem lauten Baß.

Obwohl es praktisch Nacht war, hoben sich der dunkle Umriß des Waldes und die Spitze des Eagle Head von dem blassen Hintergrund der flach dahinjagenden Wolken ab. Die Bucht konnte Matt nicht mehr erkennen, er hörte nur das beständige Donnern der Brandung gegen die Felsen des Strandes.

Sie erreichten den Wagen. Matt mußte für einen Moment entweder Boyle oder seinen Hut loslassen. Er entschied sich für den mittlerweile stillen Lehrer und holte die Autoschlüssel aus seiner Tasche. Boyle fiel gegen das Auto und übergab sich. George, der den Weg vom verlassenen Wohnwagenplatz heraufkam, schrie entsetzt auf. «Hey!»

«Das darf doch nicht wahr sein», sagte Matt angeekelt. Sie warteten, bis Boyle fertig war, dann verfrachteten sie ihn auf den Rücksitz und legten eine Decke über ihn.

Sie setzten sich nach vorne. Matt startete den Motor, wendete den Wagen und fuhr auf die Küstenstraße, der er bis zum Highway folgen wollte.

Das Surren des Gebläses ließ den Sturm nun wie einen Stummfilm erscheinen, der auf den Autoscheiben abgespielt wurde. Man sah, wie die Bäume sich bogen und um sich schlugen und wie die Büsche in den Gärten der vereinzelten Häuser umherpeitschten, als wollten sie dem Griff ihrer eigenen Wurzeln entkommen. Die Fenster der Häuser leuchteten gelb von den Lampen in den Zimmern oder flackerten blaugrau von den Fernsehern, vor denen die Leute saßen. Niemand sah hinaus in die Nacht.

Als sie die Spitze des Hügels erreichten, stotterte der Motor und soff ab. «Verdammter Wind», fluchte Matt und griff zum Zündschlüssel.

Plötzlich war der Wind im Wagen, tobte um sie herum, und die eine hintere Seitentür schlug gegen die Angeln.

«Oh, Scheiße», rief George. «Er haut ab. Verdammt, Matt, wir hätten ihn mit Handschellen festketten sollen.»

In einem überraschenden Kraftakt hatte Boyle mit beiden Füßen die hintere Seitentür aufgetreten und lief nun auf die dunklen Umrisse des Waldes zu. Er sprang über eine niedrige Stelle im Zaun und verschwand zwischen den Bäumen.

«Er wird nicht weit kommen», sagte Matt, trat auf die Bremse und legte die Parkstellung ein, während er bereits den Türgriff in der Hand hatte.

«Er kann weit genug kommen», sagte George. «Er könnte entkommen.»

Matt nahm das Mikro des Funkgeräts und drückte es George in die Hand. «Ruf die anderen. Ich verfolge ihn.»

Er mußte die Tür gegen den Wind drücken, um aussteigen zu können. Als er draußen war, entriß ihm der Wind die Tür und warf sie hinter ihm ins Schloß. Der Sturm erfaßte Matts Hut und ließ ihn die Straße herunterhüpfen. Matt kümmerte sich nicht um den Hut, der im plötzlichen grellen Licht von näher kommenden Scheinwerfern davonwirbelte, sondern lief um das Auto herum und in den

Wald hinein, um Fred Boyle zu verfolgen. Hinter sich hörte er quietschende Bremsen, doch er drehte sich nicht um.

Dazu hatte er George.

Dominic beugte sich herunter und klopfte gegen das beschlagene Fenster des Streifenwagens. Die Beifahrertür öffnete sich, und George Putnam stieg aus. Er wirkte wütend und ungeduldig.

«Ist Matt hier?» rief Dominic über das Dach des Wagens, während ihm seine Haare vom Wind ins Gesicht gepeitscht wurden und an den Wangen stachen.

«Er ist hinter Boyle her», rief George zurück.

«Hinter wem?»

«Fred Boyle. Er hat Dill umgebracht. Wir haben sein Geständnis, aber er...»

Dominic stutzte. Er hatte gehört, daß Matt eine heiße Spur verfolgte, und war sofort hergekommen, um ihn zu unterstützen, aber wer zum Teufel war Fred Boyle?

«Hör zu, ich muß Matt helfen», rief George. «Du wartest hier und schickst die anderen nach, wenn sie kommen, okay?»

Bevor Dominic antworten konnte, lief George schon auf den Wald zu. «Können wir nicht einfach eine Nachricht hinterlassen?» rief er ihm nach.

Der Wald war tief und dunkel.

Als Matt durch das Unterholz stolperte, verfluchte er Boyle, vor allem aber sich selbst. «Da siehst du, wohin dich die Philosophie wieder mal gebracht hat, Professor», murrte er und prallte gegen einen weiteren Baum. «Du hast es fertiggebracht, jeden Bewohner der Stadt zu verdächtigen, nur nicht den wirklichen Mörder, und jetzt ist er dir wegen deines dummen Mitleids auch noch durch die Finger geschlüpft.»

Im Laufen gelang es ihm, seine Taschenlampe aus dem Halteriemen des Gürtels zu zerren. Wenn sie ihm auch nicht half, Boyle zu finden, würde sie ihn zumindest davor bewahren, sich an diesen verdammten Bäumen eine blutige Nase zu holen. Die mächtigen Baumstämme erwachten im Strahl der Taschenlampe zu gespenstischem Leben und erschreckten ihn mit ihrer Größe und Nähe. Hoch über sich konnte er das triumphierende Heulen des Windes in den Baumspitzen hören. Boyle war ein Idiot, daß er hier hineingelaufen war, dachte er, während er weiter voranstolperte. In dieser Richtung gab es kein Entkommen – für niemanden, und schon gar nicht für einen Mann in seinem Zustand. Er würde einfach im Kreis herumlaufen, bis er zusammenbrach. Es grenzte an ein Wunder, daß er sich überhaupt noch auf den Beinen hielt.

Gerade als ihm dieser Gedanke durch den Kopf ging, stürzte er selbst, weil sich sein Fuß in einer gewölbten Baumwurzel verfangen hatte. Er war außer Atem und verschnaufte einen Augenblick, dann rappelte er sich wieder auf. Wenn er nur wüßte, in welche Richtung Boyle gelaufen war! So tief im Wald gab es offenbar keine Markierungen, keinerlei Pfade oder Wege. Obwohl es mittlerweile öffentliches Land war, verirrte sich kaum jemand hierher. Es gab geeignetere Plätze für ein Picknick. Und es war wenig reizvoll, dem Wasser so nah zu sein und es doch nicht sehen zu können.

Er hielt an.

Er hatte eine Lichtung erreicht, auf der ein Haufen rostiges Metall und Holz lag. Keine abgefallenen Zweige, sondern Holz, das vor vielen Jahren zurechtgesägt und bearbeitet worden war und nun vermoderte und im Strahl seiner Taschenlampe silbriggrau schimmerte.

Die Brennerei des alten G. G. Osborne.

Irgendwo hier war das Lagerfeuer gewesen, das die Jugendlichen vor dreißig Jahren errichtet hatten. Jetzt war davon natürlich nichts mehr zu sehen. Irgendwo hier war der Wald erfüllt gewesen von Gekicher, vom süßlichen Geruch angebrannter Marshmellows und der abfälligen, anzüglichen Stimme Jacky Morgans. Im Heulen des Windes meinte er ein schluchzendes Mädchen zu hören, streitende Jungen, einen plötzlichen Schrei...

«Hast du ihn gefunden?» fragte eine Stimme hinter ihm.

Matt schreckte auf und wirbelte herum. Der Strahl seiner Taschenlampe huschte über die Reste der Brennerei, über die Baumstämme und leuchtete schließlich in das Gesicht von Dominic Pritchard.

«Was zum Teufel machst *du* denn hier?» fragte Matt, der plötzlich bemerkte, wie sehr sein Herz pochte. Dominics Stimme hatte so jung geklungen, so durchdringend, daß er für einen Moment gedacht hatte...

«Ich habe überall nach dir gesucht», sagte Dominic. «Hast du den Mann gefunden, nach dem du suchst?»

«Sieht es so aus, als hätte ich?» bellte Matt.

«Na ja, ich...»

«'tschuldigung, nein. Aber er kann nicht weit sein. Er ist nicht mehr der Jüngste und ist sturzbetrunken...»

«Ich komme mit», sagte Dominic.

Matt wollte widersprechen, aber zuckte dann mit den Schultern. Vielleicht brauchte er Hilfe. Wer wußte schon, wann George mit den anderen da sein würde. «Na gut, dann komm.»

Sie überquerten die Lichtung und tauchten wieder in den Wald ein. Matt suchte nach Hinweisen, daß Boyle in diese Richtung gelaufen war, und wünschte sich, er wäre einmal von einem freundlichen alten Indianerscout unterwiesen worden, der von solchen Sachen Ahnung hatte. Er hielt an und hob eine Hand. «Laß uns mal einen Augenblick leise sein», sagte er. «Vielleicht hören wir ihn.»

Sie standen still, Seite an Seite, und lauschten. Dominics Mantel flatterte um seine Knie, und er zog ihn über der Brust zusammen. Vom Laufen und der Anstrengung, sich einen Weg durchs Unterholz zu bahnen, war ihm warm geworden, aber die Luft war kalt, und jeder Atemzug erinnerte ihn daran. Eine Lungenentzündung war nicht gerade das Verlobungsgeschenk, das er Emily machen wollte.

Er erstarrte plötzlich. «Dort oben», sagte er und zeigte in die Richtung des Wassers.

«Ja, ich hab's auch gehört», bestätigte Matt. «Komm.»

Das Heulen des Windes über ihnen war nun fast leise, verglichen mit einem noch wilderen Geräusch – den Wellen der Blackwater Bay, die gegen den Fuß des Eagle Head anrollten und ihre Klauen in die Felsen zu schlagen versuchten. Als sie sich dem Wasser näherten, lichtete sich der Wald, und die Dunkelheit ließ etwas nach. Matt richtete den Strahl seiner Taschenlampe auf den Boden, weil er Boyle weder erschrecken noch warnen wollte.

Er hätte sich darum keine Gedanken zu machen brauchen.

Sie konnten Boyle jetzt sehen, wie er mit den Händen in seinen Jackentaschen dastand und auf den unsichtbaren Tumult der Brandung hinunterstarrte. Ein schwacher Schimmer des Mondlichts drang manchmal durch die vorbeijagenden Wolkenfetzen, was den

Ort in ein unheimliches, magisches Licht tauchte. Boyles schütteres Haar stand wie ein Heiligenschein um seinen Kopf. Er sah aus wie ein moderner Prospero, der über das ferne dunkle Wasser gebot, das hin und wieder vom flüchtigen Lichtschein aus den Wolken aufglänzte.

Obwohl sie ein hohes Kliff von den Wellen trennte, war der Lärm fast ohrenbetäubend. Aber selbst über dem Donnern der Brandung hörten sie, wie Boyle mit seiner Frau sprach. Er stand auf der anderen Seite des Zauns, hatte sich breitbeinig auf den nackten Granithang des Eagle Head gepflanzt und brüllte in den Himmel hinein. Seine Absicht schien klar.

«Ich hätte ihn *verletzen* sollen, Maryam», schrie er klagend. «Ich hätte ihm etwas Schreckliches antun sollen, etwas *Furchtbares*, statt ihn einfach...»

«Boyle!» rief Matt. «Komm von der Kante weg.»

Boyle dreht sich um und schüttelte den Kopf. «Warum?»

«Wir müssen in die Stadt zurück», rief Matt.

Er sträubte sich wieder. «Warum?»

«Hoffentlich hast du darauf eine gute Antwort», murmelte Dominic.

«Hör zu», rief Matt. «Es wird nicht so schlimm. Es gibt bestimmt mildernde Umstände. Die Geschworenen...»

«Oh, jetzt sind wir schon bei den Geschworenen, ja?» rief Boyle. «Ich habe noch nicht mal eine Aussage gemacht, und wir sind schon bei den Geschworenen.» Er wirkte jetzt völlig nüchtern, stand ziemlich fest am Kliff und lehnte sich in den Wind.

«Ich würde Sie gerne verteidigen, Mr. Boyle», schrie Dominic.

«Wer zum Teufel bist du?» wollte Boyle wissen.

«Ich heiße Dominic Pritchard», sagte der junge Anwalt, der sich eher wie ein Therapeut vorkam.

«Hallo, Dominic», rief Boyle und zog eine Hand aus der Holzfällerjacke, um ihm zuzuwinken.

«Hallo», rief Dominic zurück. «Es ist auf lange Sicht wirklich einfacher, wenn Sie jetzt zurückkommen.»

«Das kann ich mir vorstellen», gab Boyle ihm recht. «Aber ich glaube trotzdem, ich werde nicht kommen, vielen Dank.»

«Ich möchte nicht da rauskommen müssen, um dich zu holen», rief Matt.

Boyle lächelte – sie konnten seine weißen Zähne erkennen. «Dann laß es», erwiderte er und drehte ihnen wieder den Rücken zu.

«So ein Mist», fluchte Matt. «So ein verdammter Mist. Er wollte nicht *weg*laufen – er wollte *hierher*.»

Hinter sich hörten sie ein Geräusch, und George erschien keuchend, seinen Hut über die Ohren gedrückt. «Was macht er da draußen?»

«Rate mal», sagte Matt.

«Jedenfalls keinen Steptanz üben», sagte George. «Ich habe dir ja gesagt, wir hätten ihm Hand...»

«Ja», gab Matt zu. «Hätte ich tun müssen.»

«Willst du ihn zurückholen?» fragte George.

«Natürlich.»

«Durch lange Diskussionen?» bohrte George.

«Natürlich nicht.»

George schien zufrieden. «Das wollte ich nur wissen», sagte er. «Mein Lasso habe ich dummerweise im Büro vergessen.»

«Ihr bleibt hier stehen», wies Matt sie an.

«Machst du Witze?» sagten George und Dominic gleichzeitig.

Sie näherten sich dem Zaun. Trotz des Windes und der Brandung hörte Boyle ihre Schritte auf dem blanken Stein, sah über seine Schulter und drehte sich zu ihnen um. «Tut das nicht, bitte», schrie er. Hier draußen, jenseits des düsteren Waldes, wirkte er blaß, doch sein Gesichtsausdruck war gelassen. «Es gibt niemanden mehr, für den es sich zu leben lohnt. Ich bin einfach allein. Mein Leben ist sinnlos.»

«Dein Tod ist auch nicht sinnvoller», sagte Matt.

«Oh, ich weiß nicht», entgegnete Boyle. «Vielleicht treffe ich Dill in der Hölle und kann den Teufeln helfen, ihn wieder in einen kochenden Kessel zu stoßen. Es ist den Versuch wert.»

«Ich habe dich nie für dumm gehalten», sagte Matt und ging einen Schritt vor.

«Jedenfalls nicht so dumm, daß ich nicht merke, wie du langsam näher kommst», sagte Boyle. «Aber dumm genug, jemanden im Zorn zu töten und nicht aus kalter Rache. Na ja, eine verpaßte Gelegenheit.»

«Wir können bestimmt dafür sorgen, daß die Anklage nur auf

Totschlag lautet», betonte Dominic. «Und wie Matt gesagt hat, kein Geschworener...»

«*Ich* bin der Geschworene und der Richter – über mich selbst», sagte Boyle und trat zurück, als Matt an den Zaun kam. «*Ich* verkünde das Urteil, nicht ihr, und auch kein Haufen Fremder.»

«Hör zu, Fred...» begann Matt.

Und dann geschah alles ganz schnell – Boyle rutschte mit seinen Ledersohlen auf dem glatten Abhang aus, Matt warf sich nach vorne über den Zaun und ergriff die Hände des Fallenden, Dominic und George griffen nach Matts Beinen, und alle vier lagen plötzlich in einer langen Reihe von den Bäumen bis zum leeren Raum.

Boyles Beine baumelten über der Dunkelheit.

Matt lag ausgestreckt über dem Zaun, dessen Draht sich in seine Brust bohrte.

Dominic hielt das eine Bein fest, George das andere.

Und keiner konnte sich rühren.

Es wäre komisch gewesen – wenn Boyle nicht über dem Abhang gehangen und unter sich die knurrenden, hungrigen Wellen gehabt hätte, die ständig gegen die grausamen Felsenzäune krachten und sich wieder zurückzogen und deren Schäumen und Schlürfen noch bedrohlicher war, weil man es nicht sah. Es war, als hielte man Boyle über einen Löwenkäfig.

«Laß los», schrie Boyle. «Laß los, oder du kommst mit.»

«Ich lasse nicht los», stieß Matt hervor und spürte ein Gefühl, als würden ihm die Arme ausgekugelt werden, spürte den Draht durch die Kleidung in sein Fleisch schneiden, spürte das Brennen des plötzlich einsetzenden Schneeregens auf der Haut und spürte den verzweifelten Griff der beiden Männer an seinen Beinen. Der Schneeregen würde zu Eis werden, und das Eis würde das Festhalten für alle noch schwieriger machen. Wenn nicht bald jemand käme...

Er merkte, wie der Zorn auf Boyle in ihm hochstieg. «Du stürzt hier *nicht* wie Jacky Morgan herunter, du verdammter Idiot.»

Boyle sah zu ihm auf, das Gesicht nur Zentimeter entfernt, und riß einen Arm aus der Umklammerung los. Unwillkürlich griff Matt den anderen Arm noch fester, während er nach dem freien Arm langte, aber Boyle starrte ihn nur an und begann langsam und sorgfältig seine Holzfällerjacke aufzuknöpfen.

Mit einem Ruck, der ihn fast von dem rettenden Griff Dominics und Georges losgerissen hätte, versuchte Matt noch einmal, Boyles Arm zu ergreifen, aber es gelang ihm nicht.

«Wer zum Teufel ist Jacky Morgan?» rief Boyle. Dann verschwand er ohne ein weiteres Geräusch in der Dunkelheit und ließ Matt mit einer leeren, flatternden rotschwarzen Jacke zurück.

Dreißig

Es gibt wenige Augenblicke, die so trostlos sind wie der eines County-Sheriffs, der sich nach einem abgeschlossenen Fall im Rasierspiegel betrachtet. Besonders wenn er es fertiggebracht hat, den Fall vollständig zu vermasseln.

Der Fall war zwar gelöst. Es war alles geklärt.

Aber zu wessen Zufriedenheit?

Zu seiner bestimmt nicht.

Er trocknete sich ab, ging zurück ins Zimmer, um sich eine frische Uniform anzuziehen, und überlegte, ob es einfacher und anständiger wäre, jetzt seine Kündigung einzureichen und die Wahlen zu verschieben. Oder er ging einfach und übergab George das Amt für die Zwischenzeit. Das Ergebnis wäre zweifellos dasselbe.

Er ging hinunter, um zu frühstücken.

Dominic saß am Tisch und trank gerade seinen Kaffee aus. «Ich habe auf dich gewartet», sagte er und schenkte sich noch eine Tasse ein. «Die Rühreier sind phantastisch, wie immer. Und die Wurstpastetchen...» Er hielt inne. «Glaubst du, daß Emily kochen kann?»

Matt füllte sich lächelnd seinen Teller. «Ich glaube nicht, daß sie viel Gelegenheit hatte, es zu lernen. Gibbons sagt immer, seine Frau sei die schlimmste Köchin der Stadt, weil sie viel zu beschäftigt ist, Yoga zu machen oder irgendwelche historischen Umzüge zu organisieren. Sie kommt deshalb nicht mal dazu, ihm ein Spiegelei zu braten, geschweige denn eine Mahlzeit, für die man so etwas Kompliziertes wie ein Rezept benötigt.»

«O mein Gott», sagte Dominic voller Trauer und sah auf die stattliche Menge der angewärmten Platten und Teller, die Mrs.

Peach und Nonie als amerikanische Version eines englischen Landhaus-Frühstücks auftischten. «Vielleicht könnte Mrs. Peach ihr etwas Unterricht geben...»

«Ich bin keine Hauswirtschaftslehrerin», sagte Mrs. Peach, die gerade aus der Küche kam, um Matt einen Teller mit frischen Toasts zu bringen. «Sie kann doch lesen, oder?»

«Na ja, natürlich...»

«Dann kann sie ein Kochbuch benutzen. Wenn man nur einen Funken Verstand besitzt, kann jeder kochen.»

«Ach», sagte Dominic. «Wirklich?»

Mrs. Peach blieb stehen und sah ihn an, die Hände in die Hüften gestemmt. «Sie wollen Emily Gibbons heiraten, oder?»

«Ja.»

«Hmm. Na ja, Sie können Ihr Zimmer ja hier behalten und nur zu den Mahlzeiten erscheinen», schlug sie mit einem Augenzwinkern vor und ging in die Küche.

«Mach dir keine Sorgen», tröstete ihn Matt. «Es wird schon werden.»

«Ich denke auch», beruhigte sich Dominic. Er rührte seinen Kaffee um und beobachtete Matt, der sich ein üppiges Frühstück gönnte. «Hast du vor, heute nachmittag zum Südpol aufzubrechen?» fragte er.

«Ja, warum eigentlich nicht?» sagte Matt, während er sich einen Toast schmierte. «Fühle mich hier im Moment nicht besonders wohl.»

«Ach, das geht vorbei», sagte Dominic. «Wie der Sturm letzte Nacht.»

«Das war nur der *erste* Sturm», sagte Matt niedergeschlagen. «Es kommen noch mehr.»

«Das hoffe ich», sagte Dominic mit dem anstrengenden Enthusiasmus der Jugend. Matt sah ihn nur finster an.

«Ich nehme an, du hast deinen Job bei Crabtree & Putnam noch?»

«Also, bis jetzt hat er mich noch nicht entlassen», sagte Dominic. «Ich würde nicht gerade sagen, daß sich unsere Beziehung durch die ganze Geschichte verbessert hat. Aber er kann nicht *beweisen*, daß ich die Akte benutzt habe, und wenn du die Fotokopien nie in einer Verhandlung vorlegen mußt...» Er hielt inne. «Muß er es jemals erfahren?»

Matt schüttelte den Kopf. «Niemand muß irgend etwas erfahren», sagte er. «Alle sind tot.» Er nahm einen großen Schluck Kaffee. «Einschließlich des Sheriffs.»

«Nun hör aber auf», sagte Dominic.

Matt zuckte mit den Schultern. «Überleg doch mal – Peter Dill und Fred Boyle wären beide noch am Leben, wenn ich mich nicht so in diese Jacky-Morgan-Sache verrannt hätte – und alles nur wegen der paar Worte eines Sterbenden. Tilly hätte Albert Budd nicht aufgesucht, Albert wäre nicht nach Blackwater zurückgekommen, und Fred Boyle hätte wahrscheinlich nie von dem Geld erfahren...»

«Doch, das hätte er. Clarence Toogoods Ermittlungen hätten es schließlich zum Vorschein gebracht», sagte Dominic. «Dill wäre wegen Betrugs ins Gefängnis gekommen», fügte er hinzu. «Seine Frau und die Kinder hätten einen entsetzlichen Prozeß durchmachen müssen, öffentliche Zurschaustellung und alles. Ich gebe zu, daß Boyle *vielleicht* noch am Leben wäre, aber wahrscheinlich hätte er es nicht mehr lange gemacht. Selbst wenn seine Leber durchgehalten hätte: Er war mit den Nerven am Ende. Er neigte so oder so zum Selbstmord, ob heute oder morgen.»

«Soll mich das trösten?»

«Du hast nichts *falsch* gemacht», beharrte Dominic.

«Kann sein», stimmte Matt zu, während er seine Serviette zusammenlegte. «Aber habe ich irgend etwas richtig gemacht?» Er trank seinen Kaffee aus, und sie zogen sich ihre Mäntel und Stiefel an.

Über Nacht waren fast zehn Zentimeter Schnee gefallen, und die ganze Stadt war in einen weichen weißen Verband gehüllt, der alle Unvollkommenheiten verdeckte und sie in eine frühe Weihnachtskarte verwandelte.

Bevor der Regen zu Schnee geworden war, war er an den Bäumen festgefroren, so daß nun jeder Ast von einem glitzernden Eismantel umgeben war. Wo die Sonne am Morgen auf die Bäume geschienen hatte, war der Eismantel so weit geschmolzen, daß er von den Zweigen fiel. Unter den Ästen lagen kleine gläserne Röhrchen im Schnee, von deren Kanten die Sonnenstrahlen blitzten. Die Luft war klar und klirrend kalt, und um sich herum hörten sie Geräusche, die von weither zu kommen schienen – das Kratzen von Schneeschaufeln auf Beton, das Lachen von Kindern, die die ersten Schneebälle warfen, Hundegebell, das Schlagen von Türen und ein eigenartiges Dröhnen und Klappern, das man nicht einordnen konnte und das von überallher zu kommen schien. Der erste Wintermorgen. Die süße Milde des Sommers wurde zur Erinnerung und die Klarheit des Winters übernahm das Regiment.

Einige Klarheiten waren allerdings nicht erwünscht.

Während sie durch den Schnee knirschten, versuchte Dominic Matt davon zu überzeugen, daß sich bald die Zeit über das angerichtete Unheil legen würde – wie sich der Schnee über die Stadt gelegt hatte.

«Jetzt kannst du daran sowieso nichts mehr ändern», sagte Dominic.

«Stimmt», sagte Matt. «Aber ich kann mich selbst verändern.»

Darüber diskutierten sie auf dem gesamten Weg in die Stadt.

Als Matt das Büro betrat, war er überrascht, daß er Daria an Tillys Schreibtisch sitzen sah. Max saß schnurrend auf ihrem Schoß und sah entzückt zu ihr auf.

Matt zog den Mantel aus, kämpfte sich aus den Stiefeln und ließ sich dann wortlos in seinen Stuhl fallen.

Daria bemerkte seine gedrückte Stimmung und betrachtete ihn eine Weile. «Ich habe nachgedacht», begann sie schließlich entschlossen. «Die Galerie macht außerhalb der Saison nicht viel Arbeit. Mrs. Toby hat gesagt, daß sie statt zu Hause genausogut dort sitzen und stricken und sich um die paar Kunden kümmern könnte. Und ich kann mich nicht auf meine Malerei konzentrieren, solange die Handwerker noch das große Haus umbauen.»

«Und?»

«Ich hätte also genügend Zeit, dafür zu sorgen, daß die Räume über der Galerie zu einem netten kleinen Apartment umgebaut werden», fuhr Daria fort, sich ungeniert über seine finstere Miene hinwegsetzend. «Ich weiß nicht, warum ich nicht früher darauf gekommen bin. Es hat genau die richtige Größe und wäre ungefähr fertig, wenn Tante Clary aus Florida zurückkommt. Du und Max, ihr könntet dort wohnen, bis der Büroumbau abgeschlossen ist und ihr wieder eine eigene Wohnung habt. Danach kann ich die Wohnung dann vermieten.»

Er starrte sie an. Ein Leben ohne Mrs. Peachs Essen? Ihre Kochkünste waren im Moment sein einziger Trost.

«Ich könnte jederzeit vorbeikommen», fügte sie unverblümt hinzu.

«Ah», sagte er. Seine finstere Miene hellte sich etwas auf.

Die Tür sprang mit einem Schneewirbel auf. George und Charley Hart kamen herein, stampften den Schnee von ihren Stiefeln und wirkten äußerst grimmig und offiziell. «Wir haben Boyle gefunden», sagte George. «Er wurde in der Nähe von Peskett an Land gespült, wie ich erwartet hatte.»

Sie gingen zur Kaffeemaschine und beschwerten sich, daß es keine Doughnuts gab. Tilly war noch nicht da.

«George, was würdest du davon halten, Sheriff zu werden?» fragte Matt unvermittelt.

In dem Raum entstand ein langes, bedrückendes Schweigen.

«Was in aller Welt...?» fragte Daria entsetzt. Selbst Max wirkte erschrocken – wenn auch eher über das Zusammenzucken des Schoßes, auf dem er lag.

Charley Hart und George starrten Matt gleichermaßen bestürzt an. «Machst du Witze?» fragte George.

«Ich denke daran aufzuhören, das ist alles», sagte Matt. «Ich hatte sowieso nie vor, mein ganzes Leben als Sheriff in Blackwater Bay zu verbringen. Ich habe noch ein Angebot von einem kleinen College im Westen...» Er beugte sich herunter und begann in der unteren Schublade seines Schreibtisches zu kramen.

«Das habe ich weggeschmissen», sagte Tilly vom Türrahmen her. «Du hast neulich gesagt, daß ich alles wegschmeißen soll, was älter als fünf Jahre ist. Das habe ich gemacht.» Alle sahen Tilly an, die hereinkam und sich den Schnee von ihren Stiefeln stampfte. Das Muster auf dem neuen Linoleumboden verschwand unter dem Matsch des schmelzenden Schnees. «Und wenn du denkst, du könntest diese Stadt in die Hände von George Putnam geben, bist du aber schief gewickelt.»

«Hör zu Tilly, ich bin es satt...» begann Matt.

«Das wäre so, als hätten wir das ganze Jahr *Howl*», fuhr Tilly unerbittlich fort.

«Jetzt übertreibst du aber», protestierte George. Dann sagte er in einem seltenen Anfall von Bescheidenheit: «Aber ich bin noch nicht soweit, Sheriff zu werden, Matt. Natürlich fühlst du dich jetzt niedergeschlagen, weil du die ganze Sache vermasselt hast...»

«Vielen Dank, George», sagte Matt.

«... aber ich glaube, daß keiner bei diesem Fall besser ausgesehen hätte. Fast keiner, jedenfalls.»

«Hmm.»

«Vielleicht *ist* der Bürgermeister jetzt erst mal sauer auf dich und der Distriktanwalt nicht sehr entgegenkommend, vielleicht *gibt* dir Dr. Rogers jedesmal Abführmittel, wenn du dir in den Finger geschnitten hast, vielleicht hinterläßt dir Mr. Budd *keine* Million, und Jack Fanshawe...»

«Jack Fanshawe kann dir fast gar nichts antun», warf Charley aufmunternd ein.

«Es sei denn, ich möchte ein Haus kaufen», sagte Matt.

«Du möchtest ein Haus kaufen?» fragte Daria mit drohendem Unterton.

«Nicht, wenn mir ein hübsches Apartment angeboten wird», sagte Matt schnell. «Das spart der Stadt ja eine Menge Kosten...»

«Na, also!» sagte Charley triumphierend. «Das stimmt den Bürgermeister schon viel gnädiger!»

«Wir wollen also nichts mehr davon hören, daß du an irgendeine Zwergen-Uni abwanderst, um irgendwelchen Hinterwäldlern Philosophie beizubringen», sagte George. Er drehte sich mit einem wütenden Blick zu Tilly um. «Oder davon, daß ich die Stadt in einen *Howl* verwandle.»

Tilly fuhr unbeeindruckt fort, den Tagesbedarf an Doughnuts auf der Tonschale neben der Kaffeemaschine zu verteilen. «Apropos *Howl*: Ich habe gerade Harvey Matlock getroffen. Er will Anzeige gegen Wiesel Rumplemeyer erstatten, weil er herausgefunden hat, daß Wiesel und seine Kumpel sein Boot mit Tapioka-Pudding gefüllt haben. Er hat es erst heute morgen entdeckt, als er überprüfen wollte, ob der Motor vereist ist. Er sagt, er hatte nichts dagegen, daß man letztes Jahr seinen gesamten Brennholz-Vorrat mit Zement übergossen hat und ihm vorletztes Jahr Pferdemist in die Badewanne gefüllt hat – aber wenn er etwas *haßt*, dann ist es Tapioka-Pudding. Er kommt später vorbei.»

«Ich halte das nicht aus», sagte Matt müde. Das Telefon klingelte, und er hob resigniert den Hörer ab.

Max verließ Darias Schoß und sprang auf die Fensterbank, um es sich auf einem Flecken schwachen Sonnenlichts bequem zu machen. Er genoß es offenbar, den Leuten zuzusehen, wie sie auf dem vereisten Bürgersteig herumschlitterten und ausrutschten – es war eine solche Vielzahl an Bewegungen. Einige fuchtelten wild mit den Armen, als versuchten sie abzuheben. Andere schlidderten erst eine Zeitlang durch die Gegend, um dann gegen irgendein Hindernis zu knallen. Wieder andere warfen alle Sachen in die Luft, die sie gerade trugen, um nach ihrem Begleiter oder dem nächstbesten sicheren Halt zu greifen. Und einige fielen einfach hin und saßen dann dort, Gift und Galle spuckend. Es war ein völlig anderer Anblick als im Sommer – weniger farbenfroh natürlich, aber unterhaltsam durch das hektische menschliche Treiben, das für eine Katze zugleich faszinierend und unbegreiflich war.

Trotz des unübersehbaren Jahreszeitenwechsels draußen blieb im Büro offenbar alles beim alten. Wie immer redeten alle durcheinander, und wie immer hörte man die müde und frustrierte Stimme des Sheriffs heraus.

«Es *kann* keine Leiche sein, Mrs. Berringer», sagte Matt. «Nein, Sie müssen sich irren. In einem Baum? Ich bitte Sie. Wahrscheinlich eine schwarze Mülltüte, die der Sturm dort hinaufgeweht hat. Es tut mir leid, ich kann im Moment keinen Mann entbehren... Ja, ich weiß, daß Ihr Mann Stadtdirektor ist... Ja... Nein, es ist *kein* entflohenes Zirkustier, weil in unserem Gebiet zur Zeit keine Zirkusse unterwegs... Mrs. Berringer... Mrs. Berringer... Mrs. Berringer, so beruhigen Sie sich doch, bitte...»

Paula Gosling

«Es sieht so aus, als seien zur Zeit die besten Krimi–Autoren weiblichen Geschlechts. **Paula Gosling** zu versäumen wäre ein Fehler für Krimi–Fans.»
Frankfurter Rundschau

Ein echtes Gaunerstück
(thriller 2939)
Wahrscheinlich hätte die schöne Ariadne noch ein paar fröhliche Jahre vor sich gehabt, mit einem Mann, der sie anbetete und einer liebevollen Stieftochter – wenn sie nicht im unpassenden Moment gelacht hätte...
«Ein spannender und amüsanter Krimi für Strandkorbtage.»
Frankfurter Rundschau

Tod auf dem Campus
(thriller 2858)
Professor Aiken Adamson war ein gehässiges, hinterhältiges Ekel. So hat Lieutenant Stryker beim Motiv ein Dutzend Verdächtiger, beim Alibi aber keine – zunächst jedenfalls...
«Bildung schützt vor Dummheit nicht – zum Vorteil des Lesers, der in genußvoller Spannung gehalten wird, wenn Selbstüberschätzung die Wissenschaftler zu verhängnisvollen Begegnungen mit dem Täter führt, wenn überraschend akademische Fassaden bröckeln und aus der wütenden Gegnerschaft zwischen dem Polizisten und einer Verdächtigen eine Liebesgeschichte entsteht.»
FAZ

rororo thriller

Alpträume
(thriller 3070)
Ein Autounfall raubt Tess Leland nicht nur den Ehemann: Wohnungseinbrüche folgen und anonyme Telefonanrufe, sodaß schließlich auch die Polizei nicht mehr an einen simplen Autounfall glaubt.

Der Polizistenkiller
(thriller 2971)
In Grantham versetzt eine Mordserie Polizisten in Panik. Drei Kollegen sind schon tot, aus dem Hinterhalt erschossen. Den ersten Tip gibt kein Informant, sondern der Polizeicomputer...

Blut auf den Steinen
(thriller 2826)
Wychford ist ein kleines verträumtes Städtchen am Ufer des Flusses Purle – bis grausame Frauenmorde die Idylle zerstören.

3007/3

Crime Ladies

«Es liegt in der Tradition des Kriminalromans, daß Frauen bessere Morde erfinden. Aber warum? Diese Frage kann einen wirklich um den Schlaf bringen!»
Milena Moser in «Annabelle»

Patricia Highsmith
Venedig kann sehr kalt sein
(thriller 2202)
Peggy liegt eines Morgens tot in der Badewanne. Niemand zweifelt, daß sie sich selbst die Schlagader aufgeschnitten hat. Nur für den Vater ist klar: der Ehemann muß schuldig sein...
«Unter den Großen der Kriminalliteratur ist Patricia Highsmith die edelste.»
Die Zeit

Nancy Livingston
Ihr Auftritt, Mr. Pringle!
(thriller 2904)
Pringle vermißt eine Leiche
(thriller 3035)
«Wer treffenden, sarkastischen, teils tief eingeschwärzten Humor und exzentrische Milieus schätzt, komm mit Privatdetektiv G.D.H. Pringle, einem pensionierten Steuerbeamten, der die Kunst liebt, ganz auf seine Kosten.»
Westdeutscher Rundfunk

Anne D. LeClaire
Die Ehre der Väter
(thriller 2902)
Herr, leite mich in Deiner Gerechtigkeit
(thriller 2783)
Peter Thorpe zieht an die Küste von Maine und hat zum erstenmal in seinem Leben den Eindruck ehrlichen, rechtschaffenden Menschen zu begegnen. Hier gibt es keine Lügner, Diebe, Mörder. Oder doch?

3022/3

rororo thriller

Jen Green (Hg.)
Morgen bring ich ihn um! *Ladies in Crime I - Stories*
(thriller 2962)
Diese Anthologie von sechzehn Kriminalgeschichten von Amanda Cross über Sarah Paretsky bis Barbara Wilson zeigt in Stil und Humor die breite schriftstellerische Palette der Autorinnen.

Jutta Schwarz (Hg.)
Je eher, desto Tot *Ladies in Crime II - Stories*
(thriller 3027)

Irene Rodrian
Strandgrab
(thriller 3014)
Eine Anzeige verführt so manches Rentnerpaar, die Ersparnisse in ein traumhaftes Wohnprojekt im sonnigen Süden zu investieren. Sie können ja nicht ahnen, daß sie nicht nur ihr Geld verlieren, sondern auch ihr Leben aufs Spiel setzen...
Tod in St. Pauli *Kriminalroman*
(thriller 3052)
Schlaf, Bübchen, schlaf
(thriller 2935)

Serientäter

Robert Brack
Die siebte Hölle
(thriller 2941)
Oldtimer bringen's besser als Bücher, meint der bankrotte Buchhändler Jercy Pacula, und überführt zwei Limousinen nach Lissabon...
Schwere Kaliber
(thriller 2967)
Psychofieber
(thriller 3058)

Frank Göhre
Schnelles Geld
(thriller 3048)
Der erste, seit Jahren vergriffene Kriminalroman von Frank Göhre, der mit mehreren Literaturpreisen ausgezeichnet wurde und als Kinofilm Beachtung fand. Neu bearbeitet und wesentlich erweitert.
Der Tod des Samurai
(thriller 2832)
Ein Thriller über organisiertes Verbrechen in Hamburg.
Der Tanz des Skorpions
(thriller 3025)
Letzte Station vor Einbruch der Dunkelheit
(thriller 2795)
Der Schrei des Schmetterlings
(thriller 2759)

Daniel Pennac
Wenn nette alte Damen schießen...
In Belleville, dem Kreuzberg von Paris, schneidet ein erbarmungsloser Killer armseligen Rentnern die Kehlen durch. Angst macht sich breit, gefolgt von einer kräftigen Paranoia. Ausgezeichnet mit dem «Prix Mystère de la critique».
(thriller 2921)
Königin Zabos Sündenbock
(thriller 3003)

rororo thriller

30 Jahre thriller Jubiläums-Lesebuch
(thriller 3030)
Dieser Jubiläumsband präsentiert einen opulenten Querschnitt durch die Geschichte der rororo thriller- Reihe und bietet literarischen Nervenkitzel pur. Die Palette internationaler Autoren gleicht einem Who is Who der Kriminalliteratur.

Pacio Ignacio Taibo II
Der melancholische Detektiv *Drei Fälle für Héctor Belascoarán Shayne*
(thriller 3039)
Der Boxer Angel, Freund von Detektiv Héctor Belascoarán, wird beim Training im Ring von einem Unbekannten erschossen. Mögliches Motiv: eine alte Rivalität um eine Frau... Taibo liefert nicht nur ungewöhnliche Stories, sondern ein dichtes Bild von Mexiko, seiner Atmosphäre, seinen Problemen und seiner Faszination.
Das bizarre Leben
(thriller 2940)
Comeback für einen Toten
(thriller 3019)

3024/4a